Arena-Taschenbuch
Band 51220

Weitere Bücher von Rainer Wekwerth im Arena Verlag:
Das Labyrinth jagt dich
Das Labyrinth ist ohne Gnade
Das Labyrinth vergisst nicht
Blink of Time
Camp 21

Das Labyrinth erwacht wurde mit der Bad Segeberger Feder, der Ulmer Unke und der goldenen Leslie ausgezeichnet.

Rainer Wekwerth,
1959 in Esslingen am Neckar geboren, schreibt aus Leidenschaft. Er ist Autor erfolgreicher Bücher, die er teilweise unter Pseudonym veröffentlicht und für die er Preise gewonnen hat. Er ist verheiratet und Vater einer Tochter. Der Autor lebt im Stuttgarter Raum.
www.wekwerth.com

Arena

Rainer Wekwerth

Das Labyrinth erwacht

Ein Verlag in der Westermann Gruppe

Für Thomas

www.blauer-engel.de/uz195
- ressourcenschonend und umweltfreundlich hergestellt
- emissionsarm gedruckt
- überwiegend aus Altpapier

MI6

Dieses Druckprodukt ist mit dem Blauen Engel ausgezeichnet

MIX
Papier | Fördert gute Waldnutzung
FSC® C110508
FSC www.fsc.org

2. Auflage im Arena-Taschenbuch 2023

Ein Projekt der AVA international GmbH
Autoren- und Verlagsagentur (www.ava-international.de)
Covergestaltung: Alexander Kopainski
unter Verwendung von Motiven von Shutterstock
(© Dario Sabljak, wacomka, ARTYuSTUDIO, ANAID studio, oorka, Michal Sanca)
Umschlagtypografie: Irina Smirnov
Gesamtherstellung: Westermann Druck Zwickau GmbH
ISSN 0518-4002
ISBN 978-3-401- 51220-4

1. Buch

1.

Als Jenna erwachte, sah sie als Erstes den blauen Himmel, der sich majestätisch über ihr erstreckte. Ein leichter Wind trieb zerfledderte Wolken vor sich her und hoch am Zenit zog einsam ein Raubvogel seine Kreise.

Jenna beobachtete eine Weile, wie er die Kraft des Aufwindes nutzte, um sich noch höher tragen zu lassen.

Was ist das für ein Vogel, warum weiß ich das nicht?, fragte sie sich. Plötzlich wurden die Konturen des Vogels undeutlich, verschwammen mit dem Blau des Himmels, dann war er verschwunden.

Unruhe überkam sie.

Wo bin ich?

Sie lag auf dem Rücken. Auf weichem Gras. Als sie den Kopf drehte, sah sie, dass sich neben ihr lange gelbe Halme im Wind wiegten. Ein sanfter Hauch strich über ihr Gesicht. Dann spürte sie auch die Wärme der Sonne.

Es ist schön hier, aber wo bin ich?

Das Gesicht der Sonne zugewandt, die Augen geschlossen, blieb Jenna noch eine Weile auf der Wiese liegen.

Auf einmal fiel ein Schatten auf sie.

Sie öffnete die Augen.

Ein junger Mann beugte sich über sie. Sein jugendliches Gesicht mit ebenmäßigen Zügen wurde von markanten Linien dominiert. Hohe Wangenknochen, eine gerade Nase, wie aus Stein gemeißelt, darunter ein ausdrucksstarker Mund mit einer kleinen Narbe am Mundwinkel. Der Wind fuhr durch sein langes schwarzes Haar, offenbarte nur kurz sein Gesicht und verbarg es dann wieder.

Braune Augen blickten aufmerksam zu ihr herab. Er lächelte nicht, trotzdem fühlte sich Jenna in seiner Gegenwart augenblicklich wohl.

»Ich bin Jeb«, sagte er, als erkläre das alles.

Jenna wollte ihm antworten, sich ebenfalls vorstellen. Sie zögerte, stutzte.

Wer bin ich?

Jeb legte eine Hand sanft über ihr Gesicht, um das Licht von ihr abzuschirmen.

»Schließ deine Augen«, sagte er ruhig.

Jenna gehorchte, obwohl sie nicht wusste, warum. Es lag etwas in seiner Stimme, dem sie vertraute und dem sie sich nicht entziehen konnte. Der Klang der Worte beruhigte sie.

»Atme tief ein und wieder aus.«

Sie holte tief Luft und stieß sie wieder aus. Seine Hände rochen nach Gras und Erde.

»Nun versuch es noch einmal.«

Und da wusste sie es. Sie war so glücklich darüber, dass sie ihm beinahe um den Hals gefallen wäre.

»Ich bin Jenna«, rief sie.

Alles würde gut werden. Sie war nicht krank oder verrückt. Nein, sie hatte einen Namen und sie kannte ihn.

Jenna.

Sie blickte in Jebs beinahe bronzefarbenes Gesicht, das offen wirkte wie der Himmel über ihr. Doch plötzlich runzelte der Junge die Stirn.

»Jenna, du musst jetzt aufstehen«, sagte er eindringlich.

Seine Stimme war nicht mehr warm und sanft. Im Gegenteil, sie klang wie zersplitterndes Glas, als müsste er sich zwingen, die Worte auszusprechen.

Jenna spürte Angst in sich aufsteigen. Woher der plötzliche Wandel? Was hatte sie getan?

»Was ist denn?«, fragte sie vorsichtig.

»Wir müssen los, uns bleibt keine Zeit.«

Jenna verstand nicht. Warum drängte die Zeit? Sie war noch immer verwirrt, als Jeb ihr eine Hand reichte, um ihr beim Aufstehen zu helfen. Desorientiert drehte sich Jenna einmal um die eigene Achse. Auf ihre Schultern fielen lange blonde Haare hinab, die der Farbe des hellen gelben Grases glichen, in dem sie gerade gelegen hatte. Sie wusste immer noch nicht, wo sie war.

Ich war hier noch nie.

Alles fühlte sich fremd an. Grashalme, so weit das Auge reichte. In der Ferne ein düster wirkender Wald und am Horizont hohe Berge, deren Gipfel von Schnee bedeckt waren. Gerade verdeckte eine der Wolken die Sonne. Sie fröstelte und schlang die Arme um sich.

Da erst merkte sie, dass sie nackt war.

Sie versuchte, sich mit den Händen zu bedecken und überlegte fieberhaft, ob es in Ordnung war, nackt in Gegenwart eines anderen zu sein. Erneut machte sich Unruhe in ihr breit. Warum hatte ihr Jeb nicht gesagt, dass sie nackt war?

Auch diesmal schien er ihre Gedanken zu erraten, denn er reichte ihr einen braunen Rucksack aus einem glatten Material mit schwarzen Verschlüssen.

»Darin findest du Kleidung«, sagte er. »Sie wird dir passen. Ich denke, sie passt immer.«

Woher weiß er das?

Sie betrachtete ihr Gegenüber. Unbefangen, als wäre es das Normalste der Welt, stand er vor ihr, sah nicht weg, starrte sie aber auch nicht an. Es lag etwas Vertrautes in der Art, wie er dastand und darauf wartete, dass sie sich ankleidete. Jeb selbst trug Jeans, feste Wanderstiefel, ein warmes Baumfällerhemd und eine regenfeste Jacke.

Ohne Probleme fielen Jenna die Worte ein, die diese Kleidungsstücke bezeichneten.

Sie griff nach dem Rucksack und wandte sich ab.

Eigentlich unnötig, er hat dich die ganze Zeit nackt gesehen. Er weiß, wie du aussiehst.

Mit fliegenden Fingern zog sie die Kleidung an, die in allen Details Jebs Sachen ähnelte, nur dass ihr Hemd blau kariert war, während bei ihm Rot dominierte.

»Bitte beeil dich.«

Jenna schloss den obersten Knopf ihrer Jeans und schlüpfte in die Jacke. Alles passte wie angegossen.

Seltsam.

»Ich habe dich doch gerade erst gefunden. Warum müssen wir uns beeilen?«, fragte sie.

»Ich habe *dich* gefunden, oder nicht?«

Dabei habe ich das Gefühl, dass ich auf der Suche nach dir war.

Jebs Gesicht war zu einer düsteren Maske geworden. Er streckte den rechten Arm aus und deutete zum Horizont, zu dem Wald in der Ferne. Ein paar Wolken hingen über den weißen Spitzen des Bergmassivs. Auf der Ebene davor, sah Jenna, waren vereinzelte trockene Sträucher und Büsche die einzige Abwechslung in der ansonsten öden Steppenlandschaft.

»Dort müssen wir hin, bevor es dunkel wird. Wir können nicht hierbleiben.«

»Ich verstehe das alles nicht. Warum müssen wir zum Wald? Wo sind wir? Und woher weißt du das überhaupt?«

»Später! Lass uns erst mal aufbrechen.«

Jenna zögerte. Ihr gefiel nicht, wie Jeb sie herumkommandierte, ohne auch nur den Hauch einer Erklärung für sein merkwürdiges Verhalten zu liefern.

»Nein, du erklärst es mir jetzt. Vorher mache ich keinen Schritt. Ich *muss* wissen, wo wir sind«, sagte sie mit fester Stimme.

Jeb sah sie nachdenklich an. Er wirkte gelassen, keinesfalls verärgert, doch sein nächster Satz traf sie völlig unvorbereitet. »Wir sind in Gefahr.«

Sie sah sich hektisch um, aber da war nichts. Keine Menschen. Keine Tiere. Noch immer herrschte eine fast unheimliche Stille.

Ihr Blick flog über das Land, das eben noch freundlich gewirkt hatte.

»Es könnte tödlich für uns werden, wenn wir nicht sofort aufbrechen«, fügte er hinzu.

Es war die Ruhe in seiner Stimme, die ihr klarmachte, dass Jeb von einer konkreten Bedrohung sprach. Er klang überzeugt von dieser Sache. Aber Jenna wollte sich keine Angst einjagen lassen.

»Tödlich? Ist das nicht ein bisschen übertrieben? Ich kann keine Gefahr erkennen. Sag mir, was los ist.« Sie schaute sich um. Die weite Steppe lag friedlich zu ihren Füßen.

Er schüttelte den Kopf. »Dafür ist jetzt keine Zeit.« Mit diesen Worten wandte er sich ab und ging los. Jenna blieb verblüfft zurück. Was sollte sie jetzt tun? Ihm hinterhergehen oder an Ort und Stelle bleiben? War es nicht besser, hier zu warten? Vielleicht würden ihre Erinnerungen zurückkehren und sie wüsste, wie sie hierhergekommen und was zu tun war.

Wer ist denn eigentlich Jeb?

»Jeb?«, rief sie. »Jeb! Du kannst mich doch nicht einfach ...« Doch Jeb drehte sich nicht zu ihr um, sondern ging unverwandt weiter. Jennas Kehle schnürte sich zu. Er war der einzige Mensch weit und breit und der Abstand zu ihm wurde stetig größer. Der Gedanke, in dieser Weite zurückgelassen zu werden, machte sie fast verrückt.

Sie atmete einmal tief durch, dann nahm sie den Rucksack, der ohne Kleidung gleich viel leichter war, und lief Jeb hinterher.

Nachdem sie ihn eingeholt hatte, gingen sie eine Weile schweigend nebeneinanderher. Dunkle Wolken waren am Horizont über dem Gebirge aufgezogen, in dessen Richtung sie marschierten. Vereinzelte Blitze zuckten zur Erde hinab, aber das Gewitter war noch zu weit weg, als dass man den Donner hören konnte. In der Luft lag der dumpfe Geruch von Erde und es wurde merklich kühler. Jenna fröstelte und zog den Reißverschluss ihrer Jacke hoch.

Sie hatte Hunger und Durst, wagte aber nicht, Jeb jetzt schon nach einer Pause zu fragen. Im Abstand von zwei Metern ging er neben ihr her und sie spähte aus den Augenwinkeln zu ihm hinüber. Er war gut einen Kopf größer als sie. Unter der Kleidung zeichnete sich ein sportlicher Körper ab. Er bewegte sich sicher, fast geschmeidig, das war ihr sofort aufgefallen. Seine Miene wirkte verschlossen, konzentriert. Er hatte die Augen zu schmalen Schlitzen geschlossen und starrte unablässig auf den Wald in der Ferne.

»Jeb? Wo sind wir?«

Er sah zu ihr hinüber, verlangsamte aber sein Tempo nicht.

Er zögerte. »Ich weiß es nicht genau.«

»Du *weißt* es nicht?« Sie war wie selbstverständlich davon ausgegangen, dass Jeb sich hier auskannte. Er wusste schließlich von den Gefahren an diesem Ort und anscheinend auch einen Platz, an dem sie in Sicherheit waren. Warum sonst marschierte er so zügig auf den Horizont zu?

»Ich bin nicht sicher.« Plötzlich wirkte er viel jünger als gerade eben. Und verletzlich. »Ich bin vor einem Tag in dieser Umgebung aufgewacht. Genau wie du. Ich kannte meinen Namen, aber sonst war da nichts.«

Jenna konnte das gut nachfühlen: Auch ihr Kopf war eben noch wie ein leerer Raum gewesen, dessen Wände weiß gestrichen waren und in dem es keine Möbel, Bilder oder Teppiche gab. Nichts. Nur Fragen, auf die sie keine Antwort wusste.

Wie komme ich hierher? Ich kenne diese Umgebung nicht, also bin ich fremd hier, aber wie kann es sein, dass ich an einem unbekannten Ort erwache, ohne zu wissen, wie ich dorthin gekommen bin?

Warum war ich nackt? Woher kommt die Kleidung? Warum passt sie mir, als wäre sie meine?

Mit jeder Minute, die sie weiter darüber nachgrübelte, wurde Jenna verwirrter.

»Genau wie du habe ich den Rucksack mit Kleidung, Essen und einer Trinkflasche mit Wasser gefunden«, sprach Jeb weiter.

Jennas Magen knurrte bei diesen Worten, aber wenigstens wusste sie jetzt, dass sich etwas zu essen in ihrem Rucksack befand.

»Zunächst geschah gar nichts.« Er fasste sich ans Kinn, rieb mit der Hand über seine glatten Wangen. »Ich ... ich erinnere mich nicht an viele Dinge aus meinem Leben, aber das, woran ich mich erinnere, gibt es hier nicht.«

»Zum Beispiel?«

»Ein Motorrad. Eine schwarz lackierte alte Harley Davidson Indian. Wuchtig, mit einem verblichenen braunen Ledersattel. Ich glaube, sie hat mir gehört.« Er wandte sich zu ihr um, ging aber ohne Pause weiter. »Weißt du, was ein Motorrad ist?«

»Ja.« Plötzlich hatte Jenna ein Bild vor Augen. Ja, sie erinnerte sich daran, wie ein Motorrad aussah. Sie schöpfte etwas Hoffnung. Den Gedanken, dass alles nur ein Traum sein könnte, hatte sie längst verworfen. Niemand, der träumte, spürte die Wanderstiefel so deutlich an der Ferse scheuern. Nein, das hier war anders. Kein Traum. Wie auch immer sie hierher geraten war, sie musste einen Weg zurück nach Hause finden, wo immer das auch sein mochte. Bei dem Gedanken wurde ihr beinahe schwindlig.

Jeb streckte einen Arm nach vorn. »Siehst du hier irgendwo eine Straße, ein Haus oder sonst etwas?«

»Nein«, gab sie zu. Straße. Haus. Das waren neue Bilder. »Also, wenn es keine Straßen gibt, warum zum Teufel braucht man dann ein Motorrad?«, fragte er wütend.

Jenna war froh, dass Jeb zum ersten Mal seine Gefühle nicht vollständig unter Kontrolle hatte und es ihm offensichtlich genauso ging wie ihr selbst.

»Erinnerst du dich noch, wo du dieses Motorrad gesehen hast?«

»Nein, ich weiß nur, dass es woanders war. Aber da ist noch etwas, weswegen ich glaube, dass wir uns in einer fremden Welt befinden.«

Eine fremde Welt? Was sollte das sein?

Nun hatte er ihre volle Aufmerksamkeit. »Warum glaubst du das?«

»Die Botschaft.«

»Welche Botschaft?«, wiederholte Jenna. »Nun lass dir doch nicht alles aus der Nase ziehen.«

»Als ich hier aufgewacht bin, habe ich auch diesen Zettel gefunden.«

»Ein Zettel?!« Jenna wollte laut auflachen. Das wurde ja immer besser!

»Mit einer Nachricht. An uns. Darin stand, was mit uns passiert.«

Jenna wollte gerade einen bissigen Kommentar machen, als sie Jebs ernsten Gesichtsausdruck bemerkte.

Wovon redete er da? Erst die Andeutungen, dass sie in irgendeiner Gefahr schwebten, und nun, dass es eine Botschaft für sie gab. Oh Mann. Das war doch alles Unsinn. Sie liefen vor etwas weg, das es nicht gab, und offensichtlich war Jeb nicht mehr ganz richtig im Kopf. Sie musste diesem Wahnsinn ein Ende bereiten, damit sie nach Hause gehen konnte.

»Ach«, Jenna konnte sich einen amüsierten Unterton nun doch nicht länger verkneifen. »Und was stand da so auf diesem Zettel?«

Seltsamerweise sah er sie nur gelassen an. »Mir war klar, dass du so reagieren würdest.«

»Wie hätte ich denn sonst reagieren sollen?«

»Du hättest mir eine Frage stellen können. Eigentlich wundert es mich, dass du mich noch nicht gefragt hast.«

»Was denn für eine Frage?«

Wurde das Ganze jetzt auch noch ein albernes Quiz?

Eine dunkle Wolke hatte sich vor die Sonne geschoben, sodass die Umgebung im Zwielicht beinahe gespenstisch wirkte. Jeb blickte ihr nun unverwandt ins Gesicht. Dann antwortete er: »Du hättest mich fragen müssen, wie ich dich gefunden habe.«

Jebs Worte wirbelten durch Jennas Kopf. Sie blieb stehen. Blickte sich erneut um. Steppe, so weit das Auge reichte. Sie versuchte, den Ort auszumachen, wo sie im hohen Gras gelegen hatte. Unmöglich. Diese Landschaft war wie ein großer grüngelber Ozean, in dem man sich verlieren konnte.

Es ist unvorstellbar, dass er mich bloß durch Zufall gefunden hat.

Sie räusperte sich heiser. »Du hast gewusst, wo du mich finden würdest?«, rief sie ihm hinterher, denn Jeb war unverdrossen weitergelaufen.

»Ja. Das war Teil der Botschaft. Komm jetzt, wir müssen uns beeilen. Dass ich dich tatsächlich gefunden habe, bestätigt mir, dass alles stimmen muss, was die Botschaft vorgibt.«

Jenna schloss wieder zu ihm auf und sah ihn ernst an. Sosehr sie Angst vor seiner Antwort hatte, sie musste die nächste Frage stellen, ob sie wollte oder nicht. »Stand darin auch, wovor wir davonrennen?«

Er zögerte, warf einen Blick in Richtung des Waldes, der noch immer weit entfernt am Horizont lag. Jenna merkte, dass Jeb zu einer Erklärung ansetzen wollte.

Plötzlich erklang in der Ferne ein lang gezogener Schrei. Er schien von weit her zu kommen, drang anfangs nur schwach heran, übertönte dann aber deutlich das Rauschen des Windes im Gras. Jenna zuckte zusammen. Es klang fürchterlich, Angst einflößend und vor allem – überhaupt nicht menschlich.

»Hast du das auch gehört?« Jeb war erstarrt, sämtliches Leben schien aus ihm gewichen zu sein.

»Ja, unheimlich. Was war das?« Jenna blickte in die Richtung, aus der der unmenschliche Schrei gekommen war, konnte aber nichts entdecken. Jeb stand noch immer reglos und sie berührte ihn vorsichtig am Arm: »Jeb?«

»Lass uns schnell weitergehen, die Sonne wird gleich ganz verschwunden sein. In der Botschaft stand, dass wir in Gefahr sind, wenn die Sonne nicht scheint.« Jeb sah sie ernst mit seinen klaren braunen Augen an. »Auf dem Zettel steht noch mehr, aber dafür ist jetzt keine Zeit. Etwas ist anscheinend da draußen und verfolgt uns. Es hat mit unserer Angst zu tun. Wir sollten vorsichtig sein, zumindest, bis wir mehr über die Sache herausgefunden haben. Jetzt müssen wir weiter.«

Jemand verfolgte sie? Wer und warum?

Jenna hatte verstanden, dass sie im Moment keine Antworten von ihm bekommen würde. Stattdessen deutete sie zum Himmel, wo sich große Gewitterwolken hinter den Bergspitzen auftürmten. Sie liefen direkt darauf zu. »Ist es dann schlau, direkt auf den Wald zuzusteuern?«

Jeb nickte. »Dort gibt es Holz und wir können ein Feuer machen. Hier draußen in der Steppe brennt entweder gar nichts oder alles.«

Das war logisch, doch der Gedanke beruhigte Jenna nicht. Im Gegenteil. Der Wald war immer noch zu weit entfernt, als dass sie ihn vor dem Gewitter erreichen würden. Das schien auch Jeb zu denken, denn er schaute sie fragend an: »Meinst du, wir können ein Stück rennen?«

Als ob er spürte, wie viele Fragen ihr noch auf den Lippen brannten, brach es hastig aus ihm heraus: »Wir reden weiter, wenn wir die anderen gefunden haben.«

»Die anderen?«, keuchte Jenna im Lauf. »Welche anderen?«

Aus irgendeinem Grund hatte sie die ganze Zeit gedacht, allein mit Jeb zu sein.

»Wir müssen zu ihnen. Vielleicht wissen sie, was hier los ist. Wenn wir überleben wollen, brauchen wir diese Antworten.«

Die anderen.

Sie waren nicht allein.

Gott sei Dank! Menschen bedeuten Schutz und Sicherheit.

Erneut ertönte ein Schrei. Diesmal klang es eher wie ein Kreischen, das Jenna einen eisigen Schauer über den Rücken jagte. Und das Echo war jetzt schon wesentlich näher.

Es bedeutete mehr Kraft zur Verteidigung, falls sie tatsächlich verfolgt wurden.

2.

Sie jagten ihn seit dem Augenblick, als er erwacht war. Verwirrt, in einer fremden Welt, ohne Erinnerung. Nackt. Er schlüpfte gerade in die festen Wanderschuhe, als er die Schreie zum ersten Mal hörte. Sie waren nah. Und es waren mehrere.

Er spürte die Gefahr augenblicklich. Seine Nackenhaare richteten sich auf und ein Zucken durchlief seinen Körper.

Was immer das war, es war gefährlich. Instinktiv wusste er, dass er fliehen musste.

Als er sich aufrichtete, stieß ihn etwas mit unglaublicher Wucht zu Boden. Es war, als wäre er mit voller Kraft gegen eine massive Wand gelaufen, eine Wand aus frostigem Eis. Aus den Augenwinkeln erkannte er, dass dieses Etwas eine menschenähnliche Gestalt hatte. Augenblicklich spürte er die Kälte in seinem linken Arm, dort wo ihn die Gestalt berührt hatte. Er wich auf dem Boden krabbelnd zurück, seinen linken Arm, wo ihn das Wesen gestreift hatte, zog er nutzlos und steif hinter sich her. Es gelang ihm in der kurzen Zeit und in seiner unglücklichen Position nicht, sich ein Bild seines Gegners zu machen. Er wusste nur, dass er so schnell wie möglich verschwinden musste. Er warf sich herum, drückte sich mit seinem gesunden Arm vom Boden hoch. Mit einem Satz war er auf den Beinen. Dann rannte er. Er rannte, so schnell er konnte. In seinem Rücken ertönte aufgeregtes Rufen, lang gezogenes heiseres Heulen, das sich in seinem Kopf festzusetzen schien und dem bald andere Schreie antworteten. Was immer ihn da angegriffen hatte, es war nicht allein. Es gab andere, die jetzt ebenfalls Jagd auf ihn machten. Warum griffen sie ihn an? Die unmenschlichen Laute dröhnten in seinen Ohren. Er erhöhte das Tempo. Sein Atem ging keuchend und er versuchte, den lähmenden Schmerz in seinem linken Arm zu ignorieren. Er sah nicht zurück, wollte gar nicht wissen, wie viele ihn jagten, aus Angst, seine Beine könnten bei ihrem Anblick versagen.

Der Rucksack schlug schmerzhaft gegen seinen Rücken, die Wasserflasche darin drückte durch den Stoff. Aber er war froh, die Sachen noch zu haben. Im Laufen zog er die Riemen straff.

Besser, dachte er. *So ist es besser. Bloß nicht stolpern, wenn du stolperst, haben sie dich.*

Er glaubte, den Atem seiner Verfolger im Nacken zu spüren, die Kälte in seinem Arm zog bis in die Fingerspitzen. Beinahe konnte er sie nicht mehr spüren, und als er versuchte, sie zu bewegen, krampften seine Finger. Es war, als würde das Blut in seinen Adern gefrieren. Er stöhnte auf, doch er biss die Zähne zusammen und forderte das Letzte aus seinem Körper heraus.

Etwas hinter ihm erschütterte den Boden und raste in einer Druckwelle heran. *Was war das? Eine Explosion?* In letzter Sekunde warf sich Mischa nach vorn, ein heller Schmerz durchzuckte seinen Nacken, als er auf seine Schulter stürzte. Für einen kurzen Moment war alles um ihn wie im Nebel.

Wieder hörte er Rufe und Schreie hinter sich. Sie klangen allerdings weiter entfernt als zuvor. Er hatte sie nicht abgehängt, aber sich einen Vorsprung verschafft.

Mischa rappelte sich mühsam hoch und warf hastige Blicke über seine Schulter zurück.

Im unheimlichen Zwielicht konnte er mehrere dunkle Umrisse ausmachen, die sich schleppend auf ihn zubewegten. Sie waren ungefähr so groß wie er. Einzelne Gesichter schälten sich aus der dunklen Masse heraus, immer wieder blitzten helle Haare daraus hervor. Er kam auf diese Weise nicht schnell genug voran, aber er wollte wissen, was da hinter ihm herjagte. Aber jedes Mal, wenn er eine der Gestalten in den Blick bekommen hatte, verschwamm alles vor seinen Augen, er konnte sie nicht fixieren. Das Bild schien zu flackern. Er gab auf.

Wie weit sind sie weg?

Einige Hundert Meter, mindestens.

Vornübergebeugt, versuchte er, sich zu erholen. Der Brustkorb pumpte hektisch, bei jedem Atemzug stach es in der Lunge. Sein mittlerweile komplett steifer Arm krampfte. Irgendetwas pulsierte schmerzend an der Hüfte, aber er ignorierte es. Er zog die Wasserflasche aus dem Rucksack und trank sie in hastigen Schlucken leer. Über neues Wasser konnte er sich später Gedanken machen.

Jetzt musste er weiter. Er wusste, dass er noch lange nicht in Sicherheit war. Seine Verfolger kamen näher, unerbittlich. Es war sinnlos, einfach weiterzurennen, bis er vor Erschöpfung zusammenbrach. Er musste es schaffen, seine Spur zu verwischen, ihre Sinne zu täuschen. Aber wie?

Sein Blick schweifte umher. Ein Blitz erhellte den Himmel für einen Sekundenbruchteil.

Da. Gar nicht so weit entfernt, zeichnete sich ein Wald vor dem dunklen Horizont ab. Dort wäre er nicht so leichte Beute. Sie würden ihn nicht so schnell finden können, vielleicht sogar seine Spur verlieren. Er entblößte die Zähne zu einem entschlossenen Grinsen.

Ich werde diese verfluchten Biester abhängen.

3.

León hatte sich aufgerichtet und blickte sich um. Gras, so weit das Auge reichte, lediglich in einer Richtung zeichnete sich ein dunkler Wald ab.

Qué pasa? *Wie bin ich hierhergekommen?*

Er blickte an seinem nackten Körper hinab. Blauschwarze Figuren mit Flügeln, Totenschädel, jede Menge Buchstaben, die er nicht lesen konnte, Verzierungen, geometrische Formen. Seine Arme, Beine, der ganze Oberkörper, alles war von diesen mysteriösen Zeichen bedeckt. Er spuckte auf den Arm und versuchte, eines der Bilder abzureiben. Vergeblich. Die Dinger waren in seine Haut eingestochen.

Ob mein Gesicht ebenfalls voll damit ist?

Es gab keine Möglichkeit, das zu überprüfen.

Mierda! *Ist das jetzt gut oder schlecht für mich?*

Da die Bilder schon teilweise verblasst waren, konnten sie nichts Schlimmes bedeuten. Außerdem schmerzten und juckten sie nicht, wahrscheinlich trug er sie schon lange. Er fuhr sich mit der Hand über Nase und Wangen, dann über seinen Kopf. Seine Haut war völlig glatt. Unversehrt.

Er schaute erneut an sich herab und grinste. Na wenigstens eine Stelle war nicht von diesen... *Tätowierungen!!!*... bedeckt.

Ein kalter Windhauch erfasste ihn. In der Ferne braute sich ein gewaltiges Gewitter zusammen und er stand splitternackt an einem unbekannten Ort.

Plötzlich durchbrach ein Lichtstrahl die Wolkendecke und ließ etwas im Gras schimmern. Neugierig ging León darauf zu.

Ein Rucksack mit Kleidung, die er sofort anzog. Ein Schlafsack. Er fand ein großes Klappmesser, dessen Klinge unglaublich scharf war, nachdem er herausgefunden hatte, wie man es öffnete.

Gut, dachte er, *wenigstens bin ich nicht wehrlos.*

Er schob gerade das Messer in die Hosentasche, als ein Geräusch ihn herumfahren ließ.

Nicht weit von ihm entfernt standen ein Junge und ein Mädchen und blickten ihn an. Sie trugen ähnliche Kleidung wie er. Der Junge war fast einen Kopf größer als er selbst. León ließ seinen Blick an ihm hinabgleiten. Der Junge strahlte Kraft und Ruhe aus, auch wenn er im Moment gehetzt wirkte. León erkannte instinktiv, dass er es mit jemandem zu tun hatte, den man nicht unterschätzen durfte.

Das Mädchen hatte ein hübsches Gesicht und Lippen, die wie geschaffen für ein strahlendes Lächeln waren. Aber im Moment lächelte das Mädchen nicht. Ihr schlanker Körper war genauso angespannt wie ihre Mimik und plötzlich verstand León auch, warum die beiden ihn misstrauisch anstarrten und nicht näher kamen.

Ich bin also auch im Gesicht tätowiert. Wahrscheinlich sehe ich für sie wie ein Monster aus.

León fluchte innerlich, dann streckte er beide Arme aus, drehte die Handflächen nach oben und zeigte ihnen, dass er unbewaffnet war und nichts Böses im Sinn hatte. Er ging ihnen ein paar Schritte entgegen.

Das Mädchen zögerte, aber der fremde Junge machte ebenfalls ein paar Schritte auf ihn zu. Er lächelte nicht, wirkte aber freundlich. Er hob die Hand zum Gruß.

»Ich bin Jeb. Das ist Jenna.«

»Mein Name ist León.«

Er wusste zwar nicht, wo er war, aber er musste nicht darüber nachdenken, wer er war. Umso überraschender waren für ihn Jebs nächste Worte.

»Wir haben dich gesucht.«

Jeb hatte sich neben León ins Gras gesetzt. Jenna gab León schüchtern die Hand, bevor sie ihren Rucksack auf dem Boden ablegte. Sie hatten seit geraumer Zeit nichts mehr von dem, das sie verfolgte, gehört. Dies war eine gute Gelegenheit, kurz Kraft zu schöpfen.

Jeb hatte die Beine im Schneidersitz überkreuzt. Interessiert sah er León an. An den nackten Knöcheln des anderen – er trug keine Socken – schlängelten sich Bilder entlang, wuchsen aus den Ärmeln seines Hemdes heraus und zogen sich bis über den Schädel. Die Bilder sahen beängstigend aus, abschreckend – und auch faszinierend. Was sie wohl bedeuteten?

Jeb räusperte sich. »Du hast keine Haare und ehrlich gesagt, siehst du ein wenig merkwürdig aus, mit all den Bildern im Gesicht und auf deinem Schädel.«

León grinste ihn an. »Das sind Tätowierungen, mein ganzer Körper ist voll davon.«

Jeb dachte über das neue Wort nach. »Was bedeuten sie?«

»Ich kann mein Gesicht nicht sehen, wie sieht es denn aus?«

»Du weißt nicht, wie dein Gesicht aussieht?«, fragte Jeb verblüfft. Erst jetzt bemerkte er, dass er eine genaue Vorstellung davon hatte, wie er selbst aussah.

»Nein, keine Ahnung.« León wirkte verärgert. Seine Körperhaltung drückte Anspannung aus. Er hatte die Mundwinkel zurückgezogen, die Zähne fest aufeinandergepresst.

»Hey«, meinte Jeb beschwichtigend. »Cool bleiben. Es gibt keinen Grund, sich aufzuregen. Ich war nur ein wenig überrascht. Jede Information könnte wichtig sein, wenn wir hier überleben wollen.«

León entspannte sich wieder, aber sein Tonfall blieb hart. »Was quatschst du da, *compadre?«*

Jeb ließ sich von León nicht verunsichern und erwiderte ruhig: »Weißt du, wo du bist? Was dich hierher verschlagen hat? Warum du da bist? Weißt du, wie du wieder nach Hause kommst?« Er machte eine kurze Pause, dann sprach er weiter. »Kennst du dein früheres Leben? Die Gefahren, die hier auf dich lauern? Willst…«

»Ist ja gut«, unterbrach ihn León. »Ich kapiere, was du mir sagen willst. Und die Antwort ist Nein. Nein, ich habe keine Ahnung, wo ich bin oder wie ich hierhergekommen bin. Ich habe auch keine beschissene Vorstellung davon, *wer* ich eigentlich bin, aber du siehst so aus, als ob du mich darüber aufklären kannst, was das alles hier bedeutet. Also, warum habt ihr mich gesucht?«

Jeb warf einen Blick zum immer finsterer werdenden Horizont, dann spähte er über die Grasebene hinter ihnen. Im Moment war nichts zu hören, aber das musste nicht bedeuten, dass nicht etwas da draußen auf sie lauerte. Sie mussten weitergehen. Abrupt stand er auf.

»Das werde ich dir unterwegs erklären.«

Der tätowierte Junge starrte ihn misstrauisch an.

»Unterwegs?«, wiederholte er.

»Ja, wir müssen weiter. Hier sind wir nicht sicher – etwas ist hinter uns her«, setzte Jeb vorsichtig nach. Bei diesen Worten erhob sich auch Jenna.

León blieb sitzen und blickte sich gelassen um. »Wer jagt uns und warum?«

Jeb spürte, wie er unruhig wurde. Wie sich die Haut über seinen Wangen spannte. Sie vertrödelten hier kostbare Zeit – wie vorhin schon.

»Es ist, wie es ist. Du kannst uns glauben oder es lassen, das ist mir scheißegal«, knurrte er und wandte sich um. Angespannt betrachtete er den Horizont. »Wir gehen jetzt weiter, mach, was du willst.«

»Wie hast du vorhin so schön gesagt? Cool bleiben! Ihr erzählt mir einen Haufen merkwürdiger Dinge und seid dann überrascht, wenn ich nicht gleich alles schlucke und euch brav hinterherlaufe?« León erhob sich geschmeidig, ließ seine Wasserflasche liegen und spuckte neben sich ins Gras. »Mann, ich bin gerade aufgewacht. Splitterfasernackt. An einem Ort, an dem ich noch nie war, und kann mich nicht daran erinnern, wer ich bin. Ja, ich weiß nicht einmal, wie ich aussehe, dann kommt ihr zwei dahermarschiert. Euch kenne ich auch nicht und ihr erzählt mir irgendetwas von einer Verfolgung. – Meinetwegen glaube ich euch. ABER ich habe auch jede Menge Fragen.«

»Die wir dir unterwegs beantworten. Wir müssen jetzt los und die anderen finden.«

»Es gibt noch mehr Loser, die es in diese unwirtliche Gegend verschlagen hat?«

»Ja.«

»Von wie viel Leuten sprechen wir?«

»Vier.«

»Und du weißt, wo sie zu finden sind.«

»Ja.«

»Aber du sagst mir nicht, woher du das weißt?«

Jetzt schaute auch Jenna ihn erwartungsvoll an. In der Ferne zuckten Blitze über den nachtschwarzen Himmel am Horizont. »Uns bleibt nicht mehr viel Zeit«, drängte Jeb.

»Okay – Jeb. Sieht so aus, als hättest du einen Plan. Ich schnapp mir meinen Rucksack und dann erzählst du mir unterwegs alles ganz in Ruhe.«

León ging einige Schritte zur Seite, bückte sich, dann fluchte er plötzlich laut.

»Hijo de puta!«

Jeb wandte sich um. Der tätowierte Junge durchpflügte mit weit ausholenden Armen das Gras, sein Blick wanderte hektisch über den Boden.

»Was ist los?« Jenna, die sorgenvoll den Himmel betrachtet hatte, drehte sich um, während Jeb dem tätowierten Jungen gefolgt war.

Leóns Rucksack war verschwunden.

4.

Als er aufgewacht war, hatte er entfernte Rufe gehört, die aber sofort wieder verstummt waren. Nun wusste er nicht, aus welcher Richtung die Stimme gekommen war. War es überhaupt eine Stimme gewesen?

Die Ebene, die sich vor seinen Augen erstreckte, jagte ihm Angst ein. Schweiß brach auf seiner Stirn aus. Irgendetwas war ganz falsch. Er gehörte nicht hierher.

Sein Kopf war leer, alles darin wie ausgewischt. Diese Leere nahm ihm den Atem. Hektisch blickte er sich um. Weite, unendliche Weite. Er bekam keine Luft mehr, seine Brust zog sich schmerzhaft zusammen. Panisch rang er nach Atem. Vornübergebeugt kauerte er sich zusammen. Doch sosehr er auch versuchte, sich das Gegenteil einzureden, nichts, gar nichts war in Ordnung. Er war nackt, er wusste nicht, wo er war. Er keuchte mühsam auf, beim Versuch, sich zu erinnern, vergrub er beide Hände in seinen Haaren, die auf der einen Seite kurz geschnitten und auf der anderen Seite schulterlang waren.

Erschrocken zog er seine Hand zurück. Etwas schimmerte in seinem Augenwinkel, instinktiv griff er danach und hielt eine Haarsträhne in der Hand, sie war blau.

Und da erinnerte er sich.

Ich heiße Tian.

Seinen Namen zu kennen, hatte augenblicklich etwas Tröstendes, war ein Anker in dieser fremden Welt. Erschöpft ließ sich Tian auf die Seite fallen und sog gierig Luft ein.

Der Wind fuhr durch seine übrigen Haare, sie waren schwarz wie die Nacht, aber diese eine ungefähr zwei Zentimeter breite Strähne glänzte in einem fantastischen Blau. Tian betrachtete sie und wusste, dass sie gefärbt war. Er wollte gerade darüber nachdenken, wieso er das wusste, als der Wind die Rufe erneut herantrug. Dieses Mal konnte er die Richtung ausmachen, aus der sie kamen.

»Hallo!«, rief er laut. Dann noch einmal. Niemand antwortete.

»Ist da jemand?«

Das Gras war hoch. Er konnte niemanden entdecken. Er war sich plötzlich unsicher, ob diese Schreie Hilfe oder Gefahr verhießen. Er drehte sich einmal im Kreis, dann zuckte Tian mit den Achseln. Er würde schon herausfinden, wer da war und ob jemand seine Hilfe brauchte.

Nachdem er vielleicht einen Kilometer weit gegangen war, stolperte er im hohen Gras über etwas. Tian versuchte vergeblich, das Gleichgewicht zu halten, er fiel und landete schwer auf etwas Weichem.

Erneut packte ihn die Panik, ohne Ziel tasteten seine Hände umher, sein Hirn hatte ausgesetzt, als auf einmal eine Stimme unter ihm fluchte. Auch wenn er nicht alles begriff, kehrte sein Verstand zurück und ihm waren zwei Dinge sofort klar: Die Stimme beschimpfte ihn auf übelste Art und Weise und sie gehörte einem Mädchen.

Erschrocken und erleichtert zugleich versuchte er aufzustehen, stützte sich dabei auf den Beinen des Mädchens ab, die vor Schmerzen aufjaulte.

Tian schaffte es endlich, sich aufzurichten. Er wollte sich entschuldigen, aber der Anblick verschlug ihm die Sprache. Vor ihm im Gras lag ein Mädchen in seinem Alter. Rote Haare breiteten sich wie ein loderndes Feuer um ihren Kopf aus. Das Gesicht war herzförmig, mit klaren grünen Augen, die ihn wütend anfunkelten, einer Stupsnase und Lippen, so rot wie Blut. Der Körper des Mädchens war makellos, braun gebrannt, mit kleinen festen Brüsten und schlanken Beinen. In der Mitte ihres Körpers…

… eine schmale Hand schob sich davor und eine wütende Stimme zischte: »Was glotzt du mich so an, du Idiot?«

»Äh… ich habe nicht…«

»Ich hab doch gesehen, wie du gegafft hast.«

»Ja, nein, ich wollte dich doch nicht… ich war nur überrascht.« Tian brauchte eine Weile, bis er seine Stimme wiederfand. »Entschuldigung, ich wollte dir nicht wehtun.«

Das Mädchen kam zum Sitzen und umschlang mit den Armen ihre Beine, sodass sie nicht mehr ganz entblößt vor ihm war. Aber dieser Umstand schien sie nicht weniger wütend zu machen.

»Na, toll. Mir tut trotzdem alles weh. Was machst du überhaupt hier?«

»Ich habe deine Rufe gehört und dachte, du brauchst Hilfe.«

»Ich habe nicht gerufen.«

»Aber ich habe doch die Rufe gehört und bin ihnen gefolgt. So habe ich dich gefunden.«

»Und wieso habe ich nichts an? Ist das alles ein blöder Witz oder was?«

Er zögerte. »Tian, ich heiße Tian«, sagte er dann.

Das Mädchen kniff die Augen zusammen. »Hab ich dich danach gefragt?«

»Nein, aber ich dachte…«

»Du denkst zu viel. Sag mir lieber, wo du die Klamotten herhast.«

»Die waren in einem Rucksack.«

»Schau, dort hinten steht noch einer, der ist wahrscheinlich für dich.«

»Was? Wo?« Sie drehte den Oberkörper, hielt dann aber inne und sah Tian eindringlich an. »Wenn du mich jetzt wieder so anglotzt, dann…«

»Was… äh, nein.«

»Dreh dich um.«

»Wie?«

»Du sollst dich umdrehen, verdammt noch mal! Bist du schwer von Begriff? Ich will aufstehen und zum Rucksack gehen, ohne dass du mir auf den nackten Arsch starrst.«

»Ach so, okay.«

Tian wandte sich verlegen ab. Er konnte doch nicht ahnen, dass er über ein nacktes Mädchen…

»Du glotzt schon wieder, oder?«

»Ich *GLOTZE* nicht.« Das Mädchen ging ihm langsam, aber sicher auf die Nerven. Was bildete die sich eigentlich ein?

»Ich bin übrigens Kathy.«

Ihre Stimme klang plötzlich wie Honig. Tian schüttelte verwirrt den Kopf. Hinter seinem Rücken raschelte es.

»Du guckst immer noch nicht, oder?«

»Nein, verdammt!« Er starrte zum Horizont. Dunkle Wolken zogen auf, schienen das Land und die Berge in der Ferne verschlucken zu wollen. Er grübelte darüber nach, ob er diese Landschaft irgendwoher kannte.

»Es wird bald regnen«, sagte er.

»Woher willst du das wissen?«

»Da, diese Wolken, es sieht nach einem Gewitter aus. Wenn das losbricht, wird's echt heftig. Wir sollten uns schnell einen Unterschlupf suchen.«

Ein hämisches Lachen erklang. »Du bist echt 'ne Leuchte. Hier ist doch nur dämliches Gras, so weit das Auge reicht.«

»Dort hinten ist ein Wald.«

Kurz war Ruhe, wahrscheinlich blickte Kathy sich um, dann spürte er ihren warmen Atem an seinem Ohr, erschrocken machte er einen Satz nach vorn. »Du kannst dich wieder umdrehen, warst ein braver Junge.«

Sein Herz pochte wild. Er spürte, dass er rot wurde, und das machte ihn wütend. »Was soll das?«

Kathy lachte glockenhell und hob beschwichtigend die Hände. »Oh. Hab ich dich erschreckt? Das tut mir leid!«

Tian reichte es langsam. Er trat vor sie und reckte sein Gesicht vor, bis er ihrem ganz nahe war.

»Was ist dein Problem?«, knurrte er mit zusammengebissenen Zähnen. »Seit ich dich gefunden habe, beleidigst du mich.«

»Du hast…«

»Ich habe *geglotzt*, ja, verdammt. Du hättest auch gestarrt, wenn es umgekehrt gewesen wäre.« Er hob warnend den Zeigefinger. »Und sag jetzt nicht, dass das nicht stimmt. Ich bin hierhergekommen, weil ich dachte, du brauchst Hilfe, und was machst du? Du hast nichts anderes zu tun, als mich zu beleidigen.«

»Gott, bist du…«

»Sag jetzt nichts. Wenn du mich noch einmal beschimpfst…«

»Kann ich mitkommen?«

Tian sah sie eindringlich an. »Willst du das überhaupt?«
Sie nickte.
Dann gingen sie los.

5.

Jeb hatte León die Führung überlassen und schritt nun hinter ihm und Jenna her. Sie marschierten schweigend. Er grübelte noch immer über das Verschwinden von Leóns Rucksack nach. Doch auch nachdem sie zu dritt das Gras abgesucht hatten, blieb er wie vom Erdboden verschluckt. Schließlich war es León gewesen, der zähneknirschend seine Wasserflasche genommen und die Suche abgeblasen hatte. Jeb wusste, dass sie ihre Essensrationen nun knapper einteilen mussten, auch wenn er den Gedanken an die nächsten Stunden verdrängte. Zunächst würden sie die anderen finden und den Wald erreichen müssen.

Ab und zu wandte sich Jenna um und zwinkerte ihm zu. Ihre Freundlichkeit tat ihm gut. Er beobachtete, wie sie mit kräftigen Schritten marschierte, und bewunderte ihre Sportlichkeit. Jenna schien ausdauernd zu sein. Ihr Atem ging ruhig. Sie waren nun schon so lange unterwegs, und während er bereits ein Ziehen in den Oberschenkeln verspürte, war Jenna die Anstrengung nicht anzumerken. Sie schien nicht einmal sonderlich zu schwitzen. Ihm dagegen rann der Schweiß die Stirn hinab.

Jeb sah in die Ferne. Die dunkle Wolkenwand rückte bedrohlich näher, aber zum Wald war es noch ein ganzes Stück.

Er hatte das Gefühl, sie entfernten sich eher von ihrem Ziel, als dass sie es erreichten. Blitze zuckten über den Himmel.

Als die ersten Regentropfen sie trafen, drehte sich Jenna nach ihm um, blickte seufzend nach oben und ließ sich zurückfallen, bis sie auf gleicher Höhe mit ihm war.

»Ich bin froh, dass du mich gefunden hast.«

Er lächelte verlegen.

»Das hier ist noch längst nicht alles, oder?«

Er nickte.

»Aber du sprichst nicht darüber. Nicht jetzt.« Es war eine Feststellung, keine Frage.

»Später, wenn wir die anderen gefunden haben, werde ich euch alles sagen, was ich weiß.«

»Ist es so schlimm?«

Jeb ging nicht auf die Frage ein. Er sah zu León, der unverdrossen im inzwischen strömenden Regen im Abstand von einigen Metern unter dem immer wieder hell aufleuchtenden Himmel voranging.

»Was hältst du von ihm?«, fragte er Jenna.

»Er hat etwas Wildes. Ungezähmtes.« Sie wirkte ernst, als sie die Worte aussprach.

Ja, sie hat recht. Ungezähmt ist das richtige Wort.

»Ehrlich gesagt«, seufzte sie, »machen mir diese Zeichnungen auf Körper und Gesicht Angst. Hast du sie dir mal genau angesehen?«

Jeb nickte. »Leóns ganzes Aussehen sendet eine Botschaft aus, die ich nicht verstehe.«

Jetzt krachten immer wieder laute Donnerschläge über die Steppe. León reagierte gar nicht darauf. Jeb und Jenna versuchten, das Gewitter ebenfalls zu ignorieren, und setzten ihre Unterhaltung fort.

»Auf mich wirkt das Ganze wie eine Warnung.«

»An wen?«, fragte Jeb.

»Weiß ich nicht, aber diese Bilder sollen Angst einjagen.«

»Merkst du was? Du hast eben jede Menge Wörter verwendet, die ich sofort verstanden habe.«

Jenna lächelte verhalten.

»Ungezähmt, Warnung, Bilder, Angst. Bis zu diesem Augenblick hätte ich die Dinge so nicht benennen können, aber als du es gesagt hast, wusste ich sofort etwas damit anzufangen.«

Jenna sah ihn nachdenklich an. »Stimmt, ich habe gar nicht darüber nachgedacht ... sie waren einfach da.«

»So war es vorhin auch, mit dem Motorrad.«

Jeb sah, wie Jenna die Lippen aufeinanderpresste. Die Luft schien kurz zu vibrieren, dann fuhr ein lauter Donnerschlag über die Ebene. Jenna wechselte das Thema.

»Die vier Menschen, die wir suchen, wer sind sie?«

»Ich glaube, es sind junge Leute wie wir.«

»Das alles ist ganz schön merkwürdig, oder?«

»Ja, ziemlich. Ich frage mich, warum ich so ruhig bei dem Gedanken bin, allein in dieser fremden Umgebung gelandet zu sein.«

Jenna sah zu ihm auf. »Du bist nicht allein.«

»Du weißt, was ich meine. Warum renne ich nicht schreiend durch die Gegend oder werfe mich auf den Boden und raufe mir vor Verzweiflung die Haare?«

»Weil du keine Wahl hast und weil du leben willst. Du hoffst, dass es besser wird.«

»Und wenn es nicht besser wird?«

»Es wird besser, glaub mir. Es *muss* besser werden.« Sie seufzte.

Und wenn es doch nicht besser wird – werden wir sterben.

Er sprach es nicht aus, war sich aber sicher, dass Jenna es in seinem Gesicht lesen konnte.

Plötzlich zerriss ein schrilles Kreischen die Stille. Jeb packte Jenna am Arm und rannte mit ihr zu León vor. In Jennas Gesicht spiegelte sich Angst, während Leóns Gesichtszüge zu einer Maske erstarrt waren.

Da erst bemerkte er, dass León ein gefährlich aussehendes Messer in der Hand hatte. Er hielt es locker und entspannt, als ob er den Umgang mit einem Messer gewohnt sei.

»War es das, was ihr meintet?«, fragte der tätowierte Junge.

Jeb nickte nur. »Wo hast du das Messer her?«

»Es war in meinem Rucksack, in einer der Seitentaschen. Immerhin etwas, das ich noch mitnehmen konnte.«

Erneut erklang ein bedrohlicher Schrei, ein heiseres Heulen, das in den Ohren schmerzte und von dem man unmöglich sagen konnte, ob es von Mensch oder Tier stammte. Aber diesmal schien es weiter entfernt. Gewitter und Regen hatten sich verzogen. León blickte sich um.

»Was auch immer da draußen ist, es klingt nicht so, als ob es näher kommt. Es scheint sich parallel von uns zu bewegen.«

Jeb starrte ihn an. »Du weißt, was das bedeutet?«

»Die Tiere jagen jemand anderen und diese anderen sind wahrscheinlich die vier, die wir suchen.«

»Keine Tiere, ganz bestimmt keine Tiere«, flüsterte Jeb. »Wir müssen etwas tun!«

León kniff die Augen zusammen. »Keine Chance. Wir wissen nicht, wo sich die Jagd abspielt, kennen weder die Anzahl der Jäger noch die Beute. Wir haben nur ein Messer. Außerdem: besser sie als wir.«

Jeb starrte ihn sprachlos an. »Ist das dein Ernst?«

León erwiderte ungerührt seinen Blick. »Was denn? Was

regst du dich auf? Ist es nicht besser, es erwischt jemand anderen und nicht uns? Oder bist du etwa scharf drauf, ein Opfer zu werden?«

Jeb schluckte schwer. Er konnte so viel Gefühlskälte nicht fassen. Wut wollte in ihm aufsteigen, doch er drängte sie zurück.

»Wir müssen es wenigstens versuchen«, sagte Jeb gepresst.

León ließ sich nicht beeindrucken. »Sie sind zu weit weg. Egal, ob die Verfolger sie einholen oder sie entkommen, bis wir dort sind, ist alles längst entschieden.«

»Aber…«

Jenna trat vor Jeb. Sie legte ihm beide Hände auf die Schultern und sah ihm in die Augen.

»León hat recht, wir können nichts tun. Wir können ihnen nicht helfen. Wir müssen weitergehen. Wer auch immer da von wem auch immer gejagt wird, vielleicht hat er Glück.«

Jeb blickte zu León hinüber. Der tätowierte Junge wirkte ruhig, fast unbeteiligt. León erwiderte ungerührt seinen Blick. Ein Frösteln lief über Jebs Körper.

In diesem Moment wurde Jeb klar, dass León dem Tod schon öfter begegnet war. Und all diese furchtbaren Bilder und Muster auf Gesicht und Körper erzählten davon.

Während León ihn abwartend musterte, versuchte Jeb, sich seine Beunruhigung nicht anmerken zu lassen. Er spürte, wie sein linkes Auge zu zucken begann, und sah an Leóns verächtlichem Lächeln, dass er es ebenfalls bemerkt hatte.

6.

León sah sie als Erster. Er gab Jeb und Jenna ein Zeichen mit der Hand und sie ließen sich zu Boden sinken.

»Was ist?«, fragte Jeb.

»Schschschscht!« León legte einen Finger auf die Lippen. »Da kommt jemand auf uns zu«, flüsterte er.

»Jemand? Ich höre kein Kreischen. Sind es Menschen?«

»Kann ich nicht richtig erkennen. Es sind mehrere, sie reden miteinander. Ich verstehe kein Wort, aber sie klingen menschlich.«

Als Jeb den Kopf heben wollte, machte León einen ärgerlichen zischenden Laut.

»Wir wissen nicht, ob das diejenigen sind, die wir suchen. Lass sie näher herankommen, damit wir sehen, ob sie uns gefährlich sind.«

Es drängte Jeb danach, aufzuspringen und die anderen zu begrüßen, aber León hatte recht, es konnten auch Feinde sein. Bisher hatten sie ja schließlich diese Gestalten, die Jagd auf sie machten, noch nicht gesehen. Wer wusste schon, wie sie aussahen? Er wandte den Kopf zu Jenna. Sie wirkte wachsam, aber nicht ängstlich. Zu seiner Überraschung streckte sie einen Arm nach ihm aus und drückte seine Hand. Er erwiderte sanft den Druck. Dieses goldene Lächeln, es schien ihm so ... und dann spürte er Wärme in sich, wurde zuversichtlich, als könne ihm nichts geschehen, solange es dieses Lächeln gab.

Dann wandte er sich an León.

»Und jetzt? Kannst du sie sehen?«

»Ja«, zischte der tätowierte Junge. »Sie sind zu dritt. Hattest du nicht gesagt, es sind vier? Zwei Mädchen und ein Junge. Ehrlich gesagt, sehen sie genauso verloren aus wie wir und außerdem tragen sie ähnliche Kleidung und Rucksäcke.«

»Dann lass uns aufstehen.«

Sie tauchten nur knapp zehn Meter von den anderen entfernt aus dem Gras auf. Die drei anderen wichen erschrocken zurück.

Jeb hob die Hand. »Keine Sorge, wir wollen euch nichts tun.«

Doch die Worte verfehlten ihre Wirkung, ganz im Gegenteil, die Fremden machten noch einige Schritte mehr rückwärts.

»Alles okay, Leute«, sagte Jenna mit sanfter Stimme.

»Wer seid ihr?«, wagte der asiatisch aussehende Junge aus der anderen Gruppe zu fragen. »Und wieso ist einer von euch so schrecklich bemalt?« Seine Hand deutete auf León.

Jeb warf einen Blick zu ihm hinüber. Leóns breites Grinsen ließ ihn gefährlicher aussehen, als er ohnehin schon wirkte.

»Das ist León. Er trägt Tätowierungen. Mein Name ist Jeb. Neben mir steht Jenna. Vermutlich wisst ihr ebenso wenig wie wir, was das alles zu bedeuten hat. Ich werde euch davon erzählen, aber wir müssen weiter, denn wir sind in Gefahr. Wir werden verfolgt.«

»Von wem?«, fragte das rothaarige Mädchen.

Jeb betrachtete sie eingehend. Sie war ohne Zweifel hübsch, ihre Lippen hatte sie zu einer schmalen Linie zusammengepresst. Irgendwie wirkte sie wie jemand, der permanent wütend und zornig ist.

»Ich verspreche euch, dass ich alles erkläre, sobald wir einigermaßen Schutz gefunden haben. Es ist hier nicht sicherfür uns, glaubt mir.«

»Was ist mit dem Vierten?«, warf León ein. »Du hast gesagt, da wären noch vier außer uns.«

»Ja, keine Ahnung, was passiert ist.« Jeb wandte sich an den Jungen aus der anderen Gruppe. »Habt ihr unterwegs jemanden gesehen?«

Der Junge schüttelte den Kopf. »Ich heiße übrigens Tian. Das hier sind Mary und …«

»Danke, ich kann allein reden.« Kathy trat einen Schritt auf Jeb und die anderen zu und warf ihre Haare über die Schulter. »Ich bin Kathy. Warum glaubt ihr, es gibt noch jemanden außer uns?«, fragte Kathy misstrauisch.

Plötzlich redeten alle wild durcheinander.

»Das sage ich euch später.«

»Wo kommt ihr denn her?«

»Wer verfolgt uns, sag schon!«

»Woher kommen die Rucksäcke?«

»ICH WILL ES JETZT WISSEN.« Kathy brachte die aufgeregte Gruppe zum Schweigen.

Jeb sah sie an. Das Mädchen erwiderte ungerührt seinen Blick, funkelte ihn aus grünen Augen an. Jeb ahnte, dass sie Schwierigkeiten machen würde.

»Wir müssen weiter. Sofort«, sagte er gleichgültig. »Kommt ihr mit?«

»Wo geht ihr hin?«, fragte Tian, der erleichtert wirkte, die Führung seiner Gruppe abzugeben.

»Zum Wald. Dort können wir zum Schutz ein Feuer machen.«

Er blickte zu León hinüber, um zu sehen, ob er etwas einzuwenden hatte, aber der tätowierte Junge starrte schweigend über die Grasebene.

»Okay, wenn die anderen einverstanden sind.« Tian blickte Kathy und Mary an, die ergeben nickten.

Der Wind war stärker geworden. Die Haare der Mädchen wurden von den kräftigen Böen durcheinandergewirbelt. Jeb marschierte als Erster voran, ließ sich aber bald an den Schluss der Gruppe zurückfallen. Er brauchte ein wenig Zeit, um alle nacheinander zu betrachten.

Mary wirkte wie jemand, der gerade aus einem langen Traum erwacht war und Probleme damit hatte, sich zurechtzufinden. Jenna glich mit ihren blonden Haaren und dem sanften Lächeln einem Engel. Und Kathy? Sie sah aus, als wollte sie mit ihrer bloßen Willenskraft den Sturm zähmen. Sie schien es gewohnt zu sein, dass alles nach ihrem Willen ging.

Jeb schüttelte unwillkürlich den Kopf und strich sich eine Haarsträhne aus dem Gesicht. Und der neue Junge, Tian? Er machte einen freundlichen, gutmütigen Eindruck, hatte aber etwas an sich, das ihn beunruhigte. Etwas Verstörendes, er konnte es nicht genau sagen. Es war nur so ein Gefühl, dass sich hinter diesem Gesicht Dinge verbargen, die man auf den ersten Blick nicht sehen konnte.

Und dann war da noch León.

Der Monsterjunge, wie er ihn im Stillen nannte.

Sein Aussehen war furchterregend, aber er wirkte entschlossen und zäh. León hatte schnell deutlich gemacht, dass er seine eigenen Interessen über die der Gruppe stellen würde. Wenn es um sein Überleben ging, würde er keine Rücksicht nehmen, er würde dafür buchstäblich über Leichen gehen.

Was mache ich mit dir? Wir haben nur eine Chance, wenn

wir zusammenhalten. Aber du wirst, wenn es drauf ankommt, deinen eigenen Weg gehen – ohne uns.

Auf dem Zettel hatte noch mehr gestanden, als er Jenna verraten hatte. Bald würde er diese Informationen mit den anderen teilen müssen. Dann würde sich vieles entscheiden.

Wie werden sie reagieren, wenn sie erfahren, dass einer von uns zum Sterben verdammt ist? Würden sie ihm überhaupt glauben? Woran glaubte er selbst?

Noch einmal warf er einen Blick auf die Gruppe. Seine Augen blieben an León hängen, der misstrauisch zu ihm nach hinten blickte.

Was wirst du tun?, dachte Jeb.

7.

Bei Einbruch der Dämmerung erreichten sie völlig durchnässt und geschwächt den Wald. Das Gewitter war erneut losgebrochen, Sturm und Regen waren sie auf der offenen Ebene schutzlos ausgeliefert, ihre Kleidung war vom Regen vollgesogen und pitschnass. Erst zwischen den Bäumen waren sie vor der Witterung geschützt. Erschöpft und in der stark abgekühlten Luft zitternd schlugen sich die sechs Jugendlichen durch das dichte Unterholz. Mächtige Baumstämme erhoben sich rechts und links, teilweise reichte ihnen das Buschwerk bis zu den Schultern. Groß gewachsene Farne versperrten ihnen den Weg, den Jeb und León immer wieder mit Stöcken freischlugen. Jeb trieb die Gruppe unermüdlich an.

»Tiefer in den Wald«, sagte er. »Wir müssen tiefer in den Wald. Sucht nach Bäumen, deren Äste breit ausgestreckt sind, darunter bleiben wir hoffentlich trocken und wir finden vielleicht trockenes Holz. Dann können wir ein Feuer machen und uns aufwärmen.«

Schweigend marschierten sie hinter ihm her. Nicht einmal León oder Kathy widersprachen, sondern ergaben sich Jebs Führung. Hier und jetzt war er der Anführer, aber so würde es nicht bleiben, das wusste er.

Tief im Wald war der Regen nicht mehr so dicht, dafür die Wassertropfen umso schwerer, wenn sie aus dem Blätterdach der großen Nadel- und Laubbäume herabfielen, ihre Haare durchnässten und ihre Kragen aufweichten. Wenigstens die Schuhe waren dicht. Sie froren.

Das Licht war düster geworden. Man musste die Augen zusammenkneifen, wenn man dem schmalen Pfad folgen wollte, auf dem sie sich durch den Wald kämpften. Die Luft war schwer und schwül, roch süßlich nach verrottendem Laub. Es war kein unangenehmer Geruch, aber er legte sich wie ein feuchtes Tuch über ihre Gesichter. Außer ihren Schritten auf dem Waldboden, den Geräuschen des raschelnden Laubes unter ihren Füßen und dem Knacken der morschen Äste, die sie zertraten, war nichts zu hören. Fast schien es, als gäbe es kein Leben in diesem Wald voller wild wuchernder Pflanzen. Und doch war hier im Gegensatz zu der weiten Ebene so viel Leben überall um sie herum vorhanden, aber es schwieg, während der Regen unablässig vom Himmel fiel.

Schließlich blieb Jeb stehen. Er deutete auf einen mächtigen Baumriesen, durch dessen Krone weit oben Nebelfetzen zogen. Starke, knorrige Äste hatten ein Dach geschaffen, unter dem es tatsächlich trocken war. Es gab genug Platz für sie alle. Erschöpft ließen sie sich auf die weichen Nadeln darunter sinken. Keiner legte seinen Rucksack ab, zunächst mussten sie wieder zu Atem kommen.

Es war Jeb, der als Erster sprach.

»Wir müssen ein Feuer machen, die Sachen trocknen, sonst frieren wir die ganze Nacht.«

»Es regnet«, stellte Kathy spöttisch fest. »Wo willst du hier trockenes Holz für ein Feuer finden?«

Jeb ärgerte sich über Kathy, sagte dann aber ruhig: »Seht

euch um. So ein alter Baum verliert viel Holz. Äste, die der Wind abbricht, Tannenzapfen, trockene Nadeln. Hier gibt es bestimmt etwas, das wir anzünden können. Ich werde ein Stück hochklettern und versuchen, trockene Äste abzubrechen.«

»Und wie willst du dann bitte schön Feuer machen? Wir haben nichts, um das Holz anzuzünden.« Kathy stemmte die Hände in die Hüften.

»Doch, haben wir.« Jeb streifte endlich seinen Rucksack ab. Er öffnete eine der Seitentaschen und zog ein Metallding hervor, das im trüben Licht seltsam matt glänzte. »Schaut her, ich habe ein Feuerzeug.«

Sie alle starrten das Metallding an und erkannten den Gegenstand. *Feuerzeug.* Sie wussten, was das war und wie es funktionierte.

Tian erhob sich als Erster. Seine Haare waren unter der Kapuze weitgehend trocken geblieben, lediglich die blaue Strähne schimmerte feucht in der Dämmerung.

Nachdem er seinen Rucksack sorgsam auf dem Boden abgelegt hatte, begann er, Äste und trockene Zapfen zu sammeln und zu einem kleinen Haufen zu stapeln. León beobachtete ihn einen Moment und half ihm dann.

Jenna stand nun ebenfalls auf, sah sich um und brach schließlich an einem Nachbarbaum einen tief hängenden Ast mit dichtem Blätterwerk ab. Jeb sah sie erstaunt an, als sie damit den Boden unter dem Baum fegte und so von Holzstückchen und Steinen befreite. Anerkennend nickte er ihr zu und einen Moment verfingen sich ihre Blicke ineinander.

Noch war nichts wirklich gut, aber es wurde besser. Jeb fasste nach einem starken Ast und zog sich hoch. Obwohl auch er erschöpft war, fiel ihm die Kletterei nicht schwer. Er musste das schon öfter gemacht haben, denn die Geschicklichkeit, mit der er den Baumriesen bestieg, schien auf Erfahrung zu beruhen. Unterwegs brach er Äste ab und warf sie von Warnrufen begleitet nach unten. Wie er vermutet hatte, gab es an diesem alten Baum ausreichend morsches Holz. Sie würden ein ordentliches Feuer machen können, und das mussten sie auch, wenn sie die Nacht überleben wollten. Schon seit Stunden waren keine Schreie und keine Rufe mehr zu hören gewesen, aber Jeb war sich sicher, dass es oder sie weiterhin lauerten. Die Sonne war bereits untergegangen und er wusste nicht, was dann passieren würde.

Da fiel ihm ein, dass sie noch immer nur zu sechst waren, nicht zu siebt, wie es in der Botschaft geheißen hatte. War einer von ihnen etwa den Verfolgern bereits zum Opfer gefallen? Aber bedeutete es auch, dass diese Wesen, Jäger – was auch immer – sie dann verschonen würden diese Nacht? Bei diesem Gedanken wurde ihm fast schlecht und er versuchte, ihn so schnell wie möglich zu verdrängen. Jetzt mussten sie ein Feuer machen.

»Jeb, wir haben genug Holz. Du kannst runterkommen«, drang Tians Stimme von unten zu ihm herauf und erlöste ihn von seinen bedrückenden Gedanken.

»Okay«, rief er zurück, dann machte er sich an den Abstieg. Als er wieder mit beiden Füßen auf dem Boden stand, sah er, dass Tian und León einen Teil des Holzes in einem Kreis aus großen Steinen aufgeschichtet und die restlichen Äste etwas abseits gestapelt hatten. Der weiche Waldboden wirkte durch Jennas Mühe nun trocken und sauber. Kathy und Mary hatten ihre Rucksäcke ausgepackt. Die darin gefundenen Schlafsäcke lagen ausgebreitet vor ihnen, darauf waren die Gegenstände sortiert, die sie in den Seitentaschen gefunden hatten. Kathy kaute konzentriert an einem Stück Trockenfleisch, während Mary mit leerem Blick vor sich hin starrte.

Jeb schüttelte verwundert den Kopf, seufzte innerlich und ging dann zu den beiden Jungs hinüber. Er streckte ihnen das Feuerzeug entgegen.

»Möchte jemand von euch?«

Tian schüttelte den Kopf.

»Mach du«, sagte León. »Sieht so aus, als hättest du Ahnung vom Feuermachen.«

Es klappte auf Anhieb. Die Flamme entzündete zuerst die trockenen Nadeln und die dürren Ästchen. Bald schon griffen die Feuerzungen auf die Tannenzapfen und größeren Äste über und ein helles knackendes Feuer loderte auf.

Kathy und Jenna kamen herüber. Die Hände der Wärme entgegenstreckend standen sie vor dem Feuer. Mary war allein an ihrem Platz geblieben.

Was ist bloß mit ihr?, fragte sich Jeb. Er stieß Tian an und nickte mit dem Kopf in Marys Richtung. Der Asiate zuckte kurz mit den Schultern, dann ging er zu dem dunkelhaarigen Mädchen hinüber und redete leise auf sie ein.

Schließlich erhob sich auch Mary und kam mit Tian zu den anderen herüber.

Es wurde nun richtig schön warm. Jeb zog seine Jacke aus und hängte sie über einen Ast. León und Tian folgten seinem Beispiel, die Mädchen behielten ihre Jacken an.

Erschöpft und müde blickten die sechs Jugendlichen ins Feuer, als das Knacken eines Astes in ihrem Rücken die nächtliche Stille störte.

Alle zuckten erschrocken zusammen und lauschten in die Nacht. Stille.

Was – oder wer? – hatte dieses Geräusch verursacht?

»War das ein Tier?«, flüsterte Kathy kaum hörbar, aber niemand antwortete. Sie alle starrten in die Dunkelheit, aus der das Knacken gekommen war.

Da war es wieder.

Blätter raschelten. Noch mehr Äste zerbrachen, nun hörte man deutlich schwere Schritte.

Die Mädchen sahen sich erschrocken an, drängten sich aneinander. In Leóns Faust blitzte wie durch Zauberei das Messer auf. Er duckte sich ein wenig, zog den Kopf zwischen die Schultern und schob das Kinn vor, er wirkte entschlossen und kampfbereit. Tian hingegen war näher an das Feuer herangetreten, so als könnten ihn das Licht und die Wärme schützen.

Wieder krachte es im Unterholz. Man hörte ein leises Keuchen.

Jeb wirbelte herum und zog einen brennenden Ast aus den Flammen, den er wie ein gezücktes Schwert den Geräuschen entgegenstreckte.

Etwas kam auf sie zu.

Schnell.

Mit schweren Schritten.

Gleich würde es da sein.

8.

Der Schatten stürmte auf die kleine Lichtung unter dem Baumriesen und sackte zu Boden. Mary schrie auf, sie kauerte wie die anderen neben dem Feuer, bereit zu fliehen. Lediglich León stand vor dem Eindringling und sprang mit einem einzigen Satz vor. Seine Bewegungen waren kaum sichtbar, so schnell ging es. Die Klinge blitzte auf, jagte hinab ... als er plötzlich innehielt.

»Es ist einer von uns«, sagte er ruhig. Er trat einen Schritt zur Seite und gab den Blick frei.

Tatsächlich, vor ihnen, in gekrümmter Haltung, lag japsend ein Fremder. Das kurze hellblonde Haar klebte nass an seinem Kopf. Unter der Wanderjacke hob und senkte sich hektisch sein Brustkorb. Sein schwerer Atem erfüllte die Stille.

Jeb warf seinen brennenden Ast zurück ins Feuer und trat näher. Der fremde Junge schien sich nicht bewegen zu können. Jeb sah, wie die Augenlider unkontrolliert flatterten, er zuckte am ganzen Körper. Dann plötzlich ein kaum hörbares Krächzen. »Wasser.«

Sofort ging Jeb zu seinem Rucksack und zog die Wasserflasche heraus. Er kniete sich neben den Jungen, stützte mit der Hand den Nacken des anderen, während dieser gierig das

Wasser schluckte. Flüssigkeit rann sein Kinn hinab, aber er trank weiter, bis die Flasche leer war. Jeb seufzte stumm. Er selbst hatte sein Wasser eisern rationiert und fast nichts getrunken.

Der Junge drehte sich auf den Rücken, legte den Kopf in den Nacken und sah ihn an.

Hell und klar wie ein Bergsee leuchteten seine unglaublich blauen Augen im schwachen Schein des flackernden Feuers.

León hatte das Messer wieder eingesteckt und sah neugierig auf den Jungen hinab.

»Danke«, flüsterte der Fremde. »Ich renne schon seit Ewigkeiten. Mein Name ist Mischa.«

Seltsamer Name, dachte Jeb. *Klingt fremd.*

»Ich bin Jeb, das hier ist León. Woher kommst du? Warum bist du so gerannt?«

»Ich wurde angegriffen.« Der Junge deutete auf seinen linken Arm, der merkwürdig leblos neben ihm lag. Es war offensichtlich, dass jede Bewegung ihn unendlich viel Kraft kostete. »Ich weiß nicht, von wem oder von was, ich bin einfach nur davongerannt. Sie waren die ganze Zeit hinter mir. Ich hatte eigentlich keine Chance. Ich dachte, hier im Wald kann ich sie vielleicht abhängen. Dann hab ich das Feuer gesehen.« Er brach erschöpft ab.

»Sind deine Verfolger immer noch hinter dir her?«

»Ich weiß nicht, vielleicht haben sie meine Spur verloren. Sie haben die ganze Zeit schreckliche Schreie und Gekreische hervorgestoßen.« Mischa seufzte. Er wandte seinen Kopf und blickte zu den anderen, die um das Feuer saßen. »Hilf mir, mich aufzurichten.«

Jeb schob ihm die Hand unter den Rücken, dann zog er Mischa auf die Füße. Sein linker Arm hing schlaff herunter.

»Was ist mit deinem Arm?«, wagte Jenna zu fragen.

»Da hat mich dieses Biest... berührt, seitdem hab ich irgendwie das Gefühl darin verloren. Aber warte mal...« Er trat näher ans Feuer heran und hielt seinen Arm über die Flammen. »... meine Finger, ich kann sie wieder bewegen!«

Hastig riss er sich die nasse und teilweise zerfetzte Jacke und das Hemd vom Leib. Nun hielt er seinen nackten Arm über das Feuer, indem er ihn mit der anderen Hand stützte. »Das ist so... als würde er wieder auftauen. Scheiße und ich dachte schon, ich könnte den vergessen!«

Mary und Jenna sahen sich bestürzt an. Kathy hatte sich wieder auf ihren Schlafsack fallen lassen. Tian fand als Erster seine Stimme wieder. »Aber wer hat dir das angetan? Und warum? Wieso haben sie dich überhaupt gejagt? Und nicht uns? Jeb, was ist es, das uns jagt?«

Mischa zuckte mit den Schultern und bewegte vorsichtig seine Finger im Feuerschein.

»Pass auf, du verbrennst dich noch.« Jeb trat auf den Neuen zu und zog ihn behutsam vom Feuer weg. »Du hast sicherlich viele Fragen. Ich werde es euch allen gleich erklären. Lasst uns aber kurz noch unseren Proviant verteilen. Leóns Rucksack ist leider verschwunden – das heißt, wir müssen unsere Essensrationen untereinander aufteilen.«

»Teilen?!« Kathy schnaubte. »Hätte er eben besser aufpassen müssen – und jetzt soll ich ihn durchfüttern? Sind wir hier auf einem netten Wanderausflug oder was?«

León blickte sie kalt an. »Keine Sorge, Prinzessin, auf Eure Großzügigkeit kann ich bestens verzichten.«

Jeb hatte den Blick aufs Feuer gerichtet und sprach nun ruhig weiter. »Wir werden unsere Essensrationen aufteilen und fertig! Nur zusammen werden wir hier überleben können. Jeder bringt andere Fähigkeiten mit, die uns vielleicht helfen, das alles durchzustehen. Zum Glück konnte León das Messer retten, das in seinen Sachen war. Ich habe ein Feuerzeug. Wir müssen wissen, was uns zur Verfügung steht und was wir einsetzen können, um zu überleben.«

León warf ihm einen merkwürdigen Blick zu. Jeb wusste nicht, ob er wegen der Erwähnung des Messers verärgert war oder es einfach nicht mochte, dass man ihm Anweisungen gab. Letztendlich war es egal. Jeb setzte sich in der Nähe des Feuers auf den Boden und zog seinen Rucksack heran. Er hatte Brot und Trockenfleisch. Und diese seltsamen Tabletten.

Neben ihm nahm Jenna Platz, die anderen verteilten sich nach und nach wieder ums Feuer. Tian reichte León ein Stück Brot, das dieser widerwillig akzeptierte. Alle begannen zu essen. Jeb riss ein Stück Brot ab. Es schmeckte säuerlich, aber gut. Dann biss er ins Trockenfleisch und weichte es in seinem Mund ein, bevor er zu kauen begann.

Jenna hielt ihm wortlos ihre Wasserflasche hin.

Dankbar lächelte er sie an und nahm einen großen Schluck. Das Wasser war eine Wohltat in seiner trockenen Kehle. »Danke. Das Brot reicht uns gerade mal einen Tag, wenn man es rationiert, vielleicht zwei Tage.«

»Weißt du, wofür diese Dinger sind?« Jenna griff nach den Tabletten.

Jeb wollte verneinen, aber Mischa, der sich an Jennas anderer Seite niedergelassen hatte, kam ihm zuvor. Er bewegte vorsichtig seinen Arm. »Ich vermute, es sind Schmerzmittel, oder etwas gegen Fieber und Entzündungen. Habe vorhin eine aus meinem Rucksack genommen. Hat schon geholfen.« Er grinste erleichtert. »Zusammen mit der Wärme des Feuers ist mein Arm fast wie vorher, nur noch ein bisschen steif, aber das wird schon.«

Nachdem sie gegessen hatten, begutachteten sie ihre unterschiedlichen Ausrüstungen.

Jenna hatte ein langes Seil gefunden. Tian ebenfalls. In Mischas Seitentasche steckte ein weiteres Feuerzeug. In Marys Rucksack fanden sie Verbandsmaterial. Leóns Messer blieb das einzige.

Das war alles.

Ein Großteil der Vorräte war bereits verspeist, sie hatten alle die gleiche Ration.

»Ganz schön mickrige Ausbeute«, unterbrach Tian die Stille. »Wenn das alles ist, sieht es nicht gut für uns aus.«

»Ich bin anderer Meinung«, sagte Jeb schnell, bevor schlechte Stimmung aufkam. »Wir haben alles, was wir zum Überleben brauchen. Feuer, Nahrungsmittel und ein Messer, mit dem wir Waffen und Werkzeuge herstellen können. Wir müssen die Dinge, die wir haben, nur sinnvoll einsetzen.«

»Das ist ja schön und gut. Aber was uns fehlt, ist die leiseste Ahnung davon, was wir hier machen und was das Ganze soll«, mischte sich jetzt León ein. »Los, erzähl schon, wir wissen jetzt, dass unsere Chancen mies sind. Es gibt also keinen Grund, uns noch länger zu verschweigen, wieso wir hier gelandet sind. Du hast uns lange genug hingehalten.«

Außer Jenna starrten Jeb plötzlich alle anderen überrascht an.

»Du *weißt*, warum wir hier sind?« Mischa schnaubte.

Jeb nickte.

»Warum? Warum du?«

»Keine Ahnung. Bitte lasst mich ausreden, auch wenn unglaublich ist, was ihr gleich hört. Stellt eure Fragen später, ich werde sie beantworten, so gut ich kann.«

Er faltete den Zettel mit der Botschaft auseinander. Jetzt hatte er ihre volle Aufmerksamkeit.

9.

Jeb blickte in die Runde, holte tief Luft und begann, leise zu erzählen. Die Jungen und Mädchen hingen gebannt an seinen Lippen. Seine Geschichte unterschied sich nicht wesentlich von den Erlebnissen der anderen. Bis auf die Botschaft, die er in seinem Rucksack gefunden hatte:

»Hier steht, dass wir zurückkehren müssen. Und dass es nur einen Weg zurück ins eigene Leben gibt.« Nun las er: »›Du musst diese und alle anderen Welten durchlaufen, wenn du heimkehren willst. Viele Prüfungen warten auf dich, aber du wirst nicht allein sein. Gehe in Richtung der Sonne, viele Stunden von hier entfernt. Auf einer weiten Ebene wirst du andere finden. Menschen, die wie du im Labyrinth gefangen sind.‹«

Jeb sah auf, als er das Wort »Labyrinth« aussprach. Auf ihren Gesichtern spiegelte sich blankes Entsetzen, als sie sich in dem Geschriebenen wiedererkannten. Die Gruppe wurde unruhig, jeder versuchte auf seine Weise, diese unglaublichen Worte zu verdauen.

»Wartet, es geht noch weiter. Denn dieses Labyrinth besteht aus sechs Welten. Das hier ist die erste, die erste von sechs Prüfungen. Hier steht: ›In jeder Welt gibt es Tore, Portale, die euch in die nächste bringen, am Ende des Weges liegt die

Freiheit. Derjenige von euch, der alle Welten durchlaufen hat, gewinnt den Preis des Lebens.‹«

Jeb zögerte, sah die anderen an. Diesmal unterbrach ihn niemand. Sein Auge begann, wieder zu zucken, und er zwang sich auszuatmen. Was er ihnen als Nächstes mitteilen würde, musste er in aller Ruhe verkünden.

»›Wenn du alle Menschen gefunden hast, wird um Mitternacht ein Stern am Himmel erscheinen, der euch den Weg zu den Toren weist. Ihr habt drei Tage, zweiundsiebzig Stunden, um die Tore zu erreichen. Schafft ihr es nicht, die Tore zu durchschreiten, verschwinden sie und ihr seid bis in alle Ewigkeit in dieser Welt gefangen.‹«

Ein Ast knackte im Feuer. Jeb schloss kurz die Augen, dann schlug er die Lider wieder auf und sprach weiter. »Aber es kommt noch schlimmer.«

Kathy räusperte sich heiser. »Nun sag schon.«

León brummte zustimmend.

»›Fürchtet euch vor euren Ängsten. Nur die Kraft der Sonne und die Hitze des Feuers können euch vor den Jägern schützen, denn sie vertreibt das wärmende Licht. Wen seine Ängste überwältigen, wird zurückbleiben. Ihr seid sieben Suchende, doch es gibt nur sechs Tore zur nächsten Welt. So wird es in jeder Welt sein, immer werdet ihr ein Tor weniger finden, als ihr Suchende seid. Einer von euch wird stets zurückbleiben, einer wird allein seinen Ängsten gehören. Wer leben will, muss kämpfen. Gegen andere, gegen sich selbst. Am Ende wird nur einer von euch überleben. Weil ihr im Labyrinth seid. Weil ihr verloren seid.‹« Jeb sah auf. Sechs Augenpaare starrten ihn an. »Ich konnte es nicht glauben, aber ich wusste eins: Wenn ich wirklich sechs Menschen finde, dann steht auf dem Zettel die Wahrheit.«

»Und du hast uns gefunden«, sagte Jenna leise.

Die anderen schwiegen. Es war schließlich León, der das Wort ergriff. »Ich glaube den ganzen Scheiß nicht. Eine Botschaft. Von wem ist denn diese beschissene Nachricht? Tore. Welten. Der Preis des Lebens ... das klingt alles nach einer ziemlich dämlichen Abenteuergeschichte, wenn ihr mich fragt. Eine, mit der man Kindern Angst einjagt.« Er riss die Augen auf und verzog sein Gesicht zu einer Grimasse. »Uhhhhh, jetzt hab ich aber Angst!« Er schüttelte den Kopf. »Alles Bullshit.«

»Und was sagst du zu der Tatsache, dass uns Jeb gefunden hat, dass wir sechs Leute sind, genau wie es dort steht?«, fragte Jenna bissig, riss Jeb den Zettel aus der Hand, warf einen Blick darauf und hielt ihn León unter die Nase. »Hier! Lies selbst! Da steht es. Schwarz auf weiß.«

León wich zurück und wehrte Jennas Hand ab. »Das muss nichts zu bedeuten haben. Jeder könnte den Zettel geschrieben haben. Sogar Jeb selbst.«

Jenna hielt inne. Sie fixierte León mit ihren Blicken. »Warum liest du nicht?«

»Sag mir nicht, was ich zu tun habe. Oder was ich zu glauben habe. Es muss eine andere Erklärung geben.«

»Ach ja? Und Mischas Verletzung? Diese ... diese Monster, die ihn gejagt haben?«

»Vielleicht war er nach dem Aufwachen noch so benebelt, dass er Schiss vor seinem eigenen Schatten hatte und dann gestolpert ist. Abgesehen davon: Wir haben unsere Verfolger nicht gesehen, nur ein Schreien gehört, das auch von irgendwelchen Tieren stammen könnte.«

»Ich hab sie gesehen«, warf Mischa ein.

León wandte sich ihm zu. Er lächelte verächtlich. »Vorhin hast du etwas anderes gesagt. Außerdem bist du sofort weggelaufen, wie willst du da wissen, was dich angegriffen hat? Es hätte auch ein Wolf oder ein Bär sein können.«

»Hätte ich stehen bleiben und anschauen sollen, was es auf mich abgesehen hat? Schon mein Arm wäre fast draufgegangen, nur weil es mich berührt hat!«

»Wie auch immer, aber ich hätte mir nicht gleich in die Hose gemacht, bloß weil ein paar wilde Hunde herumkläffen und du in einen Kaninchenbau stolperst.«

Mischa sprang auf. Blitzschnell war auch León auf den Füßen, doch da hatte ihn der blonde Junge mit seinem gesunden Arm schon am Kragen gepackt.

»Und? Wo ist deine große Klappe jetzt?«, zischte Mischa.

León lächelte kalt. Er machte eine leichte Kopfbewegung zu seiner rechten Hand. Die Schneide seines Messers schwebte vor Mischas Hals.

»Der Einzige, der eine große Klappe hat, bist du. Ich hätte versucht, es zu töten. Vielleicht blutet es ja. Und wenn es blutet, kann man es auch töten.«

»Ich hatte kein Messer.«

»Lass mich los, Kleiner.«

»Nimm erst dein beschissenes Messer weg.«

Mit einem Klicken ließ León die Klinge einschnappen. Dann drehte er sich um und setzte sich auf seine Jacke.

»Haben wir uns dann alle wieder beruhigt?«, fragte Jeb in die entstandene Stille hinein. Niemand antwortete.

»Was ist dein Problem?«, wandte sich Jeb an León.

»Alles, diese ganzen Märchen, die du uns erzählst, dieser komische Zettel. Das ist doch nichts als eine große beschissene Lügengeschichte.«

»Hast du denn eine andere Erklärung für das, was passiert ist?«

»Nein.«

»Wir alle spüren doch, dass hier etwas nicht stimmt. Dass wir hier nicht hergehören, dass wir diesem … Ort hier ausgeliefert sind. Bis vor Kurzem hatte ich wohl zumindest ein Leben, in dem ich anscheinend Motorrad gefahren bin. Und das war bestimmt nicht hier.«

»Das bedeutet nicht, dass ich das erstbeste Schauermärchen glaube«, erwiderte León.

»Wir werden ja sehen, ob um Mitternacht der Stern aufgeht, von dem auf dem Zettel die Rede war«, mischte sich jetzt Kathy ein. Sie schwenkte das abgegriffene Blatt Papier in der Hand, das inzwischen die Runde gemacht hatte. »Natürlich klingt das alles selten dämlich, aber der Stern wäre doch der Beweis, dass alles stimmt, was Jeb gesagt hat, oder?«

»Ich kann auf diesem beschissenen Stück Papier kaum etwas entziffern«, knurrte Tian.

»Mir geht's genauso«, stimmte Mischa ihm zu. »Blasse Buchstaben, die nur wenig Sinn ergeben.«

Kathy schüttelte den Kopf. »Ihr müsst nur richtig hinschauen, ihr Trottel. Da steht alles klar und deutlich. Um Mitternacht wird ein Stern erscheinen …«

»Aber wir sind mitten im Wald. Wie willst du da den Himmel sehen?«, unterbrach sie Tian. »Und außerdem, was bedeutet es schon, einen Stern am Himmel zu sehen? Gar nichts!«

Kathy fuhr herum. »Hast du etwa eine bessere Idee?«

»Ruhe«, sagte Jeb leise, aber bestimmt. »Hört auf, euch zu streiten. Wir haben gerade echt andere Probleme.« Er sah León an. »Ich finde Kathys Idee gut. Oder hat jemand einen anderen Plan? Wo sollen wir hingehen? Was sollen wir tun?«

»Wir könnten versuchen, andere Menschen zu finden, vielleicht hilft uns ja jemand weiter«, sagte Mischa.

»Ich habe nicht das Gefühl, dass hier Menschen leben, und falls doch, werden wir sie früher oder später finden. Und wer weiß, ob sie uns freundlich gesinnt sind. Also noch mal, hat jemand einen anderen Vorschlag?«

Alle schüttelten den Kopf.

»Dann können wir ebenso gut dem Stern folgen und nachschauen, ob die Tore existieren. Sind sie da, wissen wir, dass wir die Wahrheit kennen. Gibt es sie nicht, sitzen wir tief in der Scheiße.«

Tian lachte auf. ›Tief in der Scheiße? Oh Mann, wir sitzen sowieso bis zum Hals in der Scheiße, wenn es stimmt, was Jeb sagt. Habt ihr euch mal klargemacht, was es bedeutet, wenn das alles stimmt?«

»Eben hast du noch gesagt, du glaubst ihm nicht«, zischte Kathy.

»Tue ich ja auch nicht, aber falls, nur mal so angenommen, alles so stimmt, dann geht es um unser Leben.« Er wandte sich an Jeb. »Wie war das mit den Toren? Wir sollen darum kämpfen? Sechs Welten und jedes Mal ein Tor zu wenig? Nur einer wird überleben? Mann, wenn das die Wahrheit ist, dann sieht es düster für uns aus.« Er zögerte einen Moment. »Das *darf* einfach nicht wahr sein. Ich weiß nicht, wie es euch geht, aber meine Fantasie übersteigt das bei Weitem.«

Es herrschte betroffenes Schweigen, einige nickten. León verschränkte die Arme vor der Brust. »Ist das alles, was du uns sagen kannst?«, wandte sich León an Jeb. »Woher sollen wir wissen, dass du nicht plötzlich noch so eine Nachricht herzauberst?«

Sieh an, dachte Jeb. *Obwohl er mir nicht glaubt, will er doch sicher sein, alle Informationen zu haben, die er zum Überleben braucht.*

»Nein, das ist alles, was ich weiß.«

Schweigen legte sich über die Gruppe. Sie alle waren verwirrt, verängstigt und erschöpft. Sie mussten ausruhen. In wenigen Stunden würde der Stern aufgehen, dann hatten sie zweiundsiebzig Stunden Zeit, die Tore zu erreichen. Niemand wusste, wie weit sie entfernt und wie beschwerlich der Weg dahin war. Außerdem machte etwas Jagd auf sie – die Botschaft, die Anwesenheit der anderen sechs und Mischas Zustand, als er auf die Lichtung stolperte, waren Jeb Beweis genug. Und er wusste, sie würden alle ihre Kraft benötigen.

»Ich denke, wir sollten versuchen zu schlafen. In der Nacht klettere ich auf den Baum und suche nach dem Stern.«

»Schlafen? Du glaubst tatsächlich, nach allem, was geschehen ist, kann jemand schlafen?«, rief Kathy.

»Wir müssen uns ausruhen, morgen liegt ein anstrengender Tag vor uns. Zum Glück haben wir das Feuer. Wenn man der Botschaft glaubt, dann werden sie uns hier nicht heimsuchen. Wir sollten also in Sicherheit sein, solange wir uns nicht zu weit vom Feuer entfernen. Außerdem haben wir seit Stunden nichts mehr gehört, kein Schreien, kein Heulen. Das, was Jagd auf uns macht, hat vielleicht im Regen unsere Spur verloren.«

»›Vielleicht‹ ist ein wenig dürftig«, warf Mischa ein, der bereits in seinen Schlafsack kroch.

»Ich werde Wache halten, bis ich den Stern gesehen habe. Dann wecke ich einen von euch, um mich abzulösen. Wenigstens lässt der Regen nach. Wir können nur hoffen, dass der Himmel aufreißt und ich überhaupt etwas sehe.«

»Ganz schön optimistisch.« León hatte sich seine Jacke übergelegt, als notdürftigen Schutz vor der kühlen Nachtluft.

Habe ich eine andere Wahl?

Jenna erhob sich. Sie ging zu ihrem Schlafsack und bereitete ihr Nachtlager vor. Den Rucksack schob sie als Kopfkissen unter ihren Nacken.

Tian, Mary und Kathy machten es ihr nach. Jeder war in Gedanken versunken, schien über das Gehörte nachzugrübeln und versuchte, eine plausible Erklärung zu finden.

Tian legte sich in Mischas Nähe. Mary rückte etwas an Jenna heran. León lag abseits der anderen. Kathy blieb in Jebs Nähe, der seinen Schlafsack vors Feuer gezogen hatte und schweigend in die Flammen starrte. Es dauerte eine Weile, aber dann hörte das Geraschel auf und die Atemzüge der Jugendlichen wurden ruhiger.

Jeb hockte in Gedanken versunken auf seinem Schlafsack und fragte sich, was ihnen der morgige Tag bringen würde. Dabei spürte er, wie Kathy ihn anstarrte. Er wandte sich zu ihr um und ihre grünen Augen funkelten im Widerschein des Feuers. Ein Schauer lief über seinen Rücken.

Jeb wusste, dass er hier und jetzt die Führung übernehmen musste, um aus ihnen eine Gruppe zu formen, die sich gegenseitig unterstützte. Sie brauchten einander, das war ihm sofort klar gewesen. Denn die anderen hatten noch nicht verstanden, dass sie hier in diesem Wald erst am Anfang von etwas Unfassbarem und Gefährlichem standen. Sie hatten noch einen langen Weg vor sich. Jetzt als Gruppe auseinanderzufallen, würde den Tod von ihnen allen bedeuten.

Jeb sah in die Runde. Er wollte nicht ihr Anführer sein. Aber er war derjenige, der momentan die Situation am besten überblickte. Wahrscheinlich würde er die Führung bald an León abgeben können, der am geeignetsten dafür war, auch wenn bei ihm die Gefahr bestand, dass er seinen eigenen Weg gehen würde. In allem, was er sagte oder tat, spürte man Leóns bedingungslosen Egoismus.

Aber auch er braucht die anderen, wenn er überleben will. Hoffentlich begreift er das.

Dann dachte er an Jenna.

Sie wäre ideal. Sie wirkt besonnen, verliert in Gefahrensituationen nicht die Nerven und sorgt sich um andere. Er ließ seinen Blick über die restliche Gruppe wandern.

Sie werden kein Mädchen als Anführerin akzeptieren. Besonders nicht Kathy, es sei denn, sie selbst reißt die Führung an sich.

Über Mischa und Mary konnte er nichts sagen und Tian würde sich seinem Eindruck nach einfach dem stärksten Mitglied der Gruppe unterwerfen.

Kathy lag in ihrem Schlafsack eingemummt und beobachtete Jeb. Ihre Hand wanderte nach unten, sie fühlte das Messer in ihrer Hosentasche, es gab ihr ein beruhigendes Gefühl. Sie hatte es in einer der Seitentaschen ihres Rucksacks gefunden und natürlich nicht im Traum daran gedacht, ihren Fund den anderen preiszugeben. Wahrscheinlich hätte man es ihr weggenommen und einem der Jungs gegeben. Nein, sie würde nicht wehrlos sein, egal, was auf sie zukam, sie würde sich zu verteidigen wissen.

Jeb sieht gut aus, dachte Kathy. *Groß und stark, mit markanten Gesichtszügen. Womöglich hat er uns nicht alles verraten, was er weiß.* Es würde wichtig sein, in Jebs Nähe zu bleiben. Ihm zu zeigen, dass sie auf seiner Seite war.

Kathy glaubte jedes Wort, das er gesagt hatte. Nein, »glauben« war der falsche Ausdruck, sie *spürte*, dass er die Wahrheit sagte. Sie musste ihn als Verbündeten gewinnen. Vielleicht noch mehr als das.

In ihrer Körpermitte stieg Hitze auf. Langsam ließ sie den

angestauten Atem entweichen. Sie würde überleben, egal, was auf sie zukam.

Wenn es diese Tore gibt, werde ich als Erste hindurchgehen. Ich brauche nur Jeb.

Und wer weiß, vielleicht können wir in dieser beschissenen Welt außerdem noch ein wenig Spaß haben.

Sie starrte zu ihm hinüber.

Du gehörst mir.

10.

Jeb war jegliches Zeitgefühl verloren gegangen und er hatte jetzt die Warterei satt. Er erhob sich geräuschlos, um die anderen nicht zu wecken. Stille lag über dem Lager, auch aus dem Wald drang kein Geräusch. Nicht einmal Waldvögel waren zu hören. Er herrschte eine fast unnatürliche Ruhe.

Plötzlich spürte er, dass jemand neben ihm stand. Er wirbelte herum. Es war Kathy, die schattengleich neben ihm aufgetaucht war. Ihre roten Haare waren zerzaust, aber ansonsten sah sie aus, als ob sie gar nicht geschlafen hätte.

»Verdammt«, zischte er. »Du hast mich zu Tode erschreckt.«

»Entschuldigung«, flüsterte sie. Sie formte ihre Lippen zu einem Schmollmund. »Ich wollte dir nur helfen, wenn du den Baum besteigst.«

»Dabei kannst du mir nicht helfen.«

»Doch, ich kann eine Fackel halten und den ersten Teil des Baumes mit dir nach oben steigen, um dir den Rest des Aufstiegs zu leuchten.«

Das war tatsächlich eine gute Idee.

Kathy trat näher. Ihre schmale Hand legte sich sanft auf seine Schulter. Dort, wo sie ihn berührte, begann Wärme sich auszubreiten. Sie kam noch einen Schritt auf Jeb zu, bis er ihren anschmiegsamen Körper an seiner Seite spüren konnte. Ihr Becken lag an seiner Hüfte. Ihm wurde heiß. Es fühlte sich gut an. Trotzdem war es weder die richtige Zeit noch der richtige Ort für so etwas. Jeb trat einen Schritt zurück.

»Gut. Danke, dass du mir helfen willst.«

Sie lächelte verführerisch. »Ich helfe gern, wo ich kann. In jeder Hinsicht.«

Was soll das? Will sie sich an mich ranmachen?

Nein, er musste sich täuschen. Kathy wollte wahrscheinlich wirklich nur helfen. Und doch war da dieser merkwürdige Blick. Wie sie versuchte, ihm tief in die Augen zu sehen. Noch immer lag ihre Hand auf seiner Schulter. Glitt seinen Nacken hoch. Kathys Lippen waren leicht geöffnet. Sie schimmerten verführerisch im Schein des Feuers. Das Mädchen hielt den Kopf etwas gesenkt und sah ihn unverwandt unter gesenkten Lidern an.

Diese Augen …

Jeb schüttelte den Kopf. Er löste sich von Kathy, ging zum Feuer und zog einen brennenden Ast heraus.

»Halt ihn ganz unten«, sagte er leise. »Dann verbrennst du dich nicht.«

»Ich verbrenne mich nie«, hauchte sie kaum hörbar.

Sie stellten sich nebeneinander unter den mächtigen Stamm des Baumes. Jeb griff nach dem untersten Ast und zog sich hoch. Als er Halt gefunden hatte, bedeutete er Kathy, ihm die Fackel zu reichen und ihm nachzukommen. Kathy schwang sich geschmeidig nach oben.

»Gut«, sagte er. »Ich steige jetzt weiter nach oben. Du folgst mir und leuchtest den Weg aus.«

Sie nickte kurz.

Es ging besser, als er gehofft hatte. Wann immer er sicheren

Halt in einer höheren Position gefunden hatte, machte er Kathy ein Zeichen, ihm nachzukommen. So erklommen sie fast mühelos die Hälfte des Baumriesen, danach wurde es für Kathy zu gefährlich, mit nur einer freien Hand weiterzuklettern.

»Bleib hier und halt die Fackel hoch«, raunte Jeb ihr zu.

»Geht klar.«

Hier oben standen die Äste nicht so dicht wie in der Nähe des Bodens. Tatsächlich waren nur noch wenige Wolken am Himmel. Der Mond war aufgegangen. Sein fahles Licht schimmerte durch das Geäst, zusammen mit dem von unten heraufdringenden Fackelschein konnte Jeb die Äste als dunkle Schemen wahrnehmen. Vorsichtig stieg er weiter auf. Nach wenigen Metern konnte er einen Ast über ihm beiseiteschieben und zum Himmel spähen.

Dort! Er sah ihn deutlich. Der Stern funkelte am blauschwarzen Firmament, da immer wieder einzelne Wolkenfetzen darüberzogen, war er wie ein blinkendes Licht. Er schaute sich ausgiebig um, doch die Himmelsrichtung ließ sich nur schwer einschätzen.

Von unten drang Kathys heisere Stimme nach oben. »Siehst du was?«

»Ja«, raunte er nach unten. Kathys Gestalt war im Gewirr der Äste kaum auszumachen, aber der Fackelschein verriet ihre Position. »Der Stern ist da. So wie es auf dem Zettel steht.«

»Woher weißt du, dass es der richtige ist?«

»Es ist der einzige Stern am Himmel.« Plötzlich überfiel ihn eine unendliche Traurigkeit. Sie waren verloren. Hatte das nicht auch in der Botschaft gestanden? Es stimmte also wirklich. Alles stimmte. Energisch schob er alle negativen Gedanken beiseite und stieg ab. Als er Kathy auf halber Höhe erreicht hatte, bemerkte er ihren ernsten Blick.

»Du hattest recht mit dem Stern. Also stimmt wahrscheinlich alles andere auch. Ich habe dir vorher schon geglaubt, aber trotzdem wäre es mir lieber gewesen, du hättest den Stern nicht gesehen. Nun wissen wir wenigstens, woran wir sind, und können wieder abhauen. Ich hasse diesen Dschungel.«

»Du bist ziemlich tapfer«, sagte er leise.

Kathy zog den Arm mit der Fackel zurück. Gleichzeitig balancierte sie einen Schritt auf Jeb zu. Sie streckte ihre linke Hand nach vorn, legte sie unter sein Kinn. Bevor er reagieren konnte, beugte sie sich vor und küsste ihn auf die Lippen. Zuerst sanft, dann immer fordernder. Er roch Kathys Haar. Es duftete nach Honig. Ihre Lippen und ihre Zunge spielten mit ihm. Dann wurde ihm schlagartig bewusst, was Kathy mit ihm anstellte, und erschrak so heftig, dass er fast das Gleichgewicht verloren hätte.

»Was machst du da?«, fragte er verwirrt.

»Sieh es als Belohnung für deinen Mut an, den Baum zu besteigen. Und für alles andere, was du für uns getan hast.«

Kathys Augen ließen keinen Moment von ihm ab, sie beäugte ihn wie ein kostbares Insekt, das sie gerade gefangen und mit einer Nadel an den Baumstamm gepinnt hatte. Zorn und Erregung tobten in ihm. Am liebsten hätte er ihr deutlich seine Meinung über ihre unpassenden Verführungsversuche gesagt, gleichzeitig wünschte er sich, sie weiter zu küssen. Ihre Lippen waren weich gewesen. Und warm.

Da hörte er ein Rascheln. Er blickte nach unten.

Am Fuß des Baumes stand Jenna, den Kopf in den Nacken gelegt.

Sie hatte alles gesehen.

Jeb kletterte als Erster hinunter. Kurz darauf sprang Kathy neben ihm zu Boden. Sie sagte kein Wort zu Jenna, lächelte sie nur hochmütig an, warf die Fackel zurück ins Feuer und kroch dann in ihren Schlafsack. Jenna sah ihr nach, ohne eine Miene zu verziehen.

»Kannst du nicht schlafen?«, fragte Jeb. Seine Lippen brannten noch von Kathys Kuss und er spürte, wie seine Wangen glühten. Innerlich verfluchte er Kathy.

»Hast du ihn gesehen?«, fragte Jenna. Sie ließ sich nichts anmerken.

»Ja«, antwortete Jeb.

»Und du bist dir sicher, dass es der Stern ist?«

»Es ist der einzige am Himmel.«

»Der einzige? Wie kann das sein? Wieso stehen keine anderen Sterne am Himmel, wie sonst auch? All die Sterne... Heißt das, dass dann womöglich alles stimmt, was auf deinem Zettel steht?«

»Vielleicht wird ja alles gut«, meinte Jeb schwach.

»Jeb, nichts wird gut, hier läuft irgendetwas ziemlich schief. Wir sind hier gestrandet, haben keinen blassen Schimmer, wer wir sind. Wir sollen gegeneinander um unser Leben kämpfen! Und gejagt werden wir auch noch! – So sollte es nicht sein!«, sagte Jenna und es klang merkwürdig, wie sie es aussprach. Schluchzend kauerte sie am Boden und Jeb setzte sich neben sie, legte schweigend den Arm um ihre Schultern. Jenna flüsterte: »Verstehst du nicht, Jeb? Hier stimmt etwas nicht, so etwas darf einfach nicht wahr sein.«

Jeb war verwundert über ihren Ausbruch. So hatte er sie nicht eingeschätzt, Mary – ja, aber nicht die so gefasst wirkende Jenna. »Sieh mich an, Jenna. Wir werden zusammenhalten. Ja, es sieht vielleicht nicht gut aus und es ist besser, wir stellen uns aufs Schlimmste ein, als schon jetzt zu verzweifeln.«

Jenna schluckte merklich. Sie hob den Blick und sah ihm in die Augen. »Ich vertraue dir, Jeb, wir werden zusammenhalten.«

»Wir gehen im Morgengrauen los.«

»Dann solltest du dich auch noch ein wenig ausruhen.«

Er nickte. »Du auch. Ich glaube, wir brauchen keine Wachablösung, es ist so ruhig. Die anderen sollen lieber schlafen.«

Jenna ging zu ihrem Schlafsack hinüber, wickelte sich darin ein und drehte sich zum Feuer.

Jeb aber fand keinen Schlaf. Noch immer spürte er Kathys Kuss auf seinen Lippen, glaubte, den Honigduft ihrer Haare zu riechen. Immer wieder dachte er auch an Jenna, an ihren Ausbruch. Sie wusste also auch, dass ein einziger Stern am Himmel etwas zu bedeuten hatte. Dass hier etwas nicht stimmte. Und doch drängte sich erneut Kathy in seine Gedanken. Mit jeder Minute, die er nicht einschlafen konnte, wuchs sein Zorn auf das rothaarige Mädchen.

Verdammt, sie hätte ihn nicht küssen dürfen.

Und er hätte diesen Kuss nicht genießen dürfen.

Mit diesen Gedanken schlief er schließlich ein und sah nicht, wie sich León geräuschlos erhob.

León hatte nicht verfolgen können, was auf dem Baum geschehen war. Er hatte sich schlafend gestellt, aber Kathys und Jennas Reaktionen reichten ihm. Wie ein Trottel hatte Jeb zwischen den beiden Mädchen gestanden und das bedeutete, *etwas* war geschehen.

Danach hatte er angestrengt die Unterhaltung zwischen Jenna und Jeb belauscht. Es gab diesen beschissenen Stern also wirklich. Er hatte es nicht glauben wollen, aber was änderte das schon. Das Leben war ein Kampf. Er wusste, so war es schon immer gewesen, nur der Schauplatz und die Gegner hatten sich geändert.

Er grinste siegessicher.

Verdammt, er würde überleben. Er hatte das einzige Messer der Gruppe und würde es nicht hergeben. Sollten diese Idioten doch sehen, wie sie zurechtkamen. Er blickte in die schlafende Runde.

Ich könnte mich allein durchschlagen, aber noch brauche ich euch. Wer weiß, was auf uns zukommt, und vielleicht muss man jemanden für die Jäger opfern, um die Tore zu erreichen. Dafür seid ihr hier.

León bewegte sich wie eine Katze durch die Dunkelheit. Er hatte ein Messer, aber zum Überleben würde er auch Feuer brauchen. Jeb zu bestehlen, wagte er nicht, aber bei Mary sollte das kein Problem sein. Wie ein Schatten glitt er heran. Ohne ein Geräusch zu verursachen, zog er ihren Rucksack zu sich. Doch plötzlich spürte er etwas in seinem Rücken. Langsam wandte er den Kopf.

Mischa.

Er lag mit geöffneten Augen in seinem Schlafsack und blickte unverwandt zu ihm herüber. León konnte sein Gesicht kaum ausmachen, aber er war sich sicher, dass Mischa ahnte, was er vorhatte. Langsam ließ er Marys Rucksack sinken und schob ihn wieder neben das schlafende Mädchen.

Dann erhob er sich geräuschlos und schlich zu seinem Nachtlager zurück. Mischas Blick verfolgte ihn noch immer, als er hineinkroch und die Augen schloss.

11.

Tian erwachte als Erster. Graues Morgenlicht schimmerte durch das Blätterdach der Bäume. Ein kühler Nebel war während der Nacht aufgezogen und hing über dem feuchten Boden. Tian blickte zum Feuer. Es war abgebrannt und erloschen. Nicht einmal mehr Glut war darin zu entdecken. Sie würden also aufbrechen, ohne sich davor aufwärmen zu können.

Er streckte die steifen Glieder und beobachtete, wie die anderen sich müde erhoben, mit den Händen durch die Haare fuhren und sich den Schlaf aus den Augen rieben. Jeb sah übernächtigt aus. Kein Wunder, hatte er doch die halbe Nacht Wache geschoben. Kathy hingegen wirkte frisch und energiegeladen. Ihre roten Haare fielen auf ihre schmalen Schultern herab. In einer sinnlichen Bewegung fuhr sie mit der Hand durchs Haar und ließ sie wieder fallen. Kathy schien einfach nicht hierher zu gehören.

Wie jemand, der sich auf eine Party vorbereitet und jeden Augenblick von seinem Date abgeholt wird.

Mary hingegen war nur ein blasser Schatten. Tian hatte das Gefühl, durch sie hindurchschauen zu können, so wenig Präsenz zeigte sie. Ihr makelloses Gesicht, die schwarzen Haare und die vollen roten Lippen. Sie war schön. Aber durch ihre Blässe verschwamm sie fast mit dem Nebel.

Jenna stand etwas abseits bei Mischa und unterhielt sich leise mit ihm. León war nirgends zu sehen.

Plötzlich fiel Tian ein, dass er gar nicht wusste, ob Jeb in der Nacht den Stern entdeckt hatte. Rasch ging er zu ihm hinüber.

»Und? Hast du ihn gesehen?«

Jebs braune Augen waren unergründlich. Er rief in die Runde und die Jungs und Mädchen traten sofort heran. León erschien wie aus dem Nichts.

Verdammt, dachte Tian. *Der Typ ist eine Schlange. Eben war er noch nicht zu sehen und jetzt taucht er so schnell auf, dass man sich fragt, ob er sich unsichtbar machen kann.*

Grinsend nahm der tätowierte Junge seinen Platz in der Runde ein.

»Ich bin heute Nacht auf den Baum gestiegen. Kathy hat mir geholfen. Der Stern war da.« Das war deutlich und unmissverständlich.

»Ihr wisst, was das bedeutet?«, sprach Jeb weiter.

Alle bis auf León nickten. Seine Lippen umspielte ein geheimnisvolles Lächeln, so als wüsste er etwas, was den anderen verborgen war.

»Was machen wir nun?«, fragte Mischa.

Spätestens jetzt war allen klar, dass ihnen Jeb am Abend zuvor die Wahrheit gesagt hatte. Auch wenn dieser Wandel ganz schön schnell gegangen war, fand Tian. Sie durften sich nichts vormachen. Irgendetwas stimmte hier ganz gewaltig nicht. Jebs Worte schienen ihnen die einzige Hoffnung zu sein, die ihnen geblieben war. Sie hatten fast nichts, kannten nur wenig mehr als ihre Namen und sollten sich nun durch fremdes Land schlagen. Gejagt und verfolgt. Und immer einer musste zurückbleiben.

Werde ich derjenige sein?

Die anderen Jungs sahen stärker aus als er, durchtrainierter, mit mehr Muskeln. Er versuchte, sich vergeblich an die Zeit vor dieser unmöglichen Situation zu erinnern, aber es wollte ihm nicht gelingen. Er spürte allerdings instinktiv, dass er solche Abenteuer in der Wildnis noch nie erlebt hatte. Selbst die Mädchen machten bis auf Mary einen robusteren Eindruck auf ihn.

Ja, Mary war das wahrscheinlichste Opfer. Sie war geistig kaum anwesend und versprühte keinerlei Energie. Wahrscheinlich würde sie schon bald zusammenklappen, wenn sie erst einmal losmarschiert waren.

Werde ich ihr helfen …?

Seine Gedanken wurden von Jeb unterbrochen.

»Der Stern leuchtete in der Richtung, den die Sonne am gestrigen Tag bei ihrem höchsten Stand einnahm. Dort müssen wir hin. Vielleicht kann man ihn auch bei Tag sehen, er war ziemlich hell. Das heißt aber, wir müssen wieder aus dem Wald raus. Hier drinnen kommen wir nur langsam voran und wir sehen den Himmel nicht.«

»Du willst wieder raus auf die Ebene?«, fragte Jenna. »Du weißt, was dort auf uns lauert. Diese … Viecher, die Mischa angefallen haben.« Sie wandte sich an die anderen und Tian staunte über ihre Sicherheit. »Jeb glaubt, dass unsere Ängste Gestalt angenommen haben und Jagd auf uns machen. Immer wenn sie uns sehr nahe kommen, hören wir ihr Kreischen.«

»Unsere Ängste? Ich will ja nichts sagen, aber das klingt reichlich bescheuert. Wisst ihr, was ich glaube? Ihr habt sie nicht mehr alle.« León lachte spöttisch.

Jenna ließ sich nicht beirren. »Wovor auch immer Mischa Angst hat, es hat ihn gestern auf der Ebene ohne Schwierigkeiten gefunden.«

Kathy drängte sich dazwischen. »Ihr seid alle gnadenlos unbegabt. Könnt ihr euch denn gar nichts merken? Auf dem Zettel stand: ›Fürchtet euch vor euren Ängsten.‹ Ja, klar, die hat ja wohl jeder, aber das ist eine Frage der Kontrolle. Oder glaubt ihr, eure Ängste hüpfen als Monster nachts aus eurem Schlafsack und überfallen euch. Mann, werdet erwachsen.«

»Ich habe sehr wohl zugehört«, meldete sich Mary zu Wort und fing prompt einen bösen Blick von Kathy auf. »Es ging noch weiter: ›Wen seine Ängste überwältigen, wird zurückbleiben.‹«

»Ja, genau«, Tian wollte jetzt auch etwas beitragen. »Vielleicht eine Art Voodoo-Zauber, was Magisches, wisst ihr, wie in solchen verrückten…«

»Tian, krieg dich wieder ein.« Mischa wurde es jetzt zu viel. »Wir haben nur die zwei Möglichkeiten, Wald oder Steppe.«

»Seelentrinker«, flüsterte Mary plötzlich. »Ich weiß nicht, warum mir der Name einfällt, aber er passt zu ihnen. Sie wollen nicht nur unsere Angst, sie wollen alles.«

Das Rauschen des Waldes war das einzige Geräusch in diesem Moment, stellte Tian fest.

Jeb nickte mit zusammengepressten Lippen, ging aber nicht darauf ein. »Wir haben keine Wahl. Im Wald würden wir uns nur hoffungslos verlaufen.«

»Er hat recht«, mischte sich Mischa ein. »Außerdem haben wir vielleicht Glück und die Sonne scheint, dann dürften sie uns in Ruhe lassen.«

»Also?«, fragte Jeb in die Runde. »Wer meint, wir sollten es so machen?«

Alle hoben die Hände. Bis auf León. Er stand gelassen da und blickte Jeb an.

»Was ist mit dir?«

León zuckte die Schultern. »Vorerst gehe ich mit euch mit. Ich will den Stern sehen. Sollte er tatsächlich da sein, werde ich mich entscheiden, ob ich bei euch bleibe oder meinen Weg allein fortsetze.«

»In der Gruppe ist es sicherer«, versuchte Jeb, ihn zu überzeugen, aber Tian ahnte, dass es nichts bringen würde. León ließ sich nicht beeinflussen.

»Du magst das so sehen. Ich denke anders darüber.«

»Und wie?«

»In einer Gruppe ist jeder Einzelne nur so schnell wie das langsamste Mitglied.« Er blickte vielsagend zu Mary hinüber, die das nicht einmal wahrnahm. »Allein bin ich flexibler. Muss auf niemanden Rücksicht nehmen und kann blitzschnell entscheiden, ohne mich mit anderen absprechen zu müssen. Und wenn ihr alle ehrlich zu euch wärt, dann wüsstest ihr, dass es genauso ist und nicht anders.«

Arschloch, dachte Tian. *Was ist mit Freundschaft, Kameradschaft, dem Gefühl, nicht allein zu sein, sich gegenseitig zu unterstützen?*

»Okay«, sagte Jeb. »Ich akzeptiere das. Gib uns Bescheid, wenn du dich entschieden hast.«

»Geht klar.«

Leóns Worte hatten die Gruppe nachdenklich gemacht. Fast alle sahen betreten zu Boden. *Dachten etwa auch noch andere darüber nach, Einzelkämpfer zu sein?* Es wurde Zeit, dass jemand die betretene Stille zerschlug.

»Also Leute«, sagte Tian laut. »Wer will meinen Rucksack tragen? Nicht drängeln, bitte nicht drängeln. Bei mehr als einem Bewerber entscheidet das Los.«

Zögerlich lachten die anderen, selbst León. Man merkte, wie sich die angespannte Stimmung wieder löste. Er wollte hier raus und endlich aufbrechen. Zufrieden warf sich Tian den Rucksack über die Schulter. Dann ging er zu Jeb hinüber und klopfte ihm auf den Rücken. Ohne dass die anderen ihn hören konnten, flüsterte er leise: »Lass uns aufbrechen. Im Augenblick ist die Stimmung gut, wer weiß, was in fünf Minuten ist.«

Tian ging an Jeb vorbei und betrat den Trampelpfad, auf dem sie am gestrigen Tag in den Wald gegangen waren. Er drehte sich nach den anderen um. Jeb lächelte ihn dankbar an.

»Boys and girls, hier geht's lang.«

12.

Die Sonne brannte bereits heiß vom wolkenlosen Himmel herab, als sie die Ebene erreichten. Durch die Helligkeit mussten sie sich keine Gedanken darum machen, was dort auf der Jagd war.

Jenna hob den Kopf, blinzelte in die Sonne und fragte sich, ob es nicht doch besser gewesen wäre, durch den Wald zu marschieren. Die Hitze hier draußen war schon jetzt am Morgen nahezu unerträglich. Ein heißer Wind strich über die endlose Graslandschaft und trocknete die letzten feuchten Stellen aus, die der Regen hinterlassen hatte.

Zum Glück hatten sie im Wald einige tiefere Pfützen entdeckt, mit deren braunem Wasser sie notgedrungen ihre Flaschen aufgefüllt hatten. Auch die großen Blätter der Farne hatten neue Wasservorräte für sie bereitgehalten. Doch Jenna wusste, dass dieses Wasser wohl kaum für den ganzen Tag reichen würde.

León war bei ihrer Gruppe geblieben. Nachdem sie gemeinsam den Wald verlassen hatten, sahen auch die anderen ihn zum ersten Mal: Deutlich sichtbar, rechts von der Sonne stand ein Stern am Himmel und funkelte gegen das strahlende Blau an. Während sie Stunde um Stunde auf ihn zumarschierten, änderte er seine Position nicht, sondern hing wie festgenagelt am Firmament.

Vor ihr ging Jeb, hinter ihr folgte der Rest der Gruppe, nur Mary war etwas zurückgefallen und trottete ihnen allein hinterher.

Zweimal hatten sie bereits Rast gemacht, einen Teil ihrer Vorräte gegessen und fast ihr ganzes Wasser verbraucht. Nun lief ihnen der Schweiß über das Gesicht. Der Schatten und Wasser spendende Wald lag längst weit hinter ihnen und war bereits nicht mehr auszumachen. Um sie herum war nichts als weite öde Steppe.

Während sie stumm marschierten, dachte Jenna darüber nach, was sie in der Nacht zuvor gesehen hatte. Oder was sie glaubte, gesehen zu haben, denn ganz sicher war sie sich nicht.

Jeb hatte Kathy geküsst. Lang und innig. So hatte es ausgesehen, als sie nach oben ins Geäst geblickt hatte. Oder war das eine Täuschung gewesen? Waren sie nur dicht beieinandergestanden und hatten leise miteinander gesprochen, um die anderen nicht zu wecken?

Jenna wollte das Bild verdrängen, aber es gelang ihr nicht. Mal sah sie, wie Jeb Kathy küsste, dann wiederum wirkte die Szene ganz harmlos.

Es hatte wehgetan, die beiden zu beobachten. Jenna glaubte zu spüren, dass Jeb sie mochte, dass da eine Verbindung zwischen ihnen war. Aber woher sollte diese Verbindung kommen, sie kannte Jeb doch kaum. Kathy hingegen traute sie nicht über den Weg. Sie war eingebildet, herrisch und arrogant. Kathy wollte Jeb nur benutzen, zumindest vermutete Jenna das. Die Rothaarige umgarnte ihn, weil sie sich einen Vorteil davon erhoffte, aber wenn es um ihr eigenes Überleben ginge, würde sie ihn bedenkenlos opfern.

Trotzdem. Sie hatten sich geküsst.

Sie konnte es sich noch hundertmal einreden, dass ihr das nichts bedeuten sollte.

Und dennoch versetzte ihr der Gedanke einen Stich, den sie sich nicht erklären konnte.

Mischa hatte sich zu Tian gesellt. Der Asiate schien im Gegensatz zu ihm hitzeresistent zu sein. Tians Gesicht war trocken und wirkte geradezu entspannt.

»Du scheinst dir keine Sorgen zu machen«, sprach Mischa ihn an und passte sein Tempo an.

»Ehrlich gesagt, weiß ich immer noch nicht, was ich von der ganzen Sache halten soll.«

»Dann glaubst du nicht an die Geschichte mit den sechs Welten und den Toren? Und dass in jeder Welt einer von uns zurückbleiben muss?«

»Na ja, irgendwie schon, aber im Augenblick ist alles noch weit weg. So weit, dass es unreal wirkt. Es dauert ja noch zweiundsiebzig Stunden, bevor es richtig brenzlig wird.«

Mischa sah ihn verblüfft an. »Weniger, ein paar Stunden sind ja bereits um. Aber meinst du nicht, man sollte auf alles vorbereitet sein?«

Tian blinzelte ihm zu. »Wer sagt, dass ich das nicht bin?«

»Aber wie kannst du auf so was wie das hier vorbereitet sein? Echt, aus dir werde ich einfach nicht schlau: Auf der einen Seite wirkst du wie ein Träumer, andererseits habe ich das Gefühl, du hast schon eine Menge erlebt.«

»An das ich mich nicht erinnern kann.«

Mischa lachte. »Richtig.«

Eine Weile gingen sie schweigend nebeneinander her, dann sagte Tian: »Kannst du dich an irgendetwas erinnern?«

Mischa zögerte. »Ja und nein. Da spuken Bilder in meinem Kopf herum.«

»Was für Bilder?«

»Autos, schwarze Limousinen, ein greller Blitz, Staub und Nebel, Chaos. Dann nichts mehr.« Wieder ein Zögern. »Manchmal glaube ich, ein Gesicht zu erkennen, das sich über mich beugt und mir etwas Unverständliches zuflüstert. Es ist ein Mann, zumindest denke ich, dass es ein Mann ist, aber ich kann sein Gesicht nicht erkennen. Er sagt immer wieder dieselben Worte, aber ich kann sie nicht hören, irgendetwas ist mit meinen Ohren passiert.«

»Aber jetzt kannst du hören«, sagt Tian. »Also war es wahrscheinlich nur ein Traum.«

»Hoffentlich. Dabei ist alles so real und doch verschwommen.« Er seufzte laut auf. »Und woran erinnerst du dich?«

»Da ist eigentlich nichts, nur Nebel. Und dann einzelne Bilder.«

Mischa bedeutete ihm weiterzusprechen.

»Es klingt bestimmt total bescheuert, aber ich sehe eine Stadt. Sie ist mir fremd und doch absolut vertraut.«

»Hat die Stadt einen Namen?«

»Keine Ahnung. Ich sehe immer nur Ruinen. Ein mächtiges Tor mit Reitern auf dem Dach. Eine hohe Säule, auf der ein goldener Engel steht. Alte Gebäude neben modernen Hochhäusern aus Glas. Verlassene Schächte im Untergrund und immer wieder Schilder, auf denen Orte und Namen stehen. Aber ich kann sie nicht lesen. Es herrscht immerwährender Schneefall, ewiger Winter. Graue Mauern, zerstört, alles ist verbrannt oder zu Schutt geworden. Der Himmel ist bleigrau. Ebenso grau sind die Flocken, die zur Erde herabfallen und alles bedecken. Es ist kalt. Ich friere, aber ich weiß, dass ich nicht stehen bleiben darf. Überall lauert der Feind. Er jagt mich. Unablässig. Ich habe nur eine Chance, ich muss den goldenen Engel erreichen, der in den Himmel ragt. Dort finde ich Frieden, dort gibt es Erlösung.«

»Das sind ziemlich konkrete Eindrücke.« Mischa blickte ihn an. »Glaubst du, es ist deine Heimat?«

Tian schüttelte energisch den Kopf. »Nein, aber ich war wohl dort, viele Male, und doch fühlt sich alles nicht real an.«

»Vielleicht ist es nur ein immer wiederkehrender Traum.«

»Nein, irgendwie ist es mehr als nur ein Traum. Ich glaube, in diesen Bildern ist die Lösung des Rätsels verborgen.«

»Welches Rätsel?«

»Warum wir hier sind und was das alles zu bedeuten hat.«

León hatte auf Mary gewartet. Aus den Augenwinkeln beobachtete er sie. Sie war zweifelsohne hübsch. Zwar wirkte ihr Gesicht unendlich zart und zerbrechlich, aber der volle rote Mund mit den sinnlichen Lippen sprach da eine ganz andere Sprache. Er sprach von einer Leidenschaft, die Mary bisher erfolgreich verborgen hatte. León fragte sich, warum sie so wenig Ausdauer aufbrachte. Warum sie kraftlos hinter den anderen hertrottete. Ohne zu klagen, ohne zu fragen.

Was ist los mit dir?

León stellte sich diese Frage nicht aus Mitleid oder Neugierde. Es war einfach so, dass Mary die Gruppe aufhielt. Er fühlte sich von ihrer Lethargie geradezu provoziert. Jeder, wirklich jeder schien noch Reserven zu haben. Mary hingegen taumelte nur noch durch die karge Landschaft.

Dabei schien sie keine Angst zu verspüren. Und es war genau dieser Umstand, der ihn so wütend machte. Hier ging es ums nackte Überleben, aber Mary tappte neben ihm her, ohne den Kopf zu heben. Es fehlte nur noch, dass sie vor sich hin summte.

León hielt es nicht mehr aus.

»Warum strengst du dich nicht an?«, platzte es aus ihm heraus.

Mary blieb stehen und sah ihn ernst an.

»Was meinst du?« Ihre Stimme war kaum lauter als das Rauschen des Windes im hohen Gras. León verfluchte sich augenblicklich dafür, dass er sie angesprochen hatte.

»Falls du es noch nicht begriffen hast: Wir müssen so schnell wie möglich diese Tore erreichen oder wir werden sterben. Und selbst wenn wir die Tore erreichen, heißt das noch lange nicht, dass alle von uns überleben. Nur die Schnellsten werden es schaffen. Wer zuletzt kommt, hat Pech gehabt, die Arschkarte gezogen. Und du spazierst durch die Gegend, als hättest du alle Zeit der Welt.«

Sie sah ihn an. Aus diesen sanftmütigen braunen Augen. Wie dunkle Teiche, in denen man versinken konnte. León fluchte innerlich.

»Ich denke, es spielt keine Rolle, ob wir schnell oder langsam gehen, die Frage ist doch zunächst mal, ob wir die Tore erreichen. Und selbst wenn, werden wir trotzdem alle sterben.«

León schaute sie verdutzt an.

»Wer ein Rennen zu schnell beginnt, wird bald außer Atem sein. Das hier ist kein Sprint, sondern ein Marathonlauf.«

Dieses Mädchen war unfassbar. »Und du glaubst, ausgerechnet *du* hast die Kraft, das durchzustehen?«

Mary zuckte mit den Schultern. »Vielleicht nicht, aber jemand wird mir helfen.«

León war nun vollkommen fassungslos. »Das glaubst du wirklich?«

Mary sah ihn ernst an. »Ja, das glaube ich. So war es schon immer. Ich kann mich zwar nur an meinen Namen erinnern, aber ich weiß einfach, dass es so ist. So sein muss.«

»Du spinnst.«

»Vielleicht bist ja du derjenige, der mir hilft.«

León hatte Mühe, nicht die Fassung zu verlieren. Er starrte Mary kalt an. »Vergiss es.«

Kathy ging stur hinter Jenna her, vor ihnen lief Jeb, der immer wieder nach dem Stern blickte. Aufgereiht wie Perlen auf einer Schnur zogen sie über die Ebene. Kathy starrte auf Jennas Rücken und ihre Abneigung gegen dieses Mädchen wurde immer größer. Nicht dass sie sagen konnte, warum das so war, aber sie fühlte einfach Zorn in sich, wenn sie Jenna ansah. Wie sie mit gleichmäßigen Schritten, scheinbar ohne zu ermüden, Jeb folgte.

Kathy hatte das Gefühl, Mädchen wie Jenna zu kennen. Mädchen, die sich für was Besseres hielten. Mädchen, die die netten Jungs abbekamen, während für sie nur die Arschlöcher oder irgendwelche Trottel übrig blieben.

So einen Scheiß weiß ich noch.

Insgeheim bewunderte sie Jenna ein wenig für ihre Stärke. Und gleichzeitig blitzte Neid in ihr auf. Jenna war attraktiv, ohne Zweifel, aber das war sie selbst auch. Allerdings strahlte Jenna eine Gelassenheit aus, die sie in sich selbst nicht spürte. In regelmäßigen Abständen drehte sich Jeb nach der Gruppe um. Kathy konnte sehen, dass er jedes Mal Jenna anlächelte. Bestimmt grinste Jenna dämlich zurück.

Jeb.

Der Gedanke an Jeb jagte Kathy eine heiße Flamme durch ihren Körper. Es war kein Feuer der Leidenschaft, schon gar nicht Liebe oder so was. Mehr ein Verlangen, die Lust, ihn zu erobern – aber dazu musste sie ihn von Jenna ablenken.

Diese blonde Kuh mit ihren großen Augen macht ihn noch ganz verrückt, wenn ich nicht aufpasse.

Kathy biss sich auf die Unterlippe und erhöhte ihr Schritttempo, um sich zwischen Jenna und Jeb zu schieben. Während sie durch die Hitze marschierte, ihre Augen wegen der flirrenden Hitze gesenkt hielt, kamen ihr bekannte Bilder in den Sinn. Zunächst konnte sie nichts davon einordnen, aber dann spielte sich eine klare Szene vor ihren Augen ab. *Sie sah sich selbst nackt vor einem Spiegel stehen. Sie hatte die Haare angehoben und bewunderte ihr makelloses Aussehen. Plötzlich schoben sich zwei Hände von hinten über ihre Brüste. Ein junger Mann, kaum mehr als ein Schatten im Spiegel, beugte sich herab und küsste ihren Nacken.*

»Du bist so schön.« Seine Stimme war heiser vor Erregung.

Sie formte mit ihren Lippen einen perfekten Kussmund und lächelte dann gespielt unschuldig.

»Findest du?«

»Du bist eine Göttin.«

»Du weißt, dass meine Schwester nichts von dieser Sache erfahren darf.«

»Ja, unsere Hochzeit könnte ich dann vergessen. Sie würde mir niemals verzeihen.«

»Wohl kaum. All das hat natürlich seinen Preis, das weißt du?«

»Du bekommst von mir, was du willst.« Seine Stimme wurde brüchig. »Und jetzt komm zurück ins Bett.«

Kathy lächelte ihr Spiegelbild an. Sie hatte gewonnen.

Wieder einmal.

Die Erinnerung war so greifbar, dass trotz der Hitze ein leichtes Zittern über ihren Körper lief. Sie fühlte sich gut.

Du warst ein böses Mädchen, dachte sie. *Und es ist an der Zeit, noch viel böser zu werden.*

Es musste inzwischen mindestens Mittag sein. Sie waren ohne Unterbrechung unterwegs, die Sonne brannte ihnen unbarmherzig auf die Köpfe. Das Wasser war lange verbraucht, ihre Kehlen trocken, als Jeb endlich stehen blieb. Er wartete, bis die anderen zu ihnen aufgeschlossen hatten, dann deutete er nach links auf eine kleine Baumgruppe in der Ferne.

»Ich glaube, dort gibt es Wasser«, sagte er.

»Das liegt nicht in unserer Richtung«, meinte Mischa.

»Wir müssen unsere Flaschen auffüllen. Bei der Hitze kippen uns bald die Ersten aus den Latschen.«

»Wieso glaubst du, dass wir dort Wasser finden?«

»Sieh dich um. Gras, nichts als trockenes Gras, aber dort stehen Bäume. Es muss dort Wasser geben.«

Er wandte sich an die anderen. »Seid ihr einverstanden, wenn wir einen Umweg machen und versuchen, bei der Baumgruppe dort drüben nach Wasser zu suchen? Der Marsch kostet uns Zeit, wir verlieren allerdings den Stern nicht aus den Augen. Uns allen würde eine Pause im Schatten guttun.«

Einige brummten ihre Zustimmung, andere nickten nur. Sie marschierten seit Tagesanbruch und waren dem Stern scheinbar noch kein Stück näher gekommen.

Die Bäume entpuppten sich als hochgewachsene Ulmen. Woher Jeb das Wort kannte, wusste er selbst nicht und es schien auch niemanden zu interessieren. Auf jeden Fall gab es hier Schatten, es war kühler und sie fanden einen kleinen Bach, der sich munter zwischen Bäumen und niedrigem Buschwerk hindurchschlängelte.

Alle bis auf Mary, die noch weit zurückhing, stürmten zum Bach, warfen sich zu Boden und tranken ausgiebig von dem erfrischenden Wasser.

Kathy, Mischa und Tian bespritzten sich gegenseitig, während Jenna und Jeb am Ufer saßen und das Treiben beobachteten. León hatte sich abgesondert. Im Unterholz hatte er einen fast zwei Meter langen Ast abgebrochen, den er jetzt mit seinem Messer bearbeitete.

»Was wird das?«, fragte Jeb.

León sah nicht mal auf. »Ein Wanderstab und ein Speer.«

Jeb starrte ihn an. Während ein Teil der Gruppe ausgelassen herumtobte und der Rest versuchte, sich zu erholen, war León schon wieder einen Schritt weiter und schnitzte sich eine Waffe.

Vor diesem Jungen musste man einfach Respekt haben.

Er ließ seinen Blick umherschweifen. Mary hatte es endlich auch geschafft. Mit hängendem Kopf und erschöpftem Blick stand sie neben León, der vor ihr auf dem Boden hockte. Sie zog ihren Rucksack herunter, öffnete ihn und nahm die leere Flasche heraus. Mit einer hilflosen Geste hielt sie ihm die Flasche hin. Ohne aufzusehen, fragte er: »Was soll das?«

»Holst du mir Wasser?«, sagte sie leise.

Nun hob er doch den Kopf an. Kurz sah er ihr in die Augen, dann nahm er ihr die Flasche aus der Hand und warf sie in hohem Bogen in Richtung Bach.

»Hol's dir doch selber«, knurrte er und wandte sich wieder seinem Speer zu.

Jeb sah, wie Mary völlig entkräftet zu weinen begann. Er wollte aufspringen, zu ihr gehen, ihr Wasser holen oder sie zumindest trösten, aber eine Hand legte sich auf seinen Arm.

Jenna.

»Lass sie«, sagte Jenna ruhig. »Sie muss begreifen, dass sie es allein schaffen kann. Sie ist es offenbar gewohnt, dass Leute ihr jeden Wunsch von den Augen ablesen. Aber sie ist zäher, als sie aussieht.«

»Woher willst du das wissen?«

Jenna nickte in Richtung Mary. »Ich weiß es einfach. Schau!«

Tatsächlich, Marys hilfloses Gesicht hatte einen entschlossenen Zug angenommen. Sie drängte die Tränen zurück. Sie sagte etwas zu León, der zu grinsen begann. Dann schritt sie an ihm vorbei, ohne ihn eines weiteren Blickes zu würdigen. Kurz darauf beobachteten sie, wie Mary ihre Flasche aufhob und zum Bach ging.

Jenna hatte in Bezug auf Mary recht gehabt. Mary saß wenig später bei den anderen und wirkte erholt. Ihr Gesicht hatte wieder Farbe bekommen und sie plauderte mit Tian und Mischa. León schnitzte noch immer an seinem Speer, während Kathy im Schatten eines Baumes döste.

Jeb sah zum Himmel. Am Stand der Sonne konnte er ablesen, dass es früher Nachmittag sein musste. Sie könnten noch viele Stunden bei Tageslicht weitermarschieren, aber das nächste Nachtlager bereitete ihm Sorgen. Auf der weiten Grasebene zu schlafen, hielt er für keine gute Idee. Niemals konnten sie hier am Bach so viel Holz sammeln und mitschleppen, dass ein Feuer die ganze Nacht brennen würde.

Jeb schützte seine Augen mit der flachen Hand gegen die Sonne und blickte in die Richtung, in die sie weiterziehen mussten. Ein dunkler Fleck zeichnete sich am Horizont ab. Dahinter musste es einen weiteren Wald geben. Jeb versuchte, einen Blick auf den Stern zu erhaschen. Er lief zum Saum der kleinen Baumgruppe. Da, da war er. Der Stern stand hell und klar über einer weiteren Bergkette, die sich in weiter

Ferne aus der Ebene erhob. Der dunkle Baumgürtel, den er soeben entdeckt hatte, verlief in einiger Entfernung fast parallel zu ihrem Weg über die Ebene. Wenn sie sich beeilten, konnten sie den Wald vielleicht in der Dämmerung erreichen und am nächsten Tag ihren Marsch durch die Ebene fortsetzen.

Was für eine seltsame Landschaft: Nichts als Gras und Wald und Berge. Wie weit ist der Wald wohl entfernt?

Zwar würde es kein Problem sein, den Wald zu erreichen, aber sie würden viel Zeit verlieren, denn am nächsten Tag mussten sie denselben Weg wieder zurückgehen. Oder den mühsamen Weg durch den Wald nehmen. Insgesamt ein großer Zeitaufwand, von der damit verbundenen Kraft ganz zu schweigen. Die Ersten würden schon erschöpft sein, bevor sie den Bach am nächsten Tag erneut erreichten. Und selbst dann wäre der Stern noch einen guten Tagesmarsch entfernt. Wenn die Botschaft mit ihrem Ultimatum von zweiundsiebzig Stunden recht hatte.

Jeb blickte zum Stern hinauf. Weit entfernt funkelte er ihm zu, als höhnte er: Du erreichst mich nicht.

Doch, das werde ich.

Neben ihm tauchte Mischa auf. Bisher hatte Jeb kaum eine Gelegenheit gehabt, mit ihm zu reden, daher betrachtete er ihn neugierig. Mischa war fast so groß wie er selbst, vielleicht einen halben Kopf kleiner. Sein kurzes Haar erinnerte an ein goldgelbes Weizenfeld. Sein Gesicht hatte klare Züge, eine gerade Nase und schmale Lippen. Das Auffälligste an ihm aber waren seine strahlend blauen Augen. Intensiv und klar blickten sie ihn an.

Neben Mischa sehen wir anderen wie grobe Klötze aus, dachte Jeb. Es dürfte nur eine Frage der Zeit sein, bis sich eines der Mädchen für ihn interessierte. Mischa versprühte Charme, selbst hier in der Hitze der Ebene konnte man sich ihm kaum entziehen.

Ob Jenna sich …

Er verbot sich den Gedanken sofort. Er rief sich ins Gedächtnis, dass sie alle ums Überleben kämpften. Wenn man der Botschaft glauben konnte, würden die meisten von ihnen sogar mit Sicherheit sterben. *Weil ihr verloren seid.*

»Worüber denkst du nach?«, fragte Mischa ihn.

Jeb sah, dass eine winzige weiße Narbe Mischas rechte Augenbraue teilte. Mischa war doch nicht so perfekt, wie er auf den ersten Blick wirkte.

»Ich überlege, ob wir hier unser Nachtlager aufschlagen sollen. Wir sind lange marschiert und die meisten von uns sind erschöpft. Außerdem gibt es nur wenige Alternativen: entweder eine Nacht im Freien verbringen oder bis zum Wald dort hinten weitermarschieren.«

»Zu dem Wald dahinten? Zu weit weg. Ich denke nicht, dass Tian und Mary es dorthin schaffen.«

Jeb spürte, dass er schon die ganze Zeit angestrengt die Stirn runzelte. Vielleicht war es eine Angewohnheit aus seinem früheren Leben. *Wie war das, mein früheres Leben?*

»Was ist mit Tian?«

»Hat sich eine Blase gelaufen. Ziemlich großes blutiges Ding an der Ferse. Sie muss aufgestochen werden, sonst platzt sie und dann holt er sich womöglich eine Infektion, mit der er niemals weiterlaufen könnte.«

Infektion? Wieder so ein Wort, dessen Bedeutung er sofort kannte, aber das sich zuvor nicht in seinem Gedächtnis befunden hatte.

»Woher weißt du das alles?«

Mischa grinste. »Ehrliche Antwort? Ich hab keinen blassen Schimmer.«

»Okay, dann bleiben wir hier und kümmern uns um Tians Fuß, außerdem hat wahrscheinlich sowieso niemand Lust, heute noch weiterzugehen. Hier ist ein guter Platz und wir können ein Feuer machen.«

»Ich werde einen Dorn besorgen und Tians Blase aufstechen. Wenn mir Mary etwas von ihrem Verbandsmaterial gibt, kann ich seinen Fuß verbinden, sodass er sich nicht entzündet.«

Jeb begriff, dass auch Mischa verstanden hatte, dass jeder in dieser Wildnis auf den anderen angewiesen war. Schnell warf er einen Blick zu León hinüber. Der hatte die einzige Waffe und das effektivste Werkzeug der Gruppe. Es durfte nicht sein, dass er das Messer für sich allein beanspruchte. Es gehörte ihnen allen. Aber wie sollte er León das klarmachen? So wie er ihn einschätzte, würde er das Messer niemals freiwillig hergeben.

Während er noch über León nachdachte, hatte Mischa den anderen mitgeteilt, dass sie hier übernachten würden. Wie es aussah, setzte dem niemand etwas entgegen, sie alle waren froh, der Hitze fürs Erste entkommen zu sein.

Wirklich alle?

Jeb stieß einen stummen Seufzer aus, als er sah, dass sich León erhob und auf ihn zukam.

Er hielt den Speer, der ihn um eine Kopflänge überragte, locker in der Hand und Jeb sah, dass ein Ende des Stabs gefährlich zugespitzt war. León kam sofort zur Sache.

»Warum gehen wir nicht weiter? Der Tag ist noch lang.«

Jeb nickte in Richtung der Gruppe. »Sie sind erschöpft. Außerdem ist es nach Anbruch der Nacht auf der Ebene zu gefährlich. Hier können wir wenigstens ein Feuer machen.«

»Solange der Mond scheint, könnten wir auch nachts weitermarschieren.«

Jeb sah ihn verblüfft an. »Du würdest nachts durch die Ebene wandern?«

»Warum nicht?«

»Was ist mit Mischa und dem, was ihm passiert ist?«

»Erstens: Ich glaube immer noch nicht an dieses Schauermärchen. Zweitens: Wir könnten uns Fackeln basteln. Zur Not machen wir ein Feuer.«

Jeb verzichtete darauf, ihn darauf hinzuweisen, dass es in der Graslandschaft kein Holz für ein großes Feuer gab. »Erstens: Mit dem kleinsten herumfliegenden Funken würden wir das trockene Gras anzünden. Das gibt in Sekunden einen Buschbrand, der sich wie ein Orkan durch die Ebene frisst. Zweitens: Wir bleiben über Nacht hier«, imitierte Jeb seinen Tonfall und bestimmte dann: »Und gehen morgen weiter.«

Leóns Augen verengten sich zu schmalen Schlitzen. »Wer hat eigentlich dich zu unserem Anführer bestimmt?«

»Niemand«, antwortete Jeb. »Aber so wie es aussieht, ist niemand sonst scharf auf den Job. Und einer muss ihn schließlich machen.«

Es sollte ein müder Witz sein, mit dem Jeb hoffte, die Spannungen zwischen ihm und León aufzulösen. Er täuschte sich.

»Was, wenn ich beschließe, allein aufzubrechen? Wirst du versuchen, mich aufzuhalten?«, knurrte León.

Jeb erwiderte seinen Blick. Ruhig erwiderte er: »Du kannst gehen, wohin und wann immer du willst. Niemand wird dich aufhalten. Aber …«

»Dann ist es ja gut.«

»… das Messer bleibt hier.« Jeb holte tief Luft. »Es gehört der Gemeinschaft, wie alles, was wir gefunden haben. Wir brauchen diese Dinge, um zu überleben. Genau wie wir einander brauchen, um weiterzukommen. Wer auf die Gemeinschaft verzichtet, verzichtet freiwillig auf jeden Schutz, den sie ihr bietet. Und auch auf die Ausrüstung, die der Gruppe gehört. Es liegt ganz bei dir.«

Alle Muskeln an Leóns Körper spannten sich an. Er war kurz davor, sich auf ihn zu stürzen. Jeb ahnte, dass er aus einem Kampf gegen León nicht zwingend als Sieger käme. Obwohl er León körperlich überlegen war, machte der den Eindruck eines geübten Kämpfers.

»Wenn du es haben willst, musst du es mir schon gewaltsam abnehmen«, zischte León. Die Spitze des Speeres richtete sich auf Jeb, der die Waffe jedoch mit festem Griff beiseitedrückte. »Spar dir deine Drohungen, León.«

Die anderen hatten ihre Auseinandersetzung inzwischen mitbekommen. Mischa hatte sich aufgerichtet und trat zwischen die Kontrahenten.

»Was ist hier los?«

León zog einen Mundwinkel nach oben und stieß hervor: »Nichts. Wir plaudern nur ein wenig.«

Jeb ließ León nicht aus den Augen. »Ja, nur ein kleiner Schwatz unter Männern.« Dann wandte er sich um und ging zum Bach.

Ab sofort würde Jeb León im Auge behalten.

León hatte sich abseits der anderen niedergelassen und schnitzte weiter an seinem Speer. Die Auseinandersetzung mit Jeb hatte ihm gezeigt, dass bedrohliches Potenzial in ihm lauerte. Eine unbändige Wut, die nur darauf wartete, geweckt zu werden. Zorn, der ihn und alles um ihn herum verschlingen konnte. Sein Blut hatte gekocht. Hitze hatte sich in ihm ausgebreitet. Er war bereit gewesen zuzustoßen. Zu verletzen. Zu töten.

Warum bin ich so? Warum nehme ich jede Herausforderung wie einen Kampf? Wieso reagiere ich instinktiv mit Gewalt? Ist Töten so leicht für mich?

Er erschrak über die Antwort, die aus seinem Inneren kam.

Ja, ich habe schon getötet. Wen oder warum? Ich weiß es nicht, aber da ist dieser Junge, den ich immer wieder vor mir sehe. Er ist so alt wie ich. Und dürr. Seine dunklen Augen starren mich angsterfüllt an. In einer Hand hält er eine Pistole, deren Lauf nach unten zeigt. Noch. Ich weiß, dass er gleich den Arm hochreißen wird, um auf mich zu schießen.

Er ist der Feind. Ich habe gelernt, ihn zu hassen, noch bevor ich das Licht der Welt erblickte. Trotzdem will ich ihn nicht wie einen Hund abknallen. Ich schüttele langsam den Kopf. Versuch es nicht, will ich ihm damit sagen, aber ich lese in seinen Augen, dass er es tun wird. Auch er hat gelernt zu hassen. Mich zu hassen, obwohl er mich bis zu diesem Augenblick nicht kannte. Dann geschieht alles in einem Sekundenbruchteil. Er bewegt sich. Sehr schnell. Aber ich bin schneller. Die Waffe in meiner Faust wiegt schwer, der Rückschlag reißt meine Hand zurück. Eine rote Blume erblüht auf seiner schmalen Brust. Er schaut mich an. Dann sacken unter ihm die Beine weg. Wie eine Marionette, deren Fäden durchschnitten wurden, fällt er in sich zusammen. An seinem Tod ist nichts Glorreiches und ich fühle mich mies. Geradezu erbärmlich im Schmutz meines Lebens.

Verloren.

Ich habe einen Menschen getötet.

Gott hat seinen Blick von mir abgewandt.

Ich bin nicht mehr sein Kind, ich gehöre der Straße.

Bis auch mich eine Kugel trifft.

Plötzlich stand Mischa neben ihm. Als der ihn leicht an der Schulter berührte, zuckte er erschrocken zusammen.

»So in Gedanken?«

León nickte nur. Er wusste nicht, woher die Bilder in seinem Kopf plötzlich kamen, aber er spürte ihre Wahrheit. Wer immer er auch gewesen sein mochte, bevor er hierhergekommen war, er war kein guter Mensch. Man konnte daran zerbrechen oder es einfach akzeptieren. León akzeptierte es.

Er sah Mischa an. *Könnte ich dich töten, wenn es so weit ist?*

Ja, ohne zu zögern, antwortete eine Stimme tief in seinem Inneren.

León erhob sich und ging hinaus in die anbrechende Dämmerung.

Er musste jetzt allein sein.

Mary saß auf dem Boden, den Rücken gegen einen Baumstamm gelehnt, die Augen geschlossen. In kleinen Schlucken trank sie aus ihrer Wasserflasche. Sie fühlte sich schwach, ihr Herz pochte unruhig in ihrer Brust. Sie versuchte, ruhig zu atmen, aber irgendwie wollte ihr das nicht gelingen.

Ich habe keine Kraft mehr. Dabei ist das erst der Anfang.

Warum bin ich hier?

Diese Frage hämmerte schon den ganzen Tag in ihrem Kopf. Bei jedem Schritt war diese Frage gekommen.

Warum bin ich hier?

Warum bin ich hier?

Warum bin ich hier?

Sie schlug die Augen auf und schaute zu den anderen hinüber. Jenna, Jeb, Mischa, Kathy, Tian und León.

León.

Dieser tätowierte Junge faszinierte sie. Zugleich machte er ihr Angst. All die seltsamen Muster auf seinem Körper und in seinem Gesicht ließen sie schaudern, aber es war mehr als das. Die herablassende Art, mit der er sie behandelte, ließ ihr Gesicht vor Zorn glühen. Erst das merkwürdige Gespräch mit ihm auf der Ebene und vorhin seine Weigerung, ihr zu helfen, obwohl er doch sehen musste, wie erschöpft sie war.

Er hatte gesagt, sie solle sich selbst Wasser holen. Dabei hatte sie sich kaum noch auf den Beinen halten können.

León war gemein. Ein Mensch, der keine Rücksicht auf andere nahm.

Verflucht soll er sein, dachte Mary.

Und doch wanderte ihr Blick immer wieder zu ihm hinüber. Sie konnte nicht anders, als ihn zu beobachten. Als ob man eine giftige Schlange im Auge behielt.

Denn das war er in ihren Augen.

Ein wildes, gefährliches Tier.

Er hatte ihren Blick bemerkt und richtete sich nun zu voller Größe auf. Um seinen Mund lag ein verächtliches Grinsen, als er zu ihr hinüberschaute. In seinen Augen erkannte sie die Respektlosigkeit, mit der er ihr ständig gegenübertrat.

Mary spürte wieder Hitze in ihr Gesicht steigen, sie wollte sich abwenden, zwang sich aber, seinem Blick standzuhalten. Sekunden vergingen, dann lächelte León breit und sandte ihr einen Luftkuss. Mary schnappte nach Luft.

Was für ein Arschloch.

13.

Die Nacht brach schnell über sie herein, aber sie hatten rechtzeitig ein Feuer entfacht. Nun saßen alle im Lichtschein der Flammen und unterhielten sich leise. Die meisten hatten den Rest ihrer Vorräte verbraucht und außer Wasser war ihnen nichts geblieben. Selbst León, der eine Zeit lang aus dem Blickfeld der anderen verschwunden war, war ans Feuer getreten und sprach leise mit Jenna, die ihm mit ernster Miene lauschte. Jeb sah sie an. Etwas regte sich in ihm. Er mochte sie, auch wenn Mary und Kathy vielleicht hübscher sein mochten. Aber Jenna hatte etwas, das die anderen nicht besaßen. Sie strahlte eine natürliche Selbstsicherheit aus, die nicht auf Kosten anderer ging. Genau das war es, was ihn so faszinierte und ihm gleichzeitig so vertraut vorkam. Natürlich konnte das nicht sein, aber Jenna war ein Mensch, von dem man schon nach der ersten Begegnung glauben konnte, sie ein Leben lang zu kennen.

Jeb spürte zum ersten Mal Zuversicht, als er seinen Blick weiterwandern ließ. Mary, Tian und Mischa saßen zusammen. Jeb war froh, dass es Mary und Tian besser ging, aber er runzelte die Stirn, als sein Blick auf Kathy traf. Ruhig hockte sie da, die Knie mit den Armen umschlungen, und sah ihn unverwandt an. Aus diesen unergründlichen grünen Augen. Es war ein hungriger Blick.

So lauert eine Katze auf eine Maus, bevor sie die Beute verschlingt.

Kathy rekelte sich. Als sie sich streckte und dabei den Rücken durchbog, zeichneten sich deutlich ihre Brüste ab. Jeb hatte nur einen Moment lang hingeschaut, doch Kathy hatte ihn sofort dabei ertappt und zwinkerte ihm verführerisch zu.

Jeb zuckte zurück, was ein erheitertes Lächeln bei Kathy hervorrief. Sie formte mit ihren Lippen einen Schmollmund, so als wolle sie sagen: Warum bist du nicht hier bei mir?

Jeb sah sich hastig um, aber niemand von den anderen schien die Szene beobachtet zu haben. Er spürte, dass sein Gesicht brannte, und es ärgerte ihn. Kathy spielte mit ihm. Langsam, ganz langsam schüttelte er den Kopf, aber sie ignorierte seine Geste und blinzelte ihm vielsagend zu.

Verdammtes Miststück.

Was versprach sie sich von ihm? Natürlich ging es ihr einzig und allein um seine Position in der Gruppe. In Kathys Augen war er hier das Alphatier und somit derjenige, an den sie sich ranmachen, den sie an sich binden musste.

Er durchschaute sie und sie widerte ihn an. Okay, ja, sie hatte ihn erregt, aber so einfach würde sie ihn nicht um ihren Finger wickeln. Sie waren hier nicht auf irgendeiner Sommerparty und das hier war kein Spiel. Verdammt, reichte es nicht, dass er ums Überleben kämpfte? Musste es da auch noch Leute wie León und Kathy geben, die ihm das Leben zusätzlich schwer machten? Abrupt erhob er sich und setzte sich neben Mary, jeden weiteren Gedanken an Kathy verdrängend.

Dieser Tag muss für Mary die Hölle gewesen sein.

Sie hatte große Anerkennung verdient. Vielleicht hatte er

sich in Mary getäuscht. Sie wirkte zwar wie ein verwöhntes Prinzesschen, aber sie schien freundlich und aufgeschlossen.

Seinen Gedanken nachhängend, fiel sein Blick auf Jenna. Er spürte, wie sein Herz wild zu klopfen begann.

Bitte sieh mich an, wünschte er sich heimlich. Und im gleichen Atemzug hob sie den Kopf und schaute ihm eine gefühlte Ewigkeit in die Augen.

Jeb schaute verlegen zu Boden. Hatte sie etwa gewusst, was er sich gewünscht hatte? Er fand sie einfach atemberaubend. Von seinen Gedanken getrieben stand er auf und ging zum Bach hinunter, um allein zu sein.

Ruhe hatte sich über das Lager gelegt. Sie hatten den ganzen Tag über und auch am Abend kein einziges Mal dieses unmenschliche Jaulen und keine unheimlichen Rufe gehört und darum darauf verzichtet, eine Wache aufzustellen. Das Feuer brannte hoch genug und würde die ganze Nacht über nicht ausgehen. Sie waren alle sehr erschöpft und schliefen sofort ein.

Jeb wurde von einem Geräusch geweckt. Es war nur ein leises Rascheln, aber er war sofort hellwach. Als er sich umsah, konnte er nichts entdecken. Die anderen lagen in ihren Schlafsäcken, doch dann fiel Jeb auf, dass einer der Schlafplätze leer war. Einer fehlte.

Wahrscheinlich muss jemand einfach mal pinkeln.
Trotzdem war er beunruhigt und wartete, damit er sich sicher sein konnte, dass alles in Ordnung war.

Minuten vergingen. Aber niemand kam zurück.

Verdammt. Wer hatte da gelegen? Mischa? Nein, der müsste weiter rechts am Feuer in der Nähe von Tian und Mary liegen. Jenna? Keine Ahnung. Nein, es war – León.

Er war sich jetzt sicher, dass es León war. Wollte er sich im Dunkeln davonschleichen, ohne das Messer herauszurücken? Jeb schlug seinen Schlafsack zurück. Mit einem Satz war er auf den Beinen. Die kalte Nachtluft kroch ihm augenblicklich den Rücken hoch. Er fröstelte. Wo war er hin?

Zum Bach. Er wird seine Flasche auffüllen, bevor er abhaut.

Leise huschte Jeb durchs Lager und hielt auf den Bach zu. Als er den Lichtschein des Feuers fast verlassen hatte, schälte sich eine helle Gestalt aus der Dunkelheit heraus.

Jeb blieb abrupt stehen. Er konnte nicht glauben, was er da sah. Vor ihm stand Kathy.

Und sie war nackt.

Das flackernde Licht des Feuers ließ ihre Konturen wie aus Marmor gemeißelt wirken. Perfekte Brüste, perfekte Beine und eine einzigartige Sinnlichkeit.

Ihre Hand streckte sich fordernd nach ihm aus.

»Komm«, sagte sie leise. »Ich habe auf dich gewartet. Ich werde dich glücklich machen, wie du es nie zuvor warst.«

Jeb konnte kaum noch atmen.

Kathy kam mit graziös wiegenden Hüften auf ihn zu. Sie sah ihm unverwandt in die Augen, hielt seinen Blick gefangen. Er vergaß ihre Nacktheit, schaute nur noch in diese unglaublichen Augen, die ihn zu verzehren schienen.

Dann war sie bei ihm. In ihrem Lächeln lag Verheißung. Eine Hand zog ihn zu sich heran, bis ihr warmer Atem über sein Gesicht strich. Ein Hauch von Vanille schwebte darin. Kathy kam noch näher. Plötzlich spürte er eine Hand seinen Körper hinunterwandern. Über seinen Bauch. Tiefer … Ihr nackter Körper presste sich gegen ihn und er spürte, wie ein Bein sich um seinen Schenkel wand.

Jeb wurde schwindlig. Kathy schloss die Augen.

Und dann ... verflog der Zauber. Jebs Verstand meldete sich zurück. Kathy wollte ihn gefügig machen. Er machte einen Schritt rückwärts. Mit kräftigem Griff umschloss er ihre beiden Handgelenke und löste sich aus ihrer Umklammerung. Seine Kiefer mahlten vor Zorn. Fast hatte er sich von ihr verführen lassen. Schon wieder.

»Fass mich nicht an«, zischte er.

Kathys Augen waren nun weit aufgerissen. Ihre Miene drückte pure Verachtung aus.

»*Du* weist *mich* zurück?«, hauchte sie. »Du wagst es?«

Sie ist wie eine Gottesanbeterin, dachte Jeb und fragte sich im gleichen Moment, woher er wusste, was eine Gottesanbeterin war. *Wer in ihre Fänge gerät, ist verloren.*

Kathy jagte ihm Angst ein, machte ihn unsicher. Er erwiderte ihren hasserfüllten Blick.

»Lass mich in Ruhe.«

»Aber Jeb. Dein Körper sagt etwas anderes: Du willst mich.« Wieder machte sie einen Schritt auf ihn zu.

»Nein, denn ich durchschaue deine Spielchen.«

Ihre Augen funkelten im schwachen Licht des Feuers. »Spielchen? Hier geht es um viel mehr als das«, sagte sie leise. »Es geht darum, wer zu wem steht. Auf wen kann man sich verlassen, wer ist zu schwach? Es geht darum, Partnerschaften einzugehen, die das eigene Überleben sichern. Und darum, keine Gnade zu zeigen. Die Starken überleben, die Schwachen gehen unter. Du selbst hast es uns gesagt: Es gibt sieben von uns, aber nur sechs Tore. Einer wird sterben.«

»Du bist widerlich, weißt du das?«

»Gerade eben noch hast du mich begehrt. Aber jetzt sage ich dir eines, Jeb. Du hättest mich haben können, mit allem, was dazugehört, aber nun ist es zu spät. Niemals, hörst du, niemals wirst du mich jemals wieder berühren. Versuch es und ich töte dich.«

Jeb wich entsetzt zurück. Kathy war nicht nur ein Biest. Sie war unberechenbar.

Unberechenbar und … gefährlich.

Jeb drehte sich um und ging zurück zum Feuer. Sie waren kaum mehr als einen Tag unterwegs und schon hatte er sich zwei Feinde gemacht.

Als Kathy kurz nach Jeb ins Lager zurückkehrte, kam sie an León vorbei, der mit offenen Augen dalag und sie angrinste. War er die ganze Zeit wach gewesen? Sie trug nur das langärmelige Hemd, darunter war sie nackt. Ob er etwas ahnte?

Dann ließ León seinen Blick zwischen Jeb und Kathy hin und her schweifen und blinzelte Kathy anzüglich an.

Sie zeigte ihm den Mittelfinger. Er lachte lautlos. Seine Lippen formten ein Wort. *Pu-ta.* Was immer das auch heißen mochte.

Mit hoch erhobenem Haupt machte sie kehrt und stapfte wütend zurück zum Bach – sie musste sich abreagieren. Nachdenken. Wer außer Jeb kam als Bündnispartner noch infrage? Sie brauchte jemanden, mit dem sie sich zusammentun konnte. Nur so konnte sie auf Dauer ihr Überleben sichern. In dieser und auch den kommenden Welten, die sie noch erwarteten.

Außerhalb des Feuerscheins ließ sie sich auf den weitverzweigten Wurzeln in der Nähe des leise plätschernden Baches nieder. Gedankenverloren tauchte sie ihre Zehen ins Wasser. Ein kalter Schauer jagte ihr über den Rücken. Sie ließ auch ihren anderen Fuß ins Wasser gleiten, die Abkühlung tat ihr gut, half beim Nachdenken.

Eines war ihr klar: Die Jungs waren ihr alle körperlich überlegen, selbst dieser Weichling Tian. Wenn die anderen Mädchen erst einmal tot waren – und Kathy zweifelte keinen Moment daran, dass die Mädchen zuerst sterben würden –, brauchte sie jemanden, der für sie kämpfte, der andere tötete, damit sie leben konnte.

Aber wer?

Tian?

Zu empfindlich. Kein geborener Anführer. Wenn es hart auf hart kommen sollte, würde er wahrscheinlich zu heulen anfangen.

Mischa?

Möglicherweise. Er sah gut aus, wirkte selbstbewusst und Kraft schien er auch zu haben, aber Kathy ahnte, es würde nicht leicht sein, an ihn heranzukommen.

Blieb noch León.

Die Katze. Der ideale Partner, wenn er nicht so ein verfluchter Einzelgänger wäre. Er gehorchte niemandem, war schlau, kampfbereit und kompromisslos. Sich ihn gefügig zu machen, schien ein Ding der Unmöglichkeit, aber vielleicht sollte sie es trotzdem versuchen.

Allerdings, wenn sie es wirklich so weit schafften, dass nur noch sie beide übrigen waren, würde León sie fallen lassen oder töten, das wusste sie. Er kannte keine Gnade.

Blieb nur Mischa.

Sie seufzte.

Plötzlich hörte sie etwas. War da nicht ein Rascheln gewesen? Da war es schon wieder. Nun knackte es im Unterholz. Kathy zog mit einem Ruck ihre Füße aus dem Wasser und war mit einem Satz in der Hocke. Sprungbereit. Sie kauerte sich neben einen der hohen Farne, die den Bach säumten. Angestrengt blickte sie in die tiefschwarze Nacht, die sich vor ihr auftat.

Während ihrer Rast am Nachmittag hatte sie gesehen, dass sich das Wäldchen jenseits des Flusses höchstens noch zwanzig Meter weiter erstreckte. Dahinter lauerte die endlose Weite der Grasebene. Was auch immer Mischa überfallen hatte, wartete auf der anderen Seite des Baches auf sie. Das Feuer war zu weit weg, als dass es sie jetzt noch erreichte – und der Mond warf in diesem undurchdringlichen Gestrüpp mehr Schatten als Licht. Jetzt hörte sie etwas. Unverkennbar. Stolpernde Schritte. Jemand – oder etwas? – kam direkt auf sie zu. Sie hörte ein Keuchen, oder war es ihr eigener Atem gewesen? Sie hielt die Luft an. Stille. Kathy war bereit, sich auf den Eindringling zu stürzen, wenn er auf der anderen Seite des Baches auftauchte. Oder stand er womöglich bereits dort? In der Dunkelheit war die Schwärze undurchdringlich.

»Kathy, Kathy, bitte hilf mir!« Es war kaum mehr als ein Flüstern gewesen und doch schien es ohrenbetäubend. Diese Stimme, sie kannte sie. Sie kannte sie gut. War das etwa…

»Liz?« Kathy versuchte, sich aufzurichten, doch ihr Körper war mit einem Mal wie gelähmt. Versteinert. Sie kannte diese Stimme besser als ihre eigene. Dieser Stimme hatten alle zugehört, während sie Kathy als lästiges Anhängsel bezeichnet hatten. Kathy kannte… nein, sie hasste diese Stimme. Sie *hasste* Liz.

Alle hatten nur Augen gehabt für SIE. Liz. Ihre schöne Schwester. Denn Liz war wie die Sonne. Anbetungswürdig wie eine Göttin. Und ausgerechnet Liz war dort draußen irgendwo. Rief nach ihr. Um Hilfe. Dabei war sie, Kathy, es gewesen, die Liz alles genommen hatte. Alles. Kathy erwachte nun vollends zum Leben. Sie lächelte. Niemand war hier, der ihre Schwester beschützte. Kathy tastete mit fliegenden Fingern nach dem Messer, das sie im Innensaum ihres Hemdes verborgen hatte.

»Liz, wo bist du?« Leise erhob sie sich. Um sie herum war noch immer alles schwarz.

»Hier drüben, Kathy, hilf mir, bitte!« Kathy sackte fast im Bach zusammen, so eiskalt war das Wasser. Es schien dickflüssiger als noch vor einem Moment. Doch Kathy ignorierte den Schmerz und die emporkriechende Taubheit in ihren Beinen. Den nächsten Schritt setzte sie sicher ans andere Ufer.

Ja, sie war ein böses Mädchen. Endlich war die Zeit der Abrechnung gekommen. Diesmal würde sie Liz auch noch das Letzte nehmen, was ihr geblieben war.

14.

Der nächste Morgen brachte dunkle Wolken, wie ein graues Tuch bedeckten sie den Himmel. Es schien gar nicht richtig hell werden zu wollen. Aber trotzdem verhießen sie keinen Regen, das spürte Mary, denn schon jetzt war es unbarmherzig heiß und schwül, aus dem Boden stieg eine dumpfe Feuchtigkeit auf und machte ihre Kleidung klamm.

Mary drehte sich zum Feuer, das längst erloschen war. Die anderen schliefen noch oder taten zumindest so. Mit bleiernen Gliedmaßen setzte sie sich auf. Der lange Marsch gestern hatte sie fast alle Kräfte gekostet. Unglaublich, dass sie es bis hierher geschafft hatte. *Aber was wird uns heute erwarten?*

Ihre Augen wanderten rastlos über die kleine Lichtung, da bemerkte sie den leeren Schlafsack. Offenbar war schon jemand vor ihr aufgestanden und hatte seine Klamotten achtlos neben dem Schlafplatz liegen lassen.

Mary schaute sich um und stellte fest, dass Kathy fehlte. Ausgerechnet Kathy, der sowieso nicht über den Weg zu trauen war. Mary ahnte, dass das andere Mädchen sie bisher nur aus einem einzigen Grund in Ruhe gelassen hatte: Weil sie so schwach war. Weil sie keine Gefahr bedeutete und für Kathy ein zu vernachlässigendes Übel war. Und wahrscheinlich ging es den anderen genauso.

Sollen sie doch denken, was sie wollen.

Mary stand auf, streckte sich und spazierte dann zum Bach, um sich zu waschen.

Noch immer plagte sie die Frage nach der Vergangenheit. *Woher komme ich?* Aber da waren keine Antworten in ihr, nur beunruhigende Bilder. In diesen Bildern war sie noch klein, ein zierliches Mädchen, das in seinem Bett lag und sich fürchtete. Nein, nicht vor der Dunkelheit. Nicht vor den Monstern im Schrank.

Sie fürchtete sich davor, dass die Tür aufging und *sein* Schatten mit dem Lichtschein in ihr Zimmer fiel.

Aber wer war *er?* Sie hatte sich gerade auf einen der großen Steine am Wasser niedergelassen, als sie Kathy entdeckte. Zuerst bemerkte sie nur ihre Haare. Rot schimmerten sie im fahlen Licht. Seltsam verdreht lag sie da und doch sah es so aus, als würde sie nur schlafen. Mit einem Satz sprang Mary über das Bachbett und lief zu Kathy, die leblos wie eine Wachspuppe wirkte.

Als sie näher heran war, stellte sie fest, dass Kathy keineswegs schlief. Nein, ihre Augen waren weit geöffnet und ihre Lippen bewegten sich unablässig in einem tonlosen Flüstern.

»Kathy?« Mary zögerte, das andere Mädchen zu berühren. Doch dann nahm sie allen Mut zusammen und rüttelte sie an der Schulter. »Kathy, alles okay mit dir?«

Das rothaarige Mädchen schien von weit her zurückzukommen. Ihre grünen Augen bohrten sich in ihre – da bemerkte Mary das Messer, das Kathy in der einen Hand hielt. Erschrocken wich sie zurück. *Wieso hat sie ein Messer? León hat doch das einzige, hatte er es ihr gegeben?*

Kathy war ihrem Blick gefolgt und mit einem Satz auf den Beinen. Sie starrte sie feindselig an, der seltsam entrückte Gesichtsausdruck war sofort verschwunden.

Nein, sie hat von Anfang an eines gehabt, es aber vor uns versteckt.

»Kathy, was –«

Das Messer bedrohlich vor sich herschwingend, bewegte sich Kathy langsam auf sie zu. »Mary, kleine Mary. Du denkst, dass du überleben wirst, wenn du dich nur klein genug machst. Aber jetzt haben wir ein kleines Geheimnis, du und ich. Hm?« Kathy lächelte sie herablassend an. »Wenn du den anderen irgendwas hiervon erzählst, wie du mich gefunden hast – oder von dem Messer«, Mary konnte nicht anders, sie fixierte die Klinge, die Kathy ihr nun direkt ins Gesicht hielt, »dann werde ich persönlich dafür sorgen, dass du das alles hier nicht überlebst.«

Mary nickte stumm, sie konnte ihre Augen nicht von dem Messer lösen, das Kathy aber unvermittelt einklappte und in einer Tasche ihres Hemdes verschwinden ließ. Und als Mary es endlich wieder wagte, vom Boden aufzublicken, war Kathy verschwunden.

Nachdem die Jugendlichen am frühen Morgen ihre Wasserflaschen aufgefüllt und sich am Bach notdürftig gewaschen hatten, verließen sie das Wäldchen und marschierten aufs Neue ins weite Land hinaus. Ein glühender Wind jagte über die Ebene. Da in der Morgendämmerung der Stern am Himmel gefunkelt hatte, wussten sie, in welcher Richtung ihr Ziel lag. Auf die weit entfernt liegenden Berge, die sich hinter den Wolken kaum noch abzeichneten, hielten sie nun zu.

Alle waren in düsteren Gedanken gefangen. Das Tageslicht

war gedämpft und sie spürten, dass die Bedrohung durch das, was im Dunkeln auf sie lauerte, greifbarer geworden war. Die Schonzeit war vorbei. Ihre Haut kribbelte und die Haare im Nacken stellten sich auf, als sie das erste ferne und heisere Heulen vernahmen. Ihre Jäger waren wieder da.

Niemand in der Gruppe sprach ein Wort oder kommentierte das neuerliche unüberhörbare Kreischen. Sie gingen Jeb mit hängenden Köpfen in einer Reihe hinterher, ohne auch nur aufzuschauen. Kathy bildete den Schluss.

Jeb versuchte, ein hohes Tempo zu halten, ohne dass die Kette der Jugendlichen zerriss. Einige Male hatte er den Verdacht, Kathy würde sich von ihnen absondern, da sie immer wieder einige Schritte hinter ihnen stehen blieb und hektisch hinter sich den Horizont absuchte, wenn sie glaubte, dass es niemand bemerkte. Schon am Morgen vor ihrem Aufbruch hatte sie seltsam unruhig gewirkt, nicht so kontrolliert wie sonst. Eine grenzenlose Wut stieg in Jeb auf, wenn er an die vergangene Nacht dachte. Vor allem Wut auf sich selbst. Er hoffte insgeheim, Kathy würde sich in Zukunft endgültig von ihm fernhalten.

Als Jeb sich ein weiteres Mal umsah, seufzte er innerlich. Während alle anderen fit genug waren, war schon jetzt klar, dass Mary diese Gangart nicht lange durchhalten würde. Ihr Gesicht war gerötet und sie atmete schwer.

Was machen wir bloß mit ihr? Wir können sie nicht zurücklassen, aber sie wird dieses Tempo auch nicht mithalten können.

Sie hatten noch einen ganzen Tagesmarsch vor sich, und das in dieser unheimlichen Dämmerung. Und die Kraft der Sonne und die Hitze des Feuers würden sie heute vor den Jägern nicht schützen. Sie würden sehr vorsichtig sein müssen. Auch der Stern schien so weit entfernt wie nie zuvor. Inzwischen hatte sogar Jeb ein Teil seines Optimismus verlassen und nur zu gern hätte er die Führung der Gruppe an jemand anderen abgegeben, aber stattdessen sprach er ihnen immer wieder Mut zu. Doch keiner erwiderte sein Lächeln, nicht einmal Jenna hatte den Kopf angehoben, als er sich zu ihr umgewandt hatte.

In seinem Kopf erklangen leise, aber eindringliche Worte. Es war wie eine ferne Erinnerung an eine Stimme, die er kannte, aber nicht zuordnen konnte, wem sie gehörte. Es war eine Weisheit aus der Vergangenheit. *Jeder Anführer ist allein, muss einsame Entscheidungen treffen.* Gesprochen von der Stimme eines alten Mannes und er liebte ihren Klang. Ein Gefühl längst vergangener Geborgenheit überkam ihn. Und war im nächsten Augenblick verflogen, als Jenna hinter ihm einen lauten Schrei ausstieß.

Jeb fuhr herum. Mit schmerzverzerrtem Gesicht lag das Mädchen am Boden und hielt sich den rechten Knöchel. Jeb warf kurzerhand seinen Rucksack ab und kniete neben ihr nieder. Sie lag seitlich auf dem Boden und wimmerte. Nach und nach trotteten die anderen heran und sammelten sich um Jeb und Jenna.

»Was ist passiert? Hast du dir wehgetan?«

Jenna presste fest die Lippen zusammen. »Ich bin über eine Unebenheit im Boden gestolpert und hab mir dabei irgendwie den Fuß verdreht.«

»Lass mich mal sehen.«

Jenna hielt ihr Bein mit beiden Händen an der Wade umfasst. Vorsichtig streckte sie Jeb den Fuß entgegen. Als er sanft danach fasste, brüllte sie auf.

»So schlimm?«, fragte er.

Jenna nickte stumm.

»Sie ist sicher in eines dieser verflixten Kaninchenlöcher getreten. Die kennt ja auch Mischa schon zu Genüge«, meldete sich León nun zu Wort. Mischa durchbohrte León mit Blicken, verkniff sich aber eine Antwort. »Wahrscheinlich hat sie sich den Fuß gebrochen.«

Alle zuckten zusammen. Sich den Fuß zu brechen, bedeutete, nicht mehr weiterlaufen zu können. Mehr noch, es bedeutete den sicheren Tod.

Jeb zwang sich zur Ruhe. Er war nicht bereit, sofort das Schlimmste anzunehmen. Mischa kniete sich nun neben Jeb und betrachtete Jennas Knöchel. »Also ich finde, der sieht nicht gebrochen aus. Man sieht keine Knochen unter der Haut vorragen und der Fuß hängt in einem natürlichen Winkel am Bein. Darf ich mal?« Jenna nickte.

»Ich muss dir jetzt vielleicht wehtun, aber ich will wissen, ob du den Fuß noch bewegen kannst.«

Jenna biss die Zähne zusammen und nickte noch einmal.

Vorsichtig umfasste Mischa ihren Fuß, bewegte ihn langsam von links nach rechts, von oben nach unten. Es gab keinen Widerstand, aber Jenna verzog bei jeder Bewegung das Gesicht und stöhnte. Schweißperlen bildeten sich auf ihrem Gesicht, die langsam über die Augen und die Nase hinabrannen.

»Ich denke, er ist nur verstaucht. Normalerweise ist das bis in ein paar Tagen verheilt, bis dahin musst du den Fuß schonen. Aber unter diesen Umständen? Eigentlich bräuchten wir etwas zum Kühlen, denn er wird mit Sicherheit anschwellen.«

»Woher weißt du das alles?«, fragte León.

»Keine Ahnung, ich weiß es einfach. Mary, gib mir bitte mal das Verbandszeug.«

Mary kramte in ihrem Rucksack, dann hielt sie eine dicke Binde in den Händen. »Lass mich das machen, ich kann das«, sagte sie.

Mischa sah sie fragend an, aber sie schien sich ihrer Sache sicher zu sein, also machte er ihr Platz. Jeb nahm seine Wasserflasche aus dem Rucksack und reichte sie Mary.

»Gib ihr eine der Tabletten und schütte das über den Verband. Es wird den Fuß kühlen und die Binde straffer machen, sodass die Schwellung sich nicht so stark ausbreiten kann.« Und nach einer Pause murmelte er: »Diese Erinnerungsschübe sind unheimlich, oder?«

Jenna hatte sich zurücksinken lassen und sah Mary dankbar an, die fachmännisch damit begann, den Verband anzulegen. Jeb und Mischa erhoben sich und gingen hinüber zu den anderen, die sich etwas abseits zusammengesetzt hatten. »Sie wird so nicht weitergehen können. Wir müssen zurück zum Bach oder zum Wald, um eine Trage für sie zu bauen«, verkündete Jeb.

»Nein«, sagte León bestimmt. »Das werden wir nicht tun. Wir gehen weiter.«

»Du willst sie zurücklassen?«, zischte Jeb.

»Ja. Und wenn du bei klarem Verstand wärst, wüsstest du auch, dass das die einzige Möglichkeit ist«, erwiderte León. Sein Gesicht war ausdruckslos. Er hatte für sich bereits die nötigen Konsequenzen aus dieser neuen Situation gezogen. »Wir können sie nicht mitnehmen, und wenn sie nicht selbst laufen kann, muss sie zurückbleiben.«

»León –« Jeb trat einen Schritt vor.

»Was willst du machen? Mir eine in die Fresse hauen?« León richtete sich auf. Trotzdem reichte er Jeb nur bis zur Nase. »Ich sage nur die Wahrheit.«

»Wir müssen zum Bach oder zum Wald zurückkehren und eine Trage bauen.«

»Und dann?«

»Dann tragen wir sie zu den Toren.«

»Ach ja, wie geht es dann dort weiter? Hast du dir das schon überlegt? Losen wir aus, wer durch die Tore gehen darf und wer hierbleibt? Soll jemand von uns, die wir Jenna bis zu den Portalen geschleppt haben, sich opfern, obwohl sie ohne unsere Hilfe niemals bis dahin gekommen wäre?«

»Dann verzichte ich auf meinen Platz. Wir nehmen Jenna mit, und wenn wir es zu den Toren schaffen, bleibe ich zurück.«

León verzog den Mund und sah ihn traurig an. »Jeb, das ist wirklich heldenhaft von dir, im Ernst, aber es funktioniert nicht. Erstens ist es mehr als wahrscheinlich, dass du dich im Angesicht deines eigenen Todes doch noch anders entscheidest, und ...«

Jeb wollte etwas einwenden, aber León hob warnend die Hand und sprach weiter. »... zweitens, selbst wenn du wirklich zurückbleiben würdest, wer sagt dir, dass *wir* sie in der nächsten Welt mit uns herumschleppen würden?« León legte Jeb eine Hand auf die Schulter. »Es tut mir leid, ich bin kein Unmensch. Wenn dein Vorschlag sinnvoll wäre, würde ich dir helfen, Jenna zu tragen, aber sieh es doch ein: Ihr Leben zu retten, bedeutet den Tod für uns alle.«

Leóns Worte waren hart. Ehrlich und grausam, trotzdem war Jeb nicht bereit aufzugeben.

»Was ist mit euch?«, wandte er sich an Tian, Kathy und Mischa. »Helft ihr mir?«

Mischa schüttelte stumm den Kopf, dann wandte er sich ab und ging davon. Kathy folgte ihm, ohne zu zögern. Nur Tian blieb noch einen Augenblick sitzen, dann sagte er leise: »Tut mir leid.« Und ging ebenfalls.

»Wenn du willst, erkläre ich Jenna, wie es um sie steht«, sagte León ruhig. Er klopfte Jeb kurz und hart auf die Schulter. »Du bist ein Idiot, Jeb, wenn du versuchst, sie zu retten, aber tu, was du nicht lassen kannst!«

Und damit ging León zu Jenna hinüber, kniete sich neben sie und sprach mit ihr. Sie stieß einen verzweifelten Schluchzer aus. Dann erhob er sich geschmeidig und schritt zu Mischa, Tian und Kathy hinüber, die schon auf ihn warteten.

Jeb ließ sich neben Jenna zu Boden sinken.

»Ich werde hier bleiben und dir helfen«, meinte Mary plötzlich.

Jeb schaute sie erstaunt an. »Du?«

»Ja, ich. Wir bauen eine Trage.«

»Nein«, erwiderte Jeb. »Du hast nicht die Kraft, um das durchzustehen. Wir werden einen weiten Umweg gehen müssen. Und falls du auch irgendwann zusammenbrichst, kann ich dich nicht auch noch schleppen.«

»Ich schaffe das«, beharrte Mary. »Ich bin stärker, als ihr alle denkt.«

Jenna wischte die Tränen aus ihrem Gesicht und sah Mary an. »León hat recht. Ihr müsst mich zurücklassen, wenn ihr leben wollt. Ich werde es schon schaffen. Irgendwie.«

»Ich bleibe bei dir«, sagte Jeb entschlossen.

»Jeb, nein. Wenn wir an den Toren sind, was dann? Willst du dich auch dort opfern? Wenn einer das hier überleben sollte, dann du.«

»Wenn wir dort sind, wird mir schon was einfallen«, beharrte Jeb. »Aber du, Mary, musst mit den anderen gehen. Bitte. Tu es um deinetwillen, geh.«

»Aber ich kann doch nicht…«

»Doch, du kannst«, sagte Jenna. »Wenn ich nicht gestürzt wäre, dann wärst vermutlich du es gewesen, die nie bei den Toren angekommen wäre, und das weißt du. Sieh es als deine Chance, dein Leben zu retten.« Jenna griff nach Marys Hand und hielt sie fest zwischen ihren beiden eigenen. »Mary, bitte geh.«

Das dunkelhaarige Mädchen erhob sich unsicher. Lange sah sie auf Jenna hinab, dann ging sie zu Leóns Gruppe hinüber. Die Jugendlichen schulterten gerade ihre Rucksäcke und machten sich zum Aufbruch bereit.

Jeb stand ebenfalls auf. Er gab León ein Zeichen, dass er allein mit ihm reden wollte, bevor sich die Gruppe davonmachte.

»León?«

»Was?«

»Ich bitte dich um das Messer. Ich will nicht wehrlos sein, und wenn es so weit ist…«

Der tätowierte Junge verzog keine Miene. »Nein, Jeb.«

»Ich kenne dich mittlerweile gut genug, um zu wissen, dass du egoistisch bist, aber herzlos bist du nicht. Gib mir das Messer.«

»Denk über mich, was du willst, aber ich werde dir das Messer nicht geben. Ich…« Er blickte zu den anderen. »Wir brauchen es genauso wie ihr, wenn wir überleben wollen.«

Jeb wusste, dass León recht hatte.

»Du kannst den hier haben.« León drückte ihm überraschend seinen Speer in die Hand, an dem er so viele Stunden geschnitzt hatte. »Dann bist du wenigstens nicht komplett wehrlos, wenn sie kommen. Außerdem ist es ein guter Wanderstab. Du wirst ihn brauchen.«

Sprachlos blickte Jeb auf den Speer. »Danke, León«, brachte er dann heraus.

»Schon in Ordnung, *compadre*. Für das, was du tust, hast du meinen Respekt.« Er zögerte. »Zu einer anderen Zeit, in einem anderen Leben, hätten wir vielleicht Freunde sein können … oder so was in der Art.«

Jeb schluckte hart. »Eine Bitte habe ich noch.«

León forderte ihn mit einem Nicken zum Weiterreden auf.

»Versprich mir, dass du Mary zu den Toren bringst. Das hier soll nicht umsonst gewesen sein.«

León sah Jeb offen an. »Ich kann dir nur versprechen, es zu versuchen. Ich werde ihr helfen, wo es geht, aber nur, solange sie selbst laufen kann und ich in der Gruppe bleibe. Wenn ich beschließe, mich von den anderen zu trennen, werde ich sie zurücklassen. Bis dahin hast du mein Wort.«

Mehr konnte Jeb nicht verlangen.

Ein schauerliches Gebrüll bereitete ihrem Abschied ein schnelles Ende. Die aufbrechende Gruppe war unwillkürlich zusammengerückt und Jenna drückte sich auf den Boden. Mary hielt sich die Ohren zu, aber es half nicht gegen das durchdringende Kreischen, das rasch über die Steppe näher zu kommen schien und die ganze Luft damit ausfüllte. Es klang wie eine Horde Raubtiere, die eine frische Spur aufgenommen hatte.

»Ihr müsst los.«

León reichte ihm die Hand. »Viel Glück.«

»Dir und den anderen auch.«

Der tätowierte Junge wandte sich ab und ging zum Rest der Gruppe. Ohne zu zögern, marschierten die fünf los. Kurz darauf hatte das hohe Gras ihre Gestalten verschluckt.

15.

Jeb ließ sich neben Jenna nieder, die sich inzwischen wieder aufgerichtet hatte.

»Du solltest ihnen nachgehen«, sagte sie, ohne ihn anzuschauen.

»Nein.« Fast trotzig klang seine Antwort.

»Warum tust du das? Wenn du dein Leben für mich opferst, dann gehen wir beide drauf.«

»Ich tue das nicht für dich, ich tue es für mich. Wenn ich dich hier zurücklassen würde, wäre alles andere sinnlos. Vielleicht würde ich weiterleben, aber ich könnte den Gedanken nicht ertragen, jemand zu sein, der einen anderen seinem sicheren Tod überlassen hat.«

»Wenigstens würdest du überleben, so werden wir wahrscheinlich beide sterben.«

Jeb schüttelte den Kopf. »Noch ist es nicht so weit.«

»Wenn dir etwas passiert, ist es meine Schuld«, sagte Jenna bitter. »Und dann bin ich verantwortlich für deinen Tod, ist das besser?«

»Nein, bist du nicht. Das hier ist allein meine Entscheidung.«

»Wenn ich nicht gestürzt wäre...«

»Das sind doch überflüssige Diskussionen. Es ist, wie es ist, über ›Was wäre wenn‹ nachzudenken, bringt uns nicht weiter.«

Sie schwiegen einen Moment.

»Was denkst du, haben wir eine Chance, dieser jaulenden Meute zu entgehen?«, fragte Jenna.

Jeb lauschte, aber im Augenblick war nichts von ihren Jägern zu hören.

Was hatte sie verstummen lassen? Wovon wurden sie angetrieben?

»Noch haben sie anscheinend unsere Spur nicht aufgenommen. Das heißt, wir haben einen Vorsprung. Den sollten wir nutzen«, antwortete er.

»Und wie willst du das anstellen?«

Jeb wich ihr aus. »Wir können nicht auf der Ebene bleiben, hier sind wir zu leichte Beute. Das heißt, wir müssen zurück in den Wald und uns dort durchschlagen. Das wird zwar anstrengend, aber ich glaube, dass es praktischer ist, weil wir dort vor Hitze und Unwetter geschützt sind und ab und zu Wasser finden könnten. Und wenn wir uns im Wald nicht verlaufen, können wir es schaffen, die Portale zu erreichen.«

Was er nicht aussprach, war die Tatsache, dass sie nur sehr langsam vorankommen würden, denn entweder musste Jenna auf einem Bein humpeln oder er musste sie tragen. Im Wald, durch dichtes Buschwerk, ohne Pfade und Wege, würde das viel Kraft kosten.

Aber Jenna ließ nicht locker. »Okay, aber wie willst du das hinkriegen, dass uns die Jäger nicht folgen?«

»Ich gehe León und den anderen nach. Ich folge ihnen ein Stück weit und trample das Gras nieder, hinterlasse deutliche Spuren, sodass unsere Verfolger den offensichtlichen Spuren der Gruppe folgen und uns aus den Augen verlieren.«

»Wenn dein Plan funktioniert, bringst du die anderen in große Gefahr.«

»Was sollen wir denn sonst machen? Sie oder wir, aber ich glaube, so weit wird es nicht kommen. Sie sind zu fünft, niemand ist verletzt, sie können davonlaufen, wir nicht.«

»Und wenn es nicht klappt?«

Jeb sah sie eindringlich an. »Es muss einfach klappen. Eine andere Chance haben wir nicht.«

Jeb folgte der Gruppe etwa geschätzte zehn Minuten lang. Er machte viele kleine Schritte, trampelte einen Pfad, mähte mit dem Speer das Gras nieder und brach Halme ab, dann hetzte er zurück zu Jenna. Als er sie erreichte, hörten sie wieder das vereinzelte, grausig klingende Schreien in der Ferne. Die Richtung, aus der sie kamen, war nicht auszumachen. Sie sahen sich einen Moment stumm an.

»Wir müssen aufbrechen«, sagte Jeb hastig.

Er streckte Jenna seine Hand hin und zog sie auf die Beine, dabei verschob sich der Ärmel ihres Hemdes und er entdeckte eine kleine sternförmige Tätowierung an der Innenseite ihres Handgelenks. Noch bevor er die feinen Linien bewundern konnte, rutschte der Ärmel in seine alte Position zurück und verbarg das Zeichen. Jeb nahm sich vor, Jenna bei späterer Gelegenheit nach der Bedeutung des Symbols zu fragen. Jenna stand auf einem Fuß, sie wirkte unsicher.

Ihr Rucksack störte. Jeb nahm ihn ihr ab und verstaute den Inhalt in seinem Rucksack. Jennas ließ er zu Boden fallen.

»Geht es?«, fragte Jeb.

Jenna stand der Schweiß auf der Stirn. Sie nickte und machte den ersten vorsichtigen Hüpfer. Er hatte zunächst Mühe, ihr Gewicht abzufangen, aber bei den nächsten Schritten wurde es schon besser.

Es war mühselig. Sie kamen nur unendlich langsam voran. Ihre Zuversicht sank mit jedem Schritt.

Das Jaulen echote hohl in der Ferne – doch wie weit entfernt ihre Jäger tatsächlich waren, konnte Jeb nicht feststellen. Die heulenden Stimmen klangen seltsam nah und irgendwie vertraut, sie setzten sich im Kopf fest und hallten dort wider. Immer wieder blickte sich Jeb um, versuchte, im hohen Gras die Schatten ihrer Verfolger auszumachen, aber noch waren sie nicht zu sehen.

Es mochte vielleicht eine Stunde vergangen sein, als sich das Jaulen änderte. Die Rufe klangen aufgeregt, wilder. Jeb konnte nur vermuten, dass sie die Stelle erreicht hatten, an der sich Jenna verletzt hatte. Er rätselte immer noch, wie er sich die Kreaturen vorstellen sollte, die Jagd auf sie machten. Mischa hatte von einer Eiseskälte erzählt, die von ihnen ausging. Aber mehr als ein paar schattengleiche Gestalten, die das niedergetrampelte Gras absuchten und den zurückgelassenen Rucksack beschnüffelten, wagte sich Jeb nicht vorzustellen. Eine Gänsehaut überlief ihn.

Was, wenn der Trick mit der falschen Spur nicht klappte?

Neben ihm keuchte Jenna. Sie war fix und fertig. Inzwischen brauchte sie mehrere Sekunden zwischen den einzelnen Hüpfern und am Ende eines jeden Schrittes wankte sie bedenklich. Es war nur noch eine Frage der Zeit, bis sie der Länge nach umkippte, und Jeb war sich nicht sicher, ob er noch genügend Kraftreserven aufbieten konnte, sie im entscheidenden Moment aufzufangen.

»Wir machen eine Pause«, sagte Jeb, obwohl alles in ihm danach drängte weiterzugehen.

»Das können wir uns nicht leisten«, ächzte Jenna.

»Trink wenigstens etwas.«

Jenna schien etwas einwenden zu wollen, ließ sich dann aber wortlos zu Boden sinken. Jeb legte den Rucksack ab und reichte ihr die Wasserflasche. Mit hastigen, kurzen Schlucken trank sie, dann gab sie ihm die Flasche zurück und er stillte ebenfalls seinen Durst. Wenn sie die nächste Stunde überlebten, würden sie den Wald erreichen und dort wahrscheinlich Wasser finden. Bis dahin mussten sie, so gut es ging, auf den Beinen bleiben.

»Lass mich zurück«, probierte es Jenna aufs Neue. »Du musst es früher oder später ohnehin machen. Allein hast du eine Chance. Ich weiß, dass du es ohne mich schaffen kannst.«

Jeb sah sie an. »Vergiss es, Jenna. Wir gehen zusammen oder gar nicht.«

Jenna blickte ihm tief in die Augen. Sie war ganz ruhig, aber über ihren nächsten Satz erschrak Jeb. »Ich gehe nicht mehr weiter. Meine Kräfte sind zu Ende.«

Er hatte auf diesen Moment gewartet, aber irgendwie hatte er gehofft, sie würde es wenigstens bis zum Wald schaffen. Dort hätten sie ein wenig ausruhen können.

»Ich werde dich tragen«, sagte er und sprang auf.

»JEB!«

Er spürte Zorn in sich aufsteigen. Zorn, der ihm Kraft gab. »Ich kann und werde es. Wenn nötig, schlage ich dich bewusstlos. Mir wäre es allerdings lieber, ich müsste das nicht tun.« Er lächelte sie jetzt aufmunternd an. »Ich werde nicht ohne dich gehen«, sagte er und setzte sich wieder ins Gras.

Eine Weile schwiegen sie. Jeb spürte, dass Jenna ihn anblickte, aber er sah zu Boden.

»Bitte«, flehte sie. »Bitte, tu mir das nicht an. Ich möchte nicht schuld an deinem Tod sein.«

»Dann lass dich von mir tragen.«

»Verdammt, wieso bist du nur so stur?«

Jeb grinste nur. Er hatte gewonnen.

»Aber nur unter einer Bedingung.«

Er schüttelte den Kopf. »Keine Bedingungen.«

»Wenn du mich nicht mehr tragen kannst, lässt du mich zurück und rettest wenigstens dein Leben.«

Er antwortete ihr nicht, stand auf und zog sie auf die Füße.

»Du musst meinen Rucksack tragen«, sagte er stattdessen.

»Der Rucksack und ich, wie willst du das schaffen?«

»Wir brauchen das Zeug darin und so schwer ist er nicht. Außerdem trägst du ihn ja.« Er zog die Situation ins Lächerliche. »So haben wir beide unsere Last zu tragen.« Er drehte sich von ihr weg und beugte die Knie. »Klettere auf meinen Rücken, ich nehme dich huckepack.«

Jenna schlüpfte in die Tragegurte des Rucksacks, dann legte sie ihre Hände auf Jebs Schultern und zog sich hoch. Jeb schwankte ein wenig, dann hatte er das Gewicht austariert. Aus den gebeugten Knien hochzukommen, war schwerer, als er gedacht hatte. Er stützte sich auf Leóns Speer und zog sich ächzend hoch.

»Jeb …«

»Sag jetzt nichts«, schnaufte er.

Dann machte Jeb den ersten Schritt. Seine Last war schwer. Er biss die Zähne zusammen und marschierte auf den Wald zu.

16.

Mary war weit zurückgefallen. Sie trottete hinter den anderen her und wurde zusehends langsamer. León ging zurück, bis er auf gleicher Höhe mit ihr war.

Marys Gesicht glühte vor Anstrengung. Sie schnaufte unablässig, obwohl seit der Trennung von Jeb und Jenna nicht viel Zeit vergangen war.

»Du musst schneller gehen«, sagte León.

»Ich gebe mein Bestes.«

»Das reicht aber nicht.«

»Und was kümmert dich das? Jenna hast du doch auch zurückgelassen.«

»Sie war verletzt, das ist etwas anderes. Es gab keine andere Möglichkeit.«

»Das ist eine Lüge. Du bist ein beschissener Lügner! Wir hätten sie tragen können. Abwechselnd.«

»Und wären alle dabei draufgegangen.«

Wütend starrte sie ihn an.

Wut ist gut. Wut gibt ihr Kraft. Ich muss sie zornig machen.

»Geh schneller!«, forderte er.

»Lass mich in Ruhe, León!«

León machte einen Schritt auf sie zu und sie wich zur Seite

aus. »Ich sage es ein letztes Mal, geh schneller oder du wirst den Tag verfluchen, an dem wir uns begegnet sind.«

»Das tue ich jetzt schon.«

Er hob die Hand, so als wolle er sie schlagen.

»Wage es nicht«, zischte Mary.

León sah den Zorn in ihren Augen. Zufrieden wandte er sich ab. Mary würde ab sofort nicht mehr zurückbleiben.

»Ich sag's euch, etwas stimmt nicht mit Jeb«, sagte Kathy zu Mischa und Tian.

»Wie meinst du das?« Tian strich sich eine Haarsträhne aus dem Gesicht und sah sie an.

»Na, das ganze Gequatsche über das Labyrinth und so.«

»Du glaubst ihm immer noch nicht?«, fragte Mischa verblüfft.

»Doch, ich denke, er sagt die Wahrheit, aber es ist nur eben so viel Wahrheit, wie er uns mitteilen will. Irgendetwas verbirgt er vor uns, vielleicht gibt es noch eine weitere Botschaft.«

»Alles, was er gesagt hat, scheint zu stimmen. Der Stern, Ängste, die uns irgendwie verfolgen. Ich wette, die Tore werden auch dort so sein, wie er es uns versprochen hat«, meinte Mischa.

»Er hat uns gar nichts versprochen«, zischte Kathy.

Keiner der beiden anderen reagierte darauf. »Eigentlich lässt er uns im Dunkeln tappen. Habt ihr euch schon mal gefragt, warum er schon vor uns im Labyrinth war?«, sprach Kathy weiter. »Und warum ist er bei Jenna zurückgeblieben?«

»Er ist einfach ein guter Mensch«, sagte Tian.

Kathy sah ihn verächtlich an. »Glaubst du das wirklich? Wie naiv bist du eigentlich? Warum sollte er sich für jemanden opfern, den er nicht kennt? Wenn es stimmt, was er sagt, dann gibt es in jeder Welt ein Tor weniger, als von uns noch am Leben sind. Nur einer von uns wird durch das letzte Tor gehen, alle anderen sterben vorher. Warum sich also opfern, warum jemanden retten, der sowieso dem Tod geweiht ist?«

»Weil er nicht anders kann!«

Ohne dass sie es bemerkt hatten, war León herangekommen und hatte ihr Gespräch mit angehört.

»Du glaubst also, er hat einfach ein Helfersyndrom?«, fragte Kathy verächtlich.

»Nein, ich halte ihn für einen Idioten, weil er sein Leben für jemand anderen riskiert, aber im Gegensatz zu dir respektiere ich sein Opfer.«

»Opfer, wenn ich das schon ...«

»Halt deine Klappe, Kathy. Halt einfach mal deine Klappe.« Leóns Stimme ließ die anderen frösteln. »Wir alle wissen, warum du nicht gut auf Jeb zu sprechen bist. Also mach ihn nie wieder schlecht, sonst stopfe ich dir persönlich dein Maul.«

»Sag mal, wie redest du ...?«

Er ließ sie nicht zu Wort kommen. »Ich will nichts mehr von dir hören. Kein einziges beschissenes Wort mehr oder ich schwöre dir, dass ich mich vergesse.«

Hinter ihnen in der Ferne erklang das gefürchtete Heulen und Kreischen. Sie zuckten zusammen. Tian fing an, Unverständliches zu stammeln und mit den Füßen zu stampfen. Die anderen blickten ihn sorgenvoll an und hofften, dass er sich wieder abregte.

»Scheiße«, knurrte León. »Hört ihr das? Warum kommen sie uns hinterher und nicht Jeb und Jenna?«

»Vielleicht sind sie schon tot«, bemerkte Mischa.

León knirschte mit den Zähnen.

»Nein. Jeb hat wie immer schon einen Schritt weitergedacht.

Irgendwie hat er es geschafft, dass sie unserer Spur folgen und nicht seiner, der verdammte Mistkerl.«

Jeb, du bist cleverer, als ich dachte.

In diesem Moment schmiss sich Tian auf den Boden, presste abwechselnd die Fäuste auf die Ohren und schlug sich auf den Kopf: »Mach, dass es aufhört. Bitte! Ich ertrag das nicht mehr, es macht mich wahnsinnig. Jemand soll dieses Geräusch stoppen. Bitte tut doch etwas. Es soll aufhören. AUFHÖREN!«

Das verzweifelte Gebrüll Tians vermischte sich nun mit den kehligen Rufen ihrer Verfolger und die Spannung in der Gruppe war unerträglich und ließ sie alle in Reglosigkeit verharren.

Dann trat Kathy zu León und verlangte so resolut nach seinem Messer, dass er es ihr augenblicklich reichte. Dass sie dabei Mary warnend anblickte, fiel in diesem Moment niemand auf. Sie schnitt vom unteren Rand ihres Hemds einige Zentimeter ab, knotete es zusammen und streifte es Tian über den Kopf. Als der sich wehrte und nicht aufhörte, weinerlich zu stammeln, verabreichte sie ihm eine schallende Ohrfeige. Abrupt war Ruhe und Tian kam wieder zu sich. Er schob das braune Band sorgfältig über seine Ohren und legte die Hände darüber. Für einen Moment schloss er die Augen. »Danke, Kathy«, keuchte er.

León steckte sein Messer wieder ein.

»Ab jetzt gibt es keine Pausen mehr. Wer nicht mehr kann, bleibt zurück.«

Jeb schwitzte aus jeder Pore, während er langsam, den Blick zu Boden gerichtet, auf den Wald zumarschierte. Mit der linken Hand umfasste er Jennas Bein, mit der rechten stützte er sich auf Leóns Speer.

Seit einiger Zeit hatte er das Gefühl, dass sich das Kreischen hinter ihnen entfernte. Wenn er die Kraft dazu gehabt hätte, würde er jetzt zufrieden grinsen, aber er war inzwischen ziemlich am Ende. Nachdem er die erste halbe Stunde zügig voranmarschiert war, drückte ihn nun die Last auf seinem Rücken beinahe zu Boden. Nicht nur der heutige Marsch saß ihm in den Knochen, sondern auch die Anstrengungen der letzten Tage. Hinzu kam die nervliche Anspannung, die ihm ebenfalls die Kraft raubte.

Vielleicht werde ich krank, überlegte er. Sein Gesicht glühte, aber bei der Hitze war das kein Wunder. Er hob kurz den Kopf. Was er sah, gab ihm neuen Mut. Sie waren dem Wald deutlich näher gekommen und der Anblick versprach Erholung und Schatten. Sie mussten dringend Wasser finden, denn seine Zunge klebte am Gaumen.

Wie es wohl Jenna geht?

Seit dem Aufbruch hatten sie kein Wort miteinander gesprochen. Jenna schien zu spüren, dass er seine volle Konzentration brauchte. Still drückte sie sich an ihn. Nicht ein einziger Laut war von ihr zu hören. Auf Dauer so getragen zu werden, war bestimmt unangenehm und inzwischen musste das Blut sich in ihren Beinen stauen, sodass ihr verletzter Fuß wahrscheinlich höllisch schmerzte. Trotzdem jammerte sie nicht.

»Ich glaube, dahinten zieht Regen auf«, sagte sie plötzlich. Jeb wäre beinahe gestolpert, so überrascht war er. Er wandte den Kopf. Ja, am Horizont wurde es dunkel, aber ob das Regenwolken waren, vermochte er nicht zu sagen.

Regen wäre wunderbar, dachte er, versuchte aber, nicht darauf zu hoffen.

Der Wald. Der Wald ist alles, was zählt, dort finden wir Schutz und Wasser.

Bei seinem Anblick spürte er, dass er noch Kraft hatte, Jenna weiterzuschleppen. Nein, er würde nicht aufgeben.

»Keine Ahnung, ob das Regen ist«, erwiderte er.

»Ich glaube, dein Trick hat funktioniert.« In ihrer Stimme schwang Hoffnung mit.

»Ja, denke schon.« Er sagte ihr nicht, dass es ebenso gut sein konnte, dass sich die Jäger getrennt hatten und nun vielleicht in zwei Gruppen jagten. Und doch hatte er ein gutes Gefühl. Sie würden es in den Wald schaffen, danach würden sie weitersehen.

»Geht es noch bei dir? Sollen wir lieber eine Pause machen?«, fragte Jenna.

»Ist schon okay. Wir rasten nachher im Wald, hier ist es zu heiß. Wie fühlst du dich?«

»Der Fuß tut ein bisschen weh, aber sonst ist alles okay.«

Er ging davon aus, dass sie maßlos untertrieb, um ihm nicht noch mehr Probleme zu bereiten. Er war froh, dass Jenna bei ihm war, trotz allem.

»Jenna? Kannst du dich an irgendetwas erinnern, was vor deiner Zeit im Labyrinth liegt?«

Jenna schwieg einen Moment, als müsste sie nachdenken.

»Nicht... nicht so richtig. Es sind nur vereinzelte Bilder, die kommen und wieder verschwinden. Ich weiß, sie haben mit mir zu tun, aber so richtig einordnen kann ich sie nicht.«

»Bitte erzähl mir davon«, sagte Jeb. Er hoffte, mehr über sie zu erfahren. Und vielleicht würde es ihn ein wenig von den Strapazen ablenken.

»Wie gesagt, manchmal tauchen Bilder auf. Ich sehe mich selbst auf einem Pferd reiten. Es ist ein großes schönes Tier. Wir sind in irgendeinem Wettbewerb und die Zuschauer feuern mich an. Wenn ich versuche, mich auf dieses Bild zu konzentrieren, verschwimmt es und vor mir steht eine Frau. Sie trägt ein weißes Kleid, die blonden Haare sind streng nach hinten gebunden. Sie sieht auf mich herab und sagt etwas, aber ich höre ihre Stimme nicht. Alles was sie sagt, bleibt ein dumpfes, sinnloses Gemurmel. Dann verschwindet diese Szene und ich liege auf dem Rücken, starre auf nacktes Weiß. Nichts als Weiß. Keine Linien, keine Formen. Ich verliere mich in dem Weiß. Schließlich taucht dein Gesicht über mir auf. Du beugst dich zu mir herab und sagst deinen Namen und es ist… es ist so, als würde ich dich schon lange kennen.«

Mir ging es ähnlich mit dir, dachte Jeb, aber er sprach die Worte nicht aus. Die Gefühle der Vergangenheit waren ohne Bedeutung, nur die augenblickliche Situation zählte.

Und dennoch, er erinnerte sich an jedes Detail dieser ersten Begegnung. Wie schutzlos sie dagelegen hatte. Ihr Anblick hatte ihn tief berührt und tat es immer noch.

»Und du hast keine Ahnung, was das alles zu bedeuten hat?«, fragte Jeb, um sich von diesem Gedanken abzulenken.

»Nicht den leisesten Schimmer. Das Reiten kann ich mir noch erklären, aber was es mit der alten Frau auf sich hat, keine Ahnung. Die Szene ist irgendwie beunruhigend.«

»Das glaub ich.« Jeb war froh, dass er Jenna das Reden überlassen konnte. Er mochte ihre Stimme, sie begleitete seine mühsamen Tritte auf dem flirrenden Gras, und dass er nicht allein war, beruhigte ihn.

»Weißt du, ich fühle mich so, als wäre ich irgendwie aus der Zeit gefallen. Und ich bin überzeugt, dass ich zurückkehren kann, in diese andere Zeit. Dass auch du zurückkehren kannst. Du musst nur durchhalten – aber anstatt dass ich… dass wir uns gegenseitig dabei helfen durchzuhalten, schleppst du ein viel zu großes und schweres Mädchen, ungeachtet aller Gefahr, durch eine fremde Welt und versuchst das Unmögliche. Weißt du, was, Jeb?«

»Was?«

»Ich mag dich.«

Als er begriff, was sie ihm gerade gesagt hatte, begann sein Gesicht zu glühen, nur hatte es dieses Mal nichts mit der Hitze der Luft zu tun.

Jenna hatte ausgesprochen, was er die ganze Zeit gefühlt, aber sich nicht getraut hatte auszusprechen. Doch nun, da die Worte zwischen ihnen hingen, wurde er nachdenklich.

Sie waren in einer fremden Welt. Aus der Zeit gefallen, wie Jenna es genannt hatte. Sie wurden gejagt. Jenna war verletzt und es war mehr als unwahrscheinlich, dass sie die Tore rechtzeitig erreichen würden. Wenn kein Wunder geschah, würden sie sterben.

Wie sollte er darauf reagieren? Sagen, dass er sie auch mochte? Sich in ihrer Nähe wohlfühlte und ...

Nein, es gab kein »und«, durfte es nicht geben.

»Ich mag dich auch, Jenna.« Jeb wunderte sich über seine Worte, die wie von selbst über seine Lippen kamen.

»Ich weiß«, flüsterte sie leise zurück.

Bis sie den Wald erreicht hatten, schwiegen sie.

17.

Nach der Auseinandersetzung zwischen Mary und León gingen die Jugendlichen schweigend hintereinanderher. Die Angst, erneut aufgeregten Schreien ausgesetzt zu sein und die Verfolger womöglich noch näher heranjagen zu hören, plagte sie beinahe mehr als die mysteriösen Verfolger selbst. Trotzdem hatte das Tempo ein wenig nachgelassen. Sie konnten einfach nicht mehr.

León schritt voraus, hinter ihm hatten sich nun Mary und Mischa eingereiht, mit etwas Abstand folgten Tian und Kathy.

»Was ist mit dir?«, zischte Kathy, als Tian vor ihr wiederholt ins Stolpern geriet. Einen Moment sah es so aus, als falle er diesmal tatsächlich hin, aber dann fand er doch das Gleichgewicht wieder.

Tian drehte sich nicht um. »Nichts.«

»Sag mal, weinst du?«

»Quatsch.«

Kathy sah, wie er sich mit dem Ärmel seines Hemdes über die Augen wischte.

»Du weinst«, stellte Kathy spöttisch fest.

Tian blieb ruckartig stehen. »Das ist Schweiß, der mir in die Augen läuft. Sonst noch was?«

»He, man darf ja wohl mal fragen! Sei froh, dass es mich überhaupt interessiert, wie es dir geht.«

Tian war zu schwach, aber am liebsten hätte er laut aufgelacht. Was bildete sie sich eigentlich ein? Versuchte Kathy, nett zu ihm zu sein, oder führte sie etwas im Schilde? Er strich seine blaue Haarsträhne beiseite und schaute sich nach Kathy um. Grün funkelten ihre Augen ihn an und wieder hatte er das Gefühl, dass etwas mit Kathy nicht stimmte. Sie war sonderbar. Aufbrausend, eiskalt, gefühllos – und unendlich hübsch. Hatte er sich jemals vorher für Mädchen interessiert, schoss es ihm durch den Kopf?

»Okay«, sagte er dann. »Danke der Nachfrage.«

Eine Weile gingen sie nebeneinanderher. Tian war nervös. Jetzt kam Kathy schon einmal auf ihn zu und er zeigte ihr die kalte Schulter. Er musste sich eingestehen, dass sie verdammt sexy war. Selbst hier, schwitzend in der Hitze, war sie immer noch das aufregendste Mädchen, das er je gesehen hatte. Das er *vermutlich* je gesehen hatte. Unauffällig versuchte er, heimlich ihren Körper zu mustern. Er sah einen einzelnen Schweißtropfen ihren Hals hinabrinnen und zwischen dem Ansatz ihrer Brüste verschwinden.

»Ich gefalle dir«, stellte Kathy fest. Beinahe wäre er erneut gestolpert. Woran hatte sie erkannt, dass er sie am liebsten hier und jetzt, Schweiß hin oder her, leidenschaftlich geküsst hätte?

»Ich habe gerade an Jeb und Jenna gedacht«, stieß er hastig hervor.

Sie lächelte ihn eigentümlich an, so als kenne sie jeden seiner Gedanken. »Und woran *genau* hast du gedacht?«, fragte Kathy amüsiert.

Tian suchte nach Worten. »Dass wir sie nicht hätten allein

lassen dürfen. Dass wir zumindest hätten versuchen sollen, ihnen zu helfen.«

Das war nur eine halbe Lüge, denn genau daran hatte er gedacht, bevor Kathy ihn angesprochen hatte. Und ja, es hatte ihn traurig gemacht.

»Helfen?« Kathy zog die Augenbrauen hoch. »Wie hätten wir ihnen denn helfen sollen?«

»Weiß ich doch auch nicht. Aber Jenna und Jeb waren nett. Sie haben dieses Schicksal nicht verdient.«

Sie kam näher, ihre Hand legte sich sanft auf seinen Arm. Seine Haut begann zu kribbeln und er konnte das Klopfen seines Herzens spüren.

»Niemand hat das verdient, Tian«, sagte sie sanft. »Aber es geht uns doch allen gleich. Jeder muss schauen, wo er bleibt.«

»Das klingt verdammt hart.«

Ihr Zeigerfinger fuhr seinen Unterarm entlang. »Gib zu, du hast vorhin geweint.«

»Ich war eben traurig.«

»Und du magst mich, oder?«, fragte sie eindringlich.

Tian räusperte sich verlegen. »Ja.« Kathys nächste Frage überraschte ihn.

»Was würdest du tun, wenn Mary das Gleiche wie Jenna passiert?«

»Ich würde niemanden mehr zurücklassen. Nicht noch einmal. Ich kann das nicht.«

Plötzlich zog sie ihre Hand zurück. Ihr Blick war starr und böse. »Weißt du, Tian«, sagte sie mit eiskalter Stimme. »Du bist ein Schwächling. Wir hätten das Ganze zusammen durchstehen können, aber du schaffst es nicht, Prioritäten zu setzen. Zuerst musst du die retten, die du magst. Und du hast mir eben gesagt, dass du mich magst. Warum zur Hölle würdest du dann Mary retten?« Sie tat beleidigt. »Du solltest dich nicht darum kümmern, was mit den anderen geschieht. Sondern um mich.«

Er wollte etwas erwidern. Ihr versichern, dass er an sie dachte, es immerzu tat, dass er sich für sie opfern würde.

»Ich würde alles für dich tun«, sagte er schwach. Und gleichzeitig ärgerte er sich über sich selbst. Kathy hatte es erneut geschafft, ihn zu manipulieren, ihn anzulocken, nur damit sie ihn umso härter wegstoßen konnte.

»Zu spät, kleiner Mann.« Sie sah ihn noch einmal eindringlich an. »Und jetzt lass mich in Ruhe und hör auf, mir auf die Brüste zu starren.«

Tian schoss vor Verlegenheit das Blut ins Gesicht. Als er aufblickte, schaute Kathy ihn immer noch an. In ihrem Gesicht stand Verachtung. Grenzenlose Verachtung. Schon wieder hatte er jemanden enttäuscht. Was? Wieso schon wieder? Was war da, an das er sich nicht erinnern konnte? Die Last der Vergangenheit drängte nach oben, ohne dass er sie zu fassen bekam, aber das Gefühl, versagt zu haben, unendlich versagt zu haben, blieb.

In seinem Magen begann es zu rumoren, Galle stieg auf. Im letzten Moment wandte er sich ab und übergab sich ins Gras. Trotz des heftigen Würgens hörte er Kathys glockenhelles Lachen, als sie davonging.

León bemerkte, dass sich Tian abwandte und sich die Seele aus dem Leib kotzte. Als Kathy mit einem zufriedenen Lächeln an ihm vorbeistolzierte, packte er sie am Arm und hielt sie fest.

Kathy streifte energisch seinen Griff ab, blieb aber stehen. »Was hast du jetzt schon wieder getan?«, fragte León zornig.

Mischa und Mary betrachteten mit einigem Abstand die Szene.

»Ich?« Sie sah ihn unschuldig an. »Warum muss immer alles meine Schuld sein? Ich habe nur ein wenig mit Tian geplaudert. Warum ihm schlecht geworden ist, weiß ich auch nicht.« Sie zuckte mit den Achseln.

León starrte sie an. »Ich glaube dir kein Wort!«

Ein gemeines Lächeln umspielte ihre Lippen. »Das ist schade, denn ich habe ihm lediglich gesagt, dass er aufhören soll, dauernd auf meine Titten zu glotzen, da er sowieso nie die Chance bekommen wird, sie näher kennenzulernen.« Sie blinzelte ihm zu. »Das gilt natürlich nicht für alle.«

Es war unfassbar. Sie war unfassbar. Was für eine Bitch. *Du verfluchte Schlampe,* dachte León.

Sein Mund war nur noch ein dünner Strich. Langsam beugte er sich vor. »Mit deinen Scheißspielchen hältst du uns nur auf. Wenn Tian kotzt, kann er nicht laufen. Wenn er nicht läuft, hält er die ganze Gruppe auf und es geht nicht vorwärts. Kapierst du das nicht?«

Sie sah ihn hochnäsig an. »Wer braucht schon Tian? Wir sollten ihn zurücklassen.«

León stieß ihr mit beiden Händen gegen die Schultern. Kathy wurde nach hinten geworfen und landete hart auf dem Rücken. Ein Stöhnen entwich ihren Lippen, aber schon war León wieder bei ihr. Mit einem einzigen Satz war er über ihr, packte sie an der Kehle und drückte sie so fest auf den Boden, dass sich Kathy nicht mehr rühren konnte. Ihr Atem entwich in kurzen Stößen, aber León empfand kein Mitleid. Langsam zog er das Messer heraus. Seine Hand zitterte nicht, als er die Spitze der Waffe auf Kathys rechtes Auge richtete. Nur ein halber Zentimeter weiter oder ein Zucken von ihr und mit ihrem Auge wäre es vorbei. León schenkte ihr ein strahlendes Lächeln.

»Hör mir gut zu. Es ist wichtig, dass du Folgendes verstehst.«

Sie schielte panisch nach dem Messer. Ein einzelner verzweifelter Laut entschlüpfte ihrer Kehle.

»Wenn du mir noch einmal Schwierigkeiten machst, irgendetwas tust, was mich aufhält, lasse ich dich zurück. Ich fessle dich, gehe weiter und drehe mich auch nicht mehr um, wenn du verzweifelt um dein Leben brüllst. Ist das klar?«

Er lockerte seinen Griff, sodass Kathy antworten konnte, aber sie nickte nur mit dem Kopf als Zustimmung.

León erhob sich und stieß mit Tian zusammen. Er hatte rot verheulte Augen.

»Was ist hier los?«, wollte Tian wissen.

»Nichts«, antwortete León.

»Du musst sie nicht schlagen«, sagte Tian. »Nicht wegen mir.«

León starrte ihn an. »Ich habe sie nicht geschlagen, aber selbst wenn, wäre es nicht wegen dir. Kathy hat einen Fehler gemacht, indem sie die Gruppe aufgehalten hat. Das Gleiche gilt für dich, wir haben keine Zeit für diesen Scheiß, also halt dich von ihr fern.«

Tian wollte etwas erwidern, aber León unterbrach ihn mit einer Handbewegung. »Was immer du jetzt sagen willst, interessiert mich nicht. Wenn ihr mir noch mal Schwierigkeiten macht, binde ich euch zusammen, dann habt ihr alle Zeit der Welt, eure Streitereien auszutragen. Obwohl … allzu viel Zeit wird es nicht sein.«

Tian senkte den Kopf. Er schwieg.

Hinter ihm stand Kathy auf und klopfte sich den Staub von ihren Klamotten. Als sie an Tian vorbeiging, warf sie ihm einen vernichtenden Blick zu. León würdigte sie keines Blickes.

Ich muss Kathy im Auge behalten, dachte er. *So schnell gibt dieses Biest nicht auf.*

Gleichzeitig fragte León sich, warum er jetzt plötzlich den Babysitter für die anderen spielte. Er sollte allein weitergehen, sich einen Dreck um diese hilflosen Kinder scheren, aber irgendwie hatte er das Gefühl, es Jeb schuldig zu sein.

Verdammt, ich bin ihm gar nichts schuldig, und wenn es noch einmal Ärger gibt, lasse ich sie alle zurück.

Obwohl die Sonne nicht zu sehen war, hatte die glühende Hitze das Land im Griff. Leóns Kehle brannte vor Durst, aber als das wilde Kreischen ihrer Verfolger an sein Ohr drang, war ihm klar, dass für Trinkpausen keine Zeit blieb. Ruckartig wandte er sich Richtung Horizont und ging, ohne nach den anderen zu sehen, schnellen Schrittes auf den Schatten der Berge zu.

18.

Jeb schritt zwischen den hohen Bäumen entlang und achtete darauf, dass er nicht über eine der zahlreichen Wurzeln stolperte, die über den Boden wuchsen. Hier, inmitten des Grüns, war es kühler, so viel kühler als auf der Ebene. Er atmete tief ein und es schien ihm, als trinke er die weiche Luft. Jenna gab neben seinem Ohr ein Geräusch der Freude von sich. Sie verlagerte ihr Gewicht auf die rechte Seite und Jeb schwankte kurz, bis er einen Ausgleich gefunden hatte. Dann fühlte er ihre Lippen an seiner Wange. Sie gab ihm einen sanften Kuss.

»Wofür war der?«, fragte Jeb verlegen. Am liebsten hätte er seine Hand an die Stelle gelegt, an der sie ihn geküsst hatte, aber er riss sich zusammen.

»Danke, dass du mich hierhergebracht hast. Wenn ich sterben muss, dann lieber hier als auf der Ebene.«

»Niemand wird sterben, also hör auf damit.« Es klang härter, als es klingen sollte. »Sorry, ich…«

»Ist schon gut, Jeb. Lass mich bitte runter.«

Er blieb stehen und sie glitt von seinem Rücken. Sie machte drei Hopser auf einem Bein, dann ließ sie sich auf das weiche Moos sinken. Den Rucksack stellte sie neben sich. Jeb stand noch einen Moment da, das Hemd klebte ihm am Rücken. Er überlegte, ob sie erst noch tiefer in den Wald gehen sollten, aber sie konnten eine Rast gerade gut brauchen. Mit einem Schnaufer setzte er sich zu Jenna.

Eine Weile schwiegen sie, dann sagte Jenna: »Es ist so friedlich hier. Als wäre alles in Ordnung. Als gäbe es keine Tore und keine Albträume, die uns heimsuchen könnten. Dieser Wald ist wie ein Schutzwall, findest du nicht auch?«

Jeb nickte. Ja, er fühlte es auch. Die hohen Bäume, der sanfte Wind, der über die Wipfel strich, das alles vermittelte ein Gefühl von Frieden und Sicherheit. Er lauschte dem Rauschen des Windes in den Bäumen. Es duftete nach Harz. Es war schön hier. Er nahm Jennas Duft wahr, der sich mit all den anderen Gerüchen vermischte, so als wäre sie eine Blume, die an diesem Ort blühte.

»Hier könnte alles fast so sein wie vorher. Wie früher, weißt du?« Jenna drehte sich zu ihm und blickte ihm forschend in die Augen. »Sag mal, woran erinnerst *du* dich eigentlich?«

Jeb dachte einen Moment nach. »Von dem Motorrad habe ich dir ja schon erzählt. Aber es gibt da noch was anderes. Es geht um meine Mutter. Ich sehe Bilder von ihr.« Er suchte nach den richtigen Worten. »Sie ist krank, nein, richtig ist, sie liegt im Sterben. Ihr Gesicht ist eingefallen, die Augen liegen tief in den Höhlen, sie wirkt ausgezehrt von der Krankheit.«

»Was hat sie?«

»Krebs. Es geht zu Ende. Neben mir steht mein Vater, er riecht nach Schnaps, so wie immer. Es ist noch früh am Morgen, aber er ist schon wieder betrunken. Kein Tag ohne Rausch, anders erträgt er sein Versagen nicht. Er ist seit Jahren arbeitslos, säuft den ganzen Tag, meine Mutter hat uns bisher durchgebracht. Mich, meine kleine Schwester und den Drecksack, den sie vor zwanzig Jahren geheiratet hat. Geld war ständig knapp, aber sie hat es immer hinbekommen. Und nun liegt sie im Sterben. Mein Vater flennt. Wahrscheinlich weil es jetzt kein Geld mehr für Schnaps gibt. Ich verachte ihn.«

Plötzlich spürte er Jennas Hand, die nach seiner tastete. Jeb holte tief Luft, bevor er weitersprach. »Ein Arzt betritt den Raum, er sagt uns, dass die Zeit des Abschieds gekommen ist. Ich will das nicht wahrhaben, schlage seine tröstende Hand weg und brülle ihn an, dass er etwas tun soll, aber er blickt mich nur traurig an. Mein Vater will mich umarmen, aber ich stoße ihn weg, dann stürme ich aus dem Zimmer, renne den Flur hinunter, zu feige, um den Tod meiner Mutter zu ertragen, zu feige, um für sie da zu sein, als es zu Ende geht … Ich habe sie im Stich gelassen, das werde ich mir nie verzeihen.«

Jenna drückte leicht seine Hand. Er war überrascht, als sie ihm sanft über die Wange strich. Ihre Finger waren zart. Sein Herz klopfte so heftig, dass er glaubte, sie müsse es hören.

»Jeb, du bist kein Feigling. Was du für mich getan hast, das war mutig. Und ich danke dir dafür. Nicht viele würden tun, was du getan hast.«

»Das ist nichts Besonderes«, versuchte er abzuwiegeln, aber es klang selbst in seinen Ohren schwach.

»Oh doch, es ist so außergewöhnlich, dass es dafür keine Worte gibt.«

Jeb wusste nicht, was er darauf sagen sollte.

Mit der Hand erfühlte sie nun sein Gesicht, fuhr das Kinn entlang und strich über seine andere Wange. Er schloss die Augen.

»Magst du das?«

Er spürte sein eigenes Lächeln. »Ja.«

Ihre Finger strichen über seine Lippen, fuhren den Hals hinab und streichelten seinen Nacken.

Mit geschlossenen Augen drehte sich Jeb ihr entgegen. Er spürte, wie ihr Atem seine Nase kitzelte. Sein Herz pochte wie verrückt in seiner Brust. Hinter seinen Lidern flackerte es.

Jenna kam näher. Er spürte ihre Wärme, noch immer lag ihre Hand in seinem Nacken. Seine Lippen öffneten sich leicht, da ließ ein lautes Knacken beide herumfahren. Jeb sprang auf.

»Was war das?«, fragte Jenna.

»Keine Ahnung. Wahrscheinlich ein Tier«, versuchte Jeb, sie beide zu beruhigen. Noch einen Moment lang lauschte er, aber alles blieb still. Er sah Jenna an, die ihn verlegen anlächelte. Da er nicht wusste, was er tun oder sagen sollte, ging er zum Rucksack und zog die beiden leeren Flaschen heraus.

»Ich geh mal Wasser suchen.«

»In Ordnung.«

»Kann ich...«

»Ja, du kannst mich allein lassen. Kein Problem, ich werde mich ein wenig ausruhen.«

Er zögerte, raffte seinen ganzen Mut zusammen. »Das gerade eben... es war sehr schön.«

»Ja, das war es«, sagte Jenna leise.

Jeb trat von einem Fuß auf den anderen. »Bin gleich wieder da.« Mit diesen Worten verschwand er zwischen den Bäumen. Er war froh, dass er einen Moment für sich sein konnte. Er wollte nicht länger aufgewühlt vor Jenna stehen, während er auf ein Zeichen von ihr wartete. Der Zauber war verflogen.

Tian, Kathy und Mischa gingen mit schweren Schritten voran, ihnen folgte León, der darauf achtete, dass Mary nicht zu weit zurückblieb. Die Sonne war noch immer unter der dichten

Wolkendecke verborgen, die ihnen auch die Luft zum Atmen zu nehmen schien. Es war den ganzen Tag nicht richtig hell geworden, dafür umso stickiger und heißer. Immer wieder hörten sie das grausige Kreischen. Mittlerweile meinte Tian, einzelne Stimmen ausmachen zu können. Die Schreie ihrer Verfolger klangen wie Klagerufe oder Schmerzensschreie – und schienen zwischendurch so nah, dass sie in seinem Kopf widerzuhallen schienen. »Töten, wir werden dich töten!«

Mischa vor ihm zuckte zusammen und drehte sich um. Auch León fuhr herum. Doch dort war niemand zu sehen. Niemand, der ihn bedrohte, nur Mary, die erschöpfter wirkte denn je. Instinktiv tastete León nach dem Klappmesser, das schwer und griffbereit in seiner Tasche lag. Er wusste, er würde es, ohne zu zögern, benutzen, um sich zu verteidigen.

Nein, nicht die Gruppe. Denn wenn es darauf ankam, würde er allein weiterziehen. Er hatte das einzige Messer – die anderen hatten keine Chance. Was machte er sich da eigentlich vor, er war nicht wie Jeb. Nicht im Geringsten.

León schaute wieder nach vorn und sah, dass Tian und Kathy nicht haltgemacht hatten. Auch Mischa ging nun weiter, nachdem ihre Jäger sich noch immer nicht zeigten.

Wie komisch, dass Mischa der Einzige war, der bisher in Kontakt mit diesen Viechern gekommen ist. Und selbst das sagt uns nichts drüber, wie wir gegen sie kämpfen sollen. Wir können uns nicht einmal darauf vorbereiten. Er hielt nach Mary Ausschau und wartete auf sie. Schwer atmend kam sie heran. Ihr sonst so bleiches Gesicht war von der Hitze und der Anstrengung gerötet. Ihre Nasenflügel bebten. Die braunen Augen hatten jeden Ausdruck verloren, so als hätte sie sich schon aufgegeben und wartete nun darauf, endlich umzukippen.

»Mary?«

Sie hob nur kurz den Kopf an. »Spar dir deinen Spott und die Predigt, die du mir schon wieder halten willst«, keuchte sie.

León lachte auf. »Predigt?«

»Falls du dir deine Sprüche nicht verkneifen kannst, nur zu. Aber dann mach dich darauf gefasst, auch mal von mir zu hören, was ich von dir halte.«

Unwillkürlich musste er lächeln. Mary wirkte so vornehm und wohlerzogen, aber ab und zu brach es doch aus ihr heraus. Genau das war sein Ziel.

»Ich habe eine Frage. Wenn wir jetzt Rast machen, uns ein bisschen ausruhen, kannst du dann weitergehen?«

Sie starrte ihn mit zusammengekniffenen Augen an. »Eine Pause? Ich dachte die ganze Zeit, wir könnten uns das nicht leisten. Warst nicht du es, der gesagt hat, jede Verzögerung würde ab jetzt von dir mit dem Ausschluss aus der Gruppe bestraft werden?«

»In spätestens einer halben Stunde klappst du zusammen.«

»Und? Dann lass mich zurück, wie Jenna. Wo ist das Problem?«

»Ich lasse dich nicht zurück.«

»Ach, nein? Woher der Sinneswandel? Hast du jetzt den Menschenfreund in dir entdeckt?« Sie lachte schwach auf.

»Wenn du mich beleidigen willst, nur zu. Aber das hilft uns nicht weiter.«

Sie erwiderte nichts darauf.

»Also?«

»Was?«

»Kannst du nach einer Pause weiterlaufen oder nicht?«

Mary sah ihn an. »Ja, kann ich. Soll heißen, ich werde es versuchen. Wie lange ich durchhalte, weiß ich nicht.«

»Das genügt mir.«

»Was hast du vor?«

»Komm mit, wir besprechen das mit den anderen.«

Mischa, Tian, Kathy und Mary standen León in einem Halbkreis gegenüber. Alle waren zutiefst erschöpft. Ihre Gesichter waren eingefallen und rot. Sie hatten spröde Lippen, seit sie keinen Wasservorrat mehr hatten, und rangen nach Atem, während sie kaum noch aufrecht stehen konnten. Abgesehen von Mary schien es Tian am schlechtesten zu gehen. Der Asiate war nur noch körperlich anwesend, so schien es León. Die Hände in die Seiten gestemmt, den Rücken durchgebogen, stand er da. Die blaue Strähne klebte an seiner Stirn, der schwarze Schopf war schweißnass.

León warf einen Blick auf Kathy. Sie schien noch Reserven zu haben. Ebenso Mischa. León knirschte mit den Zähnen, dann leckte er über seine trockenen Lippen und spuckte zähen Schleim auf den Boden. Wasser war das nächste Problem, aber er musste es später lösen: »Wir können nicht weitergehen.«

Alle schwiegen.

»In diesem Tempo können wir niemandem davonlaufen, wer auch immer uns verfolgt und töten will. Es ist auch egal, ob wir sie Seelentrinker oder Killer nennen. Wir werden immer langsamer, während sie stetig näher kommen, ihr habt die Schreie ja auch gehört. Wenn wir jetzt stumpf weiterlaufen, brechen wir nur zusammen, dann sind wir ihnen erst recht hilflos ausgeliefert.«

»Du willst stehen bleiben und kämpfen?«, erkundigte sich Kathy. »Womit? Mit deinem Messer? Vier unbewaffnete Jugendliche und ein Verrückter mit Kartoffelschäler, der glaubt, man könne es mit... mit, was auch immer uns da draußen

Angst macht, aufnehmen.« Sie grinste spöttisch. »Viel Spaß dabei, aber ich gehe weiter.«

»Du würdest nicht weit kommen«, mischte sich Mischa ein. »In ein paar Meilen bist auch du am Ende. León hat recht, wir müssen hier und jetzt etwas unternehmen, was sie von uns ablenkt. Vielleicht kommt es so gar nicht erst zum Kampf.«

»Wir brauchen die Sonne, die vertreibt doch das, was wir fürchten sollen, oder? Wenn die Sonne hinter den Wolken hervorkommt, dann sind wir das Problem vielleicht erst einmal los«, beharrte Kathy.

León hob den Kopf zum Himmel. Wie ein Leichentuch lagen die Wolken über dem Land.

»Sie wird nicht hervorkommen«, sagte er.

»Ich glaube nicht, dass León kämpfen will«, sagte Mary. »Oder?«

León sah Mary verblüfft an. Offenbar war sie doch noch nicht so fertig, dass sie nichts mehr mitbekam. Er nickte. »Ich habe einen anderen Plan.«

León ließ seinen Blick über die angespannten Gesichter der Gruppe wandern. »Wir werden das Gras in Brand stecken. Die ganze Steppe wird sich in ein Flammenmeer verwandeln und uns die Jäger ein für alle Mal vom Hals schaffen.«

Sie starrten ihn an. Verständnislos. Ängstlich. Er konnte sehen, wie es in ihnen arbeitete.

»Es ist ein überschaubares Risiko«, erklärte León bereitwillig. »Der Wind weht in die richtige Richtung, und zwar dem entgegen, das auf uns lauert. Wenn er nicht plötzlich dreht, sind wir sicher.«

»Und wenn er es doch tut?«, fragte Mischa.

León zuckte mit den Schultern. »Das ist das Restrisiko, das

wir in Kauf nehmen müssen. Eine andere Möglichkeit haben wir nicht.«

Tian fand seine Sprache wieder. Seine Stimme klang schwach, aber zumindest war León beruhigt, dass er sich wieder einbrachte. »Warum willst du dann erst eine Pause machen?«, fragte Tian. »Warum zünden wir das Gras nicht gleich an?«

»Zwei Gründe. Erstens, wir müssen uns ausruhen, Kraft schöpfen, denn wenn das ganze Land erst einmal brennt, müssen wir so schnell wie möglich von hier weg.« Er deutete in ihre Fluchtrichtung, aus der ihnen ein leichter Wind entgegenblies. »Zweitens möchte ich unseren Verfolgern einmal in die Augen sehen – ich will wissen, wer oder was uns verfolgt. Und außerdem dürfen sie keine Möglichkeit haben, das Feuer zu umgehen. Ich will sehen, wie sie darin sterben, nur einen Zeitvorsprung herauszuarbeiten, hilft uns nicht. Also, wie sieht's aus?«

»Ich bin einverstanden«, sagte Mischa.

»Ich auch«, kam es von Tian.

»Mary?«, fragte León.

»Bin dabei«, nickte Mary.

»Kathy?«

»Ich halte deinen Plan für Wahnsinn.« Sie holte tief Luft. »Aber was Besseres fällt mir auch nicht ein.«

»Gut, dann machen wir jetzt eine Pause. Erholt euch. Wenn ihr dann wieder bereit seid, geht das Spektakel los. Hoffen wir, dass der Wind nicht dreht. Mischa, gib mir dein Feuerzeug.«

19.

Sie standen in einem ungefähr hundert Meter auseinandergezogenen Halbkreis und blickten in die Richtung, aus der sie gekommen waren. Der Wind blies heiß über ihre verschwitzten Körper, brachte keine Abkühlung. Im Gegenteil, er fühlte sich wie Tausende kleine Nadelstiche an. Ihre Kleidung klebte am Körper und juckte unerträglich, aber niemand bewegte sich. Stumm und starr warteten Mischa, Tian, León, Mary und Kathy darauf, dass ihre Verfolger näher kamen.

Ihr unverständliches Rufen und heiseres Schreien waren deutlich zu vernehmen und hüllten sie in eine nur schwer zu ertragende Klangkulisse. Tatsächlich hörte León die Jäger nun lauter, durchdringender als je zuvor. Sie waren nah. Gerade sann er darüber nach, was Mary erlebt haben musste, dass sie automatisch davon ausging, von so etwas Mysteriösem wie Seelentrinkern gejagt zu werden. Wie auch immer, sie waren bereit. Er war bereit. Zwischen all dem schrillen Jaulen und Kreischen vernahm er ein kaum hörbares Wispern: »Du wirst betteln um dein jämmerliches *vida loca!*«

León stellten sich die Nackenhaare auf. Diese Rufe galten ihm. Doch mehr denn je fühlte er sich bereit zum Kampf. Als er nach rechts zu Mary hinübersah, die in einiger Entfernung neben ihm stand, erkannte er, dass auch sie die Stimme gehört hatte. Sie hatte vor Schreck die Augen geweitet. Er wollte ihr zurufen, dass die Verfolger es offenbar auf ihn abgesehen hatten, doch er zwang sich zu Konzentration. Noch waren ihre Jäger im hohen Gras nicht auszumachen.

León kniff die Augen zusammen und überdachte noch einmal seinen Plan. Hatte er einen Fehler gemacht? Nein, das war ihre einzige Möglichkeit, und solange der Wind nicht drehte, hatten sie eine gute Chance, die Jäger mit ihrem Feuer einzukesseln und so wieder Abstand zu gewinnen. Wenn der Wind schnell genug in die Richtung blies, würde sich der Halbkreis schließen, und das würde das Ende dieser *hijos de puta* bedeuten! Angespannt blickte León zu Tian, der etwa zwanzig Meter links von ihm stand. Der Junge hielt seine Grasfackel, mit der er das Feuer entzünden wollte, verkrampft in der Faust. Tians Gesicht wirkte wie eine Maske. Das Band über den Ohren hatte zwar seine Wirkung nicht verfehlt, aber für diese Situation war es vollkommen nutzlos. Die Haut spannte sich über seinem Gesicht, während er krampfhaft zum Horizont starrte.

Mischa hingegen, der noch weiter links von ihm stand, machte einen ruhigen, gefassten Eindruck. Seine Schultern hingen entspannt herab, die Grasgarbe hielt er locker in der Hand. Mischa hatte spontan diese geometrische Anordnung im Halbkreis vorgeschlagen, bis er, offenbar überrascht von seinem Wissen, plötzlich verstummt war. Als er jetzt Leóns Blick bemerkte, hob er siegessicher den Daumen.

Rechts von ihm blickte Mary in die Ferne. Sie beachtete ihn nicht, wirkte äußerlich fast gelassen, aber er sah, dass ihre Augenlider flackerten. Es konnte an der Hitze liegen oder an der Konzentration, mit der sie nach den Feinden suchte.

Ganz außen stand Kathy. Unruhig, angespannt, trat sie von einem Fuß auf den anderen. Ihre Lippen waren zu einem wilden Grinsen gebleckt. Das rote Haar umspielte bei jedem Windhauch ihr Gesicht. Einer Kriegsgöttin gleich, aufrecht und kampfbereit streckte sie die Faust mit dem Grasbüschel dem noch nicht sichtbaren Feind entgegen.

Kathy würde sich bis zum letzten Atemzug wehren, wenn es darauf ankam. Sie war unberechenbar, hinterlistig und gefährlich, aber er bewunderte ihren Mut in dieser brenzligen Situation. Es sah fast so aus, als könne sie gar nicht abwarten, ihren Verfolgern endlich von Angesicht zu Angesicht gegenüberzutreten. León schüttelte voller Verwunderung über sie den Kopf. Er war in diesem Moment froh, dass sie unter ihnen war – ihren Kampfgeist würden sie vielleicht noch gebrauchen können.

Als er wieder in die Richtung blickte, aus der ihre Verfolger kommen mussten, sah er es. Zuerst dachte er, das Gras flimmere in der Hitze, nein – da war eine Bewegung im hohen Gras.

Aber es waren nicht ihre Jäger, die auf sie zukamen.

Es glich mehr einer Welle im grün-gelben Meer der Steppe, die da auf sie zurollte. Das Gras wich vor etwas zurück. Einen Moment lang konnte sein Verstand nicht begreifen, was geschehen war. Dann brach die Erkenntnis über ihn herein.

Sie waren verloren.

Der Wind hatte sich gedreht.

Und mit dem Wind klangen die bedrohlichen Schreie ihrer Feinde noch lauter heran.

León fluchte.

»Was machen wir jetzt?«, rief Mischa herüber.

Blitzschnell überdachte León ihre Möglichkeiten, aber eigentlich hatten sie keine Wahl. Sicher, sie konnten versuchen davonzurennen, aber es würde nicht lange dauern und sie wären wieder in der gleichen Situation.

»Wir zünden das Gras trotzdem an«, rief er den anderen zu.

»Was?!« Mischa wirkte fassungslos und auch die anderen starrten ihn jetzt ungläubig an. »Bist du vollkommen durchgeknallt? Dann gehen wir alle mit drauf!«

León versuchte, ruhig zu bleiben. Niemand sollte ihm anmerken, dass auch er Angst hatte.

»Wir wissen, dass unsere Jäger Angst haben vor Feuer. Und wenn das Gras erst mal in Flammen steht, werden sie uns nicht mehr verfolgen.«

»Ach und du glaubst, wir sind schnell genug, um vor so einem Steppenbrand wegzulaufen?«, warf Kathy ein.

»Was... was redet ihr da?« Tian machte einen Schritt auf León zu.

»Ihr bleibt, wo ihr seid! Tian, du auch! Es ist wichtig, dass wir das Feuer im selben Moment anzünden, damit es sich gleichmäßig verteilt«, brüllte León ihn an.

»Aber du kannst doch nicht...«

Höher und lauter als je zuvor jaulten die Verfolger auf einmal auf. Es klang wie das Signal zum Angriff. Alle Köpfe ruckten herum.

Und dann sah León sie.

Schwarze Gestalten, die bedrohlich auf sie zukamen. Aber irgendetwas stimmte nicht, denn er konnte sie nur undeutlich erkennen. Sie schienen sich immer wieder aufzulösen und neu zusammenzusetzen. Es waren keine Einzelheiten auszumachen, keine Gesichter, nur Silhouetten, als ob sich deren Umrisse nur unscharf vor der gleißenden Sonne abzeichneten. Aber die Sonne war durch die Wolken verdeckt, es gab in diesem düsteren Zwielicht keine Schatten. León kniff die Augen zu Schlitzen zusammen. Er sog tief die heiße Luft ein und stieß sie wieder aus, versuchte, sich zu konzentrieren, und plötzlich klärte sich das Bild. León zuckte zusammen.

Die Fremden sahen ihm ähnlich. Muskelbepackt, finster dreinschauend. Über und über tätowiert. Und bis an die Zähne bewaffnet. Als sie León entdeckten, formierten sich die sieben Verfolger und zückten ihre Waffen. Vier von ihnen trugen eine Pistole, die sie mit einem hämischen Grinsen entsicherten. Die anderen ließen mit einem hörbaren Klicken lange und scharfe Klingen hervorschnellen. Sie hielten in einiger Entfernung an, blieben aber beständig in Bewegung, als ob sie einer Choreografie folgen würden. Die Hitze flirrte zwischen ihnen. Der Showdown konnte beginnen.

Mary kreischte auf. Tian schrie irgendetwas. Kathy brüllte Verwünschungen. Nur Mischa und León behielten die Nerven, auch wenn León Bescheid wusste: In seinem Gesicht spiegelte sich pure Angst.

»Wir haben keine Wahl. Entweder das Feuer oder wir alle sterben! Macht euch bereit! Wir müssen schneller sein als sie!«, rief León seiner Gruppe zu. Dann zog er das Feuerzeug hervor, rannte zu Mary und entzündete ihre Fackel, rasch weiter zu Kathy, Tian und schließlich Mischa. Zum Schluss hielt er mit zitternder Hand das Feuerzeug an seine eigene Grasgarbe. Nun brannten alle fünf Grasfackeln.

Die sieben Gestalten setzten sich nun wie auf Kommando in Bewegung. Sie kamen näher und doch waren sie noch nicht nah genug, als dass das Feuer eine Wirkung auf sie gehabt hätte. Es musste sie im letzten Moment erwischen, kurz bevor …

»JEEETZT!!«, brüllte León, entzündete das Gras vor seinen

Füßen, warf die Fackel seinen Feinden entgegen und begann zu rennen.

Mit einem Blick über die Schulter sah er, dass die anderen seinem Beispiel gefolgt waren, das Gras im richtigen Moment angezündet hatten und davonliefen.

In nur wenigen Sekunden breitete sich das Feuer aus. Qualm ließ ihn husten und die immense Hitze des Feuers schien ihm bei jedem Atemzug die Lunge zu verbrennen. Er rannte weiter.

Als León sich noch ein Mal umdrehte, stellte er zufrieden fest, dass die Feuerfront breit und gewaltig aufgelodert war. Der Rauch des brennenden Grases waberte in der Luft und wieder hatte León den Eindruck, dass das Bild verschwamm. Lag es am Feuer? Oder etwa an seinen Augen? Warum sah er plötzlich wieder so undeutlich? Die Gestalten waren erneut zu Schemen mit fließenden Formen geworden, die sich schwarz und grob vor dem Horizont abzeichneten. Sie folgten ihnen nicht.

Sie trauen sich nicht durch das Feuer. Bald wird hier alles brennen. Ein Meer aus Flammen und wir mittendrin.

Während León keuchend rannte, erwartete er jeden Moment, den Knall einer abgefeuerten Waffe zu hören. Fast konnte er schon das trockene Zischen der Kugel vernehmen. Aber die Verfolger schossen nicht auf sie. Das machte León noch mehr Angst.

Sie wollen uns lebend. Der Gedanke kam aus dem Nichts.

Aber warum wollen sie das?

Was haben sie mit uns vor?

»Lauft!«, schrie er den anderen zu. »Lauft um euer Leben!«

Die Stille und die kühle Luft taten Jeb gut. Er bahnte sich einen Weg tiefer in den Wald hinein, auf der Suche nach einem Bach. Dabei fühlte er, wie seine Kraft zurückkehrte. Fast erschien es ihm, als gäbe der Wald Energie an ihn ab, als sei er ein Teil dieses wunderbaren Kreislaufes.

Er dachte an Jenna, an das, was beinahe geschehen war. Beinahe hätten sie sich geküsst. Da war etwas zwischen ihnen – ein Knistern. Er spürte es deutlich und glaubte, dass Jenna es auch fühlte.

Verrückt. Wir wissen nicht einmal, ob wir den Tag, geschweige denn die kommende Nacht überstehen, und trotzdem passiert es.

Seine Gefühle für Jenna verwirrten ihn, verängstigten ihn geradezu. Dies war nicht der richtige Ort und nicht die richtige Zeit für derartige Gefühle.

Jeb blieb stehen, um sich zu orientieren. Er war einem ausgetrampelten Wildpfad gefolgt, von dem er hoffte, dass er zum Wasser führte. Und jetzt, da seine Schritte nicht mehr die Laute der Umgebung überdeckten, konnte er es vor sich hören. Das Glucksen und Gluckern eines Baches. Jeb war erleichtert. Er hätte nicht gedacht, so schnell Wasser zu finden.

Als er zwei dichte Farnbüsche teilte und sich hindurchzwängte, sah er ihn. Ein schmaler Fluss, der sich durch das Unterholz schlängelte. Fliegen surrten in der Luft. Ein Schmetterling tanzte vorbei.

Jeb musste eine kleine Böschung hinabklettern, um ans Wasser zu gelangen, das klar und herrlich frisch an ihm vorbeifloss. Er ging in die Hocke, schöpfte Wasser in die hohle Hand und trank. Während Jeb die Flaschen volllaufen ließ, wanderte sein Blick hinüber zum anderen Ufer. Dort war das Unterholz dichter und auch die Bäume standen enger zusammen. Sie warfen tiefe Schatten und bildeten eine dunkle Wand. Jeb betrachtete gerade einen merkwürdig geformten Baumstamm, der ins Flussbett gefallen war und langsam verrottete, als er eine Bewegung auf der anderen Seite ausmachte. Zunächst dachte er, sich getäuscht zu haben. Er fixierte den Punkt. Langsam schälte sich eine Kontur heraus.

Da ist jemand. Steht regungslos. Einer unserer Verfolger?

Instinktiv wollte er zurückweichen, zwang sich aber auszuharren.

Nur keine hastigen Bewegungen. Vielleicht hat er dich noch nicht entdeckt.

Wer auch immer sich dort im Unterholz verbarg, blickte genau in seine Richtung. Langsam schraubte Jeb die Trinkflaschen zu. Dann schloss er die Augen, vielleicht war alles nur eine Halluzination nach dem anstrengenden Tag. Als er die Lider wieder öffnete, war die Gestalt verschwunden.

Jeb versuchte, sich einzureden, dass da nie etwas gewesen war. Vorsichtig erhob er sich und stieg die Böschung wieder hinauf. Und plötzlich spürte er es. Es prickelte in seinem Rücken. Jemand beobachtete ihn. In einer schnellen Bewegung drehte er sich um.

Deutlich auszumachen, zwischen den Bäumen stand ein kleiner Junge. Vielleicht zehn Jahre alt. Schwarze, verfilzte Haare fielen auf nackte, schmale Schultern herab. Kleine Federn und Rindenstücke waren darin eingeflochten. Der Junge war bis auf einen ledernen Lendenschutz nackt. Bronzefarbene Haut, ein knochiger Brustkorb und eckige Schultern ließen ihn so dürr wie einen vertrockneten Ast aussehen. Jeb starrte ihn an und der Junge erwiderte diesen Blick aus nachtschwarzen Augen.

Wer ist das? Was macht der Junge hier?

Irgendwie hatte er geglaubt, dass es in dieser verlassenen Umgebung außer ihnen keine Menschen gab.

Was sollte er jetzt tun? Vielleicht würde er sie zu anderen

Menschen bringen, die Jenna und ihm helfen konnten. Vielleicht wussten sie etwas über das Labyrinth und die Tore, die sie erreichen mussten, vielleicht kannten sie Wege und Abkürzungen. Menschen bedeuteten Nahrung und Schutz, falls sie ihnen freundlich gesinnt waren.

Ja, falls...

Vielleicht war dieser Junge aber auch das erste Anzeichen von Gefahr. Es war durchaus möglich, dass er selbst als Bedrohung wahrgenommen wurde.

Ich muss etwas tun, sagte sich Jeb. Langsam öffnete er deutlich sichtbar beide Hände, zeigte ihm mit seinen leeren Handflächen, dass er unbewaffnet war und nichts Böses wollte.

Der Junge rührte sich nicht. Ohne jede Regung starrte er ihn an.

»Hallo«, rief Jeb.

Keine Reaktion.

»Ich bin Jeb, wer bist du?«

Der andere schien ihn nicht zu verstehen, denn noch immer bewegte er sich nicht.

Aber dann hob der Junge die rechte Hand zum Gruß.

Jeb lächelte.

Und der Junge lächelte ebenfalls. Eine große Zahnlücke wurde dabei sichtbar. Er war jünger, als Jeb gedacht hatte.

Jeb rief ihm erneut seinen Namen zu, aber der Junge blieb stumm.

So standen sie sich gegenüber. Dann deutete der Junge mit der Hand den Fluss hinauf. Seine Mimik hatte sich nicht verändert, aber in dieser Geste lag etwas, das Jeb nicht deuten konnte. Fast schien es ihm, als wollte ihn der Junge vor etwas warnen. So als lauere dort eine Gefahr.

»Was?«, rief Jeb. »Was ist da?«

Er sah flussaufwärts. Doch da war nichts Außergewöhnliches. Der Fluss verlor sich in der Ferne im tiefen Grün des Waldes. Er starrte in die grüne Leere, bis seine Augen zu tränen begannen. Als er wieder zum Jungen über den Fluss blickte, war dieser verschwunden.

Jeb blinzelte und rieb sich die Augen.

Da war niemand.

Hatte er sich getäuscht?

Nein!

Noch einmal blickte er in die Richtung, in die der Junge gedeutet hatte. Etwas lag in der Luft. Gefahr zog herauf. Er konnte es spüren.

Jenna!

Jenna saß noch an der gleichen Stelle und blickte ihm entgegen.

»Und?«, fragte sie erwartungsvoll.

Jeb ging zu ihr hinüber und ließ sich neben ihr auf den Waldboden sinken.

»Du bist ja vollkommen durcheinander«, meinte Jenna. »Ist was passiert?«

Jeb erzählte ihr von der Begegnung mit dem Jungen. Er erzählte ihr auch von dem Gefühl der Bedrohung, die aus dieser Richtung zu kommen schien.

»... als wollte er mich vor etwas warnen, verstehst du, aber ich weiß nicht, wovor.«

»Vor dem, was in der Botschaft stand?«

»Kann ich mir nicht vorstellen. Was auch immer es ist, es verfolgt León und die anderen durch die Steppe. Wenn sie hinter uns her wären, hätten sie uns längst eingeholt. Es, sie, ach verflixt, ich weiß doch auch nicht.«

»Vielleicht wollte er dir die Richtung weisen, in die du gehen sollst.«

Jeb schüttelte den Kopf. »Das würde bedeuten, den Wald wieder zu verlassen und zurück auf die Ebene zu gehen. Ich denke, es war eine Warnung. Wir sollten weitermarschieren. Wir folgen dem Fluss ein Stück, dann biegen wir in die Richtung ab, in der ich den Stern zuletzt gesehen habe.«

»Hast du dir den Standort des Sterns so gut eingeprägt? Bist du dir sicher, dass wir uns nicht verlaufen und vielleicht im Kreis umherirren?«

»Nein, frag mich nicht, warum, aber selbst hier unter den Bäumen weiß ich, wo der Stern am Himmel steht.«

Sie sah ihn fragend an.

»Ich glaube, in meinem früheren Leben war ich viel im Wald. Hier kommt mir irgendwie alles vertraut vor und ich weiß, worauf ich achten muss. Ich erkenne zum Beispiel die Himmelsrichtung an der Bemoosung der Bäume. Moos wächst nämlich immer an der feuchten Seite der Stämme, an der Seite, aus der der Regen kommt, also meistens aus dem Norden. Ich fühle mich hier wie zu Hause, vielleicht liegt hier irgendwo meine Bestimmung?«

»Du erinnerst dich an so viel.« Jenna lächelte sanft.

»Mein Großvater. Jetzt fällt es mir ein. Er muss es gewesen sein, der mir von all diesen Dingen erzählt hat.«

Sie sah ihn von der Seite an. »Siehst du? Noch eine Erinnerung. Bist du schon ausgeruht genug, um mich weiterzuschleppen? Du warst wegen der Wassersucherei die ganze Zeit auf den Beinen und konntest dich überhaupt nicht erholen.«

»Mir geht es gut. Hier im Wald konnte ich Kraft tanken. Wir haben noch einige Zeit Tageslicht, die sollten wir nutzen.

Ausruhen kann ich mich auch nachts, wenn es zu dunkel zum Weitergehen ist.«

Sie machten sich zum Aufbruch bereit.

Ohne sich umzudrehen, rannten León, Tian, Mary, Mischa und Kathy auf die fernen Berge zu, die sich nun deutlich über den Horizont erstreckten. León bildete das Schlusslicht, vor ihm versuchte Mary, das Tempo zu halten, aber ihre Schritte wurden zusehends langsamer. Auch Mischa, Kathy und Tian zeigten deutliche Ermüdungserscheinungen. León rief ihnen zu, dass sie anhalten sollten.

Sie standen im hohen Gras, die Körper vornübergebeugt, hechelnd und keuchend. Tian hatte sich zu Boden fallen lassen, Kathy hustete sich die Seele aus dem Leib.

León hatte das Gefühl, jemand habe ihm ein Messer in die Seite gerammt. Hatte vielleicht einer der Verfolger auf ihn geschossen? Er tastete die Seite ab. Nein, er war unverletzt. Röchelnd würgte er zähen Schleim hoch und spuckte aus.

Der Wind trug den Rauch heran. Schon jetzt konnte man seine eigenen Hände kaum noch sehen. Der Qualm brannte in den Augen.

Was zum Teufel waren das für Verfolger gewesen? Wieso sahen sie ihm ähnlich? All diese Tätowierungen hatten ausgesehen wie seine eigenen. Es war, als hätte er in einen Spiegel geblickt. Ein Wunder, dass Jeb und Jenna, als sie ihn gefunden hatten, nicht schreiend vor ihm weggelaufen waren.

Hatte er früher selbst zu Gestalten wie diesen gehört? Nein, sie waren der Feind, das spürte er, sie waren es schon immer gewesen. Sie waren ihm aus seinem alten Leben hierher gefolgt, um ihn zu töten. Was hatte er bloß getan, dass sie ihn so unerbittlich jagten?

Bei all dem Schrecken, den er empfand, erkannte León aber auch die Merkwürdigkeit der Situation. Etwas stimmte hier nicht, aber er konnte den Fehler nicht finden. Es war dieses Ungreifbare, das ihn zusätzlich ängstigte, und er nahm sich vor, bei der nächsten Gelegenheit mit den anderen darüber zu sprechen. Neben ihm erklang ein Ächzen.

León sah zu Mischa auf, der seine Augen mit einer Hand bedeckte und in die Ferne blickte.

»Und?«, brachte er mit Mühe hervor. Sein Hals war wie aufgerieben und jedes Wort, das seinen Mund verließ, schmerzte.

»Der Horizont brennt«, flüsterte Mischa rau. »Überall Flammen. Von unseren Verfolgern ist nichts zu sehen. Aber wir müssen weiter. Das Gras brennt wie Zunder.«

Mierda, dachte León. *Es war alles umsonst.*

Tatsächlich schien ihre Lage aussichtslos, als er nun zurückblickte. Eine gelb-rote Feuerwand walzte auf sie zu. Schwarzer Rauch war überall. Gefräßig wie ein Raubtier verschlang die Feuersbrunst das Land. Dunkle Schwaden stiegen zum Himmel. Es sah aus wie ein Inferno, wie die Hölle selbst. Die Luft war schmerzhaft trocken, sie juckte auf der Haut. León spürte seine spröden Lippen und wünschte sich nicht zum ersten Mal einen Schluck Wasser. Seine Zunge lag wie ein Stein in seinem Mund, es fiel ihm schwer zu sprechen.

»Was jetzt?«, krächzte er.

Mischa schaute ihn verwundert an. »Ich dachte, du weißt, was zu tun ist.«

»Nicht mehr.«

»Okay, passt auf.« Mischa blickte zum Horizont. »Viele Möglichkeiten bleiben uns nicht. Hier warten, bis uns das Feuer erreicht, ist keine Option. Weiterrennen auch nicht, wenn ich mir uns so angucke.«

»Also?«

»Wenn man weder stehen bleiben noch weiterrennen kann, dann *geht* man.«

León war verblüfft. Mischas Ruhe beeindruckte ihn.

»Du willst dem Feuer einfach davonspazieren?«, fragte er ungläubig. »Unmöglich.«

Mischa lächelte hart. »Warten wir's ab.«

20.

Es begann mit einem Brausen. Erst leicht, fast nicht auszumachen. Darauf folgte sanftes Rauschen und das Pochen des Pulsschlags in den eigenen Ohren. Jeb blieb stehen. Jenna ließ sich auf den Boden gleiten.

»Spürst du es auch?«, fragte er.

Sie nickte. »Als ob ein heftiger Wind durch die Bäume rauscht, nur ist da überhaupt kein Wind. Überhaupt nichts bewegt sich.«

»Ich habe so einen merkwürdigen Druck auf den Ohren.«

»Ja, ich auch und es ist wärmer geworden.«

»Vielleicht kommt ein Gewitter.«

Jeb legte den Kopf in den Nacken, schaute zum Dach der Bäume, nichts hatte sich verändert.

Dann segelte ein Blatt herab. Langsam vor seinen Augen tanzend, schwebte es zu Boden. Einige kleine Ästchen folgten. Rinde bröselte von den Bäumen. Die Erde begann zu vibrieren. Jeb konnte es durch die dicken Sohlen seiner Schuhe spüren.

»Fühlst du das?«, fragte er Jenna.

»Wie ein Erdbeben.«

Und plötzlich wusste er, was geschah. Jeb konnte mit einem

Mal die Zeichen deuten. Er hob Jenna hoch und rannte mit ihr zu einer mächtigen Eiche, deren Stamm so breit war, dass man ihn nur zu mehreren hätte umfassen können. Er ließ sie unsanft zu Boden, Jenna kreischte erschrocken auf, aber Jeb nahm darauf keine Rücksicht. Er riss sich die Jacke vom Leib und breitete sie über ihren Köpfen aus.

Dann begann es.

Zuerst stürmte ein riesiger Hirsch durch das Unterholz. Ohne sie zu beachten, verschwand er zwischen den Bäumen. Ihm folgten andere Tiere. Rehe, weitere Hirsche, größere und kleinere Waldbewohner, ein mächtiger Bär schnaufte dicht an ihnen vorüber.

Die Erde zitterte unter dem Trampeln der Hufe und Pfoten. Äste fielen von den Bäumen herab. Baumrinde. Fast schien es, als würde es Holz regnen. Vögel flogen auf. Die Luft war erfüllt von Blättern, die ein heißer Wind durcheinanderwirbelte. Jetzt konnte Jeb es auch riechen. *Feuer.* Es musste ein gigantischer Brand sein, der die Tiere panisch durch den Wald trieb.

»Was ist los?«, rief Jenna.

»Die Steppe brennt.«

Sie schaute ihn erschrocken an.

Der Großteil der Tiere war im Dickicht verschwunden, aber immer noch flohen Mäuse, Ratten, ein paar kleinere Echsen und Insekten vor dem heranrasenden Feuer. Erste Ascheflocken wurden in den Wald getrieben. Die Luft schien vor elektrischer Spannung zu knistern.

»Wir müssen weg hier«, stieß Jeb hervor.

Er zog Jenna auf die Füße. Sie kletterte wieder auf seinen Rücken und er stolperte los, Leóns Speer fest in der Faust.

So schnell es mit seiner Last möglich war, hetzte er durch

den Wald. Weg. Nur weg von dieser Flammenwand, die den Wald zu verschlingen drohte.

Während er sich durch das Unterholz kämpfte, bemerkte er die Stille. Es herrschte vollkommene Stille, es schien kein Geräusch mehr auf der Welt zu geben. Dann krachte weit hinter ihnen der erste Baum auf die Erde. Der Boden zitterte.

Und Jeb wusste, ihnen blieb nicht genügend Zeit.

Es war aus. Aus und vorbei. Mary fiel hin und blieb liegen. Kathy ließ sich neben ihr zu Boden sinken. Mischa warf seinen Rucksack weg und sackte in sich zusammen. Tian gleich neben ihm. Nur León blieb auf den Füßen und starrte auf ein Meer aus Feuer, das in rasender Geschwindigkeit auf sie zuwalzte.

Vielleicht eine Stunde waren sie marschiert. Mit brennenden Lungen, in flimmernder Hitze, Ruß und Schmutz auf den Gesichtern, die mittlerweile aussahen wie schwarze Masken, in die der Schweiß Furchen gegraben hatte. Sie hatten verzweifelt versucht, das Tempo beizubehalten. Aber nun waren sie am Ende. Unfähig, auch nur einen einzigen Schritt zu machen.

León fluchte stumm. Sie hatten ihre Chance verspielt.

Plötzlich fühlte er Marys Hand auf seiner Schulter. Sie lächelte.

León glotzte sie stumpf an. Was gab es da zu lächeln? Sie würden alle bei lebendigem Leib verbrennen.

»Jetzt, wenn es zu Ende geht, musst du auch nicht mehr die Tapfere spielen«, röchelte er. Er brachte kaum seine staubtrockenen Lippen auseinander.

»Merkst du es nicht?«

»Was?«

Sie deutete auf das Feuer. »Es kommt nicht näher.«

Er schaute genauer hin und tatsächlich: Die Flammen schienen sich nicht mehr vorwärtszufressen, sondern auf der Stelle zu tanzen. Der Wind musste gedreht haben.

Er wollte es glauben, aber er konnte nicht. Doch dann huschte der erste leichte Luftzug von hinten über seinen schweißnassen kahlen Schädel und verschwand in Richtung des Feuers.

Erst noch zart, scheinbar kraftlos, aber schließlich gewann der Wind an Stärke. Er ließ die Flammen erneut auflodern, doch diesmal trieb er sie in die umgekehrte Richtung. Weg von ihnen. Hin zu ihren Verfolgern – wer auch immer da noch auf sie lauern mochte. León zog seine spröden Lippen zu einem Grinsen auseinander. Sie hatten es geschafft.

Er starrte lange über die Ebene. Das war wirklich knapp. Hätte der Wind nicht gedreht, wären sie unweigerlich in der Feuersbrunst untergegangen. Doch da begriff er: Bald würden die Flammen keine Nahrung auf der kahlen, verbrannten Ebene finden. Alles würde zu Asche werden – und falls sich ihre Feinde hatten retten können, wären sie ihnen schutzlos ausgeliefert. Es war noch nicht vorbei. Sie mussten weiterziehen.

León blickte auf die kleine Truppe. Sie hatten sich gut geschlagen, selbst Mary und Tian. Ja, er musste sich eingestehen, gemeinsam hatten sie eine große Gefahr überstanden, die er allein niemals hätte bewältigen können.

Aber was würde ihnen das am Ende ihrer Wanderung bringen? Falls es wirklich diese Tore gab, konnten sie nur hoffen, dass sie dank Jennas und Jebs Fehlen nicht um sie kämpfen mussten. Und diese Schonfrist wäre schon in der übernächsten Welt wieder abgelaufen.

Was uns wohl noch erwartet? Wann hört dieser Albtraum endlich auf?

León ging zu den anderen hinüber, die reglos auf dem Boden saßen. Wie sollte er ihnen beibringen, dass sie nach einer kurzen Pause weitermarschieren mussten? In der Ferne waren die Berge nun schon fast greifbar. Die Wolkendecke hatte sich endlich ein wenig gelichtet und man konnte wieder den Stern sehen. Deutlich funkelte er zwischen den Wolkenfetzen hervor. Immerhin stimmte ihre Richtung noch.

Morgen würden sie die Tore erreichen.

Sie mussten noch eine Nacht und einen weiteren Tag überstehen, dann hatten sie es geschafft. Die erste Hürde wäre genommen.

León bleckte die Zähne. Sein Kampfgeist kehrte zurück.

Eine neue Welt wartete auf sie.

Er war bereit.

Das war er immer.

Jeb stand knietief im Wasser, Jenna neben ihm. Der Bach floss gemächlich dahin. Das Feuer war nicht weit in den Wald eingedrungen.

»Wir haben es geschafft«, sagte Jeb mit Staunen in der Stimme.

»Der Wind hat gedreht«, stellte Jenna fest. Sie sah Jeb an, der gedankenverloren in das Dickicht schaute, das vor ihnen lag. »Hey, träumst du? Wir sollten aus dem Wasser!«

»Ich denke an den Jungen. Er muss das mit dem Feuer gewusst haben. Sein ausgestreckter Arm deutete in die Richtung, aus der die Flammen kamen, davor wollte er uns also warnen.« Vorsichtig half er Jenna aus dem Wasser.

»Ob die anderen es geschafft haben?«, fragte Jenna.

»Ich hoffe es für sie. Schau mal, es gab kein Gewitter, keinen Blitzeinschlag, der die Steppe hätte in Brand setzen können. Sie haben das Feuer selbst gelegt, sie waren vorbereitet.«

»Aber das ist doch Wahnsinn! Warum sollten sie das tun?«

»Jenna, es gab hier bisher nur eine einzige Gefahr, von der wir alle gleichermaßen bedroht wurden.« Mehr wollte er nicht sagen, denn die anderen mussten schon äußerst verzweifelt gewesen sein, wenn sie den Boden unter ihren Füßen in Brand gesteckt hatten. Jeb fragte sich, ob Mischa, Tian, León, Mary und Kathy wirklich noch am Leben sein konnten. Er wollte Jenna gerade sagen, dass sie weitermussten, als sie ihn mit dem Ellbogen anstieß. Er schaute sie überrascht an, da legte Jenna ihm eilig einen Finger über den Mund.

»Schau, dort am Ufer«, flüsterte sie. »Da steht jemand und beobachtet uns.«

Jeb wandte den Kopf. Wald. Bäume und Sträucher. Dunkles und helles Grün, doch dann sah er sie auch.

Es war eine alte Frau mit schulterlangen schlohweißen dünnen Haaren. Ihr braun gebranntes Gesicht mit den zahllosen Falten wirkte wie altes Leder. Sie verzog die Lippen zu einem zahnlosen Lächeln. Die Alte trug ein zerschlissenes Gewand aus grobem Stoff. Wilde Muster waren darauf gemalt. Kreise, die sich mit anderen Kreisen verbanden und dadurch so etwas wie ein Labyrinth bildeten. In den dürren Händen hielt die Frau ein großes Blatt, auf dem Nahrung ausgebreitet war.

Die Alte breitete alles auf dem Boden aus, winkte ihnen zahnlos grinsend zu. Dann war sie verschwunden. Der Wald hatte sie verschluckt und es war, als hätte es diese Begegnung nie gegeben.

»Was war das?«, fragte Jenna kaum hörbar.

»Keine Ahnung, aber wir sollten uns anschauen, was sie uns gebracht hat.«

»Dann lass uns hinübergehen und nachsehen«, schlug Jenna vor.

Jeb stützte sie, während sie zum anderen Ufer humpelte. Wie es aussah, hatte ihr die Pause gutgetan, aber vielleicht lag es auch am kühlenden Wasser, dass sich Jenna nicht mehr so schwerfällig bewegte.

Als sie die Böschung erklommen hatten, betrachteten sie das Blatt mit Proviant vor ihnen. Trockenfleisch, Beeren, etwas, das aussah wie Käse. Es duftete nicht und sah auch nicht besonders schmackhaft aus, aber Jeb spürte, wie sich sein Magen zusammenzog.

»Können wir das essen?«, fragte Jenna.

Einen Moment lang betrachtete er die Mahlzeit nachdenklich. Dann meinte er: »Ich glaube schon. Erst der Junge, der uns warnt, dann die alte Frau. Es gibt Menschen in diesem Wald, die uns helfen wollen.« Er lächelte Jenna an, die daraufhin erleichtert seufzte.

»Ein Glück, ich hab vielleicht einen Hunger!«

Die beiden machten sich über das Essen her. Das Fleisch war zäh und trocken, aber mit Kräutern gewürzt, die auf der Zunge ihren vollen Geschmack entfalteten. Sie tranken kleine Schlucke Wasser dazu, das machte es einfacher, das Fleisch zu kauen. Was Jeb anfangs für Käse gehalten hatte, war einfaches, ungesalzenes Brot. Die Kruste war knusprig, der Kern weich. Es schmeckte herrlich. Die Wildbeeren bildeten den Nachtisch.

»Jetzt geht es mir schon viel besser«, meinte Jenna und lächelte. »Sieh mal, die Sonne kommt hervor.«

Sie deutete zum Himmel zwischen den Baumwipfeln. Tatsächlich, die Wolken hatten sich verzogen und das Licht fiel funkelnd auf den Fluss.

»Hier gefällt's mir.«

Jeb schaute sie betrübt an. »Wir müssen leider weiter.« Er prüfte den Sonnenstand. »Uns bleiben noch einige Stunden Tageslicht, das müssen wir ausnutzen.«

»Dabei wäre es so schön hier, ich könnte ein paar sorgenfreie Minuten gebrauchen.«

Jeb seufzte, was sollte er darauf schon antworten. »Trink noch mal ein bisschen Wasser, dann kann ich die Flaschen neu auffüllen.«

Als sie zum Abmarsch bereit waren, nahm er Jenna wieder huckepack. Sie legte ihre Arme um seinen Hals, als sei es das Natürlichste der Welt. Er genoss die Berührung für einen Moment, dann ging er los.

Nach wenigen Schritten verließen sie das Flussufer und schritten tiefer in den Wald hinein.

21.

Nachdem die Gefahr überstanden war, forderte die Anstrengung ihren Tribut. Nach einer weiteren Etappe lagen sie auf dem Rücken im Gras, die Jacken über das Gesicht ausgebreitet, damit die Sonne ihrer bereits verbrannten Haut nicht noch mehr zusetzte. Sie waren müde und hatten entsetzlichen Durst. Jetzt da die Sonne wieder hell am Himmel schien, mussten sie ihre Verfolger nicht mehr fürchten. Mischa hoffte, dass ihre Feinde im Feuer umgekommen waren, aber sicher sein konnten sie sich nicht. Auch wenn er schon eine geraume Weile keine Stimmen und keine Schreie mehr gehört hatte, war es möglich, dass sich der namenlose Feind noch irgendwo da draußen versteckte.

Bei der Begegnung mit ihren Verfolgern hatten seine Augen dermaßen gebrannt, dass er gar nicht richtig hatte ausmachen können, wer sie angreifen wollte. Alles hatte geflimmert und für ihn waren es nur schattenhafte Gestalten gewesen. Und dennoch war die nackte, blanke Angst durch seinen Körper gejagt. In diesem kurzen Augenblick hatte er gefühlt, dass diese Gestalten, die ihm wie blutrünstige Männer vorgekommen waren, ihn unerbittlich jagen würden. Erst sein Tod würde sie zufriedenstellen. Für Mischa war spätestens zu diesem Zeitpunkt die Sache klar gewesen. Er hatte diesen Angriff heraufbeschworen. Der ganze Hass galt ihm. Der Überfall auf der Ebene nach seinem allerersten Aufwachen in dieser bizarren Welt, aus der es keinen Ausweg zu geben schien, sprach eine klare Sprache. Und nun verfolgten sie die ganze Gruppe. Er hatte die Jäger auf die Spur der anderen geführt, die nun seinetwegen Angst und Qualen ausstehen mussten. Nun verstand er auch, warum die Jäger nicht Jeb und Jenna verfolgten, die wesentlich leichtere Opfer darstellten. Nein, sie wollten *ihn.*

Aber wer waren diese Typen? Warum hassten sie ihn so sehr?

Diese Fragen plagten ihn, aber er fand keine Antwort. Auf keinen Fall aber würde er diese Entdeckung den anderen mitteilen. Sie würden ihn augenblicklich ausschließen, wenn nicht sogar töten. León kannte keine Gnade, so viel wusste er inzwischen.

Mischa blickte über das Land. Die Ebene, die sie hinter sich zurückgelassen hatten, war vollkommen zerstört. Statt dem sich im Wind wiegenden Gras lag dort nur noch eine dünne Ascheschicht, die der Wind davontrug. Die Flammen waren, nachdem der Wind gedreht hatte, ohne neue Nahrung geblieben und schnell erloschen.

Er hob seine Jacke auf. Neben ihm lag Kathy. Ihr gesamter Körper war von Ruß und Asche verschmiert, aber selbst jetzt war ihre Schönheit unverkennbar. Doch das ließ ihn vollkommen kalt. Er blickte zu León, der sich gerade aufrichtete und seine Hose abklopfte. Mit nacktem, verrußtem Oberkörper stand er im Sonnenschein. Jeder Muskel seines hageren Körpers zeichnete sich deutlich ab. Wenn er sich bewegte, tanzten sie unter seiner Haut. Mischa hatte noch nie zuvor einen derartigen Ausdruck von Kraft gesehen. León war nicht besonders groß, einen halben Kopf kleiner als er selbst, aber er bewegte sich wie ein Raubtier.

León schien seinen Blick bemerkt zu haben, denn er sah herüber und zwinkerte ihm zu. Verwirrt blinzelte er zurück.

Neben ihm machte Kathy einen glucksenden Laut. Er brauchte einige Sekunden, um zu begreifen, dass sie leise lachte.

»Was ist so komisch?«, fragte er.

»Du«, meinte Kathy schlicht und grinste breit.

»Was meinst du?«

»Du starrst ihn an, als wolltest du ihn auffressen.«

»León?«

»Stell dich nicht blöd. Ich habe dich beobachtet.«

»Und was willst du mir damit sagen?«

»Dass es nicht normal ist, wie du ihn anstarrst.«

Ohne ein weiteres Wort kam Kathy auf die Beine und ging davon.

Was war falsch daran, León anzusehen?

Mary sah, wie León seine Sachen zusammenpackte und sich für den Abmarsch bereitmachte. Wenn sie könnte, würde sie ihn jetzt hassen, aber selbst dazu fehlte ihr die Kraft. Die Hitze war erbarmungslos. Wie ein schweres Tuch legte sie sich über alles, nahm ihr den Atem. Ihre Lungen fühlten sich an, als wären sie mit heißen Steinen gefüllt. Mary leckte über ihre aufgerissenen Lippen, aber ihr Mund war so trocken wie der Staub um sie herum.

Sie wusste nicht, wie viel Zeit vergangen war, ob León ihnen viel oder wenig Ruhe gegönnt hatte, aber es kotzte sie an, dass er noch sichtlich Kraft hatte, während sie total am Ende war. Vielleicht könnte sie sogar weiterlaufen, aber sie wollte nicht. Ihre Beine verweigerten den Dienst, ihre Füße schmerzten. Der Kopf war viel zu schwer, und wenn sie weiterhin so schwitzte, würde ihr Körper austrocknen, sich wie eine alte Decke zusammenfalten und einfach zu Boden sinken.

Ich brauche Wasser. Oder ich sterbe.

Zu ihrem Entsetzen stellte sie fest, dass León auf sie zukam. Das übliche, selbstgefällige Lächeln im Gesicht. Sie spürte, dass es doch genug Kraft in ihr gab, ihn zu hassen.

»Wir müssen weiter«, sagte er ruhig.

Mary schüttelte den Kopf. »Ich kann nicht. Keinen Schritt mehr. Ich bleibe hier.«

»Nein.«

Mary sah ihn überrascht an. Seine Antwort war schnell und ohne jeden Zweifel in der Stimme gekommen. Sie schnaubte verächtlich. »Hast du etwa deine Menschenliebe in dir entdeckt?«

»Bestimmt nicht. Ich kann euch alle nicht leiden.«

Gegen ihren Willen musste sie laut auflachen. Leóns Worte klangen ehrlich, warum blieb er dann bei der Gruppe? Warum machte er sich nicht endlich allein auf den Weg?

Dann, ganz plötzlich begriff sie. Er blieb nicht wegen den anderen, er blieb ihretwegen. Zwar hatte sie beobachtet, dass er auch manchmal mit den anderen redete, aber meist vermied er jedes Gespräch mit ihnen. Und hatte er nicht immer wieder auf sie gewartet, hatte ihr Mut zugesprochen, sogar ihren Rucksack eine Weile geschleppt?

Aber warum?

Warum sie?

León empfand bestimmt kein Mitleid mit ihr. Im Gegenteil, sie glaubte, dass ihre Abneigung auf Gegenseitigkeit beruhte. Ein Gedanke blitzte auf. »Jeb. Es ist Jeb, nicht wahr?«

»Was ist mit Jeb?«

»Vor unserem Aufbruch hast du ihm etwas versprochen, stimmt's? Versprochen, uns zu helfen. Mir zu helfen.«

Er sah sie ausdruckslos an. Sein Gesichtsausdruck veränderte sich nicht, sondern blieb hart und verschlossen wie immer.

»Was hat er dir dafür geben müssen? Ein weiteres Messer? Ein Feuerzeug? Etwas, das er vor uns verborgen hat?« Sie spürte Wut in sich aufsteigen. »Nein, jetzt weiß ich es: Er hat dir Informationen gegeben. Es muss etwas Wichtiges sein, denn sonst hättest du dich nicht auf diesen Deal eingelassen. Was hat er dir gesagt? Was ist so wertvoll, dass du dir die Mühe machst, uns mitzuschleppen?«

León antwortete nicht. Sagte nicht, dass er es versprochen hatte, um einen Kampf mit Jeb zu vermeiden. Dass er es ihm aus Respekt vor seiner Haltung versprochen hatte und aus dem Gefühl heraus, es ihm schuldig zu sein. Und er sagte Mary nicht, dass er hier nicht mehr allein kämpfen wollte. Sie würde es nicht verstehen. Ihn auslachen. Sollte sie doch glauben, was sie wollte.

»Du hast ihn und Jenna zurückgelassen«, zischte Mary, »und uns für ein paar Informationen verkauft. Was bist du nur für ein Mensch?«

Er schaute in ihre braunen Augen, die ihn verächtlich musterten.

Gut, sollte sie doch über ihn denken, was sie wollte. Sollte sie ihn doch verachten. Das kannte er. Tief in sich drin kannte er das ebenso gut wie den ewigen Kampf des Überlebens.

Er war zu ihr gekommen, um ihr zu helfen. Um zu sagen, wie sehr ihn ihre Leistung beeindruckt hatte, aber er hatte die Worte nicht über seine Lippen gebracht. Nun stand er da und wusste, er würde sich niemals erklären können. Reden war nicht sein Ding. In dem Leben, aus dem er zu kommen meinte, galten andere Regeln. Dort sprachen Waffen und Gewalt. Eine Kugel war eine unmissverständliche Botschaft. Und meist gab es keine Widerrede.

»Du bist erbärmlich«, sagte sie jetzt.

Er nickte. Er würde sein Versprechen gegenüber Jeb nicht brechen.

»In fünf Minuten geht es weiter. Sei bereit«, sagte er, dann wandte er sich ab.

22.

Die Müdigkeit war in Jebs Glieder zurückgekehrt. Die Muskeln in seinen Beinen brannten. Nacken und Hals waren steinhart und verkrampft, seine Arme schmerzten, waren bleischwer.

Am schlimmsten aber war das Gefühl, die Orientierung verloren zu haben. Es machte seine Brust eng und das Atmen fast unmöglich.

Hatte er Jenna nicht großspurig erklärt, dass er an der Bemoosung der Bäume die Richtung ablesen konnte? Ja, das stimmte auch, aber nun waren sie weit in den Wald vorgedrungen und die Bäume standen so dicht, dass sie sich gegenseitig Schutz vor den Wetterbedingungen boten. Natürlich gab es Moos, aber es wuchs rings um den Stamm, da die Sonne nicht durch die Baumkronen drang.

Jeb folgte einem ausgetrampelten Wildpfad. An der Losung der Tiere, die überall am Boden lag, konnte er erkennen, dass er hauptsächlich von Hirschen und Rehen benutzt wurde. Er folgte dem Pfad, weil es einfacher war, als sich selbst einen Weg durch das Unterholz zu schlagen.

Die Luft war inzwischen voller Feuchtigkeit und durch die Hitze stiegen dünne Nebelschwaden auf, waberten zwischen den Bäumen wie Seidentücher. Es roch nach verfaulendem Laub und Kiefernharz.

Am liebsten wäre er stehen geblieben, hätte sich für einen Moment ausgeruht, aber er fürchtete, dass er nicht mehr hochkommen würde, sobald er sich einmal auf den Boden gelegt hatte.

Jenna schwieg schon seit geraumer Zeit. Sie hatte den Kopf auf seine Schulter gelegt und schien zu schlafen, doch plötzlich sprach sie ihn an.

»Jeb?«

»Hm?«

»Ich glaube, an dieser Stelle sind wir schon mal vorbeigekommen.«

Er hielt überrascht an.

»Dieser Baumstamm da links von uns, er hat eine merkwürdige Färbung. Es sieht aus wie das zerfurchte Gesicht einer alten Frau mit eingefallenen Wangen und langer Nase. Erkennst du das auch?«

Jeb starrte die Bäume einen nach dem anderen an. Zunächst entdeckte er nichts, aber dann sah er, was Jenna meinte.

»Bist du dir sicher, dass du den Baum schon mal gesehen hast? Oder sieht er nur einem anderen ähnlich?«

»Nein, ganz bestimmt. Wir sind schon mal hier vorbeigekommen, vielleicht vor einer halben Stunde oder so.«

Wenn es stimmte, was Jenna sagte, dann waren sie die letzten dreißig Minuten im Kreis gegangen. Er selbst hatte die ganze Zeit über keinen Blick für die Umgebung übrig. Er starrte stur auf den Boden, um nicht zu stolpern. Irgendwo musste er eine Abzweigung verpasst haben oder der Wildpfad führte sie sinnlos in Schleifen herum.

»Wir haben uns verirrt, oder?« Es war eine Feststellung.

Zuerst wollte er sie beruhigen, aber dann gab er es zu: »Ich dachte, der Pfad führt uns automatisch in die richtige Richtung. Außerdem kann man hier die Sonne nicht sehen, wenn sie gerade überhaupt scheint. Das Moos zeigt nicht mehr die Himmelsrichtung an und…« Jeb musste schlucken.

»Was machen wir jetzt?«

»Weitergehen. Was bleibt uns anderes übrig?«

»Kannst du noch?«

»Es muss ja.«

»Da vorne war irgendwo eine kleine Lichtung. Dort gibt es vielleicht eine Abzweigung«, erinnerte sich Jenna.

Es war keine richtige Lichtung, nur ein freier Fleck zwischen den dichten Baumreihen. Vor langer Zeit musste hier ein mächtiger Baum gestanden haben, denn noch immer bedeckten knorrige Wurzeln den Boden. Der Stamm selbst war wahrscheinlich schon vor Jahrzehnten verrottet, aber die Schatten spendenden Kronen der umstehenden Bäume hatten neues Pflanzenwachstum verhindert.

Als Jeb mit Jenna auf dem Rücken sich dort für einen Moment orientierte, entdeckte er eine Bewegung zwischen den Bäumen. Ein Schemen schälte sich aus dem Blätterdickicht heraus, wurde zu einem hochgewachsenen Mann, einem Krieger mit langen schwarzen Haaren und einem harten, wie aus Stein gemeißelten Gesicht. Sein Oberkörper war nackt und von seltsamen blauen Kreisen verziert, die bereits verblassten. Der Mann war bewaffnet. Er hielt einen Bogen in der linken Hand und trug einen Lederköcher mit Pfeilen auf den Rücken geschnallt. Jeb umklammerte seinen Speer.

Der Mann lächelte nicht, sah sie nur unbeirrt an. Dann hob er langsam den rechten Arm und deutete in den Wald hinein.

Jeb erschrak. Wollte ihn dieser Mann ebenfalls vor einer

Gefahr warnen, wie schon der Junge am Fluss? Er wusste, dass er in seinem Erschöpfungszustand nicht noch einmal mit Jenna auf dem Rücken vor etwas davonrennen konnte.

Der Krieger nickte nun kaum merklich. Nein, er wollte etwas anderes, aber was?

Noch während er rätselte, zog der Mann einen Pfeil aus seinem Köcher und spannte den Bogen. Eine Sekunde später verließ der gefiederte Pfeil mit einem Zischen die Sehne und jagte in den Wald hinein, in die gleiche Richtung, in die der Mann zuvor gewiesen hatte.

Jeb sah verblüfft hinüber und verstand gar nichts mehr. Worauf hatte der Mann geschossen? Er sah ihn an, aber der Fremde machte einen Schritt zurück in den Wald. Seine Gestalt schien sich darin aufzulösen, dann war er verschwunden.

»Hast du das gesehen?«, fragte Jenna ihn, die währenddessen reglos auf seinem Rücken verharrt hatte.

»Ja. Aber warum hat er einen Pfeil abgeschossen? Und worauf?«

»Vielleicht soll der Pfeil uns den Weg weisen.«

Sie hat recht. Wieso bin ich nicht selbst darauf gekommen? Die Geste und der Pfeil, er hat uns die Richtung vorgegeben.

Ihm fiel das Denken schwer. Kein Wunder, dass er so lange brauchte, um Zusammenhänge zu verstehen. Er war müde. Nein, *unendlich* müde, aber noch war keine Zeit für eine Rast.

Jenna schien jedoch seine Erschöpfung zu spüren und fragte: »Sollen wir hier eine Pause machen?«

»Nein, wir gehen noch ein Stück.«

»Jeb, du bist doch fix und fertig.«

Er schüttelte den Kopf. »Solange es hell ist, müssen wir weiter. Und wenn es dunkel wird, suchen wir uns eine gute Stelle als Nachtlager. Dann ist es ohnehin zu gefährlich. Ich kann nicht riskieren zu stolpern.«

»Okay, wenn du meinst.«

Jeb verlagerte Jennas Gewicht ein wenig, dann schleppte er sich weiter. Er verließ den Wildwechsel und folgte nun einem kaum sichtbaren Pfad zwischen den Bäumen hindurch. Der Weg war nicht mehr als eine Linie. Kaum breiter als die Fußspur eines Menschen. Er musste sich konzentrieren, jeden Schritt sorgfältig setzen, damit er den Pfad nicht wieder verlor.

Nach einigen Metern fand er den abgeschossenen Pfeil, der auf Augenhöhe im Stamm einer alten Buche steckte. Darunter deutete ein grob in das Holz geschnitzter Pfeil nach links – plötzlich verstand Jeb. Der Krieger hatte den Pfeil abgeschossen, um ihn auf die Wegzeichen an den Baumstämmen hinzuweisen. Jeb atmete tief aus. Er fühlte Dankbarkeit gegenüber diesen fremden Menschen und eine unerklärliche Verbundenheit. Jenna und er waren nicht allein. Zaghaft begann er wieder zu hoffen, dass alles gut werden würde und sie die Portale rechtzeitig erreichten. Nun war ihm eine große Last von den Schultern gefallen, aber er spürte, dass ihn nur noch sein Wille auf den Beinen hielt.

»Jeb?«

»Ja?«

»Wenn wir es schaffen, hier herauszukommen, mache ich das alles wieder gut. Ich weiß noch nicht, wie, aber ich werde es tun.«

»Du hättest das Gleiche für mich getan. Also ...« Er kam ins Stottern. »... natürlich kannst du mich nicht tragen, aber ich weiß, du hättest mich nicht zurückgelassen.«

»Natürlich nicht.«

Jeb wusste, dass sie die Wahrheit sagte. Jennas Aufrichtigkeit und ihre Offenheit gaben ihm Kraft, noch ein wenig weiterzumarschieren. Nicht mehr lange, aber ein wenig noch, bis sie ein Nachtlager gefunden hatten. Hier im Wald konnten sie bei einem Lagerfeuer hoffentlich gefahrlos übernachten.

»Bereit?«, fragte er mit neuer Zuversicht nach hinten.

»Bereit!«, sagte Jenna.

23.

Unmerklich hatte sich die Landschaft verändert. Das Gras wurde immer spärlicher, bis es schließlich ganz verschwand und einem ausgetrockneten Lehmboden Platz machte. Überall waren tiefe Risse. Die Unnachgiebigkeit des Bodens war selbst durch die dicken Sohlen ihrer Wanderstiefel zu spüren. Hinzu kamen Steine und größere Gesteinsbrocken, die sich in ihr Schuhwerk bohrten. Das Land stieg an. Zunächst war es ihnen nicht aufgefallen, aber nun ging es stetig bergauf. Sie waren am Fuße des Gebirgszugs angekommen.

Mischa, León, Tian, Kathy und Mary stolperten durch die glühende Hitze. Die Augen vom Staub verklebt, sie brauchten dringend Wasser. Sie wankten nur noch auf schwachen Beinen, Schritt für Schritt, voran. Ihre Verfolger waren längst vergessen. Sonnenschein oder nicht, sollten sie doch kommen und sie holen, alles war besser als dieser bestialische Durst.

Mary versuchte immer wieder vergeblich, sich über die aufgeplatzten Lippen zu lecken. Das Problem war nur, dass ihre Zunge am Gaumen klebte und sich nicht lösen ließ.

Wir werden hier alle sterben.

Neben ihr torkelte Tian wie ein Betrunkener durch die Gegend. Dass er sich überhaupt noch auf den Beinen hielt, schien ihr fast ein Wunder. Aber immerhin hatte sie auch noch nicht aufgeben, was sie selbst am meisten verwunderte. Tians lange Haare mit der blauen Strähne klebten wie eine zweite Haut an seinem Gesicht, das inzwischen die Farbe eines gekochten Krebses angenommen hatte. Er bemerkte ihren Blick und röchelte etwas, das Mary nicht verstand. Aber in ihrem Bewusstsein gab es sowieso nur noch Raum für einen einzigen Gedanken, ein einziges Wort.

Wasser.

Für einen Becher kühles Wasser hätte sie ihre Seele an den Teufel verkauft.

Plötzlich blieb Kathy vor ihr stehen. Unfähig zu reagieren, stolperte Mary in sie hinein. Das rothaarige Mädchen wirbelte herum und starrte sie aus glühenden Augen an.

»Pass auf, wo du hinläufst, du dämliche Kuh«, zischte sie.

Mary wankte überrascht rückwärts. Doch nicht wegen der Worte, sondern vielmehr aufgrund der Tatsache, dass Kathy noch sprechen konnte und offenbar sogar noch über Energie verfügte, sie zu beschimpfen. Kathy war ein Biest und doch beneidete Mary sie in diesem Augenblick. Obwohl sie ebenso fertig aussah wie alle anderen, war Kathys Lebenswille ungebrochen.

Wenn einer diesen Mist durchsteht, dann sie.

Inzwischen glaubte Mary, dass Kathy noch zäher als León war. Und sie hatte noch nicht vergessen, dass Kathy irgendwo ein Messer versteckt hatte, von dem niemand sonst wusste.

Sie war viel zu müde, um sich zu entschuldigen, und hatte auch keine Lust darauf. León trat schwerfällig auf sie zu. Sein kahler Schädel war von der Sonne verbrannt, die tätowierten Zeichen kaum noch zu sehen. Aus verklebten Augen sah er sie an.

»Alles okay bei euch?«, krächzte er.

»Was für eine dämliche Frage«, fauchte Kathy. Mary gab ihr im Stillen recht.

León wollte noch etwas sagen, aber da tauchte Mischa auf. Sein staubverschmiertes Gesicht war zu einem Grinsen verzogen.

»Was gibt es denn zu grinsen?«, ätzte Kathy.

»Abgesehen von dir?« Sein Lächeln wurde noch breiter, doch dann musste er husten.

»Arschloch.«

Nachdem er sich wieder gefangen hatte, sprach er mit sparsamen Worten weiter. »Da vorne wird es hügeliger. Vielleicht finden wir eine Höhle für die Nacht«, sagte er und fügte dann hinzu: »Und ich sehe einen Baum.«

Nun hatte er ihre volle Aufmerksamkeit. Tian, León und Mary blickten ihn überrascht an. Nur Kathy verstand nicht.

»Was ist so toll an einem Baum?«

»Bäume bedeuten Wasser«, krächzte Mischa.

»Und darüber freut ihr euch?«

León und Mary nickten.

»Schon mal überlegt, dass die Wurzeln von Bäumen tief reichen? Dass das Wasser vielleicht so tief liegt, dass wir niemals drankommen?«

»Wir graben.« Mischa klang verärgert darüber, dass Kathy diese winzige Hoffnung zunichtemachen musste. Mary konnte Mischa verstehen: Nach Kathys Einwand fühlte sie sich seltsam ernüchtert. Dann spürte sie eine neue Welle Zorn in sich aufsteigen. Sie hustete zweimal trocken. Dann spuckte sie zähen gelben Schleim aus.

»Wenn wir Glück haben, finden wir Wasser«, sagte sie heiser und jedes Wort bereitete ihr Mühe. »Wenn nicht, sterben wir so oder so. Aber jetzt kannst du mal deine Klappe halten.«

Kathy funkelte sie an, aber Mary ließ sich nicht beeindrucken, sondern starrte einfach zurück.

»Weiter«, entschied León.

Mischa und León übernahmen die Führung. Mary folgte ihnen. Hinter ihr, im Abstand von zehn Metern gingen Tian und Kathy.

Mary schien es, als wäre es plötzlich noch heißer geworden.

Tian kämpfte um jeden Schritt. Am liebsten hätte er sich fallen lassen, um für immer liegen zu bleiben, aber er zwang sich, seinen Körper Schritt um Schritt vorwärtszuschieben. Er hatte brennenden Durst und rasende Kopfschmerzen. Vor seinen Augen tanzten weiße Punkte, aber es mischten sich auch immer wieder fremdartige Bilder darunter.

Ihm schien es, als könne er ein Stück seines alten Lebens sehen, und was da zum Vorschein kam, machte ihm Angst. Da war diese alte Frau. Sie hatte dünnes, strähniges Haar. Unzählige Falten teilten das Gesicht in eine Landschaft voller ausgetrockneter Flussläufe. Schwarze Murmelaugen blickten ihn klagend an. Ein dürrer Zeigefinger wedelte drohend vor seinem Gesicht.

»Du hättest auf sie aufpassen sollen, aber du hast gespielt, mit diesem Teufelskasten, der dein Leben auffrisst, Tian«, hatte sie gesagt. »Nun ist deine Schwester verschwunden und niemand weiß, wo sie ist. Du bist schuld.«

Er hatte versagt. Er wusste es. Versagt, wie schon so oft, aber diesmal würde es kein Verzeihen geben. Seine sechs Jahre alte Schwester Szu war aus der Wohnung gegangen, während seine Eltern arbeiteten und er »Last Man Standing Berlin« auf der Playstation spielte. Wahrscheinlich wollte sie zu dem winzigen Park, der zu ihrer Wohnanlage gehörte, aber dort war sie nie angekommen. Jetzt war sie verschwunden.

Und ich bin schuld.

Er hatte keine Tränen mehr, denn sonst hätte er geweint.

Was habe ich getan?

Szu? Wo bist du?

Verzeih mir.

Es gab niemanden, der ihm antwortete, nur das Echo seiner Gedanken.

Tian schluchzte auf, tränenlos.

Seine Füße bewegten sich fast von allein vorwärts, er sah die Umgebung nicht, durch die er ging. Er nahm eigentlich überhaupt nichts mehr wahr. Es war ihm egal, wohin sie marschierten. Und ob sie jemals dort ankommen würden.

»Was ist mit dir?«, fragte plötzlich eine Stimme neben ihm. Er zuckte zusammen. Kathy. Schon wieder. Warum hörte sie nicht auf, ihn zu verspotten?

»Geh weg, was willst du denn noch?«, krächzte er heiser.

»Mich entschuldigen. Ich war gemein zu dir, und das tut mir leid.«

Er hob den Kopf an. Schaute ihr in die Augen. Sie sahen nicht so aus, als würden sie ihn anlügen.

»Okay, Entschuldigung angenommen.« Ein trockener Husten schüttelte ihn.

Kathy bückte sich, fuhr mit der Hand durch den Sand, hob einen kleinen schwarzen Stein auf, kaum größer als ein Fingernagel, und reichte ihn Tian. Der starrte sie verständnislos an.

»Was soll das sein?«

»Schieb ihn in den Mund, das regt die Speichelproduktion an und hilft gegen den Durst. Wirklich, du kannst mir glauben.«

Er legte den Stein auf seine Zunge, begann, vorsichtig daran zu lutschen. »Danke, Kathy«, sagte er leise.

»Jetzt komm schon.«

Kathy hatte ihn wieder einmal überrascht.

Kurz darauf erreichten sie den Baum, dessen Anblick sie mit dem Versprechen auf Wasser gelockt hatte. Und tatsächlich, sie fanden einen brackigen Tümpel, auf dem eine gelbe Staubschicht lag.

»Können wir das trinken?«, fragte Mary.

Alle starrten auf das Wasser. Es war wenig und es war schmutzig.

»Haben wir eine Wahl?«, fragte León.

Niemand antwortete.

»Was, wenn es giftig ist«, sagte Mischa. »Die Farbe…«

»Ich…«, wollte León gerade ansetzen, als sich Tian auf die Knie fallen ließ und mit der hohlen Hand hastig das trübe Wasser in seinen Mund schaufelte. Kathy lag nur wenige Sekunden später neben ihm. Schließlich tranken sie alle davon.

Es schmeckte scheußlich, bitter, und es stank, aber es löschte ihren Durst. Alles andere war egal.

León war der Erste, der sich wieder aufrichtete und auf den Rücken fallen ließ. Er keuchte, weil er wie vermutlich alle zu schnell getrunken hatte. In seinem Magen rumpelte die stinkende Brühe. Dann rülpste er laut. Die anderen sahen auf und lachten. Es klang verzweifelt und erschöpft, aber sie lachten.

»Das Zeug schmeckt wie Schafscheiße«, meinte Mischa. »Aber verdammt, bin ich glücklich, dass wir den Tümpel gefunden haben.«

Neben ihm schüttete Tian noch immer das abgestandene Wasser in sich hinein. Mischa klopfte ihm auf die Schulter.

»Alter, nicht so viel auf ein Mal, sonst wird dir schlecht.«

Kaum ausgesprochen würgte Tian plötzlich, warf sich herum und erbrach sich in den Staub. Alle drehten sich angewidert von ihm weg.

»Na, wenigstens hat er nicht ins Wasser gekotzt«, sagte Kathy.

Mary schöpfte mit ihren Händen gerade Wasser aus dem Tümpel, um den Schmutz aus ihrem Gesicht zu waschen.

»Dafür haben wir nicht genug Wasser«, ermahnte León sie. »Wir müssen erst noch unsere Flaschen füllen, bevor wir weitergehen.«

»Du willst noch weiter?«, fragte Mischa erschrocken.

»Nur ein Stück, bis wir so etwas wie eine Höhle gefunden haben. Das müsste es hier geben. Dann sammeln wir ein paar der vertrockneten Äste, die hier herumliegen, und machen ein Feuer. Wir müssen auch etwas essen.«

Tian gab neben ihnen ein paar letzte würgende Geräusche von sich, bevor er zu Boden sank.

»Sind alle einverstanden, dass wir hier in der Nähe die Nacht verbringen?«, fragte León.

Sie nickten als Antwort.

»Dann suchen Mischa und ich jetzt die Gegend ab.« Er blickte zu dem blonden Jungen hinüber.

»Ich bin dabei.«

Kathy war zu Tian hinübergegangen und hatte sich neben ihn auf den Boden gesetzt. Sie zog ihm das Stirnband vom Kopf, befeuchtete es und wischte ihm den Staub und das Erbrochene vom Gesicht.

»Mann, ist mir das peinlich«, flüsterte Tian kaum hörbar.

»Mach dir keine Gedanken. Du hast einfach nur zu schnell getrunken.«

Er lächelte gequält. »Dauernd liege ich im Sand und kotze mir die Seele aus dem Leib. Du hältst mich zu Recht für einen Schwächling.«

»Das tue ich nicht«, sagte Kathy entschieden. »Ich schaffe es vielleicht nicht immer, mich zu beherrschen, und teile lieber aus, als einzustecken, aber ich bin froh, das hier nicht allein durchstehen zu müssen.«

Er drehte ihr den Kopf zu. »Weißt du, was, Kathy, eigentlich bist du ganz okay.«

Kathy blickte in eine andere Richtung. Täuschte er sich oder war sie sogar ein wenig unsicher? Er beschloss, ihr Mut zu machen. »Vielleicht ist das bei dir nur so eine Art Selbstschutz. Möglicherweise ist in deinem früheren Leben mal was passiert, das dich so reagieren lässt, ohne dass du es willst.«

»Meinst du?«

»Könnte doch sein.«

Sie blickte zum Himmel. »Könnte sein, aber wer von uns weiß schon, wer er wirklich ist. Vielleicht werden wir es nie erfahren.«

»Ist ja eigentlich auch egal«, sagte Tian. »Wir sind hier, wir sind am Leben, und das ist im Moment alles, was zählt.«

Kathy erhob sich und klopfte sich den Staub von der Hose. Tian hatte das Gefühl, als würde sie dem weiteren Gespräch aus dem Weg gehen wollen. Hatte sie so große Angst, ihre wahren Gefühle zu zeigen?

»Kathy?«

»Ja.«

»Du bist in Ordnung.«

Kathy schaute verblüfft auf Tian herab. *Bin ich das?* Das

fragte sie sich eigentlich schon seit diesem Zwischenfall in der Nacht im Wald.

Traum. So hatte sie beschlossen, diesen Anfall von Wahnsinn zu nennen, bei dem sie mit einem Messer in der Hand nach ihrer Schwester gesucht hatte. Am nächsten Morgen war sie abseits des Lagers vollkommen verwirrt aufgewacht. Alles in dieser Nacht war wie weggewischt, verborgen hinter einem Schleier, den sie nicht zerreißen konnte.

Als sie die Stimme ihrer Schwester auf der Ebene wieder gehört hatte, hatte sie sich nur mühsam davon abhalten können, Liz dieses Mal wieder zu folgen. Sie hatte sich gezwungen, gegen ihre wahr gewordenen Albträume anzugehen. Sie musste sie besiegen, über ihren Verstand Kontrolle zurückerlangen. Um jeden Preis.

Verdammte Scheiße, ich habe kaum erkannt, was da auf uns zukommt. So kann das nicht weitergehen. Ich bin nicht ich selbst. Ich darf nicht so viel Angst davor haben.

Einige Schritte von Tian entfernt ließ sie sich mit dem Rücken am Baumstamm hinabgleiten, umfasste ihre Beine mit den Armen und legte ihren Kopf auf die Knie.

Irgendetwas stimmt nicht mit mir, warum passieren diese Dinge? Warum höre ich Liz' Stimme ausgerechnet hier? Ist meine Bestimmung in dieser Einöde… Rache an Liz zu nehmen? Warum erinnere ich mich überhaupt an sie und an sonst nichts? Was läuft hier ab? Vielleicht ist das alles eine Art Test: Wenn ich meine Albträume besiege, werde ich überleben?

Natürlich würde sie überleben. Kathy wusste, dass sie ohne Skrupel das Leben eines jeden hier in Kauf nehmen würde, um ihr eigenes zu retten. Und war es nicht schon immer so gewesen? Die, die ihr schadeten, würden dafür büßen. Besonders gegenüber Tian waren ihre Gefühle zwiespältig. Manchmal war sie von seiner Hilflosigkeit gerührt, aber meistens verachtete sie ihn für seine Schwäche.

Schwäche? Liegt es daran? Kann ich mit Schwäche nicht umgehen?

Allein beim Gedanken an Mary wurde sie zornig. Diese kleine verwöhnte Schlampe, die immer wieder die Gruppe aufhielt und alle Aufmerksamkeit auf sich zog. Ebenso Tian. In einem Moment empfand sie Mitleid mit ihm und im nächsten Augenblick hätte sie am liebsten mit den Fäusten auf ihn eingeprügelt, damit sein jämmerliches Gewinsel ein Ende hatte.

Bin ich verrückt?

Es muss an der Hitze, an der Erschöpfung, an der Anspannung und der Angst liegen, der ich seit Tagen ausgesetzt bin, versuchte sich Kathy zu beruhigen, aber es funktionierte nicht.

Da schlummerte etwas in ihr.

Eine Kraft, die manchmal die Kontrolle über sie übernahm.

Etwas, dem sie nichts entgegenzusetzen hatte.

Sie verbarg ihr Gesicht in den Armen, sodass niemand sehen konnte, wie sie weinte.

Stumm liefen die Tränen herab.

Und als sie versiegten, kehrte die Wut zurück.

24.

Die Höhle war ideal. So groß, dass man mühelos aufrecht darin stehen konnte, trocken und tief. Über zehn Meter weit zog sie sich in den Fels hinein, bot Schutz vor der Hitze des Tages und der Kälte der Nacht. Mischa hatte sie entdeckt. Bevor er die Höhle betreten hatte, hatte er sichergestellt, dass sich darin kein wildes Tier versteckte. Bei dem Gedanken daran hatte er die Stirn gerunzelt, schließlich waren sie bisher auf kein einziges Lebewesen gestoßen. Das war seltsam – gerade deshalb mussten sie vorsichtig sein.

Mischa hatte hineingerufen und Steine in die dunkle Öffnung geworfen. Als alles ruhig blieb, war er hineingegangen und hatte die Höhle begutachtet, so weit das Tageslicht reichte. Zufrieden mit seinem Fund hatte er zunächst León und dann die anderen benachrichtigt.

Nun kauerten sie auf nacktem Stein, während draußen die Sonne unterging. In ihrer Mitte brannte ein Feuer, das sie mit den trockenen Ästen des Baumes entzündet hatten. So gab es Licht und gleichzeitig wurde die aufkommende Kühle der Nacht zurückgedrängt.

Die restlichen Vorräte hatten sie nun aufgegessen. Es war wenig genug gewesen. Das meiste hatten Tian und Mary zum gemeinsamen Mahl beigesteuert, während die anderen ihre Vorräte längst verbraucht hatten.

Tian war es auch, der vorgeschlagen hatte, das schmutzige Wasser durch den Stoff eines Hemdes zu filtern und in die Flaschen zu füllen. Mischa hatte dem erschöpften Asiaten gar nicht so viel Einfallsreichtum zugetraut. Doch als er nun zu ihm hinüberschaute, hockte Tian in sich zusammengekauert auf dem Boden und starrte trübsinnig und abwesend ins Feuer.

»Morgen müssten wir die Tore erreichen«, sagte Mary. Sie saß mit angezogenen Knien neben León und Mischa und hatte sich den Schlafsack um die Schultern gelegt.

»Wenn es stimmt, was Jeb erzählt hat«, sagte León.

»Warum sollte es nicht stimmen? Da stand doch alles schwarz auf weiß«, meinte Tian.

»Glaubt du alles, was auf irgendeinem verschlissenen Zettel steht, den du in deiner Tasche findest?«, beharrte León.

»Ich glaube auf jeden Fall daran«, mischte sich Mary ein. »Morgen finden wir die Portale. Dann verlassen wir diese elende Welt und kehren vielleicht nach Hause zurück – wo auch immer das ist.«

Mischa sah auf und blickte hinüber zu León. Er teilte die Meinung des tätowierten Jungen – trotz allem, was er bisher in dieser Umgebung erlebt hatte, weigerte er sich, die von einem Zettel geschaffene Realität zu akzeptieren. Sie durften nicht aufhören, auf der Hut zu sein. León erwiderte seinen Blick und fragte dann Mary: »Glaubst du wirklich, dass auf uns noch *andere,* fremde Welten warten, die wir durchlaufen müssen, um in unser wirkliches Leben zurückkehren zu können?«

»Nur *einer* wird überleben«, mischte sich Kathy vollkommen emotionslos ein. »Das waren die Worte.«

Für einen kurzen Moment schwiegen sie, schließlich sagte Mary: »Daran will ich nicht denken. Nicht jetzt. Morgen erreichen wir die Tore. Vielleicht wird danach alles besser.«

Oder schlechter, dachte Mischa. Er ging davon aus, dass die nächste Welt eine noch größere Herausforderung darstellen würde. Dies alles war eine Prüfung ihres Willens und ihrer Überlebensfähigkeiten. Um die Schwachen von den Starken zu trennen, mussten die Herausforderungen zunehmen, denn sonst würden immer alle die Tore erreichen.

Aber vielleicht liegt darin auch die Perversion unseres Überlebens. Vielleicht sollen wir gegeneinander kämpfen, uns gegenseitig töten. Nur ein Preis. Nur ein Sieger. Ein Mörder würde überleben.

Ihn schauderte bei dem Gedanken. Er dachte an ihre Verfolger. War er bereit, zu kämpfen und ... zu töten?

Tian saß unbewegt am Feuer. Seit er sich an seine Schwester Szu erinnert hatte, fühlte er sich kaum noch wie er selbst. Er war sich vollkommen fremd geworden.

Wie konnte ich nur so verantwortungslos sein?

Er sah Szu klar und deutlich vor sich. Ihre glänzenden schwarzen Haare, die zu einem wippenden Pferdeschwanz gebunden waren. Ihre leuchtenden braunen Augen. Er hatte sie immer »kleine Ente« genannt, weil sie beim Gehen hin und her schaukelte, und sie hatte ihn dafür jedes Mal mit ihrer winzigen Faust in den Bauch geboxt.

Die Bilder aus der Vergangenheit waren grausam. Tian spürte, wie etwas in ihm zerbrach. Die Unkenntnis über sein früheres Leben war eine Gnade gewesen, nun verfolgten ihn Szus braune Augen auf Schritt und Tritt.

Da setzte sich Mary schweigend neben ihn, schaute mal ins

Feuer, dann auf die Linien, die er, ohne es zu merken, mit einem kleinen Stock in den Staub gemalt hatte.

»Was soll das bedeuten?«, fragte sie nach einer Weile.

Tian schaute zwischen seine Füße und zuckte dann mit den Schultern. »Nichts. Ist bloß Kritzelei.«

Mary zögerte. »Was ist mit dir?«

Er lachte bitter auf. »Du meinst abgesehen davon, dass wir halb verdurstet durch die glühende Hitze marschieren, von irgendwelchen Biestern gejagt werden und auf der Suche nach Toren sind, die es vielleicht gar nicht gibt? Und selbst wenn es sie gibt, uns das auch nicht großartig weiterhilft…« Er schaute Mary müde lächelnd an.

Mir ist gerade bewusst geworden, was für ein verantwortungsloses, egoistisches Schwein ich bin.

»Okay, okay. Du hast ja recht, war 'ne doofe Frage. Ich wollte ja nur wissen, wie es dir geht.«

Er schaute in ihre großen Augen. »Tut mir leid, Mary. Ich wollte nicht gemein sein.«

»Schon okay.«

»Was ist mit dir?«

Sie seufzte. »Mein Gesicht ist von der Sonne verbrannt, von den Lippen platzt die Haut und ich bin völlig erschöpft, aber da geht es uns allen wohl ähnlich.«

»Leg dich ein bisschen hin, ich kann aufpassen, wenn du magst.«

Darin bin ich ja Weltmeister.

»Danke, das ist nett, aber ich kann jetzt nicht schlafen. Bin viel zu aufgedreht und ängstlich.«

»Kein Wunder, bei dem, was wir heute alles erlebt haben. Ich weiß auch nicht, ob ich heute Nacht schlafen kann.«

»Es ist nicht nur das«, sagte Mary leise. Es sah so aus, als würde sie nach den richtigen Worten suchen. »Ich ... ich sehe Bilder aus meinem richtigen Leben und diese Bilder sind nicht schön.«

Tian hob den Kopf. »Ich weiß genau, was du meinst.« Er überlegte, ob er ihr von Szu erzählen sollte, aber alles in ihm sträubte sich dagegen. Auch Mary schien es sich nach ihrer Andeutung anders überlegt zu haben. Genau wie er schwieg sie lieber, um die Geister der Vergangenheit nicht lebendig werden zu lassen.

Manchmal war es besser, Schreckliches ruhen zu lassen.

»Es ist doch seltsam«, sagte er nach einer Weile. »Wir erinnern uns kaum an unser früheres Leben. Auf jeden Fall nicht an die schönen Dinge, die es bestimmt gegeben hat. Wieso hat es ausgerechnet unsere Schuld mit uns in diese schreckliche Welt geschafft. Vielleicht ist das alles so eine Art Buße.«

»Meinst du?«

»Ich weiß es nicht. War bloß so ein Gedanke.«

Sie schwiegen. Dann erhob sich Mary ohne ein weiteres Wort und ging zu ihrem Platz hinüber.

Tian sah ihr nach.

Die Botschaft hat recht: Wir sind alle verloren, dachte er.

Jenna lag in ihren Schlafsack gewickelt auf dem Waldboden und schaute in das kleine Feuer, das Jeb entzündet hatte. Das schmerzhafte Pochen in ihrem Fuß hatte gerade wieder nachgelassen, nachdem sie erneut eine von Jebs Tabletten genommen hatte. Sie lagerten unter Bäumen, deren Wipfel weit nach oben ragten. Jeb lag auf dem Rücken neben dem Feuer, die Augen geschlossen. Sein Brustkorb hob und senkte sich gleichmäßig. Jenna vermutete, dass er schlief, aber sicher war sie sich nicht.

Sie waren den Zeichen gefolgt, aber weitere Ureinwohner hatten sie nicht getroffen. Auch wenn sie Jeb und ihr geholfen hatten, machten sie Jenna Angst. Alles hier machte ihr Angst, doch sie gab sich Mühe, ihre Unsicherheit zu verbergen. Sie wollte Jeb, so gut es ging, unterstützen – und nicht noch mehr zu einem nutzlosen Anhängsel werden, als sie ohnehin schon war.

Erst die mysteriösen Verfolger, dann auch noch diese Fremden, Jenna konnte sich keinen Reim darauf machen. Die Sprachlosigkeit dieser… Ureinwohner verunsicherte sie. Woher sollten sie wissen, dass sie sie nicht in der Nacht überfielen? Sie in einen Hinterhalt locken würden? Warum halfen sie ihnen?

Es ist wegen Jeb, fiel Jenna ein. *Sie sind wie er. Die bronzefarbene Haut, die schwarzen Haare, die Form der Augen. Er könnte einer von ihnen sein. Ein Krieger.*

Jeb hatte ihr von seinem Großvater erzählt und langsam kristallisierte sich vor ihrem geistigen Auge ein alter Mann mit grauen Haaren heraus, der Frau am Fluss nicht unähnlich.

Aber wie kann das sein? Wir sind hier irgendwo weit weg von zu Hause. Warum sehen diese Menschen Jeb ähnlich?

Jenna wusste keine Antwort. Obwohl sie den Fremden dankbar sein sollte, wäre es ihr lieber gewesen, wenn diese Welt unbewohnt gewesen wäre.

Wenn Jeb und sie allein gewesen wären. *Wie Jeb wohl darüber denkt?*

Jeb schien die Umstände, so wie sie waren, zu akzeptieren und dankbar für die Unterstützung zu sein.

Jenna fröstelte. Die Nacht hatte sich kalt und dunkel über den Wald gelegt. Die Flammen des Feuers ließen Schatten über die Baumstämme tanzen. Irgendwo knackte ein Ast im Wald. Jenna blickte angespannt zu Jeb hinüber.

Vorsichtig schlug sie den Schlafsack zurück, erhob sich leise und humpelte zu ihm hinüber. Er regte sich nicht. Auch nicht, als Jenna ihren Schlafsack neben ihm ausbreitete und sich zu ihm legte.

Eine Minute lang wagte sie kaum zu atmen, dann rückte sie ein Stück näher. Und dann noch ein Stück. Schließlich berührten sie sich fast.

Jenna streckte vorsichtig einen Arm aus und legte ihre Hand ganz leicht auf seine Brust. Sie genoss es, Jeb zu berühren.

Vollkommen unerwartet schlug er die Augen auf.

Jenna ließ ihre Hand liegen. »Ich wollte dich nicht wecken.«

»Hast du nicht.«

»Darf ich hier bei dir bleiben?«

Er lächelte. Jenna fasste Mut, rückte noch näher, legte ihren Kopf auf seine Brust. Ihm so nahe zu sein, tat ihr gut. Sie konnte seinen Herzschlag durch das Hemd spüren und kuschelte sich an ihn, als ob sie das schon immer so gemacht hätte. Dann strich ihr Jeb ebenso selbstverständlich über das Haar.

»Hast du Angst?«, fragte er.

»Hm.«

»Das musst du nicht, ich passe auf dich auf.«

Jenna schloss die Augen und schlief ein.

25.

Der Morgen zog herauf, aber es dauerte eine Weile, bis sein Licht in die Höhle drang und die Gruppe weckte. Noch war es kühl, aber schon jetzt war die drückende Hitze des Tages zu spüren. Die Sonne schien, sodass sie sich keine Gedanken um ihre Verfolger machen mussten.

Zum Glück hatten sie eine ruhige Nacht hinter sich, denn heute war der entscheidende Tag. Heute würden sie diese Welt verlassen. Obwohl sie noch müde und erschlagen waren, erfasste sie die Unruhe der kommenden Stunden.

Würden sie die Tore finden?

Sie durchschreiten?

Was erwartete sie dort?

Niemand sprach ein Wort. Sie rafften stumm ihre Sachen zusammen und stopften sie in die Rucksäcke. Das Feuer war erloschen, aber der Geruch kalter Asche lag noch in der Luft.

Mischa verließ als Erster die Höhle. Am Eingang blieb er stehen und sah zum Himmel. Deutlich sichtbar und scheinbar nah funkelte der Stern.

»Es kann nicht mehr weit sein«, sagte er zu León, der hinter ihm auftauchte und ebenfalls den Stern suchte. »Was denkst du?«

»Der Stern führt uns direkt in die Berge – der Aufstieg wird ganz schön anstrengend werden.«

»Glaubst du, die Tore sind da oben?«

León zuckte mit den Schultern. »Ist eigentlich egal. Wenn es stimmt, was auf dem Zettel steht, werden die meisten von uns auf dieser Reise sterben, wenn es nicht stimmt, sind wir erst recht am Arsch.«

»Stimmt schon, aber immerhin machen die Portale ein wenig Hoffnung«, beharrte Mischa.

»Ja, denjenigen, die daran glauben wollen.«

»Und du? Was glaubst du?«

»Nichts. Vielleicht sind die Tore da, vielleicht auch nicht. Ich werde es herausfinden. Einfach nur herumsitzen und auf das Ende zu warten, liegt mir nicht. Lieber kämpfe ich.«

»Könntest du es? Ich meine, gegen uns um die Tore kämpfen, wenn es dazu käme?« Er schaute León von der Seite an.

León blickte ihm in die blauen Augen. »Es wird nicht dazu kommen. Mit großer Wahrscheinlichkeit haben wir schon zwei von uns verloren. Es wird also auch in einer angeblichen nächsten Welt keinen Streit um die Tore geben.«

Warum beruhigt mich das nicht?, dachte Mischa. *Und warum spricht León diese Tatsache so aus, als wäre es ein großes Glück für uns alle?*

Er fühlte sich von León abgestoßen und angezogen zugleich. In seiner Nähe war er wie elektrisiert. Warum er so empfand, wusste er nicht, aber es zog ihn immer wieder zu diesem merkwürdigen Jungen mit seinen noch seltsameren Tätowierungen, die ihn gleichzeitig hässlich und schön machten. Nicht zum ersten Mal schaute sich Mischa die Bilder auf Leóns Körper und Gesicht genau an.

Er sah die Rauten und Muster, die einen großen Teil der

Haut bedeckten. Aber vor allem die Totenschädel, Fratzen und Verzierungen wirkten besonders bedrohlich – und faszinierend. Ebenso merkwürdig waren die Schriftzeichen, die Mischa nicht lesen konnte. Niemand konnte sie lesen, das hatten sie schon herausgefunden, selbst León nicht. Auf seiner Stirn standen zwei geschwungene Buchstaben, die mit zwei Zahlen ein ineinander verschlungenes Bild ergaben. Der erste Buchstabe erinnerte an ein Dach, das von drei Säulen getragen wurde. Daneben wand sich der zweite Buchstabe wie eine Schlange, die wiederum in die Zahlen überging. Mischa sagten sie überhaupt nichts.

Irgendwie spürte er, dass diese wenigen Zeichen auf der reichlich geschmückten Haut des Jungen die Lösung zu einem Rätsel waren, aber welches Rätsel konnte das sein? Hatte es etwas mit ihnen und dem Labyrinth zu tun? Lag darin eine verborgene Botschaft? Und Mischa hatte entdeckt, dass er solche Rätsel liebte. Zahlen waren für ihn fast einfacher zu verstehen als Menschen. Ständig wirbelten sie in seinem Kopf herum. Kamen und gingen, blinkten wie Leuchtfeuer aus einem anderen Leben. León war der einzige Tätowierte in ihrer Gruppe. Niemand außer ihm hatte Zeichen auf dem Körper, er musste etwas Besonderes sein. Denn hatte bisher nicht alles seinen Grund? Sie alle, Jeb und Jenna eingeschlossen, kannten die Worte, die andere aussprachen. Sie verstanden einander, obwohl sie sich äußerlich zum Teil sehr unterschieden. Tians Augen waren geschlitzt und sein Haar schimmerte teilweise in einem blauen Farbton, der nicht natürlich wirkte. León hatte gar keine Haare, dafür aber diese Tätowierungen. Es gab vieles, was sie voneinander trennte, aber noch mehr verband sie miteinander. Sie waren alle ungefähr gleich alt. Aus seinen Träumen und den Bildern, die ihm sein Geist vorspielte, wusste er, dass es ältere und jüngere Menschen gab. Warum waren sie also alle im gleichen Alter? Kannten sie sich vielleicht von früher und konnten sich auch daran nicht erinnern?

Das alles ergab keinen Sinn.

Warum sollten sie durch Welten hetzen, Gefahren bestehen, Hindernisse überwinden, wenn am Ende doch nur der Tod auf sie wartete?

Purer Überlebenswille treibt uns an. Wir können nicht anders als kämpfen. Um jeden Zentimeter Boden, um die Tore, um die Möglichkeit, einen weiteren Tag zu erleben.

»Worüber denkst du nach?«, fragte León. Hinter ihnen traten die anderen aus der Höhle und blinzelten ins helle Sonnenlicht.

»Nichts.« Mischa machte den ersten Schritt. »Los, gehen wir, es liegt noch ein weiter Weg vor uns.«

Jenna erwachte mit dem Gefühl, beobachtet zu werden, doch als sie die Augen öffnete und sich umsah, war niemand zu entdecken. Was nicht heißen musste, dass da nichts war. Die Einheimischen dieser Welt bewegten sich nahezu geräuschlos, tauchten auf und verschwanden wie Gespenster. Sie seufzte leise.

Neben ihr schlief Jeb. Jenna betrachtete ihn liebevoll, dann löste sie sich aus seiner Umarmung, in der sie die Nacht verbracht hatte. Sie stand auf und versuchte vorsichtig, den verletzten Fuß zu belasten. Ein brennender Schmerz durchzuckte ihr Bein. Nein, es würde noch dauern, bis sie den Fuß wieder benutzen konnte. Jeb würde sie einen weiteren Tag tragen müssen. Sie fluchte innerlich, aber es half nichts. Er würde sie nicht zurücklassen, sosehr sie ihn auch anbettelte. Jeb war stur und sie war ihm dankbar dafür.

Er regte sich neben ihr am Boden. Sie sah, wie er die Lider aufschlug und zu ihr aufblickte.

»Und?«, fragte er und gähnte herzhaft.

»Schon etwas besser, aber laufen kann ich noch nicht.«

»Das wird schon«, lächelte er. »Wahrscheinlich wäre mir sonst mein Rücken ganz leer vorgekommen.«

Jenna konnte nicht anders und strahlte zurück. Dabei wusste sie, dass seine Muskeln von der Anstrengung des vergangenen Tages total verkrampft sein und schmerzen mussten. Sie konnte sich gut vorstellen, dass er Qualen litt, wenn er sie heute wieder durch den Wald schleppte, aber er ließ sich nichts anmerken. Zwar erhob er sich etwas steif, aber dann kehrte seine alte Geschmeidigkeit zurück, als er sich streckte und seine Muskeln dehnte.

»Haben wir noch etwas zu essen?«

Sie schüttelte den Kopf.

»Wasser?«

»Hier.« Sie hüpfte auf einem Fuß zum Rucksack, bückte sich und zog die Flasche heraus. Er trank mit großen Schlucken.

»Wir sollten aufbrechen.« Jeb sah zu den Wipfeln der Bäume auf, die einzelne Sonnenstrahlen durchließen. »Die Sonne steht schon ganz schön hoch. Es wird Zeit.«

Jenna packte alles ein. Schlafsäcke, Jacken und die Wasserflaschen.

Jeb ließ sich mit den Knien auf den Boden sinken. »Mylady, wenn Ihr so weit seid.«

Jenna warf sich den Rucksack über die Schultern und kletterte auf seinen Rücken. Mit einem Ächzen erhob sich Jeb.

»Hast du letzte Nacht zugenommen?«, fragte er lachend.

Jenna lächelte und antwortete dann: »Nein, das sind wahrscheinlich nur unsere reichhaltigen Vorräte im Rucksack.«

»Na, dann mal los! Wir müssen aus dem Wald raus und uns orientieren. Wenn alles klappt, finden wir auch die Tore.«

»Ja, *wenn …«*, wiederholte Jenna. »Dir ist schon klar, dass wir uns wahrscheinlich total verlaufen haben.«

»Ich glaube, die Eingeborenen wussten genau, wohin wir wollen. Ich wette mit dir, es ist nicht mehr weit.«

Jeb setzte sich in Bewegung und Jenna wusste vor lauter Gedanken in ihrem Kopf nichts zu sagen.

»Wenn du möchtest …«, durchbrach Jeb ihr Schweigen.

»Was?«

»… kannst du ein Lied singen«, schlug Jeb vor.

Sie kicherte, dann gab sie ihm einen Klaps auf die Schulter. »Vielleicht sollte ich das tun. Ich bin mir sicher, ein Lied reicht und du lässt mich freiwillig zurück.«

»Das heißt, du kannst nicht singen?«

»Nicht einmal dann, wenn mein Leben davon abhängt.«

Jeb grinste. »Gut, dann erzähl mir eine Geschichte.«

»Was denn für eine Geschichte? Schon vergessen, ich erinnere mich an nichts.«

»Dann erzähl mir noch einmal, woran du dich erinnern kannst.«

Jenna holte Luft, dann begann sie mit leiser Stimme zu sprechen.

Sie waren nicht weit gekommen, als Jenna plötzlich einen Schrei ausstieß. Jeb zuckte erschrocken zusammen und hätte sie beinahe fallen lassen. Er hob den Kopf und suchte die Gefahr, vor der ihn Jenna offensichtlich warnen wollte.

»Sieh mal da vorn!«, rief Jenna.

»Was ist denn? Ist da jemand?«, keuchte er atemlos. »Ich sehe nichts.«

»Nein, schau doch.« Ihre Hand erschien in seinem Blickfeld

und deutete auf eine Gruppe unscheinbarer Büsche. »Ich glaube, da liegt ein Rucksack.«

Mühsam stolperte Jeb darauf zu. Tatsächlich, zwischen all dem Grün lag ein Rucksack, der seinem eigenen bis ins Detail glich. Er ließ Jenna von seinem Rücken gleiten und bückte sich danach. Mit zitternden Fingern öffnete er ihn, wühlte darin herum. Was er fand, erstaunte ihn nicht, aber was er nicht fand, versetzte ihm einen Schrecken.

Ich muss mich täuschen.

Es kann nicht sein.

Jeb stülpte den Rucksack um und schüttelte den Inhalt auf den Boden.

Vor ihm lagen unangetastete Lebensmittelrationen und ein Schlafsack. Die gleichen, die er auch in seinem Rucksack gefunden hatte.

Aber keine Wasserflasche. Keine Kleidung.

Dafür ein Paar unbenutzter Socken.

Jeb nahm sie in die Hand.

Er blickte auf, sah Jenna direkt in die Augen.

»Das ist Leóns Rucksack. León hat keine Socken getragen, als wir ihm begegnet sind, erinnerst du dich?«

Jenna erbleichte. »Das kann nicht sein. Er hat ihn auf der Ebene verloren, zwei Tagesmärsche von hier entfernt.«

Er schüttelte nachdenklich den Kopf. »Etwas stimmt hier ganz und gar nicht.« Jeb seufzte. »Ich versteh das einfach nicht. Wie kommt der Rucksack hierher? Jenna, was ist hier los?«

Jenna hatte sich niedergelassen und packte den Proviant in ihren Rucksack. Dann richtete sie sich mühsam wieder auf.

»Ich weiß es nicht, Jeb. Ich weiß es doch auch nicht. Was passiert nur mit uns?«

Schweigend ging Jeb in die Hocke. Jenna legte ihm die Arme um den Hals und zog sich hoch. Dann gingen sie weiter.

Neben seinem Ohr flüsterte Jenna: »Für den Moment rettet uns dieser Fund das Leben. Aber ich fürchte, das müssen wir später teuer bezahlen.«

26.

Das kann nicht wahr sein«, fluchte Mischa. »Verdammt, es darf einfach nicht wahr sein.«

Er stand wie die anderen am Rand einer tiefen Schlucht und starrte auf die andere Seite des Abgrunds. Dort drüben pulsierten die Tore in blauem Licht.

Es waren sechs Portale, jedes davon oval und ungefähr zwei Meter hoch. Woraus sie bestanden, war nicht zu erkennen. Das Licht der Tore wirkte verlockend. In einem gleichmäßigen Rhythmus, ähnlich dem menschlichen Herzschlag, nur langsamer, wurde es heller und dann wieder dunkler. Die Farbe blieb dabei ein leuchtendes Blau. Weithin sichtbar. Jebs Botschaft hatte die Wahrheit verkündet, alles darin stimmte mit der Wirklichkeit überein. Es gab die Tore tatsächlich und sie mussten nur über diese verdammte Schlucht kommen.

Die Schlucht, vor der sie nun standen, hatte sich völlig unerwartet – ja, wie aus dem Nichts – hinter dem letzten Anstieg aufgetan. Lange hatte die Gruppe die nur karg bewachsenen Berghänge erklommen, bis auf zerklüftete Felsen und vereinzelte Gräser und trockene Büsche hatte ihnen die Landschaft keine Abwechslung geboten. Sie waren auf direktem Weg dem Stern gefolgt, der immer wieder hinter einzelnen Wolken am ansonsten strahlend blauen Himmel aufgeflackert war. Ohne erkennbare Vorzeichen hatten sich jedoch Gewitterwolken über die Bergspitzen geschoben und hingen nun drohend über ihnen, jederzeit bereit loszubrechen.

Sie waren dem Stern immer näher gekommen, obwohl die Gipfel der Gebirgskette noch in weiter Ferne lagen. Hoffnung hatte sich in ihnen ausgebreitet, obwohl sie nicht wussten, was sie hinter den Portalen erwartete.

Und nun war ihnen überraschend der Weg abgeschnitten, die Schlucht hatte man aus der Entfernung nicht einmal erahnen können. Als ob sich der Berg erst vor wenigen Minuten geöffnet hatte. Dampf stieg aus dem Abgrund, es roch nach Gestein und Erde.

Der Abgrund war so tief, dass sie den Grund von der Kante aus nur erahnen konnten. Und gleichzeitig erstreckte sich die Schlucht scheinbar um das gesamte Bergmassiv herum. León und Mischa waren den Rand der Schlucht in entgegengesetzte Richtungen abgelaufen – ohne Erfolg. Es gab keinen Weg daran vorbei, sie mussten die Schlucht irgendwie überqueren.

Mischa war sehr blass von seiner Erkundungstour zurückgekehrt. Mary, Kathy und Tian fixierten mit ihren Blicken die Portale auf der anderen Seite. Die Kluft zwischen den beiden Seiten betrug selbst an der schmalsten Stelle mindestens dreißig Meter. Keine Chance, da einfach so rüberzukommen, und auch das Gelände bot keinerlei Hilfsmittel.

»Was sollen wir jetzt bloß machen?«, fragte Tian weinerlich.

Kathy fuhr ihn wütend an. »Hör mit der Flennerei auf!«

»Es war alles umsonst. Die ganzen Qualen – für nichts.«

»Halt deine Schnauze! Ich kann dieses Gewinsel nicht mehr hören. Seit fünf Minuten plärrst du vor dich hin. Du gehst mir auf die Nerven.«

León hatte alles schweigend beobachtet. Seit sie den letzten Hügel erstiegen und die Schlucht entdeckt hatten, war kein Wort über seine Lippen gekommen, doch jetzt hob er die rechte Hand.

»Seid still. Alle!«

Aber da platze Mischa der Kragen. »Was? Hast du etwa auch hierfür einen Plan?«, zischte er wütend. »Ja? Dann verrat uns mal, wie wir über diesen beschissenen Abgrund kommen sollen. Umwandern können wir die Schlucht nicht. Das hast du ja selbst gesehen. Die Erdspalte reicht kilometerweit in beide Richtungen. So und jetzt kommst du.«

Mary, Kathy und Tian blickten erschrocken zu León, der sich jedoch nicht aus der Ruhe bringen ließ: »Wenn wir nicht drum herum laufen können, müssen wir eben mittendurch. Auf dieser Seite runter und auf der anderen Seite wieder hoch.«

»Bist du jetzt vollkommen durchgeknallt?«, tobte Mischa. »Hast du dir überhaupt mal die Mühe gemacht ...« Er deutete auf den Abgrund. »... da runterzuschauen? Weißt du, wie steil das ist? Es gibt fast keine Pflanzen oder Felsvorsprünge, an denen man sich festklammern kann. Da ist so gut wie nichts. Scheiße, verdammt noch mal. *Du* hast uns hierhergeführt ...!«

»Reg dich ab«, sagte León und wirkte vollkommen entspannt. »Jeb hatte recht. Wir müssen die Materialien, die wir haben, nutzen. Wir haben ein Seil, mit dem wir jemanden in die Schlucht abseilen können. Derjenige klettert dann auf der anderen Seite der Schlucht hoch und befestigt dort das Seil. Dann können wir uns einer nach dem anderen auf dem Seil hinüberhangeln.«

Mischa schaute verblüfft in die Schlucht hinunter. »Könnte

gehen«, meinte er dann. »Das könnte tatsächlich funktionieren! Wer hat das Seil?«

Eben noch außer sich vor Wut, war er jetzt voller Energie und Tatendrang. »Ich mach das«, sagte Mischa weiter. »Ich klettere in die Schlucht runter und drüben wieder hoch. Das schaffe ich.«

»Ich kann auch gehen … Was ist mit deinem Arm?«, fragte León.

»Nein, nein, der ist wie neu, schau. Ich packe das. Ich glaube, ich hab das früher schon mal gemacht. Kein Problem.« Er klopfte León auf die Schulter. »Vertrau mir. Nicht mehr lange und wir alle sind auf der anderen Seite und lassen diesen ganzen Mist hinter uns.«

Ihm war klar, dass er nur einen einzigen Versuch hatte. Denn nicht nur *sein* Leben hing davon ab.

Währenddessen hatte Tian unbemerkt das Seil aus seinem Rucksack geholt und ein Ende in die Schlucht hinabgeworfen. Nun baumelte es in seiner Hand. »Ich will euch ja nicht den Spaß verderben, aber …« Mit düsterem Blick wandte er sich an León und Mischa.

»Was?«, fragten Mischa und León wie aus einem Mund.

»Wir haben ein Problem.« Er zögerte, dann verzog sich sein Gesicht sorgenvoll. »Das Seil ist zu kurz!«

Es dauerte eine Weile, bis alle den Schock verdaut hatten. Auch Kathy und Mary waren an die Schlucht getreten und blickten ausdruckslos in den Abgrund. Ja, das Seil war zu kurz. Sein Ende baumelte weit über dem finsteren Boden der Schlucht. Das bedeutete, Mischa konnte zwar von dieser Stelle aus weiter nach unten klettern, aber er müsste dafür das Seil zurücklassen und hätte dann keine Chance, es an der anderen Seite zu befestigen. Natürlich könnten sie alle durch die Schlucht steigen, aber ohne Sicherung durch das Seil bedeutete selbst der kleinste Fehltritt den Tod. Ihr Vorhaben war mit einem Mal unmöglich geworden.

»Wenn ich mich richtig erinnere«, sagte Mary in die Stille hinein, »hatten wir doch zwei Seile.«

»Ja, richtig! Los, wer hat das zweite Seil?« Als sich eisernes Schweigen über die Runde legte, beantwortete Tian seine Frage selbst. »Jeb und Jenna. Niemand hat daran gedacht, dass wir es vielleicht brauchen könnten.«

Mary blickte nachdenklich in die Runde und sagte dann leise: »Findet ihr es nicht auch merkwürdig, wie jedes Teil in unserer Ausrüstung seinen Sinn hat? Feuerzeug, Seil, Messer, Verbandszeug. Und immer bei dem, der damit umgehen kann, lag es im Rucksack. Es war von Anfang an geplant, dass wir zusammenarbeiten, um zu den Toren zu gelangen.«

»Und wenn wir es zu den Toren geschafft haben?«, fragte Tian bitter, obwohl er die Antwort kannte.

»Sollen wir um die Tore kämpfen«, sagte León. »Die Schwachen bleiben zurück. Die Starken ziehen weiter.«

»In die nächste Welt. Zu weiteren Toren«, ergänzte Mischa.

»Verdammt, wer plant denn so einen Wahnsinn?« Tian warf den Kopf in den Nacken und schrie seine Verzweiflung laut heraus. »Hast du Spaß, ja? Wer immer du bist, du Arsch, kommst du jetzt auf deine Kosten? Gefällt es dir zu sehen, wie wir uns quälen? Ach, fahr zur Hölle!« Dann sank er in sich zusammen. Mischa seufzte innerlich, Tians Attacken und Anfälle waren auf die Dauer nur schwer zu ertragen.

Eine Weile lang waren alle in ihren eigenen Gedanken gefangen.

»Was machen wir jetzt?« Mary sah alle nacheinander an.

»Jeder von uns muss entscheiden, ob er in die Schlucht hinuntersteigen will oder nicht«, sagte León.

»Was gibt es da zu überlegen. Haben wir denn eine andere Wahl?«

Keiner antwortete. Sie alle kannten die harte Wahrheit.

»Wir könnten versuchen, hier zu überleben«, meinte Mary.

»Wir werden verfolgt, weißt du nicht mehr? Auch wenn ich mich schon die ganze Zeit frage, wo unsere Jäger geblieben sind.« León griff nach seinem Messer, das er in der Hosentasche verstaut hatte. »Sicher ist nur: Wenn sie kommen, haben wir ohne Waffen keine Chance.«

Mischas Blick wanderte unruhig durch die Landschaft. Er suchte nach einem Ausweg, nach einer Lösung, einem Weg, den sie vielleicht übersehen hatten.

»Wir ruhen uns ein wenig aus, dann beratschlagen wir, wie wir den Abstieg angehen«, sagte León.

Niemand widersprach ihm.

Tian begann still zu weinen.

Kathy ging am Rand des Abgrunds auf und ab. Unruhig wie ein Tiger im Käfig wanderte sie von rechts nach links und wieder zurück. Die Machtlosigkeit angesichts ihrer Situation hatte sie aus der Bahn geworfen. Irgendwo tief in ihr drin war ein Schalter umgelegt worden und durch ihre Adern floss reines Adrenalin.

Immer wieder wanderte ihr Blick zu den anderen. Wie sie da rumstanden, die Köpfe zusammensteckten und jammerten. Es war zum Kotzen. Und da wallte auch schon der inzwischen vertraute Hass in ihr auf.

Ihr seid schwach. So schwach.

Sie sah Tian weinen.

Schon wieder.

Warum flennte der Typ dauernd? Warum war er so ein Schwächling und tat nichts dagegen?

Reiß dich zusammen!

Kathy beobachtete, wie Mary tröstend einen Arm um Tians Schultern legte.

Ja, so ist es richtig. Haltet zusammen. Schwächlinge, vereinigt euch. Ihr habt es nicht verdient, die Tore zu erreichen. Steht dumm rum und glotzt auf die andere Seite. Ich werde da hinüberkommen, egal, was mit euch passiert.

Kathy spuckte in den Staub.

Ihr werdet sterben. Etwas anderes habt ihr nicht verdient.

Jeb und Jenna waren weiterhin den Zeichen gefolgt, die ihnen zuverlässig den Weg wiesen, und nun, fast einen Tag, nachdem sie den Wald betreten hatten, verließen sie ihn wieder.

Die Bäume standen lichter, der Abstand zwischen den Stämmen wurde größer. Sogar Gras wuchs hier wieder. Es gab Büsche und Sträucher. Von ihren Helfern hatten sie nichts mehr gesehen und auch kein weiteres Essen gefunden.

Als sie in die Graslandschaft hinaustraten, empfing sie greller Sonnenschein. Nach der Düsternis des Waldes dauerte es eine Weile, bis sich ihre Augen an die Helligkeit gewöhnt hatten. Es war heiß. Jeb war durstig und brauchte eine Pause. Seit dem frühen Morgen trug er Jenna auf seinem Rücken. Jenna war es unerträglich, ihm so zur Last zu fallen. Er hatte seinen Gang an die Last angepasst, es ging ihm dabei besser als am Tag zuvor, das konnte sie spüren. Trotzdem fiel es ihm zusehends schwerer weiterzugehen und sie erkannte an seinem Gang, dass er Schmerzen hatte. Er brauchte eine Pause und musste alles einmal auslockern, sonst würde er bald keinen Schritt mehr vor den anderen setzen können. Seit einiger Zeit schon war der Weg angestiegen, und das hatte ihn seine ganze Kraft gekostet. Sie deutete ihm an, sie abzusetzen.

Jeb ließ Jenna hinunter und lockerte seine Glieder.

»Gibst du mir mal das Wasser?«

Jenna kramte im Rucksack herum und reichte ihm die Flasche. Jeb trank langsam, genoss sichtlich jeden Tropfen, der seine Kehle hinablief. Im Moment hatten sie zwar noch ausreichend Wasser, aber jetzt auf der Ebene würden sie nichts mehr finden. Sie mussten sparsam damit umgehen.

»Jeb, ich glaube, ich sehe etwas«, sagte Jenna neben ihm. Sie hielt eine Hand schützend über die Augen und deutete mit der Hand zum Horizont. »Dort! Siehst du es auch?«

Jeb kniff die Augen zusammen und... schüttelte den Kopf. Doch dann erkannte sie an seiner Haltung, dass er schließlich auch das blaue Schimmern entdeckt hatte, kaum auszumachen in der flirrenden Hitze.

»Was ist das?« Er schien immer noch nicht zu begreifen.

»Das Leuchten ist zu unnatürlich für diese Gegend. Es sieht künstlich aus...« Sie seufzte auf einmal tief auf. »Wir haben die Tore gefunden.«

»Meinst du wirklich? Aber wenn das stimmt...« Er strahlte sie an. Dann machte er drei schnelle Schritte auf sie zu und wirbelte sie herum. »Wir haben es geschafft. Wir haben es tatsächlich geschafft!«

Jenna lachte. »Lass mich runter, Jeb!« Dann wurde sie schlagartig ernst. »Wo die anderen wohl sind?«

»Ob sie schon durchgegangen sind, was meinst du?«

»Möglich«, sagte Jenna.

»Dann ist nur noch ein Tor übrig.« Als er ihren Gesichtsausdruck sah, fügte er schnell hinzu: »Uns wird schon etwas einfallen.«

Jenna sah ihn ernst an. »Wir müssen darüber reden, das weißt du.«

Statt einer Antwort blickte er zu Boden, nahm einen kleinen Ast in die Hand und fing an, Kreise in den Staub zu zeichnen. Sie erinnerten Jenna an die Muster auf der Kleidung der Ureinwohner.

»Jeb. Was machen wir, wenn wir dort sind und es nur noch ein Tor gibt? Wenn nur einer von uns aus dieser Welt entkommen kann?«

»Lass uns später darüber reden, wenn es so weit ist.«

»Nein, wir reden jetzt darüber.« Jenna wirkte zornig. Ihre Stirn war in Falten gelegt. »Ich kann mir denken, was du vorhast. Du willst freiwillig zurückbleiben, damit ich durch das letzte Portal gehen kann.«

Aus den Kreisen wurden Figuren mit breiten Schultern und schmalen Hüften. Sie hielten Speere in den Händen.

»Aber so läuft das nicht«, sagte Jenna. »Du hast mich bis hierher getragen, ohne dich wäre ich schon längst tot. Ich werde nicht zulassen, dass du dich für mich opferst.«

»Vielleicht sind noch mehr Tore übrig. Vielleicht hat es einer der anderen nicht geschafft oder wir können zusammen durch ein Tor gehen ...«

»Du weißt, dass man das nicht kann!« Jenna beugte sich zu ihm herüber, fasste ihn an der Schulter. »Sieh mich an!«

Er hob den Blick und sah in Jennas Gesicht. »Wenn alles so ist, wie du es uns vorgelesen hast, und die anderen die Tore schon durchschritten haben, dann wirst *du* gehen. Alles andere ergibt keinen Sinn, sonst wäre alles umsonst gewesen, verstehst du?«

»Ich werde dich nicht zurücklassen. Niemals.«

»Doch, du musst, Jeb. Du musst. Kämpfe und überlebe für uns!«

»Jenna, ich kann nicht.«

Sie sah Tränen in seinen Augen. So viel hatte er auf sich genommen, um sie bis zu den Toren zu bringen. Stunde um Stunde hatte er sie getragen, nie über die Strapazen und Schmerzen geklagt. Selbst als sie beide kaum noch Hoffnung hatten, hatte er ihr Mut gemacht. So stark war Jeb, aber nun saß er vor ihr und weinte. Tränen liefen über sein verschmutztes Gesicht, aber er schien es nicht zu merken. Seine Hände hatten aufgehört zu zeichnen.

»Jeb, tu es für uns ... für mich. Bitte nimm mir nicht diese letzte freie Entscheidung.«

Er schluchzte leise. Sein Kopf sank auf ihre Schulter.

Nachdem sie eine Zeit lang so dagesessen hatten, hob Jeb entschlossen den Kopf. »Wir brauchen darüber jetzt nicht reden, denn noch sind wir nicht bei den Toren. Wir müssen erst über diese Ebene. Dort sind wir wieder Freiwild für unsere Verfolger, die wir schon verdächtig lange nicht mehr gehört haben. Wenn wir es überhaupt zu den Portalen schaffen, werden wir sehen, wie viele noch da sind.« Jeb stand auf. »Lass uns weitergehen.«

Jenna wusste, dass sie ihn nicht umstimmen konnte. Nicht hier und jetzt, aber sie war nicht bereit, sein Opfer anzunehmen. Es gab nur eine letzte Hoffnung für sie beide: Wenn jemand aus der anderen Gruppe es nicht bis zu den Portalen geschafft hatte, gab es für sie beide einen Ausweg.

Und selbst wenn es nicht genug Portale gab, wusste Jenna, dass sie keinesfalls Jeb zurücklassen würde.

27.

Sie saßen auf dem trockenen Boden und starrten ins Nichts, zur Untätigkeit verdammt. Und da war es plötzlich wieder.

Mischa erstarrte. Aus weiter Ferne immerhin, aber es waren eindeutig die gefürchteten Schreie. Er schaute sich um, aber die anderen zeigten keinerlei Reaktion. Und dann wurde das heisere Jaulen von dem donnernden Geräusch einer Explosion überlagert, zwar fern, irgendwo am Horizont, aber doch unverkennbar: Die, die ihn am ersten Tag überfallen hatten, waren wieder hinter ihnen her. Das Geräusch ging ihm durch Mark und Bein. Seelentrinker hatte Mary sie genannt und er fand den Ausdruck sehr passend. Genau so fühlte es sich an. Mischa krallte die Finger in den nackten Erdboden, er spürte die leichte Lähmung in seinem Arm. Bei jedem Geräusch, das so fern und doch nur verzerrt zu ihnen durchklang, zuckte er zusammen und fragte sich, warum es die anderen nicht bemerkten.

Warum höre nur ich die Schreie und die Explosion? Bilde ich mir das alles nur ein? Nein, das konnte nicht sein. Vielleicht war sein Gehör einfach empfindlicher als das der anderen. Außerdem war jetzt nicht der Zeitpunkt, sich derartige Fragen zu stellen. Sie mussten handeln, denn Weglaufen war zu diesem Zeitpunkt sinnlos. Und wie viel Zeit ihnen noch blieb, um die Portale zu durchschreiten, wusste keiner von ihnen.

Mischa war aber immerhin froh, dass Tian sich wieder beruhigt hatte. Doch sein Vorschlag, ihre Kleidung zu zerreißen und an das Seil anzubinden, war nicht gerade Erfolg versprechend. Auch dann würde es nicht reichen. Es gab nur den einen Weg. Sie mussten in die Schlucht hinabklettern.

Mischa zog seinen Rucksack heran. Er fummelte hektisch an den Tragegurten herum. Ein sinnloses Unterfangen, stellte er schnell fest, denn auch wenn sie die Tragegurte dazurechneten, war das Seil immer noch viel zu kurz, vor allem weil es ja nicht nur in die Tiefe reichen musste, sondern auch noch über die Schlucht gespannt werden sollte.

Sie brauchten das zweite Seil und die Zeit verrann ungenutzt. Jenna und Jeb waren nicht hier. Niemand sprach es aus, aber wer wusste schon, ob sie nicht sogar schon tot waren? Dann lag das Seilstück irgendwo nutzlos im Gras oder im Wald, während ihr Leben davon abhing.

Mischa trank seinen letzten Schluck Wasser. Wenn sie die Schlucht nicht überwinden konnten, war alles egal, früher oder später würden sie sterben. Wenn es ihnen gelang, würden sie vielleicht eine neue Quelle finden.

Mischa versuchte, sich abzulenken, und beobachtete Kathy. Sie saß am Felsrand, ließ die Füße über dem Abgrund baumeln und starrte zu den Toren hinüber. Sie wirkte ruhig, aber Mischa wusste, dass es in ihr tobte, und er fürchtete, dass sie etwas Unüberlegtes tun würde. León hatte sich von Tian das Seil geben lassen und befestigte es an einem Felsen. So waren sie wenigstens für den ersten Teil des Abstiegs in die Schlucht gesichert. Man konnte León ansehen, dass er sich am liebsten allein seinen Weg durch die Schlucht gebahnt hätte. Aber irgendetwas hielt ihn zurück.

Tian stand mit dem Rücken zum Abgrund und starrte in die Ferne. Er wirkte konzentriert. Die Augen waren zusammengekniffen und er hielt schützend eine Hand darüber.

»Da kommt jemand!«, rief er plötzlich.

Mischa sprang auf. Er und die anderen traten zu Tian, der mit der Hand in die Ferne deutete.

»Was ist das?«, fragte Mischa. Wegen der flimmernden Hitze war am Horizont fast nichts auszumachen bis auf einen großen undeutlichen Schatten, der langsam auf sie zukam.

»Es sieht aus wie ein Riese, viel zu groß für einen Menschen. Aber dieses Wesen scheint verletzt zu sein, so wie es torkelt.«

Unvermittelt schrie Mary auf. »Das sind Jeb und Jenna! Er trägt sie auf dem Rücken.«

Sie schwiegen überrascht. Minuten vergingen, in denen sie angestrengt in die Ferne schauten. Tatsächlich, jetzt konnten sie Einzelheiten ausmachen. Die karierten Hemden, Jennas blonde und Jebs schwarze Haare. Nun winkte Jenna ihnen zu. Sie rief etwas, aber der Wind trug ihre Worte davon.

Tian begann, aufgeregt herumzuhüpfen. »Wisst ihr, was das bedeutet?«, rief er immer wieder. »Wisst ihr, was das bedeutet? Wir haben ein zweites Seil.« Er jauchzte laut. »Ein zweites Seil. Wir kommen über diese verdammte Schlucht.«

Sie waren gerettet. Mischa blickte erleichtert von einem zum anderen. León drückte seine Schultern durch, Mary und Tian strahlten um die Wette. Nur Kathy, bemerkte Mischa, stand abseits und lächelte nicht, sondern spuckte mit verbissenem Gesichtsausdruck auf den Boden.

Jeb und Jenna hatten direkt in die tiefschwarzen Gewitterwolken hineinlaufen müssen, um zu den anderen zu gelangen. Doch da sie nichts mehr von ihren Verfolgern gehört hatten, war der fehlende Sonnenschein erst mal ein geringeres Problem. Ihr Wasser war leer – und der Aufstieg war eine Qual gewesen.

Mit einem lauten Stöhnen ließ sich Jeb auf die Knie sinken und Jenna kletterte von seinem Rücken. »Verdammt, ist das heiß«, sagte er.

Fasziniert blickte er zu den blau pulsierenden Toren auf der anderen Seite. »Wir haben es geschafft!«

»Ja, wir haben es geschafft.« Jenna strahlte ihn erleichtert an.

Tian trat zu Jeb, zog ihn auf die Füße und umarmte ihn, dann drückte er ein wenig verlegen Jenna an sich. Mischa umarmte sie wie alte Freunde und Mary küsste die beiden auf die Wange. Sogar León reichte Jeb die Hand und klopfte ihm auf die Schulter. Jenna nickte er wortlos zu. Nur Kathy saß immer noch reglos am Abgrund und starrte in die Tiefe.

Doch die Wiedersehensfreude wich schnell ernüchterter Enttäuschung, als die anderen den beiden Nachzüglern von der nahezu unüberwindbaren Schlucht erzählten. Jenna entfuhr ein entsetzter Schrei, dann starrte sie mit aufgerissenen und ungläubigen Augen in die Schlucht. Jeb war sich hilflos durch die Haare gefahren und hatte dann seine Hände vors Gesicht gelegt und sich minutenlang nicht gerührt. Der Rest der Gruppe wartete stumm ab.

Schließlich holte Jeb tief Luft, rieb sich mit den Händen über das müde Gesicht und warf einen Blick in die Landschaft, um sich zu orientieren. Er nickte in Richtung Kathy.

»Was ist mit ihr?«, fragte er.

León grinste ihn an. »Du kennst doch Kathy.«

»Ignoriert sie einfach, das mache ich auch schon die meiste Zeit«, meinte Mary. »Schön, dass ihr wieder bei uns seid.«

»Genug Geplänkel. Wir müssen uns beeilen.« León deutete zu den dunklen Gewitterwolken. »Jenna? Hast du das Seil noch, das in deinem Rucksack war?«

Jenna kramte es wortlos aus dem Rucksack hervor und hielt es abwartend in der Hand.

»Wir brauchen es, damit Mischa in die Schlucht hinabsteigen und auf der anderen Seite wieder hochklettern kann. Er wird das Seil befestigen, sodass wir uns daran hinüberhangeln können.«

»Ach, deswegen seid ihr also noch hier.« Jebs harter Blick richtete sich auf León. »Ich dachte, ihr wartet hier, nachdem ihr uns gesehen hattet. Bereit, um die Tore zu losen. Aber in Wirklichkeit hängt ihr hier einfach nur fest.« Jeb schnaubte verächtlich.

León und Mischa schwiegen betreten. Nachdem niemand etwas darauf erwiderte, sprach Jeb weiter. »Okay, ihr braucht unser Seil und was bekommen wir dafür?«

Leóns Gesichtsausdruck verhärtete sich. »Ihr braucht unser Seil genauso. Ohne den anderen kommt keiner auf die andere Seite.«

Jeb kratzte sich am Kopf. »So wie ich das sehe, sind wir im Vorteil. Glaub mir, wir haben es bis hierher geschafft, obwohl ihr uns längst aufgegeben hattet. Dann kommen wir auch über diese Schlucht. Wenn es sein muss, binde ich mir Jenna auf den Rücken und klettere selbst hinüber.«

»Das schaffst du nicht«, zischte León.

»Da es unser Seil ist, kann ich damit machen, was ich will.«

Im gleichen Augenblick ertönten die unheimlichen Schreie, heiser, hohl und dumpf und sie waren nicht mehr allzu weit weg. Alle schauten in die Ferne, selbst Kathy war aufgesprungen. Bewegte sich dort nicht etwas am Horizont? León hoffte, dass es nur die flirrende Hitze war, die seinen Augen einen Streich spielte. Doch er wusste es besser, denn die Temperaturen waren in den letzten Minuten merklich gesunken. Dahinten flimmerte nicht die Luft, sondern ihre Verfolger kamen direkt auf sie zu.

»Wir haben keine Zeit für Diskussionen«, drängte er. »Was schlägst du also vor?«

»Jenna und ich klettern als Erste über die Schlucht. Wir beanspruchen zwei Tore.«

León bleckte die Zähne. »Niemals.« Er beugte sich vor, sodass nur noch Jeb ihn hörte. »Wir können um das Seil kämpfen, hier und jetzt. Wir sind fünf gegen zwei. Jenna ist verletzt und du kannst kaum noch stehen vor Erschöpfung.«

»Mag sein, dass ich gerade nicht in Bestform bin, aber es reicht noch, um einem oder zwei von euch den Schädel einzuschlagen.« Jeb schüttelte den Kopf und verschränkte die Arme vor dem Körper.

Der tätowierte Junge sah ihn an, dann seufzte er. »Wir können euch keine zwei Tore geben, aber wir alle werden um die Tore losen. Keiner wird zurückgelassen oder betrogen, eine faire Chance für alle.«

Mischa, der bisher die Unterhaltung stumm verfolgt hatte, trat heran. »Was ist mit mir?«

»Was soll mit dir sein?«, fragte León harsch.

»Ich riskiere mein Leben, wenn ich durch die Schlucht klettere. Ich denke, dafür habe ich ein Tor verdient. Es kann nicht sein, dass ich euch alle rette und selbst zurückbleibe.«

»Keine Ausnahmen«, sagte León, obwohl er wusste, wie ungerecht das klang. »Aber du darfst als Erster ein Los ziehen, wenn die Chance noch am größten ist.«

Wieder ertönte ein Schreien. Es klang wie ein Klageschrei einer alten Frau. León lief ein Schauer über den Rücken. »Wir haben keine Zeit mehr, Jeb. Wir machen es so, wie du gesagt hast: Du und Jenna klettert zuerst rüber, wir folgen euch, dann losen wir. Okay?«

»Okay«, seufzte Jeb und auch alle anderen waren einverstanden. Bis auf Kathy, die ihnen einen wütenden Blick zuwarf, sich abrupt abwandte und wieder an den Rand der Schlucht trat.

Nachdem León noch einmal das Vorgehen erklärt hatte, stieß Tian aus: »Nur unter einer Bedingung. Ich will als Letzter gehen.«

»Als Letzter? Also gut. Nach Jenna und Jeb klettert Mary hinüber, dann folgen Kathy, ich selbst und zuletzt Tian. Ist das für alle akzeptabel?«

Die anderen nickten.

»Dann lasst uns loslegen. Jenna, gib mir dein Seil. Mischa, mach dich bereit. Lass alles bis auf deine Kleidung zurück, ich bringe deinen Rucksack mit. Klettere nicht zu schnell, geh kein Risiko ein, aber denk auch daran, wir haben nicht alle Zeit der Welt.«

»Überflüssig, das zu sagen«, entgegnete der blonde Junge.

León blickte zum Horizont, auf die dunklen Wolken, die der Sonne entgegenstürmten.

»Nein, das ist es nicht«, murmelte er.

28.

Das zusammengeknotete Seil war an einem Felsen festgebunden, aber noch nicht voll ausgerollt. Tian, Jeb und León hielten es fest in den Fäusten und ließen es langsam durch die Finger den Abgrund hinuntergleiten. Ihre Hände brannten, aber sie ignorierten den Schmerz. Sie mussten jetzt nur dafür sorgen, dass Mischa sicher den Grund der Schlucht erreichte, bevor er sich an den Aufstieg auf der anderen Seite machen konnte. Die Mädchen blickten angespannt in die Tiefe, doch Mischa war hinter einem Felsvorsprung verschwunden.

Da kam von unten ein schwacher Ruf. »Weiter.«

»Scheiße«, ächzte nun Tian. »Er sieht so dünn aus, aber wiegt gefühlt eine Tonne.«

»Würdest du lieber selbst am Seil hängen? Viele Meter über dem Abgrund?«, knurrte León. Als das Seil unkontrolliert zu rucken begann, griffen sie noch fester zu und stemmten die Füße in den Boden.

»Verdammt, was macht er da?«, fluchte Jeb.

»Verfluchter Mist.« Tians Atem kam nur noch gepresst.

Das Seil wackelte immer heftiger. Dann gab es einen starken Ruck, so als würde jemand daran ziehen, und das Seil rutschte durch ihre Hände. Zwei Meter Seil verschwanden in der Tiefe.

Die Füße der drei schlitterten über den felsigen Boden auf den Abgrund zu, bevor es ihnen gelang, Halt zu finden und das Seil zu sichern.

Ihre Hände waren aufgerissen und bluteten. Der brennende Schmerz wurde unerträglich.

»Ich kann nicht mehr lange halten«, stöhnte Tian.

»Du musst«, erwiderte León. »Wehe, du lässt los. Hier geht es nicht nur um Mischas Leben. Wenn du loslässt, sind wir alle tot.«

Wieder ein Ruck am Seil, dann begann es, hin und her zu schwingen.

»Kathy! Mary!«, brüllte Jeb. »Kommt her und packt mit an!«

Die beiden Mädchen rannten zu ihnen und griffen zu.

»Jenna, sag Mischa, dass er mit dem Schaukeln aufhören soll.«

Jenna ließ sich auf die Knie nieder und schrie in die Schlucht hinunter. Mischa antwortete, aber sie konnte ihn nicht richtig verstehen.

»Er sagt irgendetwas von einem Vogel.«

»Was?«, stöhnte Jeb.

Dann hing das Seil plötzlich wieder ruhig, aber nur für einen Augenblick, bevor es erneut heftig ausschlug.

León biss sich auf die Lippen. Seine Hände fühlten sich an, als würden sie langsam in einem lodernden Feuer geröstet. Er stöhnte, wappnete sich gegen den Schmerz und hätte beinahe laut aufgeschrien, als er das Seil noch einmal fester umfasste.

Er sah zum Himmel auf. Ein leichter Wind war aufgekommen, die Wolken waren nahezu gelb geworden und hingen direkt über ihnen.

Nein, nur das nicht, dachte er verzweifelt. Wir brauchen noch Zeit.

Und dann hörte er *ihre* Stimmen. Leises Fluchen und Drohungen.

Und sie waren nahe.

Mischa kämpfte verbissen darum, nicht abzustürzen. Zuerst hatte ihn ein großer schwarzer Vogel mit krummem Schnabel attackiert. Er war aus dem Nichts aufgetaucht und hatte ihn beinahe gestreift, bis zu diesem Augenblick war alles in Ordnung gewesen, er hatte alles unter Kontrolle gehabt. Jeder seiner Handgriffe saß perfekt, auch wenn sein linker Arm merkwürdig steif blieb.

Doch der zweite Angriff der Krähe war gefährlicher. Als er eine Felsenhöhle passierte, stürzte sie sich auf ihn, wahrscheinlich, um ihr Nest zu verteidigen. Erschrocken versuchte Mischa, den schlagenden Flügeln und dem harten Schnabel auszuweichen. Doch der Vogel ließ nicht locker, verhakte sich mit seinen scharfen Krallen in seinem Haar und hackte auf das Gesicht und die Hände ein. Mischa versuchte panisch, sich mit einer Hand am Fels festzuhalten, während er mit der anderen wild um seinen Kopf herumfuchtelte. In einem unvorsichtigen Moment verlor er den Halt und stürzte kopfüber nach unten. Zu seinem Glück verhakte sich sein Fuß derartig in der Schlaufe, die er um sein Bein geschlungen hatte, dass der Fall schnell abgefangen wurde. Doch nun schwang er kopfüber am Seil und bedenklich nahe an der zerklüfteten Felswand. Er drehte und wand sich wie ein Fisch am Haken, um Abstand von der Wand zu bekommen und sich am Seil wieder nach oben hangeln zu können. Aber er schaffte es einfach nicht, so viel Schwung mit dem Körper zu erzeugen, um das Seil über seinem Fuß zu greifen. Das Seil schwang nur noch bedrohlicher hin und her, dabei streifte sein Kopf immer wieder haarscharf die Felswand. Wenigstens hatte die Krähe von ihm abgelassen, aber es dauerte eine Weile, bis Mischa begriff, dass er sich erst einmal nicht mehr bewegen durfte, damit der Schwung von allein stoppte. Einige unendlich lange Minuten später hing er endlich wieder ruhig am Seil.

Das Licht fiel in die Schlucht hinab und Mischa sah in den tiefen Abgrund. Nur schemenhaft konnte er den dunklen Grund erkennen. Er schätzte, dass er fünfzehn Meter über dem Boden baumelte. Kopfüber.

Ich werde sterben. Wenn ich da runterfalle, bin ich tot.

Es gab einen kurzen Ruck, dann erzitterte das Seil und er rutschte noch ein Stück tiefer. Sein Körpergewicht oder vielleicht auch der Schwung hatten dafür gesorgt, dass sein eingeklemmter Wanderschuh sich ein Stück aus der lebensrettenden Schlaufe gelöst hatte.

Mischa schrie erschrocken auf. Ihm blieb nicht mehr viel Zeit. Schon jetzt klemmte nur noch seine Fußspitze in der Schlaufe, ein weiterer Ruck am Seil und er würde ganz herausrutschen. Mischa riss panisch die Augen auf, dann begann er zu rufen.

»Ich höre etwas«, sagte Jenna. »Seid leise. Mischa ruft etwas.«

Die Anstrengung war der Gruppe ins Gesicht geschrieben. Aber wenigstens bewegte sich das Seil jetzt nicht mehr. Ihre Hände brannten vor Schmerz. Schweiß stand ihnen auf der Stirn. Die Zähne zusammengepresst stemmten sie sich gemeinsam gegen den staubigen Fels.

»Ich glaube, er will schneller abgelassen werden.«

»Kannst du ihn sehen?«

»Nein, er hängt unter dem Vorsprung.«

»Bist du dir sicher, dass wir ihn schneller ablassen sollen?«

»Ich verstehe ihn nicht richtig, aber ich glaube, ja.«

»Irgendetwas ... ist ... passiert«, stöhnte León.

»Sollen wir ihn hochziehen?«, ächzte Jeb.

»Nein. Er muss runter ... das ist unsere einzige Chance.« Er umfasste das Seil, so fest es ging. »Immer drei lassen nach, zwei sichern das Seil. Los!«

Endlich ging es weiter. Nachdem er minutenlang in der Luft gehangen hatte, ließen ihn die anderen nun stetig hinab, mit bloßen Händen versuchte er, das Abseilen zu unterstützen, indem er immer wieder Abstand zwischen sich und den Fels brachte.

Bitte, León, seid vorsichtig, damit mein Fuß nicht herausrutscht. Bitte, bitte.

Düstere Felswände glitten vorüber. Er sah tiefe Spalten, lose Gesteinsbrocken. Es roch nach Staub, aber auch der Geruch von Moder und Feuchtigkeit lag darin, je tiefer er kam. Während er sich nach unten bewegte, waren seine Sinne bis aufs Äußerste geschärft. Er nahm jedes Knarzen des Seils war, fühlte, wie der Strick zu den Zehen seines Fußes wanderte. Er atmete flach, aus Angst, jede kleinste Bewegung könnte dafür sorgen, dass er endgültig aus der Schlaufe rutschte.

Schließlich wagte er es, den Kopf in den Nacken zu legen und nach unten zu schauen.

Ja. Der Boden kam näher. Vielleicht noch zehn Meter, dann hatte er es geschafft. Schon konnte er die Felsen sehen, die den Grund der Schlucht bedeckten. Überall Geröll, kein Zeichen von dem Fluss, der sich hier einmal den Weg gebahnt haben musste. Nur zerklüftete Felsen so weit das Auge reichte. Viele hatten merkwürdige Formen, wirkten unnatürlich verdreht oder seltsam glatt geschliffen. Mischa wunderte sich darüber, aber dafür war jetzt keine Zeit.

Immer näher kam der Boden.

Mischa erkannte mit Schrecken, dass es immer schneller abwärtsging. Die staubigen Felsen bewegten sich zu rasch auf ihn zu. Wenn León, Jeb und Tian nicht langsamer machten, würde er sich nicht abfangen können und mit dem Kopf voraus auf dem harten Felsboden landen.

Wieder begann er zu rufen, aber niemand schien ihn zu hören.

Noch sieben Meter.

Sechs.

Fünf.

Vier.

Drei Meter. Mischa begann, wie wild mit den Füßen zu zappeln, um aus der Schlinge zu kommen. Die ganze Zeit drohte er, herauszurutschen und zu Tode zu stürzen, und nun wollte der Fuß nicht aus der Schlinge kommen. Wenn er sich daraus befreien könnte, dann könnte er den Aufprall abfedern und sich abrollen.

Zwei.

Ein Meter. Mischa zog die Schultern hoch und versuchte, seinen Kopf mit den Händen zu schützen.

Er schlug mit großer Wucht auf den Felsen auf. Eine spitze Kante bohrte sich in seinen Rücken. Die Wucht des Aufpralls verschlug ihm für einen Moment den Atem. Auch sein Kopf prallte hart auf einen Stein. Neben ihm fiel noch mehr Seil zu Boden. Seine Hände waren verschrammt, und als er sie von seinem Hinterkopf nahm, sah er Blut. Doch nicht nur sein Kopf schmerzte, es fühlte sich vielmehr so an, als ob er sich jeden Knochen im Leib gebrochen hätte. Jeder Atemzug tat ihm weh und er konnte nur noch keuchen.

Mühsam richtete er den Oberkörper auf und begann, sich

abzutasten. Seine Hände schmerzten, als hätte sie jemand durch einen Fleischwolf gedreht, aber immerhin glaubte er, sich keine Knochen gebrochen zu haben. Die Rippen auf seiner linken Seite waren scheinbar geprellt, aber damit konnte er leben. So wie es aussah, hatte er noch einmal Glück gehabt. Als er versuchte, auf die Füße zu kommen, durchzuckte ein rasender Schmerz seinen Körper. Er probierte es erneut. Schließlich stand er schwankend auf den Beinen und konnte zum ersten Mal richtig durchatmen. Zuerst tat es höllisch weh, aber dann wurde es erträglich.

Mischa blickte zu der gegenüberliegenden Felswand, die er erklimmen musste. Geradezu einschüchternd ragte der steile Fels vor ihm auf, der Himmel war kaum zu erkennen, was aber wahrscheinlich an den dunklen Wolken lag, die direkt darüber hingen. Er wusste, er hatte keine Zeit, über seine Blessuren zu jammern. Er würde nicht aufgeben.

Niemals.

Kathy hatte sich von den anderen zurückgezogen. In ihrem Kopf hämmerte es und die Augen begannen zu tränen. Sie wusste, dass nicht nur die verdammte Hitze daran schuld war. Sie war wütend. Wilde Gefühle tobten in ihr. Mal war es Hoffnung, mal war es Verzweiflung, aber immer war alles untermalt von Zorn. Blutroter Zorn, der vor ihren Augen tanzte.

Dort drüben waren die Tore. Und sie schienen zu ihr zu sprechen.

Schau, Kathy, wie wir leuchten. Hör, wie wir nach dir rufen. Du wirst durch uns hindurchgehen. Du wirst überleben.

Aber was, wenn sie kein Glück beim Losen hatte? Wenn die anderen die freien Tore gewannen?

Vorausgesetzt, sie würde überhaupt die andere Seite erreichen. Kathy versuchte, ihre verkrampften und verbrannten Finger zu lockern, ohne Erfolg. Natürlich hatte keiner daran gedacht, *wie* sie gleich über die Schlucht kommen sollten, wenn sie noch nicht mal mehr ihre Wasserflaschen aufschrauben konnten. Was für ein Scheißplan.

Sie blickte zu Tian hinüber. Gestern hatte sie ihm geholfen, ihn getröstet, aber nun war jedes Mitleid für ihn verflogen. Kathy sah nur noch seine Schwäche und es widerte sie an, dass jemand wie er Anspruch auf ein Tor erhob.

Kurz zuckte ein Gedanke durch ihren Kopf, dann musste sie plötzlich loskichern und alle Zweifel verflogen. *Ich werde überleben. Ja, so wird es sein.*

Mary hatte ihr Lachen gehört, schaute sich unsicher zu ihr um, wich ihrem Blick aber aus und wandte sich dann wieder der Schlucht zu. Offenbar hatten sie gerade von Mischa gehört, dass er unten angekommen war. *Endlich geht es weiter.* Kathys Blick folgte Mary. *Erst Tian, dann du.*

Sie lächelte. Dann begann sie zu summen.

Humpty Dumpty sat on a wall.
Humpty Dumpty had a great fall.
All the King's horses,
And all the King's men
Couldn't put Humpty together again.

29.

Mischa ließ die Hand sinken. Er hoffte, dass die anderen seine Geste gesehen hatten, aber mehr als das brachte er im Augenblick nicht zustande. Allein das Winken kostete ihn einige Sekunden, um sich vom Schmerz zu erholen. Er zog sein Hemd aus und knotete es sich wie einen Pressverband um den Brustkorb. Sofort fiel ihm das Atmen leichter. Für einen Moment überlegte er, den anderen zu sagen, dass sie das Seil wieder hochziehen und jemand anderes herablassen sollten, aber… nein, er musste es schaffen.

Wer weiß, ob die anderen von unseren Verfolgern schon erreicht wurden?

Er machte einen zögernden Schritt auf die Wand zu. Noch einen.

Mischa suchte den vor ihm aufragenden Fels nach Haltemöglichkeiten ab. Vorsprünge, Steine, die aus der Wand herausragten, Risse im Fels, alles, wo er seine Finger hineinschieben oder sich festhalten konnte. Minutenlang starrte er auf den Felsen, dann sah er den Pfad, den er nehmen würde. Klar und deutlich trat er aus dem grauen Stein heraus. Mischa fasste wieder etwas Mut.

Er presste seinen Körper gegen die Wand, griff mit einer

Hand nach oben zu einem kleinen Vorsprung und zog sich hoch. In seiner Brust pochte der Schmerz, aber er ignorierte ihn. Seine ganze Konzentration galt dem nächsten Schritt.

Während die anderen beobachteten, wie Mischa unerträglich langsam die Felswand erkletterte, waren Tian und Jeb einen Hügel hinaufgestiegen, um nach ihren Verfolgern Ausschau zu halten.

»Was meinst du, wie weit sind sie noch weg?«, fragte Tian.

Jeb legte die Stirn in Falten. »Schwer zu sagen, aber wenn sie nicht irgendetwas aufhält, dann sind sie womöglich schneller hier, als wir gedacht haben. Wir müssen es einfach vor ihnen auf die andere Seite geschafft haben.«

Tian nickte. Er würde sich als Letzter über das Seil hangeln, so hatte er es sich gewünscht. Er hatte Höhenangst, und wenn er die anderen nicht aufhalten wollte, musste er dieses Opfer bringen. Als er das erste Mal in die Schlucht hinabgeblickt hatte, hatte ihm die Panik alle Luft aus den Lungen gepresst, und im nächsten Moment hatte er sich bereits in die bodenlose Tiefe stürzen sehen. Und seitdem war er sich sicher: Er konnte nicht an einem Seil über diesen tiefen Abgrund klettern.

Und doch musste er es tun.

Glücklicherweise hatte niemand seine Schwäche bemerkt. Sonst hätten ihm die anderen vielleicht ein freies Tor verweigert. Das konnte er nicht riskieren, denn jetzt, so kurz vor den Toren, war wieder alles möglich und Tians Misstrauen gegenüber den anderen war knurrend erwacht. Wahrscheinlich hielten sie ihn für einen Schwächling, der es nicht verdient hatte zu überleben. Wenn er jetzt um Hilfe bat, würde er sich als erstes Opfer präsentieren. Nein, er musste die Zähne zusammenbeißen und irgendwie über diese verdammte Schlucht kommen. Jeb und León hatten versprochen, dass niemand durch die Tore ging, bevor nicht alle auf der anderen Seite waren. Er hatte eine Chance! An diesem kläglichen Gedanken klammerte er sich fest.

Tian betrachtete Jeb aus dem Augenwinkel. Er bewunderte ihn dafür, Jenna bis hierher gebracht zu haben. Jeb selber hatte kein Wort darüber verloren, als sei es das Normalste der Welt. Aber Tian, der in der Ebene gelernt hatte, wie schwer selbst ein Rucksack werden konnte, zollte ihm seine Hochachtung.

Unmenschlich.

Ja, das war das richtige Wort. Es war fast unmenschlich, was Jeb da vollbracht hatte, und dass ihm die Anstrengung kaum anzusehen war, machte die Sache noch unglaublicher.

Warum tat Jeb Dinge, die andere nicht tun würden? Sie alle waren sofort bereit gewesen, Jenna im Stich zu lassen, aber nicht Jeb, der bereitwillig sein Leben riskierte, um ihres zu retten. Obwohl er sie nicht einmal kannte.

War Jeb überhaupt einer von ihnen? In der gleichen verzweifelten Lage wie sie? Oder machte er gemeinsame Sache mit wem oder was auch immer sie in diese fremde Welt verschleppt hatte?

Wenn man Jeb so ansah, wirkte er offen und freundlich, aber Tian hatte in diesen zwei Tagen genug erlebt, um zu wissen, dass sich das Böse sehr wohl hinter einem freundlichen Lächeln verbergen konnte. Was wusste er wirklich über all das hier?

Und die anderen?

Jenna war okay. Mary irgendwie auch. Mischa musste man einfach mögen, der Typ war unverwüstlich und strahlte selbst jetzt noch Lebensfreude aus. Und Kathy? Nun, sie konnte man aus vollem Herzen hassen. Rücksichtslos, gemein und dabei unheimlich clever, machte sie ihm aber vor allem Angst. Vor ihr würde er auf jeden Fall auf der Hut sein müssen.

Blieb noch León mit seinen seltsamen Tätowierungen. Aus ihm wurde Tian nicht schlau. Eigentlich war er der geborene Einzelkämpfer, trotzdem hatte er sich die letzten zwei Tage um die Gruppe gekümmert. Sie angeführt und dafür gesorgt, dass keiner zurückblieb.

Aber warum hatte er das getan?

Tian spürte, dass Leóns Verhalten jederzeit umschwingen konnte, dass bei ihm nichts sicher war.

So wie hier eigentlich gar nichts sicher ist.

Nur die Bilder, die vor seinen Augen auftauchten, wurden ihm immer vertrauter. Sie kehrten immer und immer wieder. Düstere Straßenschluchten, verzerrte graue Gesichter, immerwährender Schneefall. Er wusste mittlerweile, dass er niemals dort gewesen war – und doch kannte er die Umgebung und ahnte die Gefahr, die hinter jeder Ecke lauern konnte. Er wusste, dass jede Begegnung in dieser abstoßenden Welt einen Überlebenskampf bedeutete. Und was hatte es mit dem goldenen Engel auf sich? Er sah leere Augenhöhlen in einem fahlen Gesicht, eine verzerrte Fratze… und immer wieder ein schauerlicher Schrei, kurz bevor das Bild verschwamm und er nur noch Rot sah. Er drückte sich beide Handballen auf die Augen, um die furchtbaren Bilder zu vertreiben. Als er sie wieder öffnete, spürte er eine Bewegung in seinem Rücken. Er drehte sich um und sah, dass Kathy ihn aus der Ferne unverwandt anstarrte. In ihrem Blick lag etwas Lauerndes. Tian spürte, wie sich eine eisige Kälte über ihn legte.

Schon viel zu lange hing er in der Felswand. Schon viel zu lange tobte der Schmerz in seinem Körper, zog aus seinen Fingerspitzen in die Finger, dann in seine Hände und schließlich seine Arme hinauf. Sein Körper war komplett verspannt und schwierig zu manövrieren. Er verdrängte den Schmerz, der ihn schwach werden ließ. Dabei spürte er die ganze Zeit, wie ihm Blut aus der pochenden Platzwunde am Hinterkopf den Nacken hinunterlief.

Mischa ließ keuchend die Luft aus seinen Lungen entweichen, bevor er seine rechte Hand löste und sie langsam nach oben schob. Er fixierte den Stein unmittelbar vor sich, denn hier in der Wand gab es kaum mehr Gelegenheit, den Kopf nach hinten zu legen und den Fels hinaufzuschauen. Nein, er verließ sich vollkommen auf das Gefühl in seinen Händen und Füßen. So klebte er wie eine Eidechse am dunklen Gestein und kämpfte sich Zentimeter für Zentimeter nach oben.

In Mischas Innerem bildeten sich Worte. Er wusste nicht, woher diese Worte stammten, aber sie gaben ihm Trost. *Vater unser, der du bist im Himmel…*

Plötzlich löste sich Geröll von einem Vorsprung und sein linker Fuß rutschte ab, auf den er sein ganzes Gewicht gelegt hatte. Instinktiv krallte er beide Hände in den Fels und suchte verzweifelt neuen Halt für seinen Fuß. Unter seinen Füßen polterten Gesteinsbrocken in die Tiefe. Zitternd klebte er an der Wand. *Verdammt, war das knapp gewesen.*

Nach einem Schwall Adrenalin überkam ihn Verzweiflung. Er hing nur an seinen Fingerspitzen über dem Abgrund, er hatte keine Kraft mehr. Nur die verkrampfte Haltung seines Körpers schien ihn noch in der Luft zu halten.

Er wünschte sich Erlösung von seinen Schmerzen. Wenn er einfach losließe, dann wäre alles vorbei. Dann hätten alle

Qualen ein Ende. Es gab ohnehin keine Hoffnung für sie. Für ihn.

Sechs Tore, doch sie waren sieben. Und in der nächsten Welt würde es das Gleiche sein. Immer würde es ein Tor zu wenig geben, durch das sie sich retten könnten.

Kämpfen. Leiden. Und sterben.

Sein Schluchzen prallte von den Felswänden zurück.

Und eine seltsam verzerrte Stimme flüsterte ihm ins Ohr: »Lass los!«

30.

»Was ist los? Warum klettert er nicht weiter?«, fragte Jenna. Sie kaute an den Nägeln, schon seit sie Mischa das erste Mal an der Felswand hatte erkennen können. Nicht einen Moment hatte sie ihn aus den Augen verloren. Fast hoffte sie, sie könnte ihn mit ihren Blicken nach oben ziehen, es ihm irgendwie leichter machen. Eine dunkle Vorahnung hatte sie erfasst. »Irgendetwas stimmt nicht… da seht doch, er rutscht ab.«

Alle hielten die Luft an und ließen sie seufzend wieder entweichen, als sie sahen, dass Mischa wieder Halt gefunden hatte. Für einen Augenblick hatte es so ausgesehen, als würde er gleich in die Tiefe stürzen.

»Was ist los?«, fragte Jeb, der unbemerkt zu ihnen getreten war. Hinter ihm stand Tian, der starr auf seine Füße blickte.

»Mischa wäre fast abgestürzt. Ich glaube, er ist verletzt.«

Jeb schaute zu Mischa hinüber, der seinen Aufstieg fortsetzte und wie eine Ameise den Fels emporkroch. Jenna hatte recht, mit Mischa war etwas nicht in Ordnung. Seine fahrigen Bewegungen zeigten, dass er offensichtlich große Mühe hatte, sich festzuhalten.

»Ich glaube, er ist einfach müde«, meinte Mary.

»Es ist nicht nur das«, beharrte Jenna. Sie wollte noch etwas anmerken, als sie plötzlich wieder diese grausige, nur allzu bekannte Stimme hörte. Jenna zwang sich, nicht vor Schreck aufzuschreien. Ja, es klang wie ihre eigene Stimme und sie rief ihr etwas zu. Es schien so, als würde diese Stimme nach Hilfe schreien. Vorsichtig schaute Jenna am Boden liegend um sich, doch wie schon die Male zuvor, auf der Ebene mit Jeb, konnte sie nichts erkennen. Verdammt, warum konnte scheinbar nur sie die Stimme hören, während die anderen im gleichen Moment nur namenlose Schreie wahrnahmen. Fast so, als würde sie sich selbst Worte ins Ohr wispern. Sie spürte ein merkwürdiges Ziehen in der Magengrube.

Nein. Reiß dich zusammen. Alles wird gut – ich werde hier rauskommen. Zusammen mit Jeb.

Entschlossen drehte sie sich zu den anderen um, die mindestens ebenso erschrocken waren. Stumm starrte sie in Marys weit aufgerissene Augen, dann sammelte sie sich. »Sie sind uns dicht auf den Fersen«, stellte sie trocken fest.

Als niemand sich regte und alle wie in einer Schockstarre gefangen waren, erkannte Jenna, dass sie alle kurz davor waren, aus Angst durchzudrehen. Sie musste sich selbst und den anderen beweisen, dass sie nun alle ihren Mut brauchten. Irgendwie schien es ihr, dass sie selbst vor nicht allzu langer Zeit unvorstellbaren Mut bewiesen hatte.

Oder bildete sie sich das nur ein? Fing sie an zu fantasieren? Wie diese Stimme?

Entschlossen sagte sie zu den anderen: »Mischa braucht unsere Unterstützung. Er muss merken, dass er nicht allein ist. Los, feuert ihn an.«

Und obwohl sie nicht wussten, ob ihre Worte verständlich durch die Schlucht getragen werden würden, riefen sie einzeln, einer nach dem anderen, aufmunternde und bestätigende Worte zu Mischa hinüber.

Als würde er ihre Worte hören, stieg Mischa nun rascher auf. Die anderen verfolgten schweigend seinen Weg. Doch Jenna wusste, wie erschöpft Mischa war, und innerlich flehten sie alle darum, dass er bald die Felskante erreichte.

Mischa kletterte um sein Leben. Im wahrsten Sinn des Wortes. Die Schmerzen waren nun beinahe unerträglich und auch die Erschöpfung konnte er nicht mehr ausblenden. Er wusste, dass er in Bewegung bleiben musste. Immer nur eine Hand oder einen Fuß kurz belasten, dann sofort weiterklettern.

Weiter. Komm, noch ein Griff. Hochziehen.

Zieh dich hoch.

Jetzt den Fuß belasten. Abstoßen.

Die nächste Hand.

Wie eine Litanei murmelte er die Worte. Kaum hörbar kamen sie aus seinem Mund.

Von der anderen Seite der Schlucht kamen nun unverständliche Rufe herbeigeweht, er verstand kein einziges Wort, aber wusste, dass sie ihn irgendwie unterstützen wollten. Er war nicht allein.

Dort die Spalte. Der Riss sieht gut aus. Schieb deine Finger rein.

Nicht zögern. Du findest Halt.

Und so stieg er weiter auf.

Mühsam.

Unerbittlich.

Plötzlich hörte er das unheimliche Schreien seiner Verfolger.

Beinahe hätte er vor Schreck losgelassen. Doch seine Arme hielten ihn zuverlässig oben.

Sind sie schon da? Haben sie uns eingeholt? Was ist mit den anderen?

Plötzlich spürte Mischa einen schwachen Windhauch in seinem Nacken. Er hatte es fast geschafft. Licht blendete ihn. Die Felskante war erreicht.

Aber jetzt kam der schwerste Teil des Aufstiegs. Er musste sich über den leichten Überhang hochziehen. Sein komplettes Gewicht würde noch einmal an seinen Fingerspitzen hängen. Mit einem lauten Brüllen stieß er sich von seinem rechten Fuß ab und griff mit der Hand über die Kante. Er bekam eine vertrocknete Wurzel zu fassen, die aus dem Boden ragte. Für einen Moment hing er frei in der Luft, dann schnellte seine linke Hand nach und krallte sich auf der nackten Erde fest, bis seine Finger eine kleine Mulde fanden. Seine Füße baumelten nun in der Luft, aber er hatte Halt gefunden.

Er stieß einen lauten Schrei aus und zog sich unter unvorstellbaren Schmerzen hoch. Zentimeter für Zentimeter.

Mit einem letzten Aufbieten aller Kraftreserven hievte er seinen Oberkörper über die Kante, dann hatte er es endlich geschafft. Keuchend drehte er sich auf den Rücken. Über ihm der düstere schwarz-gelbe Himmel.

Das Glücksgefühl in ihm war so groß, dass er für einen Moment sogar seine Schmerzen vergaß.

Er hatte das Unmögliche geschafft.

Mischa rappelte sich mühsam auf und blickte sich um. Die Tore leuchteten keine hundert Meter von ihm entfernt, pulsierten in gleichmäßigem Blau, lockten ihn.

Sie waren zwei Meter hoch, oval und bestanden nur aus einem breiten Energiering, der ein flirrendes Feld umspannte, das zwar durchsichtig war, aber den Hintergrund verzerrte und nur verschwommen abbildete. Mischa starrte auf das erste der Tore.

Ich könnte jetzt durch eines der Tore gehen. Wer sollte mich aufhalten? Wenn ich das Seil nicht befestige, kommen die anderen nicht rüber. Ich würde nicht nur in dieser, sondern auch in jeder anderen Welt ein Tor finden. Ich könnte es schaffen. Bis zum Ende.

Es war so verlockend. Schien so einfach zu sein. Er hatte sich das Tor verdient. Warum sollte er noch darum losen? Außerdem hieß es jeder gegen jeden. Entweder er überlebte oder einer der anderen. Warum nicht er?

Tu es! Das ist deine Chance!

Dann drangen ihre Stimmen zu ihm herüber. Als er sich zur anderen Seite der Schlucht umdrehte, sah er Jeb, Jenna, León und die anderen, die ihm aufgeregt etwas zuriefen.

Mischa fuhr sich mit der Hand über das Gesicht. Und er fasste einen Entschluss. Nein, er konnte die anderen nicht im Stich lassen. Und wer weiß, vielleicht brauchte er ihre Hilfe noch, wo auch immer es sie als Nächstes hinverschlagen würde.

Zögernd trat er von den Portalen weg und schaute sich um.

Dort, der Steinbrocken war geeignet. Mischa schlurfte hinüber, löste das Seil von seiner Körpermitte und band es um den Felsen. Er zog es straff, machte mehrere Knoten, hängte sich daran und testete, bis er sicher war, dass weder das Seil verrutschen noch die Knoten aufgehen konnten.

Dann winkte er den anderen. Er streckte den Daumen nach oben, ließ sich zu Boden sinken und schloss vor Erschöpfung die Augen.

In diesem Moment tat es einen furchtbaren Donnerschlag, dann entleerten sich die gelb-schwarzen Wolken über ihnen. Jenna entfuhr ein Schrei, als sie von etwas getroffen wurde, und stolperte in Jeb hinein. Ein Hagelschauer entlud sich über ihnen und kieselsteingroße Eisklumpen regneten auf sie hinab. Entsetzt starrte die Gruppe zum Himmel, das Seil schwankte, angepeitscht durch den Eisregen.

»Okay, Jenna, es hilft nichts, du bist die Erste. Du musst jetzt rüber.« Jeb schrie beinahe, so viel Lärm verursachten die unzähligen Hagelkörner beim Aufschlag auf der Erde.

Jenna klopfte sich in einer nervösen Geste den Staub von der Hose. Ihr hübsches Gesicht war angespannt und bleich.

Jeb trat noch einen Schritt zu ihr. »Wenn du dich ans Seil hängst, die Beine darumschlingst und dich mit den Händen vorwärtsziehst, musst du deinen Fuß nicht belasten. Beachte den Hagel nicht. Meinst du, es geht?«

»Ich krieg das schon hin.«

Jeb sah, dass Tian noch immer ein wenig entfernt Ausschau nach ihren Jägern hielt. Doch wo auch immer sie waren, bisher hatten sie nur ihre unnatürlichen Schreie gehört.

»Und, Jenna…« Er schaute ihr fest in die Augen. In diese unergründlichen blauen Augen…

»Ja?« Vertrauensvoll blickte Jenna zu ihm hoch.

Wie gerne würde er sie in den Arm nehmen, ihre Sorgen vertreiben, den Moment vergessen und sie einfach nur küssen.

»Bitte beeil dich.«

Er ging mit Jenna zum Abgrund. Das Seil zitterte leicht im Wind, machte aber einen soliden Eindruck. Trotzdem, wer den Halt verlor, stürzte in die Tiefe. In den sicheren Tod. Das war ihnen allen klar.

Mit den unheimlichen Schreien im Ohr und dem Hagel auf ihren Körper, half Jeb ihr, sich in Position zu bringen. Schließlich kletterte sie los. Mit ihrem Gewicht daran hing das

Seil nun ein wenig durch, aber zum Glück hatte Mischa ganze Arbeit geleistet. Jenna erreichte mit eingezogenem Kopf, aber ohne Zwischenfall die andere Seite.

Mischa griff nach Jennas Hand und zog sie auf die Füße. Er brachte nur ein leichtes Lächeln zustande.

»Danke«, sagte Jenna. »Du warst einfach großartig!«

Unermüdlich prasselte das Eis auf sie herunter. Aber plötzlich überkam Mischa ein Glücksgefühl. Eine wohltuende Wärme breitete sich in seinem Oberkörper aus und er konnte nicht anders, als Jenna anzustrahlen. »Ich hab's geschafft! Verdammt, ich hab's echt geschafft!«

Mischa konnte nicht fassen, dass sie tatsächlich weiterziehen konnten. Alle Strapazen waren plötzlich vergessen, bis ein düsterer Gedanke seine ausgelassene Stimmung trübte. Die Auslosung… die Auslosung stand ihnen noch bevor. Was, wenn er kein Tor abbekäme? Er atmete tief durch, versuchte, die aufkommende Verzweiflung zu verdrängen. Er beobachtete Jeb, der sich scheinbar mühelos am Seil entlangzog.

Kurz darauf stand auch er wohlbehalten neben ihm und Jenna. »Danke, dass du uns nicht im Stich gelassen hast, Mann.« Als Jeb ihm auf die Schulter klopfte, musste er unwillkürlich das Gesicht verziehen.

»Was ist mit dir?«, fragte Jeb. »Bist du verletzt?«

»Ihr habt mich zu schnell abgelassen. War ein etwas harter Aufprall. Hoffentlich sind die Rippen nur geprellt und nicht gebrochen.« Er hob die Schultern und wieder durchzuckte ein atemraubender Schmerz seinen Körper.

»Oh… Entschuldigung, das tut mir leid. Wir dachten, du steckst in Schwierigkeiten und wolltest schneller in die Schlucht runter.«

»Ja, stimmt schon. Ich wurde von einer Krähe attackiert, die hätte mich fast zum Abstürzen gebracht. Aber vorbei ist vorbei. Hauptsache wir kommen jetzt alle über die Schlucht.«

Sie drehten sich wie auf Kommando um. Mary hing inzwischen am Seil und kam nur mühsam voran. Immer wieder hielt sie erschöpft an oder versuchte, einzelnen Hagelkörnern auszuweichen, und brachte damit das Seil bedenklich zum Schwanken.

León auf der anderen Seite brüllte etwas, aber es blieb unverständlich, da der Wind und der rauschende Eisregen seine Worte davontrugen.

Jeb und Mischa traten an die Abbruchkante heran. Mary war einfach auf halber Länge stehen geblieben.

»Verdammt, die Zeit wird knapp und da drüben sind noch immer drei Leute von uns. Mary muss weiterklettern. Und zwar sofort.« Mischa war alarmiert.

»Mary!«, rief Jeb.

»Was?«, kam es kläglich zurück.

»Zieh dich vorwärts. Los, mach schon! Du musst dich beeilen.«

»Ich kann nicht mehr.«

»Klar kannst du. Auf geht's, eine Hand nach der anderen. Mach die Augen zu. Die anderen warten.«

»Ich hasse dich und ich hasse dieses Scheißseil und diese Scheißschlucht. Eigentlich hasse ich alles in dieser Scheißwelt.«

Mischa konnte ein Lachen kaum unterdrücken. Auch Jenna neben ihm lächelte. Wer so fluchen konnte, hatte eindeutig noch genug Kraft.

Aufmerksam beobachteten sie, wie Mary eine Hand am Seil entlangschob und sich ein Stück vorwärtszerrte. Die nächste Hand folgte. Zwar war Mary immer noch erschreckend langsam, aber sie schien einen Rhythmus gefunden zu haben. Zehn unendlich lange Minuten später stand sie ebenfalls auf der anderen Seite. Nachdem Jeb sie hochgezogen hatte, ließ sie sich sofort zu Boden sinken.

»Leckt mich alle am Arsch«, schimpfte sie und verbarg ihren Kopf vor dem Hagel in ihren Armen.

Nur wenig später hatte auch Kathy die Überquerung der Schlucht geschafft. Als Jeb ihr eine Hand anbot, um sie hochzuziehen, schüttelte sie verächtlich den Kopf. León folgte ebenso rasch. Als er neben die anderen trat, blickten alle erwartungsvoll zu Tian hinüber, der sich nicht rührte und nur regungslos das Seil anglotzte.

»Was ist mit ihm los?«, fragte Jeb in die Runde. »Warum klettert er nicht?«

Keiner antwortete. Zwei Minuten später hatte sich Tian noch immer keinen Zentimeter gerührt.

Jeb formte einen Trichter mit den Händen. »Tian!«

Keine Reaktion.

»Was ist los mit dir? Komm jetzt!«

Nichts.

»Er kann dich nicht hören«, meinte León.

Dann sahen sie, wie der asiatische Junge plötzlich zusammenzuckte. Sein Kopf ruckte herum und er blickte hinter sich auf den Horizont. Mischa ahnte, dass ihre Verfolger ein ganzes Stück näher gekommen sein mussten. Tian schien endlich seine Starre zu überwinden. Er blickte einmal zum Himmel, wischte sich über das Gesicht, ging auf den Abgrund zu und fasste zögerlich nach dem Seil. Einen Moment später baumelten seine Füße in der Luft, dann schwang er die Beine hoch und kletterte los.

Mischa stieß die angehaltene Luft aus.

Tian hing am Seil und hatte so große Angst wie noch nie zuvor in seinem Leben. Bilder tauchten in seinem Kopf auf. Bilder, die ihn erschreckten. Seine Hände über ihm am Seil verschwammen vor seinen Augen, stattdessen sah er nun eine Landschaft aus Eis und schwarzen Ruinen. Schnee, der sich wie schmutzige Hügel aus Asche am Straßenrand türmte. Mit den Bildern drangen auch Geräusche auf ihn ein. Er hörte scharrende Schritte hinter sich, das heisere Gebell hungriger Hunde. Panik stieg in ihm auf. Nur ein Gedanke beherrschte seinen Geist – er musste hier endlich weg. Irgendwie weg.

Doch er wusste, wenn er seine zitternden Hände nur einen Moment vom Seil lösen würde, wäre es vorbei. Zusätzlich war ein starker Wind aufgekommen, der das Seil immer wieder zum Schwingen brachte. Ihm wurde abwechselnd heiß und kalt. Immer wieder trafen ihn einzelne Eisklumpen wie Nadelstiche im Gesicht. Sein Atem ging nur noch stoßweise und in seinem Kopf hämmerte ein einziger Gedanke.

Ich werde abstürzen.

Und dann für immer in dieser Welt zurückbleiben.

Der Wind spielte mit dem Seil, schwang es zuerst langsam hin und her.

Dann immer stärker.

Es war nur noch eine Frage der Zeit, bis Tians Hände abrutschen würden.

Jeb starrte fassungslos zu Tian hinüber, der sich nicht mehr weiterhangelte, sondern bewegungslos am Seil hing.

An seiner starren, verkrampften Körperhaltung konnte Jeb erkennen, dass Tian furchtbare Angst haben musste.

Jenna und Mary begannen zu rufen. Auch Mischa und León feuerten Tian an, schrien ihn jetzt an weiterzuklettern. Jeb brachte erst kein Wort raus, räusperte sich energisch frei und stimmte dann in ihre Rufe ein. War da nicht eine Bewegung auf der anderen Seite der Schlucht?

Alle Blicke waren gebannt auf den Asiaten gerichtet. Dabei bemerkte niemand, wie sich Kathy aus der Gruppe löste und zu dem Felsen hinüberschlich, an dem das Seil befestigt war.

Der Hagel hörte so plötzlich auf, wie er gekommen war. Nun drangen die Rufe der anderen an Tians Ohr. Sie klangen aufgeregt, als wollten sie ihn warnen. Er schaute am Seil entlang zurück zu der verlassenen Seite der Schlucht. Und dort lauerten sie bereits auf ihn. Die schemenhaften Gestalten aus seinen düsteren Visionen nahmen das Plateau vor der Schlucht ein. Sie sahen noch grauenvoller aus als vor wenigen Sekunden in seinem Kopf: Leere Augen blickten ihn an, ihre Kleidung war zerfetzt und ihre gekrümmten Körper waren von einer Ascheschicht überzogen. Mit einem Mal erwachte Tian aus seiner Reglosigkeit.

Er begann hastig, sich vorwärtszuziehen. Wenn es etwas gab, das er noch mehr als den Abgrund fürchtete, dann war es der Gedanke, diesen Monstern in die Hände zu fallen.

Bitte nicht. Verschont mich.

Seine Hand schnellte nach vorn und packte energisch zu.

Sie würden ihn nicht kriegen. Doch plötzlich erzitterte das Seil. Dann erschlaffte es in seinen Fingern. Seine Hände griffen ins Leere.

Eben noch war er bereit gewesen, um sein Leben zu kämpfen, da wurden alle Hoffnungen jäh zerstört. Tian war so wach wie nie. Er stürzte ab. Wie in Zeitlupe sah er den Boden der Schlucht auf sich zurasen. Seine Gedanken flogen zu Szu, spielend im Sonnenschein, ein strahlendes Lächeln auf ihrem Gesicht, in ihren braunen Augen, als sie ihn entdeckte.

Gleich bin ich bei dir, dachte er. *Und ich lasse dich niemals wieder allein.*

Szu.

Alles war sehr schnell gegangen. Mary beobachtete, wie sich über der Schlucht durch eine Lücke Licht ausbreitete. Ein großer Schatten baute sich auf der anderen Seite der Schlucht auf. Ihr wurde bewusst, dass ihr Geist reale Bilder mit Bildern aus der Vergangenheit vermischte. Panik stieg in ihr auf. *Was war das?* Gerade als sie dachte, mehr Einzelheiten zu erkennen, ertönte hinter ihr ein lauter Knall. Etwas schlang sich um ihre Beine und zischte dann an ihr vorbei über die Kante der Schlucht und war verschwunden.

Sie wusste sofort Bescheid: Das Seil war gerissen.

Ihre Augen suchten Tian, der einen Sekundenbruchteil über dem Abgrund zu schweben schien, bevor er in die Tiefe stürzte. Er schrie.

Dann war er verschwunden.

Die Schlucht hatte ihn verschluckt.

Während Jenna, Jeb, León und Mischa nach vorne rannten und in die Tiefe starrten, blieb Mary fassungslos stehen.

Sie wandte den Kopf.

Kathy kam hinter dem Felsen hervor, an dem das Seil befestigt gewesen war. In ihrer Hand blitzte etwas auf. Ein Messer.

Mary sah gebannt zu Kathy hinüber, die ungerührt ihren Blick erwiderte und in einer fließenden Bewegung das Messer in ihrer Jacke verschwinden ließ.

Du hast das Seil durchgeschnitten. Du hast Tian umgebracht.

Mary bekam Angst. Kathy war zu allem fähig. Sie hatte schon vorher bewiesen, dass sie keine Skrupel und kein Mitgefühl kannte.

Ich muss den anderen sagen, was Kathy getan hat.

Mary drehte sich gerade um, als Kathy plötzlich dicht vor ihr stand. Ihre grünen Augen waren zu schmalen Schlitzen zusammengezogen, das hübsche Gesicht vollkommen versteinert. Dann plötzlich verzog sich Kathys Mund zu einem Lächeln. Sie schien so mit sich selbst im Reinen, dass Mary keine Worte mehr dafür fand und einen Moment den Atem anhielt. Kathy beugte sich vor, strich Mary sanft mit einem Finger über die Wange, bis zum Hals hinunter und einmal quer darüber.

Dann, ohne ein Wort, machte Kathy auf dem Absatz kehrt und ging zu den anderen an den Rand der Schlucht.

31.

Jennas Mund war trocken. Trockener als er ohnehin schon war, sie hatte seit Stunden keinen Schluck Wasser mehr getrunken. Sie war verwirrt, konnte keinen klaren Gedanken fassen.

Ihr Kopf war wie leer gefegt.

Tian war tot.

Wie konnte das sein? Warum war das Seil gerissen? Jenna spürte, wie eine Träne ihre Wange hinunterlief.

Neben ihr stöhnte Mischa leise auf. »Sie kommen«, sagte er kaum hörbar.

Jenna hob den Blick. Die andere Seite der Schlucht flirrte im trüben Licht. Sie entdeckte Gestalten, die nach allen Seiten ausschwärmten und das Plateau absuchten. Doch dann sah sie noch etwas. Etwas, das nicht sein konnte, nicht sein durfte.

Eine der Gestalten richtete sich auf und blickte zu ihr herüber. Langes, blondes und verdrecktes Haar bewegte sich im Wind, umschloss ein schmales, ausdrucksloses Gesicht.

Jenna blieb stumm, aber innerlich schrie alles in ihr, als sie das Mädchen erkannte, das sie von der anderen Seite der Schlucht unverwandt anstarrte. Mit zitternden Fingern deutete Jenna auf die andere Seite der Schlucht und wich verängstigt zurück. Jeb folgte ihrem Blick und zuckte zusammen. Jenna hörte León leise neben sich fluchen – sie bildete sich das also nicht nur alles ein.

Das andere Mädchen sah blass aus, irgendwie leblos. Doch es gab keinen Zweifel: Dieses Mädchen sah aus wie sie, Jenna. Wie ein blasses Spiegelbild ihrer selbst bewegte sie sich auf den Abgrund zu. Ihr Gesicht zeigte keinen Ausdruck, nicht mal eine besondere Entschlossenheit, als sie sich nach dem Seil bückte, das drüben noch immer am Fels befestigt war. Sie zog ein paar Mal daran, dann kletterte sie mit schnellen Griffen am Seil hinab in die Tiefe.

Jenna schreckte abrupt zusammen, als Jeb sie an der Schulter rüttelte. »Wir müssen hier verschwinden!«, sagte er heiser.

Wie betäubt wandte sich Jenna vom Abgrund ab und sah ihn an. Mischa, Mary, Kathy und León standen bereits einige Meter weiter entfernt, direkt vor den immer stärker pulsierenden Toren.

Jenna zögerte. Sie wollte diesem Mädchen nicht begegnen und trotzdem konnte sie sie nicht einfach so zurücklassen.

Wer war sie? Warum sah sie ihr so ähnlich?

Widerwillig ließ Jenna sich von Jeb mitziehen. Ihr Geist war wie betäubt. Erst als sie sah, dass León direkt auf eines der Tore zusteuerte, kam sie wieder zu Sinnen.

Sie waren in großer Gefahr! Sie mussten weiter, egal, was sie auf der anderen Seite erwartete, egal, ob diese Tore Rettung oder noch größere Gefahr bedeuteten. Nein, sie wollte nicht herausfinden, wer dieses Mädchen war, das in diesem Moment das Seil hinabkletterte.

Die anderen hatten sich inzwischen vor den Toren aufgebaut und starrten auf das immer hektischer werdende Pulsieren.

»Was machen wir jetzt?«, fragte Mischa. »Einfach so durchgehen? Ich trau den Dingern nicht.«

León griff nach Tians Rucksack und warf ihn durch den blinkenden Ring. Aber was immer sie erwartet hatten, sie wurden enttäuscht. Es gab keinen Energieblitz, kein Knallen oder sonst etwas, das gezeigt hätte, dass hier unbekannte Kräfte am Werk waren. Ernüchternd simpel plumpste der Rucksack auf der anderen Seite zu Boden.

»Wie funktionieren die Dinger überhaupt?«, fragte Mischa.

»Vielleicht reagieren sie nur bei etwas Lebendigem«, wandte Mary ein.

»Möglich«, sagte León. Er streckte seine rechte Hand aus. Das durchsichtige Energiefeld innerhalb des Tores warf bei seiner Berührung Wellen auf, die zum Rand strebten. Es war, als hätte man einen Stein in einen See geworfen, und ebenso wie der Stein verschwand auch Leóns Hand unter der spiegelnden Oberfläche. Kurz darauf zog er sie zurück und alles war wie vorher. Der Ring pulsierte und das Energiefeld wurde wieder unsichtbar. León hielt seine Hand dicht vor die Augen.

»Merkwürdig«, murmelte er.

»Was?«, fragte Mary.

»Es war ein komisches Gefühl, die Hand da durchzustecken, aber noch komischer war die Tatsache, dass es auf der anderen Seite kalt war. Fass mal meine Hand an«, forderte er Mary auf.

Mary berührte seine Finger. »Tatsächlich. Eiskalt. Wie kann das sein?«

Niemand hatte eine Antwort.

»Und jetzt?«, fragte Jenna in die ratlose Gruppe.

León sah sie an. »Das, was uns aufgetragen ist. Wir gehen durch die Tore.«

In einer einzigen schnellen und fließenden Bewegung drehte er sich um, sprang in das Portal...

...und war verschwunden. Ebenso das Tor, das er durchschritten hatte.

Wie die anderen starrte Jenna verblüfft auf die Stelle, an der eben noch das Portal gestanden hatte. Nun begannen die restlichen fünf Tore, unruhig zu flackern. Die Zeit wurde knapp. Jenna trat vor eines der Tore. Mischa, Jeb, Kathy und Mary ebenfalls.

Jenna holte tief Luft, dann schloss sie die Augen und machte einen großen Schritt...

...in eine andere Welt.

2. Buch

32.

Als Mary die Augen aufschlug, hatte sich alles um sie herum verwandelt. Gerade eben noch stand sie in einer heißen Landschaft, die von sanften Tönen wie Gelb, Braun, Grau und Ocker bestimmt war, nun herrschten Weiß, Grau und Schwarz.

Und es war kalt.

Bitterkalt.

Ein eisiger Wind trieb Schneeflocken heran, die sich auf ihre Haare legten und in ihrem Gesicht schmolzen.

Es roch nach Asche und Tod.

Marys Puls begann zu rasen. Sie konnte kaum drei Meter weit sehen, so dicht war das Schneetreiben. Ihr Körper zitterte vor Kälte und ihre Hände fühlten sich steif an, obwohl sie erst seit wenigen Minuten hier stand. Sie drehte sich nach dem Tor um, aber es war verschwunden.

Mary machte einen Schritt vorwärts und stolperte beinahe. Vor ihren Füßen stand ein Rucksack, der dem ähnelte, den sie auf ihrem Rücken trug, nur dass er praller gefüllt war. Sie zog ihn zu sich heran und hob ihn hoch. Ja, er war schwer. Sofort schoss Mary der Gedanke an Essen durch den Kopf. Schließlich hatte sie in den letzten Tagen nur an einem alten Stück Trockenfleisch herumgekaut und nun brannte ihr Magen vor Gier auf Nahrung.

Wo waren bloß die anderen?

Jeb, Mischa, Jenna, León – ja, selbst über Kathy hätte sie sich in diesem Moment gefreut. Selbst als sie sich mehrmals um die eigene Achse gedreht hatte, entdeckte sie keinen von ihnen.

Sie rief ihre Namen. Immer lauter schrie Mary sie in das wirbelnde Weiß hinaus, aber es kam keine Antwort. Was sollte sie jetzt tun?

Die anderen suchen? Welche Richtung sollte sie einschlagen?

Nein, es war besser, an Ort und Stelle zu bleiben und darauf zu hoffen, dass sie von ihnen gefunden wurde. So war es schließlich auch in der Steppe gewesen.

Es war bitterkalt. Sie musste unbedingt Schutz finden. Die Augen gegen den schneidenden Wind zusammengekniffen, schaute sich Mary um und entdeckte einen großen unförmigen Schatten, der sich aus dem Weiß herauskristallisierte. Ein Haus. Mauern aus Stein. Sie jauchzte auf und warf sich den zweiten Rucksack über die Schulter, bevor sie durch den Schnee darauf zustapfte.

Das Gebäude wurde immer größer, bis Mary erkennen konnte, dass es bis weit in den wolkenbehangenen Himmel reichte. An der Fassade war ein Schild mit Buchstaben über dem Eingang angebracht. P O   D A M E R P L   A R   E N. Der Eingang bestand aus einer durchsichtigen Front mit einer zersplitterten Tür, die Mary neugierig befühlte. Das Material war klar wie Wasser, aber so hart wie Stein.

Glas – sie erinnerte sich an den Begriff dafür. Dann fasste sie nach dem eisigen Metallgriff der Tür und zog sie auf. Die Tür quietschte und Mary musste erst mit dem Fuß Schnee beiseiteschieben, bis sie sie einen Spalt geöffnet hatte, um hindurchzuschlüpfen.

Drinnen empfing sie fahle Dunkelheit. Nur wenig Licht drang durch die zerbrochenen Fenster. Sie befand sich in einer großen Halle mit mehreren Stockwerken, in denen unzählige Tische standen, auf denen verbrannte oder zu Staub zerfallene Kleidungsstücke herumlagen. Metallskelette und verschmutzte menschengroße Puppen präsentierten noch mehr Stofffetzen, von denen man kaum ahnen konnte, was sie einmal dargestellt hatten. Während Mary die Windstille in der großen Halle genoss und ihre klammen Finger wärmte, wurde ihr klar, dass sie sich in einem Klamottenladen befand. Die Herkunft dieser Erkenntnis war ihr ein Rätsel, aber sie zweifelte keine Sekunde daran. Hier waren Menschen früher einkaufen gegangen. Mary blickte an sich hinab. Die Sachen, die sie anhatte, hatte sie in der letzten Welt gefunden. Und auch diesmal hatte sie einen Rucksack entdeckt. So als hätte ihn jemand für sie bereitgelegt.

Neugierig öffnete sie nun die neue Tasche und kramte die Sachen hervor. Wasser, eine Essensration, aber auch Kleidung befand sich darin. Mary schlüpfte dankbar in den warmen Pullover. Dann streifte sie die dicke Jacke, Mütze und Handschuhe über. Endlich wurde ihr ein wenig warm.

Erst jetzt griff sie nach der Flasche und trank in großen, durstigen Schlucken. Das Trockenfleisch und das Brot ließ sie unangetastet. Essen konnte sie später, wenn sie die anderen gefunden hatte. Sie stopfte gerade die Sachen zurück in den Rucksack, als sie ein Geräusch aufschrecken ließ.

León, Jeb, Kathy, Mischa und Jenna standen nur wenige Meter voneinander entfernt im wirbelnden Weiß. Eisiger Wind trieb dichte Schneewolken heran. Sie alle hatten Rucksäcke gefunden und die neuen Sachen angezogen, sodass sie der

Witterung nicht schutzlos ausgeliefert waren. Eingemummt in dicke Jacken stapften sie mit den kalten Füßen auf der Stelle und starrten einander wortlos an.

Jenna reagierte als Erste und wandte sich an Jeb. Ihre Fellmütze, unter der die blonden Haare hervorlugten, war schnell vom Schnee bedeckt.

»Erkennst du irgendetwas? Wo sind wir hier?«, fragte sie.

Jeb zuckte mit den Schultern. »Keine Ahnung. Ich weiß nur, dass es hier scheißkalt ist.«

»Wo ist eigentlich Mary?«

Ihm war noch gar nicht aufgefallen, dass sie fehlte. »Sie wird schon irgendwo sein.«

Jeb formte seine Hände zu Trichtern und rief nach ihr, bekam aber keine Antwort.

»Warum ist sie nicht neben uns aufgetaucht?« Jenna schaute sich um, aber das dichte Schneetreiben machte es schwer, etwas zu erkennen.

Kathy und Mischa gesellten sich zu ihnen. León folgte kurz darauf. »Mary ist nicht da«, stellte auch Mischa fest.

Kathy runzelte die Stirn. »Das stinkt zum Himmel! Mary ist verschwunden, aber wir finden neue Klamotten. Wer auch immer hinter alldem steckt, möchte uns zwar sterben sehen, will aber nicht, dass wir dabei frieren. Findet ihr das nicht merkwürdig?«

Jeb schaute in ihre grünen Augen. »Seit ich in der Steppe aufgewacht bin, wundere ich mich über gar nichts mehr.«

»Hast du mal nachgesehen, ob du einen neuen Zettel bekommen hast?«, fragte Mischa. »Werden wir immer noch verfolgt?«

»Nein, da war kein neuer Zettel. Was vermutlich heißt, das Ganze geht von vorne los.«

»Meinst du, diese Seelentrinker jagen uns auch in dieser Welt?« Mischa schaute Jeb stirnrunzelnd an.

»Sie hatten zumindest keine Tore, durch die sie hätten gehen könnten. Also hoffe ich, dass wir vor ihnen sicher sind.«

»Ich weiß nicht, ich hab echt ein seltsames Gefühl. Auf der Ebene war bis auf die Hitze alles so ruhig und friedlich, nur unsere Verfolger wirkten bedrohlich.«

»Du meinst, jetzt ist die Umgebung selbst zu unserem Feind geworden?«

Mischa nickte. »Möglich wäre es, oder?«

»He, Leute«, unterbrach sie Jenna. »Es ist arschkalt, wir brauchen einen Unterschlupf und eine von uns fehlt. Wir können das doch später diskutieren. Lasst uns Mary suchen und dann so schnell wie möglich ein Feuer machen. Außerdem habe ich einen Wahnsinnshunger.«

»Denkst du, ihr ist etwas passiert?«, fragte León, der während ihrer Unterhaltung den Blick über die Straßenschluchten hatte schweifen lassen.

Jeb antwortete ihm nicht. Er wollte nicht gleich vom Schlimmsten ausgehen. »Wir teilen uns auf. Jeder bekommt einen Abschnitt, den er absucht. Schaut auf den Boden, in den Schnee, vielleicht entdecken wir ihre Fußabdrücke.« Er nannte jeweils einen Namen und deutete in eine entsprechende Richtung.

»Das ist doch Zeitverschwendung! Ich glaube nicht, dass wir sie bei diesem Schneetreiben finden«, sagte Kathy so gelassen, als habe sie Marys Verschwinden längst akzeptiert.

Jeb beachtete sie nicht.

»Wir treffen uns an dieser Stelle wieder. Merkt euch den Punkt. Lasst die Rucksäcke hier. Wenn wir Mary nicht finden, müssen wir überlegen, wie wir weiter vorgehen.«

»*Compadre,* ich lasse ganz sicher nicht noch mal meine

Ausrüstung zurück. Weißt du nicht mehr, was das letzte Mal passiert ist?«, erwiderte León mit hochgezogenen Brauen und schulterte seinen Rucksack.

»Okay, du hast recht. Wir treffen uns vor dieser Unterführung dort drüben wieder.« Er wies auf die andere Straßenseite und wunderte sich gleichzeitig, dass er die richtigen Worte für die neue Umgebung sofort parat hatte.

»Was für eine Gefahr wird wohl hier auf uns warten?« Jenna sah sich unsicher um. Am liebsten hätte ihr Jeb den Arm um die Schultern gelegt, ihr versprochen, dass diese seltsame Geschichte gut ausgehen würde. Doch die Worte kamen nicht über seine Lippen.

León antwortete stattdessen. »Also, bis auf die Scheißkälte wirkt alles ruhig. Hier scheint niemand zu leben.«

Sie blickten sich um. Das Schneetreiben hatte nachgelassen und nun konnte man hohe schemenhafte Gebäude in all dem Weiß ausmachen. Konstruktionen aus Stahl und Beton. Jeb schob mit seinem Stiefel Schnee zur Seite. Darunter kam grauer Asphalt zum Vorschein.

Eine Straße, dachte er. *Das ist eine Straße und wir befinden uns in einer Stadt. Eigentlich müssten hier Menschen leben, aber alles ist wie ausgestorben. Warum?*

Irgendetwas war hier geschehen. Ein Krieg? Jedenfalls waren die Menschen, die diese Stadt bevölkert hatten, schon lange nicht mehr hier. Man konnte nicht genug erkennen, um sich einen richtigen Eindruck von diesem Ort zu machen. Aber es blieb ihnen wohl nichts anderes übrig, als den Stern zu suchen, weiterzuziehen, zu überleben.

Der Stern! Wie sollen wir den jemals wiederfinden? In dieser weißen Hölle ist der Stern noch unerreichbarer als zuvor.

Jeb schaute in die Gesichter der anderen. Alle wirkten bedrückt und niedergeschlagen, vielleicht auch nur erschöpft. Er erinnerte sich an Tian und seine Aufmunterungsversuche im Wald... all das schien eine Ewigkeit her zu sein. Es waren drei vollkommen unwirkliche Tage gewesen, die Tian das Leben gekostet hatten. Seinem Tod verdankten sie ihr Leben.

»Wo ist der Stern?«, fragte Kathy in diesem Moment. »Ich kann ihn nicht sehen.« Sie drehte sich wild im Kreis. »Wie soll man ihn bei diesem Wetter überhaupt am Himmel ausmachen?«

»Wenn es aufhört zu schneien, sehen wir ihn sicher wieder«, knurrte Jeb. Kathy hatte echt ein Talent, jede Hoffnung zu zerstören.

Das fehlt uns noch, dass Kathy uns alle verrückt macht.

»Sag mal, was hast du da eigentlich im Haar? Ist das etwa Tians Stirnband?« Jeb hatte Mischa noch nie so fassungslos gehört.

Wovon redet er?

»Na und, das ist mein Hemd gewesen, also gehört es mir. Spiel dich mal nicht so auf. Tian bringt es doch jetzt eh nichts mehr.«

Es war ja klar, dass Kathy schnippisch reagierte. Jeb hatte nun wirklich genug. »Los geht's«, kommandierte er knapp und stapfte los, bevor noch jemand etwas sagen konnte.

Nachdem sie sich aufgeteilt hatten, verlor Kathy die anderen bald aus den Augen. Das war ihr nur recht. Was für einen Aufstand sie um diesen Fetzen Stoff gemacht hatten. Sie hatte nicht die geringste Lust, nach dieser kleinen verwöhnten Schlampe zu suchen. Außerdem war es gut, wenn sie verschwunden blieb, dann hielt sie nämlich ihr Plappermaul. Und wenn sie nie wieder auftauchte... war ihnen allen geholfen und sie selbst hatte außerdem ein Problem weniger.

Eigentlich sollten sie mir dankbar sein. Jeder hat ohne Kampf ein freies Tor ergattert. Dieser Schwächling Tian wäre früher oder später sowieso draufgegangen.

Aber sie wusste, dass sie keine Dankbarkeit erwarten durfte. Nicht einmal Verständnis. Vielleicht am ehesten noch von León. Er war genauso hart wie sie, aber in letzter Zeit hatte er zu viele Anfälle von Mitgefühl gezeigt. Besonders Mary gegenüber.

Bitch!

Kathy blieb stehen und zog die Trinkflasche aus dem Rucksack. Der verdammte Schnee, der einem auf die Lippen fiel, schmeckte bitter wie Asche. Sie spuckte auf den Boden.

Ihr Blick wanderte umher. Vor ihr lag eine Stadt mit unzähligen verfallenen Häusern und zerstörten Straßen, die der Schnee gnädigerweise bedeckte. Vom Himmel fielen unablässig Schneeflocken und Kathy hatte das Gefühl, dass es hier schon seit Jahren schneite, aber die Flocken waren dünn, wässrig und grau. Sie zog ihren rechten Handschuh aus und beobachtete, wie sie auf ihrer Handfläche schmolzen und dabei schmierige schwarze Schlieren hinterließen. Seltsamerweise war die Zerstörung überall sichtbar, aber nirgends waren Leichen zu sehen. Doch wer wusste schon, was in den Gebäuden auf sie lauerte. Noch einmal betrachtete sie ihre verschmierte Hand. Asche, Ruß und Schnee.

Vielleicht sind sie alle verbrannt.

Der Gedanke ließ die Angst in ihr aufflackern, aber dann beruhigte sich Kathy wieder und sie ging ein paar Schritte weiter.

Verbrannt.

Sie stapfte durch den Schnee, starrte nur auf ihre Schuhe.

Alle verbrannt.

Plötzlich blieb sie stehen und erstarrte. Sie begann zu zittern.

Wenn alle tot sind, von wem stammen dann die Fußabdrücke, in die ich gerade getreten bin?

33.

Mary wirbelte herum. Den Rucksack hielt sie schützend vor ihren Körper.

Ihre Augen suchten fieberhaft das Dunkel ab. War da etwas? Woher war das Geräusch gekommen?

Dort neben den Kleiderständern. Bewegt sich da was?

Ihre Blicke bohrten sich in die Düsternis.

Wenn es einer der anderen ist, warum sagt er nichts?

Kathy?!

»Wer ist da?«, rief Mary. »Kathy, bist du das? Komm raus, ich hab dich gesehen!«

Doch Kathy hatte keine gelben Augen und sie knurrte nicht. Mary erschrak bis ins Mark, als sie erkannte, was da in der Finsternis lauerte.

Es war ein Tier, dessen schemenhafte Gestalt jetzt auszumachen war. Große schmutzig gelbe Zähne blitzten hinter speichelgetränkten Lefzen auf.

Ein Hund. Verzweifelt und hungrig. Bereit, mich jeden Moment anzufallen.

Sie wusste für einen Moment nicht, wie sie sich verhalten sollte. Weder der Hund noch sie machten eine Bewegung.

Mary ließ langsam die Hand sinken und schob sie in den

Rucksack. Sie tastete mit den Fingern nach dem Trockenfleisch, zog es vorsichtig heraus.

»Ich habe etwas für dich«, flüsterte Mary.

Der Hund knurrte, gleichzeitig wedelte er mit dem Schwanz. Schließlich siegte der Hunger. Zögerlich schnuppernd kam er auf Mary zu. Nun erkannte sie erst, wie riesig dieses Tier tatsächlich war. Obwohl an dem ausgemergelten Körper die Rippen hervorstachen, strotzte der Hund vor Kraft und Wildheit.

Mary warf ihm ihre Essensration hin und zog sich vorsichtig drei Schritte zurück. Der Hund stürzte nach vorn und verschlang in gierigen Bissen das angebotene Fressen. Währenddessen betrachtete Mary ihn genauer.

Das Fell des Tieres war völlig zerzaust, ein Teil des Schwanzes fehlte und jetzt entdeckte sie auch, dass aus einer offenen Wunde an der Pfote Blut hervorsickerte. Anscheinend hatte er sich verletzt. Ihr Blick wanderte weiter zu einer kahlen Stelle am Hinterlauf. Ebenfalls Blut. Diesmal drei blutige Schnitte, wie von einer Kralle.

Oder von einem Messer.

Kathy war von den Fußabdrücken im Schnee wie gebannt. Ihr Verstand war eingefroren, nur langsam sickerte die Erkenntnis durch, dass jemand vor Kurzem hier gestanden haben musste. Und es war nicht Mary gewesen. Dafür waren die Abdrücke zu groß.

Ein Mann hat sich hier aufgehalten. Die Abdrücke sind tief.

Kathy betrachtete die Spuren, die genau vor ihren Füßen endeten und in Richtung der hohen Gebäude führten.

Er ist von dort gekommen und hier stehen geblieben. Dann hat er kehrtgemacht und ist hastig zurückgelaufen.

Die unterschiedlich großen Abstände zwischen den einzelnen Fußabdrücken verrieten ihr das.

Hat er uns gesehen? Warum hat er nicht auf sich aufmerksam gemacht? Warum ist er wieder weggerannt?

Die Antwort war simpel. Er war allein, sie zu fünft. Er war zufällig auf sie gestoßen, hatte nicht erwartet, hier jemandem zu begegnen. Das bedeutete, Menschen waren etwas Ungewöhnliches in dieser trostlosen Einsamkeit. Aber es gab sie.

Warum bist du zurückgegangen?

Du hast Angst vor uns!

Menschen sind in dieser Welt keine Freunde, sondern Feinde, vor allem, wenn sie fremd sind.

Du warst allein. Warum?

Du jagst etwas. Keine Tiere, sonst wären noch andere Spuren im Schnee zu finden.

Nein, du hast es auf Größeres abgesehen.

Menschen.

Und du bist zurückgelaufen, um Verstärkung zu holen.

Der letzte Gedanke traf sie mit voller Wucht. Ohne Zeit zu verlieren, rannte sie zu den anderen zurück.

León hatte weite Kreise gezogen, um Mary zu finden. Unermüdlich stapfte er durch den Schnee und hielt Ausschau nach ihr. In regelmäßigen Abständen blieb er stehen, legte eine Hand schützend über die Augen und blickte konzentriert in die Umgebung.

Nichts. Keine Spuren.

Verwirrt runzelte er die Stirn und schaute zum Himmel. Alles grau in grau. Kathy hatte recht, wie sollte man bei dem Scheißwetter den Stern ausmachen. Sie wussten nicht, wo sich die Tore befanden, ahnten nicht einmal, wie weit sie entfernt waren oder geschweige denn, wie viel Zeit inzwischen vergangen war.

Und jetzt war auch noch Mary verschwunden.

Eine Tatsache, die ihn in Aufregung versetzte. Und das wiederum überraschte ihn. Er war ein Einzelkämpfer, es sollte ihm egal sein. Doch er spürte, dass sie in Gefahr war. Und nicht zu wissen, wo sie sich befand und wie er ihr helfen konnte, machte ihn unruhig.

Also suchte er weiter.

Dann endlich entdeckte er ihre Fußabdrücke im Schnee. Hier war sie in der Welt aufgetaucht, dort drüben hatte ihr Rucksack gelegen und er konnte auch den Weg verfolgen, den sie genommen hatte. Zum Glück hatte der Schneefall nachgelassen, sonst wären ihre Abdrücke längst wieder zugeschneit gewesen. Sie war genau in die entgegengesetzte Richtung gegangen. Er ballte triumphierend die Faust. Er hatte sich gerade umgedreht, um die anderen zu holen, als Kathy mit schreckverzerrtem Gesicht auf ihn zurannte. Ihre Augen waren weit aufgerissen.

Kathy war ein kaltblütiges Biest, er hatte nicht damit gerechnet, dass etwas sie derart in Angst versetzen konnte.

Als Kathy keuchend und stammelnd vor ihm stand, packte er sie an den Schultern. »Langsam! Was ist?«

»Ich habe ... Spuren gefunden ...«

»Ich auch. Mary ist ...«

»Nein«, unterbrach sie ihn heftig. »Nicht Mary. Ein Mann hat uns ... beobachtet. Als wir angekommen sind. Er hat es auf uns abgesehen ... holt Verstärkung.« Sie schnappte nach Luft.

Ein Mann, der Jagd auf sie machte? Anscheinend hatte sie nur Spuren eines Fremden im Schnee entdeckt, aber woher wollte sie dann wissen, dass er ihnen feindlich gesinnt war?

»Hast du ihn gesehen?«, fragte er.

»Nein, ich bin so schnell wie möglich zurückgelaufen. Jenna, Jeb und Mischa sind irgendwo dort drüben.«

»Ich habe Marys Fußabdrücke gefunden«, sagte León. Er deutete auf den Schnee.

Kathy beachtete ihn gar nicht, sondern versuchte, ihn in die andere Richtung zu ziehen. »Lass uns die anderen holen, wir müssen fliehen.«

Nur widerstrebend drehte sich León um. Kathy hatte recht. Sie mussten die anderen warnen und dann zusammen Mary finden.

Jeb, Mischa und Jenna waren nach erfolgloser Suche zum Ausgangspunkt zurückgekehrt, als León und Kathy ihnen entgegengelaufen kamen.

León blieb heftig atmend vor ihnen stehen. Neben ihm keuchte Kathy weiße Atemwolken aus.

»Ich habe Marys Spuren gefunden. Sie scheint sich im Schneetreiben verirrt zu haben und ist tiefer in die Stadt hineingelaufen. Weit ist sie hoffentlich noch nicht gekommen. Wir werden sie finden.«

»Das ist gut.«

»... aber leider nicht alles. Kathy hat ebenfalls Spuren entdeckt, die eines Mannes. Er hat uns wohl beobachtet und ist wahrscheinlich nicht so scharf auf unsere Anwesenheit.«

Jeb sah Kathy fragend an und sie berichtete von ihrem Fund. Als sie damit fertig war, blieben alle stumm, bis Jeb sich zutraute, seine Zweifel zu äußern: »Meinst du nicht, Kathy, dass du übertreibst? Vielleicht hat der Mann einfach nur Angst vor uns gehabt. Wer weiß, wie wir auf ihn wirken. Vielleicht sehen die Menschen hier ganz anders aus als wir.

Außerdem war er allein, da wird er uns natürlich erst einmal aus dem Weg gehen.«

»Und warum hat er sich dann bitte so beeilt?« Kathy stemmte die Hände in die Hüften.

»Vielleicht ist er einfach nur vor uns geflohen?«

»Aber wir haben ihn doch nicht mal entdeckt. Normalerweise zieht man sich dann vorsichtig zurück. Dieser Mann hatte es aber definitiv eilig. Für mich sind die Zeichen klar. Wir sind in Gefahr.«

Jeb sah sie nachdenklich an. An Kathys Argumenten war etwas dran, aber er dachte auch an die Waldbewohner, die Jenna und ihm geholfen und sie durch den Wald geführt hatten.

»Was meint ihr?«, wandte er sich an Jenna und Mischa.

Jennas Gesicht verriet nicht, was sie dachte oder empfand, aber ihre Antwort war eindeutig. »Wir können es uns nicht leisten, ein Risiko einzugehen. Wenn Kathy falschliegt, spielt es für uns keine Rolle, wenn sie aber recht hat, schweben wir in großer Gefahr.«

»Mischa?«

»Ich glaube, dass Kathy recht hat. Lieber ein bisschen mehr auf der Hut sein, als uns unnötig Gefahren auszusetzen.«

»Ist ja gut, dann sind wir ab sofort extra vorsichtig. Und jetzt lasst uns endlich Mary suchen«, sagte León ungeduldig.

Jeb nickte und alle marschierten in die Richtung, in die Mary verschwunden war.

34.

Mary zog sich langsam, Schritt für Schritt zurück. Sie bemühte sich, keine Geräusche zu machen, trotzdem blickte der Hund auf und knurrte wieder bedrohlich.

Wenn ich losrenne, wecke ich nur seinen Jagdinstinkt. Ich kann aber nicht hier stehen bleiben, bis der Hund von allein verschwindet. Oder jemand auftaucht, dem der Hund gehört. Jemandem, der ein Tier so misshandelt, gehe ich besser aus dem Weg.

Noch während sie darüber nachdachte, ertönte ein leiser Pfiff aus dem oberen Stockwerk. Der Hund horchte auf und begann, auf der Stelle zu tänzeln. Anscheinend wollte er einerseits dem Befehl folgen, andererseits musste er auch weiterhin die Beute stellen.

Ich muss hier weg. Bevor ich entdeckt werde.

Sie machte einen vorsichtigen Schritt zurück. Der Hund knurrte lauter. Mary fasste noch einmal in ihren Rucksack und zog das Brot heraus. Damit weckte sie das Interesse des Hundes. Als er konzentriert auf das Brot starrte, schleuderte sie es über ihn hinweg und weit in den Raum hinein. Der Hund warf sich herum und jagte hinterher.

Im selben Moment stürzte Mary in die andere Richtung,

zum Ausgang. Sie schaute nicht zurück, nur auf ihre Füße, um nicht zu stolpern. Sie durfte keinen unnötigen Lärm erzeugen, auf keinen Fall den Besitzer des Hundes auf sich aufmerksam machen. Jeden Augenblick glaubte sie, den Hund hinter sich zu spüren, bereit, sich auf sie zu stürzen. Mary erreichte die Tür und schlüpfte durch den Spalt hinaus in die Kälte. Ohne nachzudenken, überquerte sie die Straße und lief in die nächste Gasse hinein.

León bückte sich. Seine Hand strich über den Schnee. »Sie ist gerannt. Dort entlang.«

Alle hielten den Atem an. »Jemand hat sie verfolgt. Diese großen Stiefelabdrücke kreuzen immer wieder Marys Spuren, aber da sind noch andere Abdrücke im Schnee ... Ein Tier ist hier gelaufen. So wie es aussieht, ein Hund.«

Warum er die Pfotenabdrücke als Hundespuren erkannte, konnte León nicht sagen. Er wusste es einfach. Genauso, wie er wusste, dass in Häusern zwar Menschen wohnten, aber nicht in demjenigen, vor dem sie standen. Das war ein Einkaufszentrum. All das weckte längst vergessene Erinnerungen.

Als er klein und die Welt noch in Ordnung gewesen war, hatte er mit seiner Mutter so ein Shoppingcenter besucht. Ihr Bild blieb verschwommen, aber er wusste, dass sie etwas besorgen wollte und ihn deshalb in der Spielzeugabteilung zurückgelassen hatte. Es war einer der schönsten Tage seiner Kindheit gewesen. Über eine Stunde lang hatte er alle möglichen Spielsachen ausprobiert: ein Feuerwehrauto mit Blinklicht und Sirene. Kreisel, Rennbahnen, Fußbälle aus Leder und eine Plastikgitarre, die Musik machte, wenn man an den Saiten zupfte. All das ließ ihn eine Weile glauben, der Himmel, von dem seine Oma immer sprach, wäre auf die Erde gefallen.

Nie wieder wollte er hier weg, aber seine Mutter kam viel zu früh wieder zurück, packte ihn am Arm und zog ihn mit sich. Er wollte nicht gehen, er schrie und versuchte, sich an einem Regal festzuklammern, aber es half nichts. Den Stoffdinosaurier und das Feuerwehrauto hatte sie ihm aus den Händen gerissen und zurück ins Regal gestellt.

»Dafür haben wir kein Geld.«

»Mama, bitte!«, hatte er gefleht.

»Nein, León, du musst lernen, dass du nicht alles haben kannst. Diese Dinge sind für die reichen weißen Gringokinder, für uns bleibt nur der Staub der Straße.«

Und der Schnaps, dachte er. Er war noch klein, aber er wusste genau, was Schnaps war. Tequila. Natürlich keiner aus dem Laden, sondern in Metallfässern selbst gebrannter Fusel, den es überall im Viertel zu kaufen gab. Es hieß, dass man davon blind werden konnte, aber seine Mutter konnte trotz der Sauferei ziemlich gut sehen. Sie hatte Augen wie ein Adler. Allerdings nicht, wenn sie betrunken war, dann lag sie in der Hütte auf der alten Bastmatte und schnarchte so laut, dass selbst die Fliegen einen Bogen um sie machten.

León schüttelte den Kopf, um die Bilder aus der Vergangenheit zu vertreiben. Er hatte im Moment andere Sorgen. Sie mussten Mary finden. Ein Mann verfolgte sie und dieses Gefühl kannte León besser als alles andere.

»Wir müssen schneller gehen«, feuerte er die anderen an.

»Jenna kann kaum noch laufen«, meinte Jeb, der das Mädchen die ganze Zeit gestützt hatte.

»Geht schon«, versuchte Jenna abzuwiegeln.

»Nein, geht es nicht.« Jeb blieb unnachgiebig. Auch León erkannte, dass Jenna Schmerzen hatte, es aber nicht zugeben wollte.

Aber Jenna ließ ihn erst gar nicht zu Wort kommen. León musste anerkennen, dass Jenna trotz ihrer Verletzung eine unglaubliche Stärke besaß, die er bewunderte. »Hier gibt es genügend Gebäude als Unterschlupf. Dort ruhe ich mich aus. Um Mitternacht wird der Stern am Himmel aufleuchten. Vorher wissen wir sowieso nicht, in welche Richtung wir müssen, also kann ich genauso gut hier abwarten und meine Kräfte schonen.«

León wusste, dass Jenna recht hatte, auch Jeb musste das einsehen. Seine Sorge war ihm ins Gesicht geschrieben. Eine Sorge, die über das übliche Maß an Kameradschaft hinausging. *Kameradschaft?* Ja, zwischen ihnen allen hatte sich tatsächlich so etwas wie Zusammenhalt entwickelt. Solange sie voneinander einen Nutzen hatten, konnten sie sich aufeinander verlassen.

León sah die Blicke, die Jenna und Jeb sich zuwarfen, und vermutete, dass im Wald zwischen den beiden etwas geschehen war. Zwischen ihnen lag eine seltsame Vertrautheit, die mehr war als nur Kameradschaft, weit mehr als Freundschaft.

Aber wie konnte das möglich sein? Es gab eine Macht, die ein grausames Spiel mit ihnen spielte. Die sie alle tot sehen wollte, nachdem sie verzweifelt um ihr Leben gekämpft hatten. León glaubte nicht mehr daran, dass einer von ihnen überleben würde. Wer auch immer übrig blieb, wäre bloß Zeuge dieses Verbrechens. Nein, sie alle sollten sterben und jemand sah ihnen dabei zu.

Hier ist kein Platz für so etwas!

Trotzdem bemerkte er all die kleinen, zufälligen Berührungen, die Jenna und Jeb unbewusst austauschten, verfolgte die sehnsuchtsvollen Blicke, mit denen sie sich heimlich beobachteten, wenn der andere gerade nicht hinsah.

Er lachte stumm auf. Was war eigentlich mit ihm los? Warum interessierte es ihn überhaupt, was zwischen Jeb und Jenna lief? Sie sollten ihm scheißegal sein, ebenso wie Mary, Mischa und Kathy.

»Also, dann brechen wir auf«, sagte er.

Jeb fasste ihn an der Schulter. »Wir haben keine Waffen.«

León sah ihn spöttisch an. »Erzähl mir was Neues. Und sei mal ein bisschen kreativ. Hier liegt schließlich jede Menge Schrott rum, den wir benutzen können, um uns zu verteidigen. Nicht mehr lange und es ist ohnehin stockfinster, dann sehen wir Marys Fußspuren nicht mehr. Ich möchte nicht herausfinden, was in den Schatten noch auf uns lauert.« Er schüttelte unwillig Jebs Hand ab. »Kommt jetzt, wir haben schon genug Zeit verloren.«

35.

Mary stolperte beinahe über eine Schneewehe, als sie sich hastig umschaute. Sie wusste: Dem Mann konnte sie vielleicht entkommen, aber der Hund würde sie aufspüren. Der hungrige Köter würde ihrer Spur überallhin folgen, egal wohin sie lief.

Der Wind strich ihr über das Gesicht. Wer war hinter ihr her? Und warum?

Mary war automatisch davon ausgegangen, dass sie von einem Mann verfolgt wurde. Die Größe des Hundes, aber vor allem die grausamen Misshandlungen sagten ihr, dass das Tier einem gewalttätigen Mann gehorchte. Kurz dachte sie an Kathy, die kaltblütig Tian ermordet hatte.

Irgendwie war ihr klar, dass ein Mensch, der nichts Böses im Schilde führte, keinen Grund hatte, ihr zu folgen. Sie hatte in den letzten Tagen gelernt, dass das Leben ein Kampf war. Obwohl sie sich kaum an ihre Vergangenheit erinnerte, wusste sie doch, dass das eine neue Erfahrung für sie war. Sie hatte sich noch nie um etwas bemühen müssen. Und jetzt lief sie um ihr Leben.

Wer bin ich? Diese Frage hallte noch immer unbeantwortet durch ihren Kopf. Da waren die Bilder von diesem übergroßen und furchterregenden Schatten, der sich hinter einem schmalen Licht aufbaute. Sie wusste, dass sie seitdem die Nächte fürchtete, aber warum? Und ansonsten war da... nichts.

Sie dachte an ihre Hände. Weich und zart waren sie gewesen, so als hätte sie nie etwas mit ihnen gearbeitet, nun aber zeichneten sich Risse und Verbrennungen auf den Handflächen ab und die Fingernägel waren stellenweise abgebrochen. Ihr Körper hatte Dinge vollbracht, die früher für sie unvorstellbar gewesen waren. Sie war nicht schwach, obwohl sie wusste, dass sie das stets von sich geglaubt hatte.

Aber sie war auch nicht so wie Jeb, León, Mischa oder Kathy, die fürs Überleben geboren schienen. Ebenso wie Jenna, wenn sie unverletzt war.

Der nächste Gedanke erschreckte sie nicht einmal mehr. Denn sie hatte sich wohl schon vor Tagen mit dieser Erkenntnis abgefunden. *Wenn Jenna wieder laufen kann, bin ich die Nächste.*

Aber im Augenblick hatte sie ein dringlicheres Problem. Und dieses Problem hatte gerade ein heiseres Bellen ausgestoßen.

»Es wird dunkel«, sagte Jeb. »Bald sehen wir ihre Fußspuren nicht mehr.«

Als wenn ich das nicht selbst wüsste, fluchte León stumm. Seit geraumer Zeit folgten sie nun den Fußspuren im Schnee, aber immer noch war von Mary nichts zu sehen.

Verdammt, wie weit ist sie denn bloß gelaufen? Irgendwo hier muss sie doch sein.

Kathy deutete auf die Abdrücke im Schnee. »Diese Spuren sehen frisch aus. Noch nicht einmal der Rand der Abdrücke ist abgebröckelt.«

León sah sie verblüfft an. Dieses Mädchen überraschte ihn immer wieder. Mary war nicht mehr weit weg. Parallel zu

Marys Fußspuren entdeckten sie nun auch die Pfotenabdrücke des Hundes und die ihres Verfolgers. Immer die gleiche Schrittlänge. Wer immer Mary verfolgte, er war sich seiner Sache ziemlich sicher.

León richtete sich auf und lauschte in die Umgebung. Nichts zu hören. Keine Hilfeschreie. Ihm blieb die Hoffnung, dass sie in der Nähe und ihr nichts geschehen war.

Noch nicht.

Mit nach unten gelegtem Kopf und gefletschten Zähnen knurrte der Hund sie an. Er wirkte im Tageslicht noch gefährlicher als in dem Klamottenladen. Mary presste sich an die Betonwand in ihrem Rücken. Es gab kein Entkommen mehr. Sie war in einer Sackgasse gefangen.

Für einen Moment überlegte sie, um Hilfe zu schreien, aber das hätte den Hund vielleicht zum Angriff aufgefordert. Nein, es war besser, ruhig stehen zu bleiben und zu hoffen, dass der Besitzer des Tieres ihr nichts antun würde.

Obwohl ihre Jacke dick gepolstert war, spürte Mary die Kälte der Mauer in ihrem Rücken. Sie blickte zum grauen Himmel auf, von dem nur noch vereinzelte Schneeflocken fielen. So viel hatte sie auf sich genommen, um in diese Welt zu gelangen, und nun hatte vermutlich alles ein jähes Ende.

Dass der Besitzer näher kam, bemerkte Mary an der Reaktion des Hundes, der aufhörte zu knurren und stattdessen leise winselte. Mit eingezogenem Kopf wich er zurück, als eine vermummte Gestalt um die Straßenecke bog und auf sie zustapfte.

Der Fremde war groß und hager. Er trug dunkle Kleidung. Zuerst konnte Mary das Gesicht kaum ausmachen, aber dann nahm sie Einzelheiten wahr. Dunkle Augen musterten sie. Der Fremde trug einen Vollbart, der die untere Hälfte seines

Gesichtes verbarg. Mary zuckte unwillkürlich zusammen. Sie kannte ein solches Gesicht. Sie kannte es von jenen Nächten, in denen sie sich weit weggeträumt hatte. Weg aus dem dunklen Zimmer, weg aus ihrem Körper.

Und nun hatte er sie wiedergefunden. Nun würde er ihr endgültig alles nehmen.

Er stand regungslos da und starrte sie an und dieser Blick jagte eiskalte Schauer über Marys Rücken. Sie fühlte sich wie betäubt. Schreien, kreischen und toben, das hatte sie nur einmal gewagt und auch jetzt würde sie stillhalten. Dann wäre es schneller vorbei. Stumm und mit bleiernen Gliedern wartete sie auf das, was kommen musste.

Im Gesicht des Mannes zuckte ein einzelner Muskel. Er machte einen Schritt auf sie zu.

Mary schloss die Augen.

Vor ihnen wurde die Hauptstraße von einer kleinen Seitenstraße gekreuzt, die sich zwischen den Gebäudeschluchten entlangwand. Als sie um die Ecke bogen, sah León Mary. Sie stand am Ende der Gasse gegen eine Mauer gepresst und hielt die Hände schützend vors Gesicht. Ihre Körperhaltung drückte grenzenlose Furcht aus – aber da war niemand. Mary war allein. Schnell lief León zu ihr und berührte sie am Arm. Sie kreischte auf und begann zu wimmern, er packte ihre Hände und hielt sie fest.

»Mary! Ich bin's. León. Mary… hörst du nicht! Ich…«

Sie ließ die Arme sinken und hob zögerlich den Blick. Dann ließ sie sich langsam gegen seine Brust fallen und presste sich eng an ihn. León war überrascht, wusste nicht, wie er sich verhalten sollte, aber als Mary zu schluchzen anfing, erwiderte er die Umarmung und drückte sie an sich.

»Ich habe euch … verloren … mich verirrt. Dann war da dieser Mann … und der große Hund. Sie haben mich verfolgt. Er … er … stand direkt vor mir«, schluchzte Mary.

Jeb, Mischa und Kathy waren nun auch näher gekommen. Sie löste sich von León und zog die Nase hoch. Ihre Wangen glühten rosa. »Wo ist er? Eben war er noch da. Und der Hund. Wo ist der Hund? Er ist riesig. Ein Monster.«

León suchte die Fußspuren des Fremden im Schnee. Es wurde zunehmend dunkler und hier in der Gasse drang durch die eng stehenden Häuser kaum Licht vor, trotzdem glaubte er, die Abdrücke von Marys Verfolger zu erkennen. Sie endeten ungefähr acht Schritte vor der Mauer, an der Mary gestanden hatte. Dann waren er und sein Hund scharf rechts abgebogen. Die Spuren führten an der Hauswand ein Stück zurück und endeten dann vor einer kaum sichtbaren Tür. León hastete darauf zu und zog am Griff, aber sie war abgesperrt.

»Hat dir der Typ etwas getan?«

Mary sah León an und schüttelte dann langsam den Kopf. »Nein … diesmal nicht.«

»Wie meinst du das?« Als Mary daraufhin abrupt den Kopf abwandte, schob er schnell nach: »War er bewaffnet?«

»Nein, aber …« Sie zögerte und biss sich auf die Lippen. Es war kaum mehr als ein Flüstern, als sie sagte: »Ich glaube, er ist meine Angst.« Die anderen schauten sie erschrocken an.

»Deine Angst? Wie meinst du das? Heißt das, die Jagd auf uns geht doch weiter?« León fluchte.

Doch Mischa runzelte die Stirn. »Ich weiß nicht, Leute, das scheint mir eher …«

Plötzlich stutzte Mary. »Wo ist Jenna?«

»Sie versteckt sich«, erklärte Jeb. »Und schont ihren Fuß.

Lasst uns erst mal zurückgehen. Ich will nicht, dass wir uns verlaufen und sie die Nacht allein verbringen muss.«

León nickte. »Okay. Gehen wir.«

36.

Während sie ihre Spuren zurückverfolgten, blieb Mary die ganze Zeit in Leóns Nähe. Sie betrachtete sein seltsam tätowiertes Gesicht, das so wenig Raum für Deutungen ließ. Als die anderen es nicht hören konnten, flüsterte sie leise: »Danke, dass du gekommen bist.«

León reagierte jedoch nicht auf ihre Worte, mit gesenktem Kopf schritt er aus und beachtete sie nicht einmal.

Mary blickte zurück und bemerkte, wie Kathy sie unfreundlich anstarrte. Verbissen stapfte sie neben den anderen her.

Dir wäre es lieber gewesen, ihr hättet mich nicht gefunden, dachte Mary. Schnell richtete sie ihre Aufmerksamkeit wieder nach vorn, doch sie spürte Kathys Blick in ihrem Rücken. *Soll ich den anderen doch von Kathys Messer erzählen? Werden sie mir glauben? Kathy wird alles abstreiten – und ich hätte ab sofort keinen ruhigen Moment mehr, wenn sie in der Nähe ist.*

Mary verschob die Entscheidung auf später. Sie war zum Umfallen müde und hungrig. Noch einmal schaute sie zu León.

Und ich dachte, du kannst mich nicht leiden.

Mischa tauchte neben ihr auf. Seine zerzausten blonden

Haare lugten unter der Fellmütze hervor. Sein typisches Lächeln war verschwunden.

»Mary? Der Typ, der dir gefolgt ist, wie sah er aus?«

Sie zögerte, nur widerwillig rief sie das Bild aus ihrer Erinnerung hervor. »Er war groß, dunkel gekleidet. Er hatte einen Bart und...« Mary kam ins Stocken. Wenn sie es aussprach, würde er wirklicher werden. Dabei dachte sie, sie sei ihm längst entkommen. »... ich wusste, dass er nur wegen mir hier ist. Erinnerst du dich an Jebs Zettel?«

»Wie könnte ich den vergessen...« Mischa lächelte sie müde an.

»Vor nichts habe ich mehr Angst als vor diesem Mann. Besser kann ich es nicht erklären.«

Mischa schob seine Hand unter die Mütze und kratzte sich. »Ich glaube, ich weiß, was du meinst. Das gleiche Gefühl hatte ich auf der Ebene. Und trotzdem scheint es mir hier anders zu sein. Wir haben von unseren Verfolgern auf der Ebene nie ein Zeichen gesehen, schon gar keine Fußspuren.«

Mary sah überrascht auf, schwieg aber.

Mischa fuhr fort: »Ich bin echt froh, dass ich hier nicht allein bin. Wir sind eine starke Truppe geworden, finde ich... na ja, mit Ausnahme von Kathy vielleicht...«

Wenn du wüsstest.

»... aber wir alle sind in der gleichen Situation. Und dank euch weiß ich, dass ich nicht allein sterben werde.«

»Und was bringt dir das? Jedes Überleben von einem von uns kostet einem anderen den Tod. Ich finde, das ist schwer zu ertragen.«

Mischas Lächeln wirkte traurig. »Ich weiß. Aber sollen wir uns deshalb wie Bestien benehmen? Einfach einander töten?«

»Ich weiß nicht«, sagte Mary.

»Dann bleibt uns nichts, kein Funken Würde. Wer immer hinter alldem steckt, er hat uns alles genommen. Unser Leben, unsere Erinnerungen und sogar unsere Zukunft, und ich lasse mir nicht auch noch meine Würde nehmen.«

León, der neben ihnen schweigend zugehört hatte, mischte sich nun ein. »Das ist für dich Würde?« Er stieß ein verächtliches Schnauben aus. »Deine Vorstellung ist was für Schwächlinge. Sieger kriegen die Beute, Schwächlinge behalten ihre Würde und sonst nichts. Sie hilft dir einen Scheißdreck, wenn dir jemand mit einer Waffe gegenübersteht und dich töten will. Nein, so was wie Würde gibt es nicht. Leben oder Sterben. Du oder ich. Wer ist schneller? Wer ist stärker? Darum geht es ... vergiss deine Würde.«

Mary konnte ihren Blick nicht von León wenden. Nicht wegen Leóns krasser Aussage, sondern wegen der Tatsache, dass er seine Ansichten überhaupt mit ihnen teilte. Außerdem hatte sie ihn noch nie so viel reden hören. Normalerweise bestanden seine Äußerungen nur aus knappen Befehlen.

Mischa fühlte sich anscheinend nicht provoziert, er sah León nur nachdenklich an. »Du musst früher ein hartes Leben geführt haben, wenn du so denkst.«

León spuckte in den Schnee. »Keine Ahnung, aber ich glaube, so viel anders als diese Scheiße hier war es auch nicht.«

Schwächlingen wie mir hast du in deinem bisherigen Leben sicher keine Chance gegeben.

Mary wusste nicht, ob sie diesen tätowierten Kämpfer hassen oder bewundern sollte. León blieb für sie ein Rätsel.

León blieb stehen. Suchte in der Dämmerung mit den Blicken den Schnee ab. Kathy und Jeb kamen heran.

»Hier haben wir uns von Jenna getrennt, dorthin ist sie abgebogen.« Er deutete auf die Umrisse zweier hoher Gebäude, die sich vor ihnen aus dem Schnee erhoben. An der Fassade eines der Häuser hing ein großes Schild mit riesigen Buchstaben. León konnte den fast zugewehten Schriftzug nicht entziffern, aber das spielte keine Rolle. Wichtig war nur, dass Jennas Fußspuren deutlich darauf zuliefen und es keine anderen Abdrücke im Schnee gab. Niemand war ihr gefolgt.

Sie scheint so schwach, aber wenigstens kann sie auf sich aufpassen.

Gemeinsam stapften sie auf die Gebäude zu. Jenna hatte sich für das linke Haus ohne Schriftzug entschieden. Ihre Abdrücke endeten vor einer Glastür, die sich leicht nach innen aufschieben ließ. Das Glas war nur verschmutzt, aber nicht zerbrochen, das wiederum bedeutete ausreichend Schutz vor der Witterung in der kommenden Nacht.

Nacheinander traten sie in die fahle Düsternis ein. Nur wenig Licht fiel durch die Glastür, aber sie entdeckten sofort Jenna, die vorsichtig hinter einer Holzwand hervortrat und erleichtert lächelnd auf sie zukam.

Jeb ging ihr entgegen und legte seine Hand auf Jennas Schulter. »Alles okay?«

León war sich inzwischen sicher, dass zwischen den beiden etwas Besonderes war. Vielleicht gestanden sie es sich nicht einmal selbst ein, aber für ihn war die Zusammengehörigkeit der beiden nicht mehr zu übersehen.

»Ja, aber unheimlich war es trotzdem. Alles ist so still und jetzt, wenn das Licht langsam verschwindet, sieht jeder Schatten gruselig aus.« Jenna blickte zu Mary. »Ist bei dir alles in Ordnung?«

»Geht schon… Hast du jemanden gesehen, Jenna?« León bemerkte, dass Marys Stimme leicht zitterte. Was auch kein

Wunder war, schließlich war sie die Einzige, die bisher jemandem aus dieser Stadt begegnet war.

»Nein, keine Menschenseele.«

»Gut«, meinte Jeb. »Aber durch die Schneespuren wissen wir, dass es einen oder sogar zwei Männer in der Nähe gibt. Männer, von denen Mary und Kathy glauben, dass sie uns nicht gerade freundlich gesinnt sind. Mary hat einen von ihnen gesehen, er hatte einen großen Hund dabei und schien sie zu bedrohen, aber er ist verschwunden, als wir aufgetaucht sind. Wir müssen also vorsichtig sein. Ich schlage vor, wir ziehen uns tiefer in dieses Gebäude zurück und stellen Wachen auf. Wir sollten ein wenig schlafen und ich möchte heute Nacht keine bösen Überraschungen erleben.« León wechselte mit Jeb einen Blick und nickte. »Wenn wir Glück haben, klart es in der Nacht auf. Um Mitternacht sollte sich der Stern zeigen, dann beginnt der Countdown und wir müssen die Tore finden.«

Zustimmendes Gemurmel kam auf, auch León zeigte durch eine Handbewegung, dass er mit dem Plan einverstanden war, und forderte Jeb auf weiterzureden. Dieser schien wie immer seine Schritte vorauszudenken und das gefiel León, auch wenn ihm das Gehabe manchmal gehörig auf den Geist ging. Jeb fuhr fort: »Wir schlagen am besten in den unteren Stockwerken unser Lager auf. Dort können wir ein Feuer machen, ohne dass uns der Lichtschein verrät. Einer von uns bleibt hier oben im Erdgeschoss und bewacht die Tür. Die Wache wird mehrfach abgelöst, sodass jeder ausreichend Schlaf bekommt.«

Jeb reichte Mischa seinen Rucksack. »Während ihr nach Brennmaterial sucht, gehe ich hinaus, um unsere Spuren zu verwischen.«

37.

Etwas später saßen alle, bis auf León, der die erste Wache übernommen hatte, um ein kleines Feuer herum, das sie aus den Resten von alten Holzmöbeln, herumliegendem Karton und Papier entzündet hatten. Der flackernde Schein der Flammen warf geisterhafte Schatten auf ihre Gesichter. Jeb sah den anderen an, dass sie sich unwohl fühlten.

»Na, wenigstens ist es einigermaßen warm«, meinte Mischa. Keiner antwortete ihm und so kaute er stumm auf seinem Trockenfleisch herum. Jenna teilte ihr Essen mit Mary, die in ihrer Not alles an den Hund verfüttert hatte. Es war wenig, aber es füllte die knurrenden Mägen. Die Rucksäcke hatten keine neuen Waffen, Materialien oder Hinweise enthalten.

Jeb war in düstere Gedanken verfallen. Aus einer trostlosen Welt in die nächste geworfen, waren sie erneut dazu verdammt, um ihr Leben zu kämpfen. Jennas Fuß schmerzte noch immer und Mischa zuckte bei jeder Bewegung kaum merklich zusammen.

Wahrscheinlich hat er sich doch eine Rippe gebrochen.

Er zollte Mischa tiefen Respekt vor dem, was er in der Schlucht für alle geleistet hatte. Für alle bis auf Tian. Jeb ahnte, dass die anderen nicht über Tians Tod sprechen wollten oder konnten. Sein Tod war die Bestätigung, dass das hier kein Traum war. Dass sie nicht einfach aufwachen würden.

Wir waren sieben, jetzt sind wir nur noch sechs. Wer wird der Nächste sein?

Aber diese Gedanken waren sinnlos, Energieverschwendung. So vieles konnte geschehen, bis sie die Tore erreichten. Aber dass es in dieser Welt Menschen gab, die feindselig waren, steigerte ihre Überlebenschancen nicht gerade.

Plötzlich spürte er, wie Jenna dichter an ihn heranrutschte. Die Berührung jagte ein Kribbeln durch seinen Körper.

»Wie geht es dir und deinem Fuß?«, fragte er leise.

»Ganz gut. Ich bin nur so unendlich müde.«

»Kann ich gut verstehen.« Er schaute über das Feuer hinweg in die erschöpften Gesichter und sagte dann lauter: »Lasst uns schlafen gehen.« Das Rascheln der Schlafsäcke war Antwort genug. »Mischa, du löst León später ab. Und nach deiner Wache weckst du mich, damit ich übernehmen kann.«

»Alles klar.«

Jeb wollte sich gerade einen Schlafplatz suchen, als er Jennas Blick auffing.

»Kann ich bei dir schlafen?«, fragte sie leise.

Jeb musste unwillkürlich lächeln, dann nickte er.

In einer Ecke hatte sie bereits Kartons ausgelegt. Darauf rollten sie jetzt ihre Schlafsäcke aus. Sie kroch sofort hinein, Jeb legte sich daneben, drehte ihr aber den Rücken zu. Trotzdem, sie waren sich nahe. So nahe. Er konnte Jennas Atem spüren, der sanft über seinen Nacken strich.

Wenn ich mich jetzt umdrehe, meine Hand nach ihr ausstrecke...

Er wagte nicht, den Gedanken zu verfolgen. Seit der Rast im Wald, als sie sich beinahe geküsst hätten, war viel geschehen. Jeb verfluchte sich stumm für seine Mutlosigkeit, aber er brachte es einfach nicht fertig, den ersten Schritt zu tun. Zu groß war seine Angst vor Zurückweisung, vor der Hoffnungslosigkeit gegenüber dem, was er für Jenna empfand. Und so lag er in der Dunkelheit, dicht neben dem Mädchen, für das er bereit war zu sterben und sich doch eine Zukunft für sie beide wünschte, und wagte kaum zu atmen.

Jenna sah den schwachen Lichtschein über Jebs Rücken tanzen. Hatte sie sich ihm zu sehr aufgedrängt, wich er deshalb jetzt vor ihr zurück? Es schien, als würde er für jeden Schritt, den sie aufeinander zukamen, zwei Schritte zurückmachen.

Im Wald hatte sie sich an ihn gekuschelt, aber nichts war geschehen. Damals hatte sie es auf seine Erschöpfung geschoben, aber nun fragte sich Jenna, ob er überhaupt etwas für sie empfand. Und dabei war sie sich so sicher gewesen, dass da etwas war. Die Verzweiflung darüber, sie nicht zurücklassen zu wollen, hatte sie glauben lassen, dass Jeb ihre Gefühle für ihn erwiderte. Und sie war sich nun schon seit Längerem im Klaren darüber, was ihr Jeb bedeutete. Nun musste sie sich eingestehen, dass sie vielleicht vorschnelle Schlüsse gezogen hatte, vor lauter Hoffnung, dass er tatsächlich etwas für sie empfinden könnte. Sicher, Jeb war ihr hier ein Freund und er würde sie beschützen, aber sie wünschte sich so viel mehr als das. Was war nur los mit ihm? Keine Geste, keine Berührung, kein liebevolles Wort.

Jenna war verzweifelt. Sie drängte die Tränen mühsam zurück. *Oh Jeb, merkst du denn nicht, was ich für dich empfinde? Mein Herz flattert, wenn ich in deiner Nähe bin, und ich träume von deinen Lippen.*

Jeb, bitte dreh dich um. Sag etwas zu mir, umarme mich, halte mich, lass mich deinen Kuss spüren.

Aber er tat es nicht. Kurz darauf hörte Jenna an seinen ruhigen Atemzügen, dass er eingeschlafen war.

Endlich konnte sie ihren Tränen freien Lauf lassen.

León hockte im Dunkel des Hauseingangs und starrte nach draußen, wo der Schnee im schwachen Lichtschein des Mondes glitzerte. Der Schneefall hatte nachgelassen und die graue Wolkendecke hatte sich verzogen, sodass ein Teil des Himmels sichtbar wurde. León kaute nachdenklich auf einem Stück Brot herum. Er dachte über das nach, was Mischa auf dem Rückweg gesagt hatte.

Ich lasse mir nicht auch noch meine Würde nehmen.

War vielleicht doch etwas daran? Was unterschied sie noch von instinktgetriebenen Tieren? Fressen, Töten. Überleben. Aber war sein Leben nicht schon immer so gewesen? Er bemühte sich wie schon so oft, Bilder aus seiner Erinnerung wachzurufen, aber alles blieb schemenhaft und verschwommen. Stimmen hörte er nur selten und dann waren es Flüche oder Befehle, Schimpfworte oder Racheschwüre.

Ist all das hier vielleicht eine Strafe für die Sünden, die ich begangen habe? Ich habe getötet. Einen Jungen. Ihm in die Brust geschossen. Ihm das Leben genommen. Ich habe es wahrscheinlich verdient, hier zu sein.

Aber was war mit den anderen? Büßten auch sie für die Dinge, die sie in ihrem früheren Leben getan hatten?

Jeb und Mischa vielleicht. Bei Kathy wäre das auf jeden Fall denkbar, aber was war mit Jenna und Mary? Und mit Tian? Er konnte sich beim besten Willen nicht vorstellen, dass die drei zu etwas fähig waren, für das sie derart bestraft werden mussten.

Wenn ich eine Strafe erhalte, müsste ich dann nicht wissen, wofür ich bestraft werde? Weil ich ein Mörder bin.

Aber die anderen? Er sträubte sich gegen diesen Gedanken, doch es war die einzige logische Schlussfolgerung: War er ein Mörder unter Mördern? Wer bestrafte sie überhaupt? Und woher wusste derjenige, dass sie ihre gerechte Strafe erhielten?

Wir sind wie Ratten. Fressen, Beißen, Kämpfen – und vermutlich schaut uns jemand dabei zu.

Er ballte seine Hand zur Faust und streckte sie dem sternenlosen Himmel entgegen.

Wer immer du auch bist, wenn ich das hier überlebe, werde ich dich finden. Und töten.

Mary lag in ihrem Schlafsack. Sie war wach, obwohl sie so gerne schlafen würde. Immer wieder schweiften ihre Gedanken zu Kathy.

Kathy war eine Mörderin. Sie hatte ein Messer und sie hatte das Seil durchschnitten. Wozu war sie noch fähig?

Sie wusste es nicht. Je stärker Mary sich bemühte, ein klares Bild von Kathy zu gewinnen, desto zielloser wurden ihre Gedanken. Kathys merkwürdiges Lächeln. Ihre Anbiederung bei den Jungs. Das Messer. Kathys spontane, wenn auch höchst seltene Hilfsbereitschaft. Ihre bedrohliche Geste nach Tians Tod.

Was mache ich bloß?

Kathy war gefährlich. Aber würden die anderen ihr überhaupt zuhören? Oder würden sie glauben, dass sie, die in jeder Hinsicht Schwächste in der Gruppe, vor lauter Angst und Erschöpfung Dinge sah, die es gar nicht gab? Sie schlichtweg für verrückt hielten?

Während sie noch mit sich haderte, übermannte sie schließlich die Erschöpfung und Mary fiel in einen unruhigen Schlaf voller dunkler und wirrer Träume.

38.

Die beiden machten sie wahnsinnig. Die eine zart und beschützenswert, die andere so treu und lieb wie ein dressierter Pudel. So eine Niederlage hatte Kathy sich noch nie eingestehen müssen – in Sachen Männer hatte sie sich bisher immer jeden nehmen können, den sie haben wollte. Wie reife Früchte waren ihr die Freunde ihrer Schwester oder ihrer Freundinnen vor die Füße gerollt. Sie hatte sie nur aufheben müssen, um sich mächtig und begehrenswert zu fühlen.

Jenna und Jeb waren seit ihrer Extratour auf der Ebene nicht mehr auseinanderzukriegen. Aber nicht wegen Jenna, sondern wegen Jebs unberechenbarem Temperament war es Kathy zu gefährlich, sich noch einmal an ihn ranzumachen. Tatsächlich hätte sie inzwischen große Lust, gegen Jeb um eines der Tore zu kämpfen. Sein Blick, wenn sie dann als Überraschung das Messer aus ihrem Hemdsaum ziehen würde …!

Kathy verzog ihre Lippen zu einem breiten Grinsen und konnte ein lautes Lachen, das in ihrer Kehle gurgelte, gerade noch unterdrücken.

Wenn nur die kleine Schlampe Mary ihren Mund hält.

Bisher hatte sie sich als verängstigt genug erwiesen, aber

wer wusste schon, was in diesem zuckersüßen Köpfchen vorging?

Natürlich hatte Kathy längst bemerkt, dass Mary Leóns Nähe suchte. Machte einen auf sensibles, süßes Ding – und er hatte nichts Besseres zu tun, als ihr auch noch seine starke Schulter anzubieten. Kathy schnaubte laut auf. Zum Glück schliefen alle tief und fest, das Geräusch hatte keinen geweckt.

Nein, Kathy wollte sich um keinen Preis eingestehen, dass ausgerechnet die schwache Mary den unnahbaren León geknackt hatte. Und dass sie ihr sicheres Los um eines der nächsten Tore aufgeben musste.

Aber nicht, wenn ich dabei etwas mitzureden habe.

Vor ihr stand der Hund. Unheilvoll fixierte sein Blick jede ihrer Bewegungen. Mary begann, vor Angst zu zittern. Ein finsteres Knurren kam aus der Kehle des Tieres. Sie schaute sich um, entdeckte den Mann, dem der Hund gehörte, sah sein gieriges Grinsen.

Ich träume, dachte sie. *Es ist nur ein Traum. Gleich werde ich aufwachen, dann ist alles gut. Ich bin in Sicherheit, mir kann …*

Mit einem mächtigen Satz schoss der Hund vor, sprang sie an und biss sie in die Kehle. Schmerzen tobten durch ihren Hals, sie bekam keine Luft. Das schwere Gewicht des Hundes lastete auf ihr. Sie konnte sich nicht bewegen. Ihre Hände waren festgeklemmt.

Ich ersticke.

Aber kein Laut verließ ihren Mund. Der Druck um ihre Kehle nahm zu. Verzweifelt versuchte sie, Luft in ihre Lunge zu bekommen. Feuer brannte in ihrem Hals.

Sie erwachte von ihrem eigenen Röcheln und schlug die

Augen auf. Zunächst war alles schemenhaft. Grau, Schwarz, Dunkel. Noch immer bekam sie keine Luft. Dann blitzten Augen im Lichtschein des Feuers auf. Grüne Augen. Nicht die gelben Augen des Hundes.

Kathy.

Sie saß auf ihrer Brust und würgte sie. Kathy war drauf und dran, sie – die einzige Zeugin ihres Mordes an Tian – zu töten. Sie war wahnsinnig. Komplett verrückt. Mary keuchte, versuchte, sich zu wehren, während es in ihr fieberhaft arbeitete.

Wie will sie den anderen meinen Tod erklären?

Doch jeder weitere Gedanke war unmöglich. Sie rang nach Atem. Panik überschwemmte Mary. Kathy abwerfen, irgendwie ihre Hände freibekommen, alles unmöglich, sie hatte keine Chance. Die Kräfte ließen nach. Rote Flecken tanzten vor ihren Augen. Während sie in die Schwärze glitt, begleitete sie Kathys Stimme.

»Stirb, du Miststück!«

Dann plötzlich lockerte sich der Griff um ihre Kehle. Kathy strampelte heftig mit den Beinen, Mary bekam einige Tritte ab. Sie konnte die Augen nicht aufschlagen, tiefe Schwärze hüllte sie ein.

Jetzt vernahm sie auch andere Stimmen. Mischa sagte etwas, Jenna schrie auf.

»Packt sie!«, keuchte León. »Haltet ihre Beine fest!«

Sie wollte etwas sagen, doch ihre Stimme versagte. Sie konzentrierte sich auf ihren Atem, während neben ihr das Handgemenge kein Ende nehmen wollte. Mischa gab Befehle und schließlich wurde es ruhig neben ihr.

»Verdammte Scheiße, Kathy! Was soll das?«, brüllte León und er klang vollkommen aufgelöst.

Jeb hatte die Schreie aus dem unteren Stockwerk gehört und rannte die Treppe hinunter. »Was ist hier los?«

»Keine Ahnung«, rief León. »Ich bin aufgewacht und sehe, wie Kathy versucht, Mary zu erwürgen.«

Jeb bückte sich zu Mary hinunter, die mit geschlossenen Augen auf dem Rücken lag und nach Luft rang. Ihr Brustkorb hob und senkte sich hektisch und ein keuchendes Rasseln erklang bei jedem Atemzug.

»Mary? Hörst du mich?« Er fasste nach ihrem Arm, aber sie reagierte nicht, keuchte nur weiter.

»Mary, was ist passiert? Kannst du mir sagen, was los ist?«

Sie schlug die Augen auf. Ihre Lider zitterten. »Sie hat Tian umgebracht«, krächzte sie rau.

Stille legte sich über den Raum.

»Tian ist abgestürzt«, sagte Jeb schließlich ruhig. »Das Seil ist gerissen.«

»Nein«, widersprach Mary mit rauer Stimme. »Sie hat es durchgeschnitten. Kathy hat ein Messer, hat es die ganze Zeit gehabt. Ich habe es gesehen.«

Jeb erhob sich, drohend blickte er auf Kathy herab. »Ist das wahr?«

Kathy starrte ihn nur verächtlich an.

»Durchsucht sie und lasst sie dann los!«

Kathy leistete keinen Widerstand. Kurz darauf zog León das Messer hervor, das sie in ihrem Hemd versteckt hatte. Nur zögernd gaben sie Kathy frei, die sich sofort aufrichtete und sie wütend anfunkelte.

»Du hast ein Messer«, stellte Jeb fest. »Und hast uns nichts davon gesagt.«

»Na und?«, antwortete Kathy zischend.

Jeb sah sie eindringlich an. »Hast du Tian getötet?«

Ihr Gesicht verzog sich hasserfüllt. »Er wäre so oder so gestorben. Dieser verdammte Schwächling hätte niemals das letzte Tor erreicht.«

Es war ausgesprochen. Einer von ihnen hatte ein anderes Gruppenmitglied ermordet. Das Unfassbare war geschehen. Gewalt und Tod drohten nicht mehr nur von außen. Dass jemand in ihrer Gruppe zu so etwas imstande war, hatte Jeb nicht für möglich gehalten.

»Es war nicht deine Entscheidung, ob Tian lebt oder stirbt«, sagte Jeb. Er konnte sich nur mühsam zurückhalten, Kathy nicht mit der Faust ins Gesicht zu schlagen. »Er hatte wie wir alle eine faire Chance verdient.«

»Eine Chance?«, lachte Kathy höhnisch. »Ihr solltet mir dankbar sein. Niemand musste um ein freies Tor losen.«

»Du bist eine Mörderin«, stellte Jenna erstaunt fest, als könne sie es immer noch nicht glauben.

Kathy lachte heiser. »Ihr hättet mal die Erleichterung in euren Augen sehen sollen, als Tian abgestürzt ist.« Sie warf ihr Haar über die Schulter, das braune Band blitzte hervor. »Ja, ihr habt zwar geflennt, aber seid doch mal ehrlich, ihr wart dankbar, dass es euch nicht mehr treffen konnte. Und du, Jenna? Sei lieber vorsichtig. Jeder von uns weiß, dass du das erste Opfer gewesen wärst, und wenn dich Jeb nicht in einem rührseligen Anflug von Sentimentalität bis zu den Toren geschleppt hätte, wärst du schon in der Steppe draufgegangen. Futter für diejenigen, die uns sterben sehen wollen. Du hast Glück gehabt, Tian eben nicht. Vor den Toren waren wir einer zu viel, ich habe dieses Problem für uns alle gelöst.«

»Und Mary?«, stieß Jenna zwischen den Zähnen hervor.

»Die kleine Schlampe hätte es eh nicht mehr lange gemacht.«

Sie deutete auf Mary. »Schaut sie euch doch an. Verwöhntes Miststück!«

Der Schlag kam so schnell, dass die Bewegung nicht abzusehen war. Unvermittelt wurde Kathy zu Boden geworfen. León beugte sich über sie. »Halt dein Maul!«, zischte er gefährlich leise.

Jeb legte eine Hand auf seine Schulter. »Lass gut sein.«

León sah Kathy mit einem Blick an, der Jeb frösteln ließ. In diesen dunklen Augen tobte blanke Mordlust.

Betont ruhig sagte er: »Zieht ihr die Jacke aus, damit wir sie fesseln können, bis wir beschlossen haben, was wir mit ihr machen sollen.«

Kathy schwieg und ließ alles widerstandslos mit sich geschehen. Jeb schnitt die Riemen von Kathys Rucksack.

»Dreh dich um«, befahl er. »Hände auf den Rücken.«

Nachdem er ihre Hände und Füße gefesselt hatte, richtete er sie auf, sodass sie kniend mitverfolgen konnte, was nun kam.

»Setzt euch.« Die anderen gehorchten nur zögerlich seiner Aufforderung.

»Was soll das werden?«, tönte Kathy jetzt. »Eine Gerichtsverhandlung?«

Jeb zog ihr das Haarband von der Stirn und knebelte sie, sodass sie nur noch dumpfe Laute hervorstoßen konnte.

»Also, was machen wir mit ihr?«, fragte er in die Runde.

»Wir töten sie«, sagte León, ohne zu zögern. »Sie hat Tian umgebracht und nichts anderes verdient.«

Die anderen schwiegen erschrocken. Dann meinte Mischa: »Das würde auch aus uns Mörder machen. Wir wären nicht besser als sie.«

»Mischa hat recht«, sagte Jeb. »Das kann nicht die Strafe sein. Was meint ihr?«, wandte er sich an Mary und Jenna.

»Sie kann nicht bei uns bleiben«, erklärte Jenna. »Wir können ihr nicht mehr trauen. Wahrscheinlich würde sie wieder versuchen, einen von uns anzugreifen, und das Risiko können wir nicht eingehen.«

»Sie ist wahnsinnig«, sagte Mary, immer noch heiser. »Ihr hättet ihren Blick sehen sollen. Vollkommen irre. Und ich weiß: Sie würde es wieder tun.«

»Bei uns bleiben kann sie nicht länger.« Jeb klang unschlüssig.

»Lassen wir sie zurück.« Leóns Gesicht war angespannt.

»Gefesselt? Nein, das wäre ihr sicheres Todesurteil.« Jeb schaute in die Runde, als suche er Zustimmung. »Ich bin dafür, sie aus der Gruppe auszustoßen. Sie muss ab jetzt allein zusehen, wie sie zurechtkommt.«

»Das würde bedeuten, sie kann immer noch eines der Tore erreichen«, sagte León. »Findest du das fair nach dem, was sie getan hat?«

Jeb sah ihn ernst an. »Eigentlich nicht. Okay, dann schlage ich vor, dass sie ihre komplette Ausrüstung zurücklassen muss und nur ihre Kleidung behalten darf. Schlafsack, Wasser und Essen bleiben hier. Wir teilen das Zeug dann unter uns auf. Seid ihr damit einverstanden?«

Jenna nickte. Mary ebenso. Mischa zögerte, aber dann gab auch er seine Zustimmung. Lediglich León blieb regungslos. Schließlich wandte sich der tätowierte Junge flüsternd an ihn: »Jeb. Sie hat diese Chance nicht verdient. Tian hatte sie auch nicht.«

»Trotzdem, wir…«

León hob die Hand. »Schon gut, ich weiß, was du sagen willst, wir wären nicht besser als sie selbst. Aber vor dem Morgengrauen muss sie verschwunden sein, sonst überlege ich es mir noch einmal anders.«

León wandte sich an Kathy, die die Unterhaltung mit wachsendem Entsetzen verfolgt hatte. »Wenn es nach mir ginge, würdest du hier und jetzt sterben, aber ich respektiere die Entscheidung der Mehrheit. Sollten wir uns aber noch einmal begegnen, mache ich dich sofort alle. Hast du das verstanden?«

Kathy nickte hochmütig, der Anflug von Angst war schnell wieder aus ihrem Gesicht verschwunden. Jeb war erstaunt, mit welcher Schnelligkeit Kathy zwischen ihren Emotionen wechseln konnte. Vielleicht glaubte sie ja trotzdem, noch eine Chance zu haben. Aber Jeb wusste es besser. Er fuhr sich mit den Fingern durch das Haar, dann stand er auf. »Es ist schon spät. Lasst uns nachschauen, ob der Stern mittlerweile irgendwo zu sehen ist.«

Froh über die Ablenkung stapften sie die Treppe ins Erdgeschoss hinauf und traten hinaus in die eisige Kälte der Nacht. Der Himmel war immer noch wolkenverhangen, aber zwischen einzelnen grauen Fetzen blitzte das Blauschwarz des Himmels auf.

Jeb drehte sich im Kreis. Er suchte den Himmel ab, auch die anderen reckten die Hälse. Minuten vergingen. Ihr Atem zerstob in weißen Wolken.

Plötzlich hörte er Mischas Stimme: »Da. Ich glaube, ich habe was gesehen.« Im schwachen Schein des Mondes war seine Hand nur als weißer Schatten auszumachen. Er deutete in den Himmel.

»Ja«, sagte Jenna. »Ich hab ihn auch gesehen.«

»Da ist er. Der Stern.« Mary trat unruhig von einem Fuß auf den anderen.

Deutlich leuchtend trat er hinter einer Wolke hervor, um kurz darauf wieder im Dunst zu verschwinden. Jeb prägte sich die Richtung ein. Nun wussten sie wieder, wohin sie marschieren mussten.

Unsere Reise ins Ungewisse geht weiter.

39.

Am Morgen hatte es wieder angefangen zu schneien. Es war Jebs Idee gewesen, das Kaufhaus nicht durch den Haupteingang, sondern durch eine Nebentür zu verlassen, um mögliche Feinde zu verwirren. Sie hatten eine endlose Diskussion geführt, wer es auf sie abgesehen haben könnte und ob diese schreienden Gestalten aus der Steppenlandschaft es bis in die jetzige Ruinenstadt schaffen könnten. Alle hatten eine andere Meinung und jeder eine andere Idee und sie waren irgendwann in dumpfes Schweigen verfallen. Es war immer noch kalt. Matschige Flocken fielen vom düsteren Himmel herab und hinterließen schmutzige Schlieren an Hauswänden, Straßen und auf ihrer Kleidung.

Jeb wusste, dass die Gruppe schlecht geschlafen hatte. Dementsprechend missmutig standen sie jetzt in der Kälte und versuchten, sich auf der Stelle tretend warm zu halten. Die Hoffnung, die Jeb noch in der Nacht beim Anblick des Sterns gespürt hatte, war angesichts der kommenden Strapazen verflogen.

Vor ihnen stand Kathy. Sie trug ihre dicke Jacke, hatte aber sonst nichts dabei, die Hände und Füße waren nicht mehr gefesselt und auch der Knebel war entfernt. Kathys roten Haare wehten im Wind, umspielten ihr hübsches, aber jetzt sehr blasses Gesicht mit den markanten grünen Augen.

»Geh«, befahl Jeb.

»Damit verurteilt ihr mich zum Tode.«

»Du hast nichts anderes verdient, aber wir lassen uns nicht zu Mördern machen.«

Mischa und Jenna nickten stumm, wagten aber nicht, sie anzusehen. León hingegen erwiderte ihren Blick, ohne eine Miene zu verziehen.

»Das werden wir ja noch sehen.« Kathy sah Jeb noch einmal an, dann wandte sie sich ab und ging davon. Kurz darauf hatte das Schneetreiben ihre schlanke Gestalt verschluckt.

Mischa schaute ihr nach, bis sie im stöbernden Weiß verschwunden war. Er empfand Schuld. War es richtig, was sie taten? Kathy hatte Tian getötet, die Entscheidung war also gerecht und ließ ihr dennoch eine Chance, die Tore zu erreichen. Trotzdem: Kathy war auf sich allein gestellt, unbewaffnet, ohne Nahrung und Wasser. Waren sie so viel besser als Kathy?

Hier gibt es Menschen, versuchte er, sich zu trösten. *Vielleicht hilft ihr jemand.*

Das war eine Lüge. Er wusste es, denn diese Menschen hatten sich bisher als nichts anderes als wandelnde Albträume erwiesen. Trotzdem half es ihm zu verdrängen, dass sie Kathy in den sicheren Tod geschickt hatten.

Mischa blickte zu León. Der tätowierte Junge wirkte tatsächlich gelassen, als er den anderen mitteilte, es könne losgehen. Marys Gesicht verschwand fast hinter der zugeschnürten Kapuze, aber Mischa konnte in ihren Augen ablesen, dass die letzte Nacht Spuren bei ihr hinterlassen hatte. Jeb und Jenna sprachen leise miteinander – schien es nur so oder steckten wirklich alle Kathys Verbannung, ohne mit der Wimper zu zucken, weg?

Eine weitere Frage drängte sich ihm auf, als er seinen Rucksack schulterte. Warum war León so extrem auf Mary fixiert? Er war die treibende Kraft bei der Suche nach ihr gewesen. Er hatte Kathy überwältigt und ihr mit dem Tod gedroht, wenn sie sich noch einmal der Gruppe näherte. Aber irgendwie hatte Mischa das Gefühl, dass León damit eigentlich sagen wollte: wenn sie sich *Mary* näherte. War da etwas zwischen den beiden?

Er wusste nicht, warum, aber der Gedanke versetzte ihm einen Stich. Mischa betrachtete Mary. Er mochte das Mädchen mit den dunklen Augen und den schwarzen Haaren. Sie war vielleicht manchmal etwas anstrengend, aber sie strahlte ebenso wie Jenna menschliche Wärme aus.

Genau in diesem Moment hob León den Daumen, um zu zeigen, dass er bereit zum Aufbruch war, ihre Augen trafen sich für einen kurzen Moment. Mischa erwiderte die Geste, aber er fühlte sich schwach. Er fühlte sich kaum imstande, jetzt durch den tiefen Schnee zu marschieren, solange er seine Gedanken noch nicht sortiert hatte.

Wer bist du, León? Warum faszinierst du mich so? Warum tut es weh, wenn ich an dich denke?

So viele Fragen und keine Antworten. Die Gruppe setzte sich in Bewegung. Er schaute zurück und betrachtete ein letztes Mal Kathys Spuren im Schnee, die schon fast von den neu fallenden Flocken verschluckt worden waren.

Jeb kam herüber und ging neben ihm her. »Alles klar bei dir?«

»Ja, ich habe nur gerade an Kathy gedacht und an das, was vor ihr liegt«, log er.

»Sie hat dieses Schicksal verdient. Und außerdem wäre sie eine ständige Gefahr für uns.«

»Ich weiß. Trotzdem …«

Jeb nickte verständnisvoll.

»Kommt dir irgendetwas bekannt vor?«, fragte Jeb, als Mischa sich wiederholt umdrehte und sich aufmerksam umschaute.

»Ich weiß, was Häuser sind, und ich weiß, was Einkaufszentren sind. Auf Straßen wie dieser sind früher Autos gefahren. Und in den Gebäuden gibt es normalerweise Kleidung oder Nahrung. Leider bleibt uns keine Zeit für eine Suche danach.«

»Ja, wir sollten uns lieber beeilen. Wir wissen nicht, wie weit die Tore entfernt sind.«

Mischa dachte weiter über das nach, was er sah. Er schob seinen Rucksack zurecht, der nun wieder schwer und einigermaßen gut gefüllt mit Vorräten war. »Früher haben hier wahrscheinlich Menschen wie du und ich gelebt. Dann muss etwas geschehen sein, das diese Welt verändert hat. Die Menschen, die es jetzt hier gibt, sehen zwar aus wie wir, verhalten sich aber unberechenbar. Und weißt du, was seltsam ist, Tian hat mir von einer Stadt erzählt, in der es ständig schneit. Aber er meinte, er lebte dort nicht. Ist das nicht merkwürdig, dass wir nun hier sind?«

»Vielleicht stammen wir alle aus einer Stadt wie dieser?«, rätselte Jeb. »Mir ist das allerdings sehr fremd. Oder meinst du, das hat eine ganz andere Bedeutung?«

Mischa blickte ihn ernst an. »Ich weiß es nicht.«

Unvermittelt legte ihm Jeb eine Hand auf die Schulter. »Ich hätte dir das schon lange sagen sollen.« Jeb lächelte. »Du bist ein netter Kerl.«

Mischa wurde verlegen. »Danke.«

»Nein, wirklich, was du in der Schlucht für uns getan hast, war unglaublich, aber ich bin ehrlich beeindruckt, dass du nicht sofort durch eines der Tore gegangen bist. Da hast du viel riskiert. Du bist ein guter Kumpel.«

Wenn du wüsstest, wie nah ich dran war, euch alle zu verraten.

»Wir hinterlassen viel zu deutliche Spuren«, meinte Jeb unvermittelt und blieb stehen, nachdem sie einige Minuten schweigend durch den Schnee gestapft waren. »Wenn die Menschen in dieser Welt es auf uns abgesehen haben, machen wir es ihnen eindeutig zu leicht, uns zu folgen.«

Jenna blickte die Straße zurück. Ihre Spuren sahen aus, als hätte sich eine gigantische Schlange durch den Schnee gewunden.

Kathys Fußstapfen waren schon nach wenigen Metern nach links in eine Seitenstraße abgebogen. Möglicherweise fühlte sie sich auf Nebenstraßen sicherer, aber da sie in der Nacht den Stern nicht gesehen hatte, konnte es ebenso sein, dass sie ziellos durch die Gegend lief. Jenna wusste noch immer nicht, ob sie Mitleid mit ihr haben sollte.

»Können wir nicht irgendwie unsere Spuren verwischen?«, fragte sie in die Runde.

»Wäre natürlich das Beste, nur wie? Und es kostet uns Zeit. Wir wissen ja nicht einmal, wie weit es bis zu den Toren ist.«

»Der Stern war gestern nicht so weit entfernt, aber vermutlich kommen wir durch den Schnee nur langsam vorwärts.« Mischa zuckte ratlos mit den Schultern.

»Wir haben keine Ahnung, was uns noch erwartet«, warf Jeb ein.

Jenna schaute ihn an. Sein Gesicht war durch die Kälte ein wenig gerötet.

Das steht dir übrigens gut, ein bisschen Farbe im Gesicht.

Er wirkte sehr kraftvoll, wie er so mit Mischa diskutierte, während León und Mary schweigend danebenstanden. Ihr Blick wanderte zum Himmel, von dem unablässig gräuliche Schneeflocken herabtanzten. Sie kamen auf keine Lösung und die Zeit drängte. Schließlich gingen sie ein ganzes Stück hintereinanderher und traten exakt in die Fußstapfen ihres Vorgängers. Vielleicht konnten sie so wenigstens etwas Verwirrung stiften.

Mal wieder eine von Jebs Ideen. Was würden wir nur ohne ihn anfangen?

Jenna wusste nicht mehr, wie sie sich Jeb gegenüber verhalten sollte. Konnte er nicht einfach merken, wie es um sie stand? Musste sie wirklich den ersten Schritt machen? Vielleicht erwiderte er ihre Gefühle ja nicht. Letzte Nacht zumindest hatte sie vergeblich auf einen Moment des Glücks gehofft.

Ja, vielleicht brachte ihre tiefe Verbundenheit miteinander Unruhe in die Gruppe, ihr war aufgefallen, dass sie von den anderen beobachtet wurden, aber das würde sie in Kauf nehmen.

Du bildest dir vielleicht auch nur etwas ein oder warum behandelt er dich die ganze Zeit nur rein freundschaftlich?

Wenn sie es doch nur wüsste. Wenn sie sich doch trauen würde, offen mit ihm zu sprechen, ihm zu gestehen, was sie für ihn empfand. So lebte sie in ständiger Unsicherheit und im Gefühlschaos, aber immerhin konnte sie hoffen.

Da sprach sie Mary von der Seite an. »Was macht eigentlich dein Fuß?«

»Geht schon wieder besser. Tut noch weh, aber ich kann laufen, das ist die Hauptsache.«

»Dann ist ja gut. Ich bin sicher, du wirst es bis zu den Toren schaffen.« Mary rubbelte mit dem Finger über ihre Nase. »Ich frage mich die ganze Zeit, warum ich überhaupt weitermache, hat doch eh keinen Sinn. Früher oder später wird es mich erwischen. Mit Jeb, León, Mischa oder dir kann ich nicht mithalten. Warum sich also weiterquälen?«

»So darfst du nicht reden. Wer weiß schon, was noch alles passiert.« Jennas Blick wanderte kurz zu Jeb hinüber, der neben Mischa herging und sich angeregt mit ihm unterhielt.

Mary lächelte gezwungen. »Ganz ehrlich, Jenna, du brauchst mir keinen Mut zu machen. Wir wissen doch beide, was ich sage, ist die Wahrheit.«

Jenna streckte ihre Hand aus und strich sanft mit den Fingern über Marys Wange.

»Du kannst stolz auf dich sein«, redete sie dem Mädchen Mut zu. »Du hast es bis hierhin geschafft. Gib nicht auf, du bist stärker, als du denkst.«

»Stimmt eigentlich!«, lachte Mary. »Wer hätte gedacht, dass ich es durch die Ebene schaffe!«

Jeb mahnte sie, nicht zu trödeln. Jenna hakte sich bei Mary unter und sie stapften zu den anderen.

40.

Kathy bewegte sich rasch und sicher durch das Gebäude. Es war ein hohes Bürohaus, an dessen bleiche Hauswände der schmutzige Schnee Botschaften des Winters geschrieben hatte. Schwarze Schlieren rannen unablässig am Mauerwerk herunter, schufen ein groteskes Farbenspiel aus Grau und Schwarz in allen Schattierungen.

Innen war es besser. Kathy war aus dem Schnee geflüchtet, den sie nicht mehr ertragen konnte. Viele Fenster waren noch intakt und so hatten Schnee und Witterung nicht allzu viel Zerstörung anrichten können. In den weitläufigen Räumen, die Kathy durchquerte, standen Möbel. Wahrscheinlich war hier früher gearbeitet worden. Viereckige Kästen mit schwarzen Glasaugen verfolgten ihren Weg.

Computer, dachte sie. *Das sind Computer.*

Doch dieses Wort erzeugte keinen Widerhall in ihren Gedanken. Irgendwo steckten alle Bilder ihres bisherigen Lebens, aber jetzt war Kathy auch nicht in der Stimmung, danach zu suchen. Sie schnaubte vor Wut und Zorn. Und da war Hass. Ihr Körper war zum Zerreißen gespannt, mit kraftvollen Schritten durchmaß sie die Räume und kannte nur ein Ziel. Sie würde die anderen verfolgen und Mary töten. Dann, und erst dann, würde sie sich auf den Weg zu den Toren machen. Wenn diese kleine Schlampe Mischa, Jeb, Jenna und León nicht mehr so um den Finger wickeln konnte, würden diese erkennen, was für eine großartige Kämpferin sie war. Dass sie Kathy brauchten, um zu überleben. Ja! Sie würden endlich verstehen, dass sie Tian nur für das Überleben der Gruppe getötet hatte.

Kathy lächelte. Alles würde gut werden. Vielleicht würde sie Jeb auch noch mal eine Chance geben. Im Gegensatz zu Jenna hatte sie einiges mehr zu bieten. Jeb hatte bewiesen, dass er auf ihre körperlichen Reize reagierte.

Kathy schlüpfte durch eine weitere unverschlossene Tür und hastete zu der großen Fensterfront an der rechten Seite des Raumes. Das Glas war zerbrochen und der Wind trieb Schneeflocken herein, aber sie konnte sich hinter dem breiten Rahmen verbergen und hinunter auf die Straße blicken.

Da! Da sind sie!

Aus dem Schneegestöber schälten sich fünf Gestalten heraus. Die Köpfe gegen den Wind gesenkt, stapften sie nebeneinander die Straße entlang.

Mary hing etwas zurück. Wie immer.

Ich kriege dich noch.

Der Gedanke ließ Kathy aufjauchzen.

Catch the little butterfly,
butterfly is flittering around,
catch it, put it on your hand
– butterfly is standing still –
til you set it free again.

Nein, Mary würde nie wieder fliegen. Mit bloßen Händen würde sie ihr die Flügel ausreißen.

Kathy hatte Durst. Sie schaufelte etwas Schnee von der

Fensterbank und steckte ihn sich in den Mund. Er schmeckte bitter. Nach Asche.

Was ist das nur für eine beschissene Welt?

Noch einmal schaute sie auf die Gruppe hinab. Niemand hob den Kopf, niemand sah sie.

Ihr seid so ahnungslos! Wie Kinder.

Vielleicht sollte sie doch alle töten. Kathy wusste, dass sie dazu in der Lage war.

Mach dir nichts vor, Kat. Du kriegst Jeb nicht und León schneidet dir die Kehle durch, sobald er die Gelegenheit dazu bekommt. Okay, Mischa ist in Ordnung. Harmlos. Ein Schaf unter Wölfen. Und Jenna? Auch dieses Problem wird sich leicht lösen.

Kathy kicherte. Die Tore in den kommenden Welten würden allein ihr gehören. Sie würde den Preis erringen und überleben.

Sie würden ihre gerechte Strafe bekommen. Sie hatten kein Mitleid mit ihr gezeigt und sie verstoßen. Nein, wenn es so weit war, würde sie kein Bedauern empfinden.

Plötzlich riss ein Geräusch Kathy aus ihren Gedanken. Sie wirbelte herum. Nichts. Auf Zehenspitzen schlich sie zur Tür und spähte in den Büroraum. Auch da war niemand.

Trotzdem spürte Kathy es. Sie war nicht mehr allein.

»Bist du sicher, dass die Richtung stimmt?«, brach Mischa das Schweigen und Jeb sah auf.

Die Augenbrauen und die unter der Mütze herauslugenden Haare waren mit Schnee bedeckt. Ebenso die Jacke. Unablässig fielen die dicken Flocken herab, begruben alles unter sich.

Da ihnen der Wind entgegenwehte, kamen sie nur mühsam voran. Das Schneegestöber war so dicht, dass sie kaum etwas sehen konnten und die Augen zusammenkneifen mussten, damit sie nicht permanent tränten. Es war still in dieser Stadt. Unheimlich. Kein Geräusch drang an ihre Ohren. Nur das Knirschen des Schnees unter ihren Füßen.

Obwohl die Straße schnurstracks geradeaus lief, fiel der Weg immer wieder stark ab. Schon zweimal war Jeb an Stellen, an denen der Wind den Schnee aufgehäuft hatte, bis zu den Hüften eingesunken und es hatte ihn einige Mühe gekostet, sich wieder zu befreien. Nun war seine Hose nass und die Kälte kroch seine Beine hoch, er merkte, dass er das eine Bein leicht nachzog, aber er spürte keine Schmerzen. Eine frühere Verletzung? Auf jeden Fall nichts, woran er sich erinnerte. Es lag sicher an der Kälte. Er musste in Bewegung bleiben, denn sobald er anhielt, begann er zu frösteln.

»Wir haben den Stern letzte Nacht gesehen. Die Straße führt in seine Richtung. Solange wir nicht abbiegen, liegen wir richtig«, versicherte Jeb.

»Als würde man durch eine Schlucht laufen, rechts und links nichts als Häuser in Grau und Weiß. Ich kann es nicht mehr sehen, erst die endlose gelbe Steppe, jetzt der ewige Schnee«, haderte Mischa.

»Meinst du etwa, das ist Absicht? Ist das eine weitere Prüfung, ein Test, ob wir verrückt werden in dieser Eintönigkeit?« Jeb war ganz aufgeregt. Hatte Mischa gerade einen weiteren Hinweis entschlüsselt?

»Verfolgt, verrückt oder tot! Was macht das schon?«, fragte Mischa resigniert zurück.

Jeb fiel keine aufmunternde Antwort darauf ein und blieb stehen, um auf die anderen zu warten.

León kam heran. Danach Jenna und Mary. »Lasst uns eine Pause einlegen. Etwas essen und trinken«, sagte der Tätowierte. Die Feuchtigkeit ließ die Linien und Muster in seinem Gesicht glänzen und Jeb fragte sich zum wiederholten Mal, was Leóns Tätowierungen erzählten. Niemand konnte sie verstehen, nicht mal León selbst? Es war ein Rätsel, dessen Lösung nicht einmal annähernd in Reichweite lag.

Jeb blickte auf Jenna und Mary, sie wirkten müde und machten beide einen verlorenen Eindruck. »Okay. Lasst uns Unterschlupf in einem der Häuser suchen und etwas ausruhen.«

Die Türen der nächsten Häuser waren alle verbarrikadiert oder abgesperrt. Mary schimpfte leise. Sie fror, konnte kaum noch das Zittern in ihren Armen und Beinen unterdrücken und war unendlich erschöpft.

Vor ihnen tauchte ein kleiner, merkwürdig geformter Hügel auf. Von Schnee bedeckt wie alles andere, wirkte er dennoch seltsam gleichmäßig und rund. Mary beobachtete, wie Jeb hinüberging und den Hügel absuchte, bevor er mit der Hand ein Loch in den Schnee grub und hineinschaute.

»Das ist ein Auto«, rief er den anderen überrascht zu. Mary stutzte.

Ein Auto! Ja, sie war schon mit einem Auto gefahren, viele Male. In eine Schule voller Mädchen, die alle so gekleidet waren wie sie. Dunkelblaue Jacke, weiße Bluse, dunkelblau karierter Rock, weiße Strümpfe und glänzende schwarze Schuhe. Alle sahen sie gleich aus, nur dass sich unter ihrer Kleidung ein Körper verbarg, für den sie sich schämte.

Jeb hatte noch mehr Schnee zur Seite geschaufelt und versuchte nun, die Tür des Autos zu öffnen, aber es gelang ihm nicht. Die Fahrzeugtür war entweder verschlossen oder – viel wahrscheinlicher – zugefroren. Trotzdem lächelte er.

»Ist das nicht toll?«, fragte er die anderen. »Ich habe das Gefühl, wir kommen unserem bisherigen Leben ein Stück näher. Alles hier, die Häuser, die Straße, die Schriftzüge überall und nun das Auto, das wirkt so vertraut. Ich bin sogar schon mal Auto gefahren, ich erinnere mich genau.«

Sein aufgeregter Atem quoll in kleinen Wolken aus seinem Mund.

»Toll«, meinte Mischa und in Marys Ohren klang es fürchterlich ironisch. »Ein Auto. Kenne ich auch und was bringt uns das jetzt?«

»Darum geht es nicht. Diese Umgebung ist der Welt, aus der wir kommen, ähnlich. Das bedeutet, wir nähern uns einem Ziel. Unserem wahren Leben.«

»Aber die nächste Welt kann schon wieder ganz anders aussehen«, beharrte Mischa düster.

Mary sah, wie die Zuversicht aus Jebs Gesicht verschwand. Mischa hatte recht und alle wussten es. Jenna schaute betreten zu Boden, León stand abseits, nestelte an seinem Rucksack herum.

Ach Mischa, Jeb wollte uns doch nur ein kleines Stückchen Hoffnung geben. Er wollte glauben, dass es vorangeht.

»Wahrscheinlich stimmt das«, meinte Jeb düster. Er blickte noch einmal zu dem eingeschneiten Auto hinüber.

»Jeb, *sorry,* aber...«, fing Mischa an. Doch Jeb hatte sich bereits abgewandt und ging weiter die Straße entlang.

Gratulation, Mischa. Der Einzige, der uns Kraft und Zuversicht geben konnte, ist nun ebenso frustriert wie alle anderen.

»Er fängt sich schon wieder«, murmelte Jenna neben ihr.

Mary seufzte und wischte mit dem Ärmel über ihre laufende Nase. »Glaubst du?«

»Ich bin mir sicher. Jeb ist...« Jenna verstummte.

»Wenn Jeb nämlich aufgibt, sieht es schlecht für uns aus. Ohne ihn sind wir verloren.«

»Im Augenblick ist er frustriert, aber bald wird sein Kampfgeist wieder erwachen.« Jenna legte Mary eine Hand auf die Schulter. »Er wird nicht aufgeben. Nicht Jeb.«

41.

Endlich hatten sie Glück. Sie zogen sich in ein Geschäft zurück, dessen leer geräumte Regale nicht einmal mehr andeuteten, was hier verkauft worden war. Vom Fußboden bis zur hohen Decke, von vorn bis hinten standen Metallregale, deren Sinn ihnen verborgen blieb. Alles war mit Asche bedeckt. Ein muffiger Geruch lag in der Luft.

Jeb ging voran. Ihm gefiel es hier nicht. Etwas Düsteres ging von den rußverschmierten Wänden aus.

»Gruselig«, meinte Jenna neben ihm.

»Wir bleiben ja nicht lang.« Sein Blick wanderte durch die Fensterfront nach draußen. Unablässig fiel der graue Schnee, den der Wind wieder aufwirbelte und mit sich weitertrug.

León deutete auf einen Tisch, der in einer Ecke des Raumes stand und um den Stühle herumgruppiert waren. »Da können wir uns hinsetzen.«

Sie klopften die Asche von den Stühlen und Mischa wischte mit seinem Ärmel die Tischplatte ab. Dann ließen sie sich erschöpft auf die Stühle sinken. Jeder kramte Essen und Trinken aus seinem Rucksack hervor. Schweigend begannen sie mit ihrer Mahlzeit.

»Ich glaube, deinem Fuß geht es wirklich wieder ganz gut«,

meinte Mary schließlich zu Jenna. »Du kannst gut mithalten.«

Jenna lächelte sie an. »Ja, seit heute Morgen hab ich fast keine Schmerzen mehr. Der Schlaf letzte Nacht hat mir gutgetan. Aber vielleicht liegt es auch an der Kälte, dass ich den Fuß nicht mehr so spüre.«

»Was ist mit dir, Mischa? Was macht die Rippe?« Mary sah zu ihm hinüber und kaute dabei langsam ihr Brot. Mischa zog die Mütze herunter und schüttelte den Schnee von ihr ab. Sein blondes Haar glänzte feucht.

»Tut noch weh, ist aber auszuhalten.«

Jeb schaute kurz auf, sagte aber nichts. Er wusste, dass Mischa log. Als er neben ihm gegangen war, hatte er deutlich das Rasseln seines Atems gehört und gesehen, wie Mischa immer wieder eine Hand in die Seite presste. Offensichtlich versuchte Mischa, seine Verletzung vor ihnen herunterzuspielen.

»Dann heilt es hoffentlich schnell ab«, meinte Mary.

Irgendwie schien sie in Plauderstimmung zu sein, denn jetzt wandte sie sich an León und dankte ihm noch einmal dafür, dass er sie vor Kathy gerettet hatte. Jeb war dankbar, dass sie das erschöpfte Schweigen durchbrach, er selbst fand nicht die Kraft für viele Worte.

Stattdessen schaute er zu Jenna hinüber, die ihm auf der anderen Seite des Tisches gegenübersaß und schweigend aus ihrer Wasserflasche trank. Die düsteren Gedanken, die ihn seit dem Autofund geplagt hatten, verflogen augenblicklich.

Jenna. Nicht einmal die Kälte und der Schmutz können dir etwas anhaben. Für mich bist du immer schön. Wie kann ich dir nur sagen, was ich für dich empfinde, ohne dich zu erschrecken?

Auch wenn er noch nicht so weit war, Jenna seine Gefühle

zu gestehen, so verspürte er doch in diesem Moment das Bedürfnis, in ihrer Nähe zu sein. Er erhob sich, um zu Jenna hinüberzugehen, als sich León plötzlich auf den Boden fallen ließ.

»Runter! Sofort! Alle!«, flüsterte er.

Jeb zögerte keinen Moment und warf sich hin. Rechts und links von ihm schmissen sich alle zu Boden. Er wusste nicht, warum León so heftig reagiert hatte, aber er presste gehorsam sein Gesicht in die muffige Ascheschicht auf dem Fußboden.

»Was ist denn los?«, zischte Mary leise.

León hob wie eine Eidechse den Kopf und spähte zur Fensterfront hinaus. Mit der Hand bedeutete er den anderen, unten zu bleiben.

»Da draußen ist jemand«, flüsterte er so leise, dass man ihn kaum verstand. »Eine Gruppe Männer. Es sind acht oder neun Erwachsene, die unserer Spur folgen. Ich kann ihre Gesichter nicht sehen, sie haben sich irgendwelche Lappen vor Mund und Nase gebunden. Sie sehen alles andere als harmlos aus.«

»Warum?«, fragte Jeb knapp.

»Zwei von ihnen haben Äxte und bei mindestens einem habe ich ein langes Messer gesehen.«

»Fragt mich nicht, warum, aber das sind keine Seelentrinker«, ließ sich Mischa vernehmen.

Jeb spürte, wie die anderen neben ihm erstarrten. Die Bewohner der Stadt machten Jagd auf sie. Niemand trat einem bewaffnet gegenüber, wenn er friedliche Absichten hatte.

»Was machen sie jetzt?«, hauchte Jenna.

»Sie sind stehen geblieben, betrachten unsere Spuren und beratschlagen. Wahrscheinlich grübeln sie darüber nach, ob sie uns nachgehen oder lieber darauf warten sollen, dass wir wieder rauskommen.«

Mischa rutschte auf dem Boden herum, bis er sich in die andere Richtung gedreht hatte. »Dahinten ist eine Tür. Mit etwas Glück kommen wir von dort auf die Straße oder ins nächste Haus. Sollen wir?«

León starrte immer noch nach draußen. Dann presste er sich plötzlich auf den Boden.

»Ich glaube, einer von ihnen hat mich gesehen. Wir müssen hier sofort raus!«

Hastig robbten sie über den Boden. Sie hatten den Raum fast durchquert und die Tür erreicht, als Jenna auf einmal innehielt. »Die Rucksäcke. Wir haben die Rucksäcke vergessen«, zischte sie.

»Ich geh zurück und hole sie«, sagte León sofort.

»Bist du verrückt?« Jeb sah ihn an. »Vergiss die Rucksäcke. Wir müssen hier weg.«

»Ohne sie haben wir gar nichts. Was glaubst du, wie lange wir hier ohne Ausrüstung durchhalten?«

»Es ist zu…«

Aber León hatte schon kehrtgemacht. Jeb sah ihm sorgenvoll nach.

»Los weiter«, raunte er Jenna, Mary und Mischa zu.

»Sollten wir nicht auf ihn warten?«, fragte Mary, die als Einzige ihren Rucksack nicht abgelegt hatte, sondern immer noch auf dem Rücken trug.

Jeb lächelte gequält. »Wir sollten jetzt verschwinden. León holt uns wieder ein. Ihr kennt ihn doch. Den bringt so schnell nichts um.«

Kathy sah ihn jetzt. Sie hatte sich mit einem spitzen Stahlrohr bewaffnet und sich hinter einem umgestürzten Regal versteckt.

Vorsichtig betrat er den Raum. Zögerte am Eingang. Blickte

auf den Boden, auf der Suche nach Fußabdrücken. Er war nicht größer als sie, dünn, geradezu ausgemergelt, aber er wirkte durch den wilden Bart gefährlich genug, um ihn als Gegner ernst zu nehmen. Kathy rührte sich nicht, spähte durch einen Schlitz hinüber und beobachtete, wie er einen weiteren Schritt machte.

Du spürst also, dass ich da bin, aber du weißt nicht, ob du deinem Instinkt trauen kannst.

Sie grinste, umklammerte das Rohr noch fester.

Komm. Komm nur näher. Ja, so ist es gut.

Noch ein Schritt.

Noch einer.

Nein, warum bleibst du stehen?

Geh weiter. Komm zu mir.

Dann sah sie das Messer in seiner Hand und wie er sich suchend um die eigene Achse drehte. Seine Augen durchstreiften unablässig den Raum. Er zögerte. Schließlich machte er den ersten Schritt zurück.

Nein, kreischte es in Kathy auf.

Sie saß in der Falle. Wenn er den Raum verließ, wusste sie nicht, wohin er ging. Er konnte ihr auf einem der Stockwerke auflauern, so wie sie es selbst gerade getan hatte. Das konnte sie nicht riskieren.

Kathy überlegte, ob sie aus ihrem Versteck springen und sich auf ihn stürzen sollte. Doch da hatte er den Raum bereits wieder verlassen.

Sie hätte heulen können vor Wut und Enttäuschung.

Ich muss wissen, wo er hin ist. Nach oben aufs Dach oder nach unten. Er darf mich nicht kriegen. Nein. Nein. Nein. Das werde ich nicht zulassen.

Kathy erhob sich wie eine Raubkatze aus ihrem Versteck.

Vorsichtig schlich sie zur Tür hinüber. Sie legte das Ohr daran und lauschte hinaus.

Nichts.

Mit der linken Hand griff sie nach der Türklinke, drückte sie langsam herunter. In der rechten Faust hielt sie das Rohr bereit.

Langsam öffnete sie die Tür. Nur einen Spalt, nur so weit, dass sie hindurchschlüpfen konnte. Und in diesem Moment wusste sie, dass sie einen Fehler begangen hatte.

Die kalte Klinge eines Messers legte sich an ihre Kehle.

»Rühr dich nicht«, sagte eine leise Stimme, die ihr Schauer über den Rücken jagte.

Der Mann packte sie an den Haaren und zog sie ganz dicht an sich heran.

León erreichte die Rucksäcke in dem Moment, als die Tür des Geschäfts aufflog. Glas splitterte. Der Wind fegte herein, wirbelte Ascheflocken auf. Acht Gestalten drängten in den Raum. Ihre Waffen glänzten im blassen Licht.

León kniff die Augen zusammen. Die in der Luft tanzenden Ascheflocken trübten seinen Blick. Seine Augen tränten. Für einen kurzen Moment hatte er das Gefühl, seine Verfolger aus der Ebene wären zurückgekehrt. Er glaubte, die gleichen verschwitzten Gesichter und gezeichneten Körper auszumachen. Aber dann erkannte er, dass diese Männer hager waren und bleiche, ausgemergelte Gesichter besaßen, die von struppigen Bärten und langen Haaren fast verdeckt wurden. Die Fremden stellten sich im Raum auf und orientierten sich. Einer entdeckte ihn, grunzte eine Warnung und alle wandten sich ihm zu.

Die Tätowierungen in Leóns Gesicht schienen sie zum Glück

für einen Moment zu verwirren, denn sie zögerten. Er nutzte diese Sekunden, packte drei der Rucksäcke, drehte sich um und stürmte zur Tür, durch die Mary gerade als Letzte verschwunden war. Hinter ihm lösten sich die Männer aus ihrer Erstarrung und jagten ihm nach.

León flitzte zwischen hohen Metallregalen hindurch. Im Laufen packte er immer wieder eines der Regale und warf es um. Laut polternd fielen sie zu Boden, zwangen seine Verfolger auszuweichen.

Einer von ihnen stürmte in einen Parallelgang zu seiner Rechten, während die anderen weiterhin León direkt auf den Fersen waren.

Als er sich nach ihm umschaute, rutschte León plötzlich mit dem linken Fuß aus. Um ein Haar wäre er gestürzt, aber im letzten Augenblick konnte er sich abfangen und lief weiter, so schnell er konnte. Er riss noch ein weiteres Regal um, mit dem gewünschten Effekt: Für die sieben Verfolger hinter ihm war der Weg zu Ende. Die drei schweren Rucksäcke schlugen León auf den Rücken und gegen die Beine. Er wusste, sie verlangsamten ihn nur unnötig, und während er noch darüber nachdachte, eine der Taschen fallen zu lassen, kamen die Schritte neben ihm näher und eine Hand streckte sich nach ihm aus.

42.

Mary hatte zu lange gezögert und einen letzten Blick zu viel auf León geworfen. Als sie die Tür hinter sich so leise wie möglich geschlossen hatte und sich im Flur umblickte, waren die anderen bereits um eine Ecke verschwunden. Durch ein Fenster im Dach fiel etwas Licht hinab, aber es reichte kaum aus, um sich in den Schatten zurechtzufinden. Hastig begann Mary, den Gang entlangzulaufen. Sie hörte die Schritte der anderen, doch dann wurde es abrupt still. Panisch vor Angst, sie könne sie verlieren, holte Mary das Letzte aus sich heraus. Sie schlitterte um die nächste Ecke und sah am Ende des Gangs eine offen stehende schwere Tür, die nach draußen führte. Schneeflocken wehten herein. Der Ausgang. Gleich war sie bei den anderen und gerettet!

Das Licht von draußen blendete Mary. Sie wusste nur eines: Raus hier! Mary flitzte den Gang entlang und auf den Ausgang zu, den Blick fest auf die offene Tür gerichtet, als ihr Fuß kurz vor der Türschwelle plötzlich ins Leere trat. Vor Schreck stockte ihr der Atem, und noch bevor sie wusste, wie ihr geschah, fiel sie ins Leere.

Den Aufprall spürte Mary nicht mehr.

Kathy handelte instinktiv. Mit Schwung warf sie ihren Kopf nach hinten in den Nacken und krachte mit dem Schädel gegen die Nase des Angreifers. Sie hörte ein Knirschen und fühlte einen dumpfen Schmerz, sie hatte den Mann voll erwischt. Er schrie auf. Sein Griff lockerte sich ein wenig. Kathy hob das zugespitzte Rohr, ließ sich nach vorn fallen und rammte es dem Fremden tief in den Oberschenkel. Ein Brüllen erfüllte den Raum, dann war sie frei.

Kathy wirbelte herum, bereit nachzusetzen, als die Faust des Mannes auch schon in ihr Gesicht donnerte. Mit ungebremster Wucht flog sie gegen die Wand. Kathy versuchte, sich gleich wieder aufzurichten, aber ihre Beine sackten unter ihr weg.

Dann war er über ihr. Er warf sich mit seinem gesamten Gewicht auf Kathy und mit einem Mal wurde ihr die komplette Luft aus den Lungen gepresst. Seine Hände suchten und fanden ihren Hals, begannen, sie zu würgen.

Vor Kathys Augen tanzten goldene Sterne. Sie hatte Mühe, den Blick zu fokussieren, aber schließlich wurde aus dem geisterhaften Schemen ein Mann, der sie hasserfüllt anstarrte.

Kathy schlug mit den Fäusten nach ihm, aber sie hatte keine Chance. Sie bekam kaum noch Luft. In ihrem Körper tobten Schmerzen, wie Kathy sie nie zuvor gekannt hatte – als würde sie bei lebendigem Leib von innen verbrennen. Kraftlos ließ sie die Arme sinken. Dabei streifte ihre Hand das Metall des Rohres, das noch immer im Bein des Mannes steckte. In einem letzten Aufbäumen fasste sie danach und drehte es mit einem Ruck in der Wunde. Ihr Angreifer jaulte auf und ließ sich zurückfallen, um sich aus ihrer Reichweite zu bringen. Kathy wälzte sich unter ihm hervor, aber dieses Mal versuchte sie nicht, sich von ihm zu befreien. Im Gegenteil. Sie riss das

Rohr aus der Wunde und stieß erneut zu. Sie sah nur noch aus den Augenwinkeln, dass sie den Hals des Mannes getroffen hatte.

Kathy stürzte sich auf ihren Kontrahenten. Rasend vor Angst, Schmerz und Zorn verwandelte sie sich in ein wildes Tier und hörte auch dann nicht auf, als er sich nicht mehr rührte.

León spürte die Bewegung mehr, als dass er sie sah. Ohne die Geschwindigkeit zu verringern, schwang er den Rucksack und schlug ihn seinem Verfolger ins Gesicht. Auf das klatschende Geräusch ertönte ein mattes Stöhnen. León wusste, dass er getroffen hatte.

Mit weiten Sätzen erreichte er die Tür, durch die die anderen bereits entkommen waren. Er stürmte hindurch, warf sie ins Schloss und rannte den Gang entlang.

Als er den Ausgang sah und es heller wurde, erhöhte er sein Tempo. Erst kurz vor der Tür, unmittelbar bevor er seinen Fuß nach draußen setzte, entdeckte er das klaffende schwarze Loch vor sich im Boden. Mit einem kleinen Stolperer sprang er darüber. Noch wenige Meter und er war im Freien.

Der Wind war stärker geworden, Schneeflocken, hart wie kleine Kieselsteine, schlugen León ins Gesicht. Die Sicht war so schlecht, dass er keine zwei Meter weit sehen konnte. Er brauchte einen Moment, um die Fußspuren der anderen zu entdecken. Er musste ihnen rasch folgen, bevor der Wind und der Schnee den Pfad auslöschten.

Bevor er losrannte, warf León einen Blick hinter sich und blickte kurz den dunklen Gang hinab, den er entlanggekommen war. Noch war von seinen Verfolgern nichts zu sehen, aber er hörte bereits das Stampfen ihrer Stiefel.

Gleichzeitig entdeckte León, dass nach all den Jahren immer noch der Schlüssel im Schloss steckte. Er warf sich gegen die Tür, die krachend zufiel, dann fingerte er an dem Schlüssel herum. Zuerst bewegte sich nichts. Seine Finger schmerzten vor Kälte. Wahrscheinlich verschwendete er hier nur kostbare Zeit, aber schließlich erklang das ersehnte Knirschen und der Schlüssel drehte sich im Schloss.

Gerade rechtzeitig. Auf der anderen Seite stürmten die Verfolger gegen die Tür. Wütende Rufe erklangen.

León wandte sich um und rannte zufrieden grinsend den anderen durch das Schneegestöber hinterher.

Mary erwachte aus einer tiefen Bewusstlosigkeit. Sie erinnerte sich weder daran, wo sie sich befand, noch was geschehen war. Um sie herum herrschte Finsternis. Ihr Körper schmerzte, besonders ihre Hüfte und ihr Kopf. Sie richtete sich vorsichtig auf und tastete sich ab. Mary seufzte erleichtert, als sie feststellte, dass sie sich nichts gebrochen hatte. Dann kam die Erinnerung zurück.

Wir sind geflohen.

Ich bin einen Gang entlanggerannt.

Da war ein Ausgang. Und dann plötzlich nichts mehr.

Wo sind León, Mischa, Jenna und Jeb?

Sie erschauerte. Was, wenn die anderen sie zurückgelassen hatten?

Nein, das würden sie nicht tun. Sie werden gleich da sein, um mir zu helfen. Nur einen Augenblick noch.

Warum ist es hier so dunkel?

Ein schabendes Geräusch neben ihr ließ sie zusammenzucken.

Was war das? Etwa eine Ratte?

»Na, was haben wir denn da?«, erklang eine raue Stimme.

Mary glaubte, ihr Herz würde augenblicklich stehen bleiben.

Hände tasteten ihren Körper ab, dann sagte jemand: »Sie ist unbewaffnet.«

Mary wurde grob gepackt und auf die Füße gezogen. Sie wollte schreien, um Hilfe rufen, aber die Angst schnürte ihr die Kehle zu. Ein Sack wurde über sie gestülpt und fest verzurrt. Der raue Stoff kratzte über ihr Gesicht. Sie bekam kaum noch Luft, dann wurde sie hochgehoben. Man trug sie fort. Fort von ihren Freunden.

Wohin bringt ihr mich?

Irgendwohin, wo weitere Schrecken auf sie warten würden.

Sie war zu schwach, um sich zur Wehr zu setzen. Nicht einmal den Mut für einen Versuch, sich zu befreien, konnte sie aufbringen.

»Wo bringt ihr mich hin?«, flüsterte sie. »Wer seid ihr?«

Niemand machte sich die Mühe, ihr zu antworten.

Mary begann, still zu weinen.

Kathy war über und über mit Asche bedeckt. Ihre Kleidung, ihr wildes Haar und vor allem ihr Gesicht waren schwarz verschmiert. In all dem Schmutz wirkten ihre Augen unnatürlich weiß. Ein irrer Blick lag darin, der ruhelos über die Wände und den leblosen Körper vor ihr wanderte.

Sie lebte. Hatte ihren Gegner im Kampf besiegt. Kathy legte ihren Kopf in den Nacken, riss den Mund weit auf und brüllte ihren Triumph heraus. Durch ihren Kopf huschten wirre Gedanken. Sie dachte an ihre Schwester Liz und deren Freunde aus den noblen Teilen der Stadt.

Wenn du mich jetzt sehen könntest, hättest du Respekt vor mir. Das verächtliche Lächeln, das du immer im Gesicht trägst, wenn du mich anschaust, wäre weggewischt und du wüsstest, dass du mich fürchten solltest.

Kathy begann, leise zu kichern, dann immer lauter. Ihr Blick fiel auf den Toten. Wie eine zerbrochene Puppe lag er da. Kathy ging zu dem Mann hinüber und hockte sich neben ihn. Dann jubelte sie laut auf.

Er war tot und sie am Leben. So würde es allen ergehen, die sich ihr in den Weg stellten.

Als sie wieder aufstehen wollte, entdeckte sie das Messer des Mannes. Sie griff danach. Schwer lag es in ihrer Hand. Endlich war sie wieder bewaffnet. Sie prüfte die matt glänzende Klinge und ächzte zufrieden. Das Ding war verdammt scharf. Sie sah stumm auf ihren blutenden Daumen hinab, dann verschmierte sie die rote Farbe in ihrem Gesicht, bevor sie das restliche Blut vom Daumen leckte.

Kathy richtete sich stolz auf.

Ihr Weg war noch nicht zu Ende. Noch lange nicht. Sie würde sich den Weg zu den Toren erkämpfen. Gegen wen auch immer.

Plötzlich hörte sie von draußen ein Geräusch. Rasch huschte sie ans Fenster, verbarg sich in der Ecke und schaute hinaus in das Schneetreiben.

Ich stehe bereit, ihr könnt kommen.

Da waren Gestalten. Zwei Männer. Grau, hager, zerlumpt. Auf der anderen Straßenseite kamen sie näher. Sie sahen ähnlich aus wie derjenige, den sie gerade erledigt hatte. Ein selbstgefälliges Lächeln huschte über ihr Gesicht.

Da erst bemerkte Kathy, dass die beiden Männer etwas in einem Sack davontrugen, das die Größe und Form eines menschlichen Körpers hatte. Was schleppten sie da herum?

Eine Leiche?

Jemand aus ihrer Gruppe? Aber wozu sollten sie einen Toten mitschleppen? Es sei denn ... diese Menschen waren Kannibalen. Sie riss vor Schreck die Augen auf. Nein, das konnte nicht sein. Dann sah sie, dass sich etwas in dem Sack bewegte. Offensichtlich lebte der Gefangene noch. Wer war da drin?

Die beiden Männer überquerten die Straße und kamen direkt auf sie zu. Kathy hielt den Atem an. Sie musste ihre Deckung aufgeben, um sie weiter beobachten zu können. Tatsächlich, die Männer betraten nacheinander das Gebäude.

Wo wollen die hin?

Sie lauschte angestrengt, aber es war kaum etwas zu hören. Leises Stimmgemurmel drang nach oben. Die Männer entfernten sich.

Eigentlich sollte sie die Gelegenheit nutzen und hier schnellstmöglich verschwinden, aber ihre Neugierde war geweckt. Und ihre Jagdlust. Kathy bleckte die Zähne. Der Typ gerade eben hatte es nicht geschafft und so würde es auch allen anderen ergehen, die sich mit ihr anlegten.

Die alte Kathy war tot, wiedergeboren als Kriegerin. Sie leckte über ihre aufgesprungenen Lippen, schmeckte Blut und grinste.

Dann schlich sie geräuschlos die Treppe hinunter.

Sie war auf der Jagd.

43.

León folgte den zunehmend verschneiten Fußspuren bis zu einem kleinen Gebäude aus Ziegelsteinen, dessen Mauern mit Graffiti verschmiert waren. Es gab keine Fenster, dafür eine unverschlossene Tür, die er gerade öffnen wollte, als die anderen aus dem Schatten des Hauses traten. León erkannte, dass die Spuren die Feinde verwirren sollten. Offensichtlich waren alle bis zur Tür gegangen und dann in einem weiten Satz zur Seite gesprungen. Die neu entstandenen Abdrücke hatten sie verwischt und sich hier in der engen Nebengasse auf die Lauer gelegt.

Jeb, deine Ideen sind unschlagbar.

»Da seid ihr ja«, stellte León zufrieden fest.

Gemeinsam liefen sie noch ein paar Schritte weiter und verbargen sich im nächsten Hauseingang.

»Hast du sie abschütteln können oder sind sie noch hinter dir her?«, fragte Jeb.

»Ich hab die Tür abgeschlossen. Sie werden da nicht durchkommen und sich einen anderen Ausgang suchen müssen. Das dürfte eine Weile dauern. Bis dahin hat der Schnee unsere Spuren verschluckt.«

»Gut gemacht«, grinste Jeb.

»Wo ist Mary?«, fragte Mischa plötzlich.

Ein ungutes Gefühl durchflutete Leóns Körper. Er begriff nicht. »Wieso? Ist sie nicht bei euch?«

»Nein, wir dachten, sie ist bei dir.«

Aus dem unguten Gefühl wurde ein stechendes Ziehen im Magen. »Wie ... aber ... Sie ist vor mir hergelaufen, wenn sie stehen geblieben oder hingefallen wäre, hätte ich sie sehen müssen.« Fieberhaft versuchte León nachzuvollziehen, was passiert war.

»Hast du ihre Spuren im Schnee gesehen?«, fragte Jeb.

»Der Wind hat fast alles zugeweht, ich habe die Spuren nicht auch noch gezählt.«

»Vielleicht hat sie sich verirrt?«, meinte Jenna.

León schüttelte den Kopf. »Kann ich mir nicht vorstellen. Wenn da Spuren gewesen wären, die im Schnee eine andere Richtung eingeschlagen hätten, hätte ich das bemerkt. Nein ...« León fluchte leise. »*Mierda* ... sie muss noch im Gebäude sein.«

»Unmöglich«, erwiderte Mischa. »Sie hat hinter uns den Raum verlassen. Dann war da nur ein Gang. Keine Abzweigung, keine Türen.«

»Das Loch«, stieß Jenna plötzlich aus. »Erinnert ihr euch an das Loch im Boden? Kurz vorm Ausgang. Ich wäre fast reingefallen.«

León sah sie erschrocken an. Auch die Gesichter der anderen waren voller Entsetzen. León wusste, was sie dachten: erst Tian, dann Kathy und nun Mary. Innerhalb von wenigen Stunden war ihre Gruppe fast um die Hälfte geschrumpft.

Aber Mary war vielleicht noch nicht tot. Dieser Gedanke war seltsam tröstlich für León. Niemand wusste, wie tief das Loch war, es waren sicher nur ein paar Meter. Wahrscheinlich lag sie dort unten in der Dunkelheit und wartete auf Hilfe.

»Und wenn sie dort drinnen verletzt liegt?«, sprach León seinen Gedanken laut aus. Die Flocken fielen lautlos vom Himmel und schluckten alle anderen Geräusche. Man konnte fast meinen, taub zu sein.

In das Schweigen hinein sagte Jeb: »Okay, ich gehe zurück und suche sie.« León sah aus den Augenwinkeln, wie Jenna zusammenzuckte und automatisch nach seiner Hand fasste.

»Nein. Ich werde zurückgehen. Mischa ist für uns durch die Schlucht geklettert, du hast Jenna durch die Ebene getragen. Jetzt bin ich dran, ich habe noch die größten Reserven.«

Mischa wollte etwas erwidern, aber León ließ ihn nicht zu Wort kommen. »Du bist noch immer verletzt und hast Schmerzen. Das kannst du vor uns nicht verheimlichen. Vielleicht hast du Angst davor, von uns zurückgelassen zu werden, wenn du Schwäche zeigst.«

Kathy wird es wahrscheinlich sowieso nicht schaffen. Und falls doch, werde ich zu verhindern wissen, dass sie durch eines der Tore schreitet.

»Warum tust du das?«, wollte Jeb wissen.

León lächelte. »Ich habe dir doch versprochen, auf Mary aufzupassen.«

Beide wussten, dass es so nicht stimmte. Doch Jeb nickte nur. León leckte nachdenklich mit der Zunge über seine Lippen. »Ich werde sofort aufbrechen und ich werde Mary finden.«

»Wir warten hier auf dich«, erklärte Jeb. Mischa und Jenna nickten.

»Nein, tut ihr nicht«, widersprach León. »Ich weiß nicht, wie lange wir brauchen. Vielleicht ist Mary verletzt und wir kommen nur langsam voran. Ich schlage vor, ihr geht weiter und wir treffen uns bei den Toren.«

León erkannte an ihren Blicken, dass allen bewusst war, welches Risiko er einging. Nicht nur, dass er sich mit einer verletzten Mary kaum gegen irgendwelche Feinde wehren konnte, es bestand auch die Gefahr, dass Kathy die Portale vor ihnen erreichte und durch eines der Tore ging.

»Ich geh dann mal«, sagte er und reichte die Rucksäcke Jeb und Mischa. »Die behindern mich bloß, nehmt ihr sie.«

Jenna umarmte ihn stumm. Mischa war der Nächste, der sich mit einem festen Händedruck verabschiedete. Schließlich legte ihm Jeb eine Hand auf die Schulter, so wie er es schon einmal getan hatte.

»Sei vorsichtig. Selbst wenn von unseren Verfolgern gerade nichts zu sehen ist, glaube ich nicht, dass sie so schnell aufgeben. León – pass auf dich auf.«

León nickte und wandte sich um.

Kurz darauf hatte ihn das Schneegestöber verschluckt.

Mary hatte trotz ihres Dämmerzustandes mitbekommen, wie sich die Fremden besprochen hatten. Zwei von ihnen sollten mit ihr zum Lager zurückkehren, während die anderen sich an die Verfolgung der anderen aus ihrer Gruppe machen wollten. Eine Zeit lang wurde darüber gestritten, wer was zu tun hatte, dann gab einer der Männer einen scharfen Befehl. Sie hörte leise Flüche, das Trampeln von Stiefeln, schließlich wurde es still um sie herum.

Mary bekam fast keine Luft in dem Sack. Ihr Atem ging keuchend und sie musste immer wieder husten. Bei jedem Husten wurde sie von einem ihrer Träger geschlagen. Nur einmal hatte sie mit schwacher Stimme geröchelt, dass sie am Ersticken war. Das hatte ihr den ersten Hieb eingebracht. Seitdem hielt sie lieber den Mund.

Die Männer kamen offenbar nur langsam voran. Am Anfang war das Schaukeln im Sack noch erträglich gewesen, aber als Mary am kalten Luftzug bemerkte, dass die Fremden das Gebäude verlassen hatten und nun durch den Schnee stapften, wurde es unerträglich. Immer wieder würgte es sie. Aber sie hatte Angst, in der Enge des Sackes an ihrem eigenen Erbrochenen zu ersticken. Also schluckte sie jedes Mal, wenn es in ihr hochkam. Ihre Tränen waren inzwischen versiegt. Es gab keine Hoffnung mehr. Kein Entkommen. Gegen diese Männer hatte sie keine Chance.

Es ist vorbei.

Du hast es bis hierher geschafft, aber jetzt ist dein Weg zu Ende. Es wird keine Hilfe kommen.

Falls es überhaupt noch möglich war, so wurde die Gangart ihrer Träger immer holpriger. Wahrscheinlich versuchten die beiden, ihre Spuren zu verwischen, damit ihnen niemand folgen konnte. Selbst wenn León und die anderen aufgebrochen waren, um ihr zu helfen, würden sie sie niemals finden.

Was werden sie mit mir machen? Sie haben mich noch nicht getötet, also haben sie etwas mit mir vor, aber was?

Plötzlich kam ihr ein entsetzlicher Gedanke. Das waren alles Männer und sie eine Frau.

Oh nein, das nicht. Bitte das nicht.

Sie hatte gedacht, nicht mehr weinen zu können, aber augenblicklich schossen ihr Tränen in die Augen. Ein Schluchzer verließ ihre Kehle und sie musste erneut husten. Sie bekam einen Schlag auf den Kopf. Umgehend zwang Mary sich zur Ruhe. Ihr Geist wurde klar. Es gab nur eine einzige Lösung, aber es würde nicht einfach werden. Sie konnte nicht gegen die Männer kämpfen, nicht fliehen.

Aber ich kann sterben, bevor sie mir etwas antun.

Kathy folgte den Männern mit dem Sack in sicherer Entfernung. Sie lächelte, während sie den Fremden hinterherschlich. Sie ahnten nicht, dass sie längst von Jägern zu Gejagten geworden waren. In Gedanken stellte sie sich vor, wie sie ihnen das Messer in die Kehle rammte.

Ich bin Kathy. Ich werde wie die Schatten der Nacht über euch kommen und euch alle töten.

Fast hätte sie gekichert, aber im letzten Moment verschluckte sie ihr Glucksen. Nein, sie durfte sich dem Feind nicht verraten.

Ich werde euch eine schöne Überraschung bereiten.

Plötzlich blieb der Trupp stehen. Hastig presste sich Kathy an eine Wand und versuchte, mit den Schatten zu verschmelzen, aber niemand sah in ihre Richtung. Sie hörte Stimmen.

»Wo ist Ben, dieses Arschloch?«, fragte jemand.

Aha, so also hieß der Typ, den sie kaltgemacht hatte.

»Er müsste längst wieder hier sein.«

»Vielleicht ist er direkt zurück ins Lager. Wahrscheinlich hat er Beute gemacht und schleimt sich jetzt beim Chef ein, damit er was abbekommt.«

»Scheiße und wir haben nur das hier.« Er knurrte unwillig und schlug auf den Sack. Ein leises Wimmern war zu hören.

Mary?! Heute ist mein Glückstag!

»Hast du mal in den Rucksack gesehen, den die Kleine bei sich hat?«, fragte die erste Stimme.

»Nein, du weißt, wie Torben ist, wenn man seine Geschenke vor ihm betatscht. Ich hab keine Lust, eine Hand und einen Fuß zu verlieren.«

Kurzes Schweigen.

»Sie hat gute Kleidung an, aber sie ist zu klein, die Sachen werden uns nicht passen.«

»Hast du die Schuhe gesehen?«

»Nein, aber mach dir keine Hoffnung, Torben wird sich die Dinger schnappen.«

»Wenn er sich nicht ausgerechnet dieses verfluchte Mädchen ausgesucht hätte, hätten wir schon längst die anderen geschnappt und ihre Sachen unter uns aufgeteilt. Sie waren alle groß und die Klamotten sahen warm aus. So sind wir nicht dabei, wenn die Fremden geplündert werden.«

»Aber Torben ...«

»Scheiß auf Torben.«

Erneutes Schweigen.

»Was machen wir jetzt?«, fragte die zweite Stimme.

»Wir gehen zum Lager. Ich warte keine Sekunde mehr auf Ben. Wahrscheinlich sitzt er längst am Feuer, wärmt sich auf und frisst uns das Essen weg.«

Kathy grinste in der Dunkelheit.

Macht euch da mal keine Sorgen. Ben ist nicht mehr hungrig.

Die beiden Männer nahmen den Sack wieder auf. Prompt drang ein Stöhnen heraus. Einer der Männer schlug mit der flachen Hand auf den Sack.

»Halt bloß die Fresse«, schimpfte er. »Oder ich sorge jetzt und hier dafür, dass du die Klappe hältst. Und zwar für immer.«

Die Fremden setzten ihren Weg fort.

Kathy löste sich aus den Schatten und nahm die Verfolgung auf.

44.

León stand vor der schweren Metalltür, die er vor nicht allzu langer Zeit selbst verschlossen hatte. Um ihn herum heulte der Wind, während er die Spuren im Schnee untersuchte. Es war eindeutig, hier waren nur vier Personen herausgekommen. Mary musste sich also noch im Gebäude befinden. Ob das nun gut oder schlecht war, wusste er nicht, doch er verschwendete keine Gedanken an unsinnige Fragen. Er würde Mary finden und sie herausholen.

Noch einmal sah er sich um. Von ihren Verfolgern war nichts zu sehen.

Wo sind sie? Sie müssten längst hier sein.

Er legte sein Ohr gegen das kalte Metall der Tür und lauschte. Kein Ton zu hören. Gut, vielleicht lief alles glatt. Trotzdem hatte er das Gefühl, dass die Schwierigkeiten gerade erst losgingen. Er löste sich von der Tür und rubbelte sein Ohr warm, das durch die Berührung mit dem eisigen Stahl vor Kälte schmerzte.

Dann drehte er entschlossen den Schlüssel im Schloss. Mit einem Ächzen schwang die Tür auf und lud ihn auf finstere Art ein, den Gang zu betreten. Er machte einen ersten, zögerlichen Schritt. Lauschte erneut. Ging weiter. Automatisch hatte er den Kopf eingezogen und versuchte, keine Geräusche zu verursachen. Zum Loch war es nicht weit.

León stand an der eingebrochenen Stelle und starrte hinab in die Finsternis, aber das Licht, das von draußen in den Gang fiel, war zu schwach, um etwas zu erkennen.

»Mary!«, rief er leise.

Gespannt lauschte er. Nichts.

»Mary!« Dieses Mal etwas lauter, drängender.

Er formte mit beiden Händen einen Trichter vor seinem Mund, rief noch einmal, diesmal laut, aber es kam keine Antwort.

Mierda!, fluchte er innerlich.

León öffnete seine Jacke, riss ein Stück Stoff aus seinem Hemd, kramte das Feuerzeug heraus und legte sich flach auf den Boden. Sein Oberkörper ragte über den Rand des Loches, während er die Flamme des Feuerzeugs an den Stoffstreifen hielt. Als der Fetzen Feuer gefangen hatte, ließ er ihn los. Langsam wie ein Blatt im Wind trudelte er zu Boden.

Endlich konnte er etwas erkennen. Zwischen Licht und Schatten sah er, dass der Grund mindestens drei Meter unter ihm lag. Auf dem Boden des Loches lagen Kartons und schaumstoffartiges Füllmaterial. Doch von Mary keine Spur. Wenn sie hier runtergefallen war, standen ihre Chancen gut, dass sie den Sturz unverletzt überstanden hatte.

Aber wo war sie dann? Versuchte sie, einen Ausgang aus dem Keller zu finden?

Dann entdeckte León schmutzige Stiefelabdrücke auf den Kartons.

Nein, sie war nicht allein losgegangen.

Fremde hatten sie geholt und weggebracht.

Wohin?

Es gab nur einen Weg, das herauszufinden.

León stand auf, klopfte sich den Dreck von der Kleidung. Dann stellte er sich an den Rand des Loches, atmete ein und sprang in die Tiefe.

Jeb blieb stehen. Er drehte sich aus dem Wind und sah den Weg zurück, den sie gekommen waren.

»Was ist?« Mischa musste laut rufen, um gegen den Sturm anzukommen.

»Ich weiß nicht«, sagte Jeb. »Ich habe das Gefühl, wieder verfolgt zu werden. Anscheinend ist es uns nicht gelungen, diese Typen abzuschütteln.«

Jenna war nun auch herangekommen. Sie alle schauten zurück, kniffen die Augen zusammen, versuchten, in diesem wirbelnden Chaos Formen auszumachen.

»Ich sehe nichts«, meinte Jenna. Ihre unter der Mütze hervorlugenden Haare waren vollkommen mit Schnee bedeckt. Flocken schmolzen auf ihrem Gesicht und liefen ihr wie Tränen über die geröteten Wangen.

Jeb wischte sich mit dem Ärmel über die Stirn, klopfte dann zweimal die Hände zusammen, damit der Schnee abfiel.

»Hast du eine Idee?«, fragte Mischa.

»Wir müssen von der Straße runter. Umwege machen. Durch Gebäude schleichen, versuchen, unsere Spuren zu verwischen«, sagte Jeb.

»Haben wir so viel Zeit? Und was ist, wenn wir uns verlaufen?«, warf Jenna ein.

»Es ist immer noch besser als auf der offenen Straße. Hier sind wir leichte Beute. Okay?«

Jenna und Mischa nickten.

Jeb ging voran. Er bog von der Straße ab und hielt auf ein

flaches Gebäude zu. Über dem Eingang waren große Schriftzüge angebracht, aus denen Buchstaben herausgebrochen waren. Das Glas der hohen Eingangstür war längst zersplittert und sie gelangten problemlos in einen weiten Vorraum.

Halb verbrannte Möbel standen herum. Verrottete Teppiche bedeckten den Boden. Von der Decke hingen bunte Lampen an Plastikkabeln herab, die im hereinwehenden Wind schaukelten. Sie durchquerten den Raum und betraten einen Saal, dessen eine Seite von einem riesigen aufgespannten Tuch dominiert wurde, das von der Decke herabhing. Ihm zugewandt waren Reihe um Reihe Stühle angebracht, die keine Beine hatten und sich herunterklappen ließen. Es roch nach altem Stoff und Staub.

Nachdem sie sich an die Dunkelheit gewöhnt hatten, gingen sie die Reihen hinab und hielten auf eine Tür im Hintergrund zu.

Der Ausgang brachte sie in eine schmale Gasse, die aber nur in einem Bogen zurück zur Hauptstraße führte. Darum steuerte Jeb auf das nächste Haus zu. Hier gab es keine Tür. Jeb nahm seinen Rucksack ab und schlug kurz entschlossen ein Fenster ein.

Sie durchquerten die Räume schnell und standen erneut auf einer Nebenstraße. Das nächste Haus fiel durch seine vergitterten Fenster auf. Eisenstreben sollten ein Eindringen verhindern, aber die massive Tür stand weit offen und ächzte im Wind. Jeb trat ein. Dicht gefolgt von Mischa und Jenna. Drinnen herrschte diffuses Licht. Eine weitere geöffnete Tür empfing sie.

Als Jeb den Raum betrat, blieb er überrascht stehen. Er wusste sofort, wo sie gelandet waren. Sie hatten wieder ein Geschäft betreten und standen in der Sportabteilung, die auch noch voll ausgestattet war. Die ganzen seltsamen Geräte und Bälle interessierten ihn nicht. Seine Aufmerksamkeit galt einer Waffe, die er gut kannte. An der hinteren Wand hing ein Sportbogen, gleich daneben ein Köcher mit einem Dutzend Pfeile.

In Gedanken sah er seinen Großvater, der ihm gezeigt hatte, wie man mit so einer Waffe umging.

Er lächelte.

Ab jetzt waren sie nicht länger wehrlos.

Kathy schlich geduldig hinter den Entführern von Mary her. Ihr Ziel waren eigentlich die Portale, aber diesen kleinen Umweg konnte sie sich leisten. Mary war aus dem Rennen. Und diesen einen Genuss wollte sie sich gönnen: ihre Feindin leiden und sterben zu sehen.

Ja, das wird ein Spaß werden, dachte sie und erschauerte voller Vorfreude.

Sie malte sich die folgenden Szenen in allen Details aus und merkte nicht sofort, dass die beiden Männer vor ihr stehen geblieben waren. Kathy erschrak und presste sich hastig an eine Wand. Sie hatte Glück und blieb unbemerkt.

Die Männer sprachen nicht, sondern öffneten eine Tür, durch die sie verschwanden. Als sie weg waren, schlich Kathy hinüber und lauschte. Hinter der Tür hörte sie sich entfernende Schritte. Stiefel, die auf Metall klapperten. Kathy atmete tief durch, dann zog sie langsam die Tür auf und stand vor einer Eisentreppe, die in die Tiefe führte. Weit unter ihr sah sie ein flackerndes Licht. Marys Entführer hatten eine Fackel entzündet und stiegen in die Dunkelheit hinab. Hier drin musste sie vorsichtig sein, noch vorsichtiger als bisher, denn jedes Geräusch wurde um ein Vielfaches verstärkt von den

Wänden zurückgeworfen. Sie fasste nach dem Metallgeländer, hielt sich daran fest und setzte achtsam einen Fuß auf die oberste Stufe.

Schritt für Schritt ging es fünf Stockwerke in die Tiefe hinab. Dann verschwand das Licht. Kathy hörte eine schwere Tür, die ins Schloss fiel, danach herrschte vollkommene Finsternis um sie herum. Ihre Hand begann zu zittern. Kathy spürte, wie ihr die Angst den Rücken hochkroch, aber sie biss die Zähne zusammen. Nein, sie würde sich das Schauspiel nicht entgehen lassen. Das war nur ein beschissener Gang mit einer beschissenen Treppe und es war dunkel. Nichts weiter.

Sie machte den nächsten Schritt.

Dann einen weiteren.

Kathy grinste in der Dunkelheit.

Kurz darauf hatte sie den Grund erreicht. Ihre klammen Hände ertasteten die Tür. Wieder lauschte sie angestrengt.

Nichts zu hören.

Sie wagte es, die Tür einen Spalt aufzuziehen, und zuckte zusammen, als der Lichtschein einer Fackel auf ihr Gesicht fiel.

León tastete sich im Keller des Hauses durch einen langen, finsteren Gang. Aus dem brennenden Stoffstreifen hatte er sich eine Fackel gebastelt, die aus einem Stück Holz und Sackleinen bestand. Zum Glück brannte der Stoff gut, denn hier unten war es kalt und feucht.

Und unheimlich.

Endlich erreichte er einen Durchgang, der ihn über eine grob geschlagene Steintreppe wieder nach oben führte. Es waren nur wenige Stufen, dann sah er wieder Tageslicht. Der Raum war wie leer gefegt. Marys Entführer hatten deutliche

Abdrücke in der Ascheschicht hinterlassen, die den Boden bedeckte. Sie führten zur gegenüberliegenden Wand und dann hinaus ins Freie.

Unter einem Vordach hatten sich die Männer getrennt. Zwei hatten die Straße überquert, der Rest war nach rechts abgebogen. León war sofort klar, dass die beiden einzelnen Männer Mary davongetragen hatten, denn ihre Spuren waren deutlich tiefer in den Schnee eingedrückt. Der Rest der Truppe hatte sich an die Verfolgung von Jeb, Mischa und Jenna – und ihm selbst – gemacht.

Einen Moment lang überlegte er, wie er die anderen warnen konnte. Aber er wusste, er musste sich auf Mary konzentrieren, denn wenn er jetzt ihre Fährte verlor, würde er sie wahrscheinlich in diesem Labyrinth aus Häusern und Gebäuden niemals wiederfinden.

Entschlossen überquerte er die Straße und folgte Marys Entführern in ein hohes Gebäude. Der Weg der Männer war verschlungen. Wollten sie einen Verfolger abhängen? Gab es etwa noch mehr von ihrer Sorte, wie Banden, die sich bekriegten? Gleichzeitig hatten sie sich aber keine Mühe gemacht, ihre Spuren zu verwischen. León fand immer wieder Abdrücke auf dem staubigen Boden, die ihm den Weg wiesen. Es fiel ihm leicht, ihrer Fährte zu folgen. Aber dann entdeckte er etwas Merkwürdiges.

Er hatte gerade einen weiteren Flur durchquert und einen weitläufigen Raum betreten, da fand er auf dem Boden den vollständigen Stiefelabdruck eines Mannes, der aber von einem weiteren gekreuzt wurde. Die Sohlen der beiden Männer waren glatt und abgetragen, dieser neue Abdruck hingegen war wesentlich kleiner und wies ein ausgeprägtes Profil auf. Jemand folgte tatsächlich den Fremden ebenso wie er.

León setzte seinen Fuß direkt daneben ab, verglich die Abdrücke und stieß erstaunt die Luft aus. Das gleiche Profil.

Kathy!

Sie war ebenfalls hier entlanggegangen und folgte genau wie er den Männern. Seit dem Morgen hatte er nicht mehr an sie gedacht. Jetzt aber erschien es ihm seltsam, dass Kathy offenbar nicht versuchte, die Tore zu erreichen, sondern genau in die entgegengesetzte Richtung lief.

Was hat sie vor? Hat sie Marys Entführer entdeckt?

Nein, das konnte nicht sein. León schüttelte unwillkürlich den Kopf. Kathy war ihm ein Rätsel. Er verstand sie nicht. Vor allem aber war sie unberechenbar. Er würde sich von ihr nicht aufhalten lassen. Sollte sie ruhig versuchen, sich ihm in den Weg zu stellen.

Madre dios.

Er betete regelrecht darum, dass sie es versuchte.

45.

Die beiden Männer blieben stehen, sagten etwas, dann schüttelten sie Mary unsanft aus dem Sack. Hart landete sie auf dem Boden.

Erleichtert schnappte sie nach Luft, aber der Gestank überwältigte sie. Im Raum waberte der schwere Geruch von ungewaschenen Körpern und Verfaultem. Flach atmend hob sie den Kopf und ihr Atem stockte. Ihr Blick wanderte über schmutzige, abgetragene Stiefel nach oben. Das Gesicht, das eben noch eine schwarze Maske gewesen war, wurde zu einem bärtigen Gesicht. Dunkle Augen stachen daraus hervor, blickten auf sie herunter. Sofort erkannte Mary ihn wieder. Der Mann mit dem Hund, in der Seitenstraße. Aus ihrer Angst wurde Panik. Sie begann, unkontrolliert zu zittern. Bilder tauchten in ihrem Geist auf.

Und die Erinnerung überrollte sie.

Es gab einmal eine Familie. Vater, Mutter, die kleine Mary und ihr kleiner Bruder. David.

Mary lag in ihrem Bett, nur die Nachttischlampe brannte und warf Schmetterlinge an die Wand, als er ins Zimmer kam und sich neben sie legte. Meine Kleine, du bist doch meine Kleine? Dann hat er sie berührt. Aber es war nicht Mary.

Mary war ganz weit weg. Sie machte sich ganz steif, aber er zwängte seine Hand zwischen ihre Beine und sagte leise: Alles ist gut. Aber Mary wusste, das war es nicht. Sie weinte, und das nicht nur ein einziges Mal, sondern viele Nächte.

Nach vielen Nächten – zu vielen Nächten – kam Marys Vater nicht mehr zu ihr. Aber sie hörte, dass er in das Zimmer ihres Bruders ging. Sie hörte ihren Vater mit David flüstern und sie hörte, wie ihr geliebter kleiner Bruder wimmerte.

Aber Mary sagte nichts, sie war froh, dass es vorbei war. Dass sie nun vergessen durfte. Also schwieg sie und sagte zu niemandem ein Wort.

Und doch war er jetzt hier. Ihr Vater. Aus dem hageren, ausgemergelten Gesicht wurde sein Gesicht, das auf sie hinabblickte. Wie damals lächelte er nicht, verzog keine Miene, stand einfach nur da und glotzte sie an. Sein Blick hatte etwas Gieriges und Mary war wieder das kleine Mädchen wie in ihrer Erinnerung. Wie damals. Dann öffnete er den Mund und eine ganze Reihe fehlender Zähne wurde sichtbar.

»Steh auf«, befahl er kalt.

Als sie nicht sofort gehorchte, wiederholte er seinen Befehl. Und das in einem Tonfall, der Mary nur noch mehr Angst machte. Dieses Mal, so wurde ihr schlagartig klar, konnte sie sich nicht einfach unsichtbar machen. Nicht einfach wegdenken. Schnell rappelte sie sich auf.

Da erst erwachte sie aus ihrem Albtraum. *Wo war sie hier?* Nach dem langen Aufenthalt im Sack, in gekrümmter Haltung, merkte sie nun, dass ihre Muskeln verkrampft waren. Ihre Knie gaben nach und sie sackte zusammen. Einer ihrer Entführer packte sie an den Haaren und zog sie wieder auf die Beine. Mary schrie auf.

»Sei still«, sagte der Mann mit dem Gesicht ihres Vaters. Er fragte: »Hast du Essen?«

Die Frage überraschte Mary. Es dauerte einen Augenblick, bis sie den Sinn dieser Frage kapierte. Und sie hatte die kurze Hoffnung, dass dies nur ein Traum war, doch dieses Gefühl zerstob im Nichts, als sie in die kalten Augen des Mannes blickte.

»Ja.« Mary versuchte, sich ihre Angst nicht anmerken zu lassen, und deutete auf den Rucksack, den die Männer neben ihr auf den Boden abgestellt hatten. »Aber es ist nicht viel.«

Obwohl er danach gefragt hatte, schien der Inhalt ihn nicht zu interessieren. Er nickte seinen Männern zu, die sich sofort darüber hermachten und in einer Ecke verschwanden.

Mary versuchte unauffällig, sich einen Eindruck von dem Ort zu verschaffen, an den man sie verschleppt hatte. Sie musste sich unter der Erde befinden, denn es gab kein Fenster. Nur nackten Beton, von dem die Feuchtigkeit in kleinen Rinnsalen zu Boden sickerte. Der Raum war groß und nüchtern, durch Pappkarton und Bretter in viele kleine offene Abteile aufgeteilt, in denen dunkle Gestalten auf alten Matratzen hausten. Aber es waren nur wenige da. Mary sah Augen im Halbdunkel aufblitzen. Augen, die sie im Schein der an den Wänden angebrachten Fackeln neugierig musterten. Sie senkte den Blick. Auf dem Boden lagen überall abgenagte bleiche Knochen herum. Mary schluckte. Man hatte sie in einen Albtraum verschleppt. In ihre persönliche Hölle.

»Wie gefällt dir mein Reich?«, fragte der Mann, der offensichtlich der Anführer der Truppe war. Immer wieder flackerte in seinem dunklen Antlitz das Gesicht ihres Vaters auf. Sie beschloss, ihn nicht mehr anzusehen. So konnte sie vielleicht die Taubheit überwinden, die sie überall in ihrem Körper spürte.

Mary schwieg. Sie zitterte vor Angst und Erschöpfung. Fieberhaft suchte sie nach einer Fluchtmöglichkeit. Ihre Überlebensinstinkte waren erwacht, aber Mary wusste, dass es nur einen Ausweg aus dieser Situation gab. Er würde ihr nicht wieder alles nehmen können. Diesmal käme sie ihm zuvor.

»Denk nicht einmal daran«, sagte der Mann. »Du gehörst mir, das weißt du doch. Von hier gibt es kein Entkommen.«

Mary schnappte erschrocken nach Luft.

Er beugte sich zu ihr vor, nahm eine Strähne ihres Haares in die Hand und schnupperte daran. »Du riechst gut.«

Sein stinkender Atem schnürte Mary die Kehle zu. »Bitte, bitte nicht. Bitte nicht. Wenn ich etwas falsch gemacht habe, dann ... dann tut es mir leid«, stammelte sie leise.

Er lächelte sie zahnlos an. »Aber nein, du hast alles richtig gemacht. Du hast zu mir gefunden, auch wenn ich etwas nachhelfen musste.«

Mary schüttelte den Kopf. »Was immer Sie wollen, Sie werden es nicht bekommen.«

Sein Schlag kam überraschend. Eine Hand klatschte ihr ins Gesicht, warf ihren Kopf zur Seite. Mary stöhnte auf. Sie fasste sich an ihre Wange und begann zu weinen.

Wieder kam er ihr nahe. Seine Finger fuhren sanft über ihren Handrücken. »Du musst nicht weinen«, sagte er. Dann wurde seine Stimme gefährlich leise. »Aber wenn du weiter so widerspenstig bist, muss ich dir Manieren beibringen.«

Diese Worte. Wie oft hatte sie diese Worte von IHM gehört. Ihr Blick begann zu flackern. Die Bilder aus der Vergangenheit wollten sie mit sich reißen. Drohend stand ihr Vater vor ihr. Mary war wieder das kleine Mädchen der Erinnerung.

»Warum?«, flehte Mary. »Warum bist du hier?«

Er legte den Kopf schief. Der harte Ausdruck in seinen

dunklen Augen verschwand. Dann grinste er und seufzte auf. Der Mann sagte etwas zu ihr, aber Mary hörte eine andere Stimme.

»Endlich habe ich dich wieder. Jetzt werden wir glücklich sein.« Er legte eine Hand unter ihr Kinn, die andere legte sich auf ihren Oberschenkel.

Von jetzt an war Mary nicht mehr Mary. Sie war weit weg.

Kathys Herz hatte einen kurzen Moment ausgesetzt, aber dann hatte sie erkannt, dass die Fackel an der Wand befestigt war und ihr niemand hinter der Tür auflauerte. Ihr Blick huschte umher. Niemand zu sehen.

Die Tür öffnete sich in einen weitläufigen Raum, dessen Decke von massiven, runden Säulen getragen wurde. Links von ihr führte ein steinerner Gang in höhere Geschosse, rechts von ihr ging es über eine Rampe in die Tiefe. Irgendjemand hatte sich vor langer Zeit die Mühe gemacht, die Fläche des Raumes in kleine, rechteckige Felder aufzuteilen und sie mit Zeichen zu versehen.

Direkt vor ihr befand sich ein metallener Kasten. Ungefähr mannshoch überragte er sie um einen Kopf. Das Metall war kühl und glatt, dabei merkwürdig unbeschädigt. Kathy fuhr mit der Hand darüber. Sie blickte auf ein mattes Feld aus Glas, in dem sich ihr Gesicht spiegelte, und zuckte zusammen.

Das war nicht ihr Spiegelbild. Das war nicht sie. Nicht Kathy. Was ihr entgegenblickte, war ein Monster, ein mit Blut und Asche verschmiertes Gesicht. Augen, die tief in den Höhlen lagen und matt wie abgenutzte Murmeln glänzten. Sie zog die Lippen zurück und bleckte die Zähne.

Ich bin ein Tier geworden. Nicht mehr ich selbst.

Plötzlich stiegen Tränen in ihr auf. Etwas zerbrach in ihr

und sie begann, heftig zu weinen. Es ließ sich nicht zurückhalten und Kathy schluchzte laut auf, ungeachtet der Gefahr, entdeckt zu werden.

Bilder aus einem fernen Leben tauchten auf. Ließen sie noch heftiger weinen. Kathy sah einen Mann. Groß und schlank. Braun gebrannt, mit wilden, von der Sonne ausgebleichten blonden Locken. Ein Dreitagebart und das Grinsen eines frechen Jungen im Gesicht. Es war das Gesicht ihres Vaters. Ein Surfergesicht. Die Sonne Australiens hatte unzählige Falten hineingeschrieben und neben den Augenwinkeln zersprang die Haut in Tausende kleine Risse.

Dad? Wo bist du?

In ihrem Geist hörte sie seine Stimme.

Darling, komm. Das Meer ist wunderbar und die Sonne scheint. Lass uns surfen gehen.

Nein. Ich muss für die Schule lernen. Morgen schreiben wir einen Test.

Schule? Kind, du bist die beste Surferin, die ich je gesehen habe. Du wirst später dein Geld mit Surfen verdienen. Du hast alle Wettbewerbe auf dem Kontinent gewonnen. Die Welt steht dir offen. Vergiss die Paukerei. Ich selbst…

Ich weiß, unterbrach sie ihn. *Du selbst hast die Schule auch geschmissen und bist trotzdem glücklich geworden.*

Aber eigentlich dachte sie, dass er ein Versager geworden war. Jemand, der in den Tag hineinlebte, der glaubte, Kiffen und Surfen wären das wahre Glück. Ein Versager. Ihre Mutter hatte diesen Mann verachtet und ihn verlassen, als ihre Schwester und sie noch klein gewesen waren. Wortlos war sie gegangen. Nur mit einem Koffer in der Hand. Kathy hatte geweint, war ihr nachgelaufen. Ihre kleinen Hände hatten sich in ihrem Rock verkrallt, aber die Frau, die ihre Mutter gewesen war, war in die Hitze des heißen Tages verschwunden. Und ihr Vater? Der hatte zugedröhnt auf dem Sofa gelegen, während im Fernsehen eine dieser nervtötenden Talkshows lief.

Kathy hatte versucht, ihn zu wecken, wollte ihm sagen, dass Mum gegangen war, aber er befand sich gerade im Land der Drogenträume, aus dem er erst am späten Nachmittag zurückkehren würde.

Kathy ließ sich auf den schmutzigen Boden sinken. Lehnte sich mit dem Rücken gegen den Metallkasten, zog ihre Knie an und umschlang ihre Beine.

Mummy. Wo bist du?

Bitte komm zurück.

Bitte komm mich holen. Hier ist es schrecklich und ich habe Angst.

Aber die Bilder verblassten und die Sehnsucht nach ihrer Mutter verflog. Noch eine Weile blieb sie so sitzen, dann stand sie auf. Ihr Blick wanderte zu der Rampe, die nach unten führte. Sie hörte Marys Wimmern aus der Tiefe.

Mary. Sie wischte ihre Nase am Ärmel ab. Ihre Wut auf Mary war wie weggeblasen. Kathy wusste jetzt, dass ihr Marys Tod kein Vergnügen bereiten würde. Sie würde Mary weiter folgen, aber töten musste sie sie vielleicht nicht mehr. In ihrem Kopf herrschte Leere, ihre Gedanken waren vollkommen klar. Sie war Kathy und sie war einsam und verloren. Jemand hatte sie ihrer Welt entrissen und dazu gezwungen, hier in dieser unwirtlichen Welt um ihr Leben zu kämpfen, aber das war ein aussichtsloser Kampf, den sie nicht gewinnen konnte. Der Preis des Überlebens war einem der Jungs bestimmt. Wahrscheinlich León. Der Typ war zäh wie eine Ratte. Er hatte schon viele Kämpfe gewonnen und er würde auch diesen gewinnen.

Nein, es gab keine Chance für sie, also war es egal, ob sie durch den Schnee stapfte oder öde, heiße Ebenen überwand. Letztendlich war alles egal, es spielte keine Rolle mehr.

Ich hätte so gern noch einmal die Sonne gesehen, den Wind in den Haaren und die Wellen unter mir gespürt. Auf einem Surfbrett dem Strand entgegenzujagen. Eins zu werden mit dem unendlichen Ozean.

Aber das war unmöglich. Sie würde hier, an diesem kalten, schmutzigen Ort ihr Ende finden.

Kathy blickte auf das Messer in ihrer Faust und setzte einen Fuß in Richtung der Treppe, die in die Tiefe führte. Sie würde nicht allein sterben.

46.

Jeb wog den Bogen in der Hand. Die Waffe schmiegte sich in seinen Griff, als wäre es das Natürlichste der Welt. Vorsichtig spannte er die Sehne. Auch sie hatte die Zeit offenbar gut überstanden. Glatt, leicht und geräuschlos erreichte sie die höchste Spannung, bevor Jeb den Druck wieder nachließ. Er grinste Mischa an.

»Jetzt sind wir nicht mehr unbewaffnet.«

»Du kannst damit umgehen?«, fragte Mischa.

»Ja, aber frag mich nicht, warum ich es kann.«

Jenna drehte sich um ihre eigene Achse und ließ ihren Blick durch den Raum schweifen. »Vielleicht finden wir auch etwas für Mischa und mich.«

»Gute Idee«, sagte Jeb. »Aber wir müssen uns beeilen. Wir brauchen ein Versteck für die Nacht. Bis dahin müssen wir unsere Verfolger abgeschüttelt haben.«

Sie teilten sich auf und suchten den Raum systematisch ab. Schließlich entdeckte Mischa einen zugeklebten, schmalen Karton, den er kurzerhand aufriss. Darin befand sich ein schweres Stück poliertes Holz mit einem dicken runden Ende. Er nahm den Griff in die Hand, schlug zweimal nach einem imaginären Gegner und schien zufrieden zu sein.

»Weiß jemand, was das ist?«, fragte er.

Jenna schüttelte den Kopf, aber vor Jebs innerem Auge kamen Bilder auf. »Ich glaube, damit spielt man ein Ballspiel… Baseball.«

»Base-ball?«, wunderte sich Mischa.

»Ja, man schlägt einen Ball über ein Feld und andere versuchen, ihn zu fangen.«

Mischa grinste. »Klingt irgendwie dämlich.«

»Ich hab leider nichts gefunden«, meinte Jenna und zuckte mit den Schultern.

Jeb zog Kathys Messer aus der Hosentasche und reichte es ihr.

»Das solltest besser du behalten«, sagte Jenna.

»Ich habe ja jetzt schon was, um mich zu verteidigen. Es ist wichtig, dass du das auch kannst.«

Zögernd griff Jenna nach der Waffe. »Wenn du es wiederhaben willst, gebe ich es dir zurück.«

Er winkte ab. »Behalte es.« Er schaute sich noch einmal um. »Aber wir sollten jetzt verschwinden.«

Er befestigte den Köcher mit den Pfeilen an seinem Gürtel. Den Bogen hielt er locker in der Hand. Mischa hatte den schweren Holzschläger auf seine Schulter gelegt.

»Ich fühle mich schon besser«, sagte er.

Jeb ging voran. Sie hatten den Raum zur Hälfte durchquert, als Jeb ein leises, schabendes Geräusch vernahm. Auch die beiden anderen hatten es gehört. Es kam aus dem Flur hinter ihnen. Jeb ließ sich sofort auf die Knie sinken und legte den Zeigefinger an die Lippen. Mischa und Jenna gingen ebenfalls in die Hocke.

»Leise«, hauchte Jeb. Er deutete auf eine Tür weiter hinten im Raum.

Gebückt, immer Deckung suchend, schlichen sie durch den Verkaufsraum und erreichten den Ausgang. Jeb legte die Hand auf die Türklinke. Alles blieb still. Nirgends eine Bewegung. Keine Anzeichen, dass jemand sie entdeckt hatte. Er glaubte schon, er habe sich getäuscht und das Geräusch wäre vom Wind verursacht worden, als er auf eine Bewegung aufmerksam wurde.

Mehrere Schatten huschten nach und nach in den Raum.

Wo laufen sie hin?

Jeb wusste nur, sie kamen unerbittlich näher.

Als Mary aus der Bewusstlosigkeit erwachte, lag sie mit gefesselten Händen auf dem kalten Steinboden. Es dauerte einen Moment, aber dann traten ihr die letzten Ereignisse wieder lebhaft vor Augen. Tränen stiegen in ihr auf. Sie schluckte die aufkommende Verzweiflung hinunter und versuchte, sich in eine aufrechte Position zu bringen. Nach einiger Anstrengung gelang es ihr schließlich, in die Hocke zu kommen, aber mehr ließen ihre eng geschnürten Fesseln nicht zu. Ihr Rücken lehnte nun an der feuchten Wand und sie spürte, wie ihr die Kälte in den Rücken kroch.

Mary drehte den Kopf nach rechts und sah sich um. In der Ansammlung von Kartons und Bretterholzbuden waren keine Gestalten auszumachen, aber im Hintergrund entdeckte sie einen alten Mann, der mit einem Eimer in der Hand zwischen den Behausungen umherschlurfte.

Dann drehte sie ihren Kopf nach links und zuckte zusammen. Nicht weit von ihr entfernt saß der Anführer der Horde mit überkreuzten Beinen auf dem Boden. In seinen Händen hielt er ein langes Messer, das er an einem Stein schliff. Plötzlich hob der Mann den Kopf und sah sie nachdenklich aus diesen dunklen Augen an, wie ihr Vater es immer getan hatte, kurz bevor sie zu Bett gegangen war. In seinem Blick waren keinerlei Gefühle zu erkennen. Aus der Ferne wirkte sein Gesicht fast unwirklich, wie eine Maske – und erst wenn sie genauer hinsah, erkannte sie das Gesicht ihres Vaters. Es war unheimlich, wie seine Gestalt zunächst ein nichtssagender Schemen war und sich dann zu ihrem schlimmsten Albtraum verwandelte.

Bleib bloß weg von mir. Komm mir nicht zu nahe, du Ungeheuer. Sonst beiße ich dir die Finger ab.

»Du warst bewusstlos«, stellte er ruhig fest. Fast hatte Mary seine Worte nicht gehört, so abgelenkt war sie von ihrer aufkeimenden Wut gewesen.

Bleib wütend. Wut ist besser, als Angst zu haben.

»Wie lange?«, hörte Mary sich krächzen.

»Nicht lange.«

»Kannst du mir die Fesseln abnehmen? Meine Hände sind schon ganz taub.«

»Nein. Ich kann nicht zulassen, dass du abhaust.«

Mary biss die Zähne aufeinander, dann wunderte sie sich selbst über die Festigkeit ihrer eigenen Stimme. »Du wirst mich nicht noch einmal anfassen, das schwöre ich dir!« Sie brüllte jetzt fast. »Vorher sterbe ich lieber!«

»Das weiß ich, darum bist du gefesselt. Du wirst weder mir noch dir etwas antun, dafür sorge ich.«

Mary hätte sich innerlich ohrfeigen können für ihre Dummheit. Sie hatte ihre Absicht verraten, dass sie sich eher selbst umbringen würde, als sich ihm auszuliefern. Doch nun würde er ihr keine Chance mehr dazu lassen. Wenn sie statt ihrer ungezügelten Wut nachgedacht und ihm etwas vorgespielt hätte, wäre er vielleicht nachlässig geworden. So aber war er auf der Hut.

Der Mann zog einen Zahnstocher aus seiner Jacke hervor und begann damit, zwischen seinen Zähnen zu pulen. Mary ekelte es immer mehr vor ihm. Er sah zwar aus wie ihr Vater, gleichzeitig war er es aber nicht. Sie traute sich auch nicht zu fragen, wer oder was er wirklich war. Vielleicht würde ihn das nur noch wütender machen.

Sie wusste nur, dass sie hier wegmusste. Sofort.

»Du gehörst mir. Das weißt du doch.«

Mary beschloss, dass es ihr egal sein konnte, wie wütend ihr Gegenüber wurde. Wenn das hier ihre letzten Momente waren und sie draufgehen würde, dann würde sie ihren Gefühlen freien Lauf lassen.

»Ich werde gegen dich kämpfen, was oder wer auch immer du bist. Bis zum letzten Atemzug. Nichts werde ich dir freiwillig geben …« Sie lachte gehässig auf. »Irgendwann kommt die Gelegenheit und dann werde ich dich töten.«

Mary hatte erwartet, dass er wütend aufspringen und sie schlagen würde, aber er blieb sitzen. Er war die Ruhe selbst. Lediglich seine Augen hatten einen traurigen Ausdruck angenommen. »Ich hatte gehofft, dass ich nicht zu solchen Mitteln greifen muss, aber mir bleibt nichts anderes übrig. Ab heute wirst du den Rest deines Lebens wohl in Fesseln verbringen müssen. Angebunden wie ein Tier. Ich werde mir nehmen, was mir gehört, und wenn ich mit dir fertig bin, werde ich dich an meine Männer weitergeben. Du wirst diesen Ort niemals mehr verlassen, vergiss jeden Gedanken an Flucht oder Widerstand. Mach es dir und mir nicht schwerer, als es nötig ist.«

Er stand auf, sah auf sie herab. »Und jetzt ruh dich lieber aus. Bald werden die anderen zurückkehren, dann wird es ein großes Fest geben. Danach werde ich zu dir kommen. Besser du empfängst mich mit einem Lächeln.«

Ohne ein weiteres Wort ging er davon. Mary ließ den Kopf auf die angezogenen Knie sinken und wurde von bitterlichem Weinen geschüttelt.

Sie hatten es geschafft, das Kaufhaus unbemerkt zu verlassen. Jeb, Jenna und Mischa rannten auf leisen Sohlen durch die hereinbrechende Dämmerung, betraten Häuser und verließen sie auf der Rückseite wieder. Sie durchquerten Einkaufszentren und Bürogebäude, versuchten, ihre Spuren zu verwischen. Es schien ihnen tatsächlich gelungen zu sein, ihre Verfolger abzuschütteln, denn weder sahen noch hörten sie etwas von ihnen. Jeb war aufgefallen, dass die Jäger in dieser Welt keine Laute von sich gaben, ganz anders als in der Steppe. Die seltsam vertrauten und doch unmenschlichen Schreie und Rufe lagen ihm noch zu gut im Ohr. Das waren Stimmen aus seiner Vergangenheit gewesen, so viel ahnte er mittlerweile. Stimmen, die ihm unangenehm waren.

Und hier und jetzt? Plötzlich hatten sie es mit weitaus körperlicheren Gegnern zu tun. Zumindest schien es Jeb so. *Fürchtet euch vor euren Ängsten.* Wurden ihre Ängste etwa größer, gewannen sie an Macht? Jeb glaubte noch immer, dass sie in dieser Stadt ihrem früheren Leben auf die Spur kamen. So viele Dinge hatten er und die anderen hier wiedererkannt! Aber hieß das auch, dass die schrecklichen Ängste und Albträume aus ihren Leben an Nähe und Einfluss gewannen? Jeb wusste, es war müßig, noch weiter über all das nachzudenken. Es war unmöglich, sich gegen das Ungewisse zu wappnen. Er zwang sich, sich auf das zu konzentrieren, was vor ihnen lag: ihr Überleben sichern und die Tore finden. Vielleicht würde ja doch noch alles gut.

Noch immer schneite es. Ihnen war inzwischen kalt und heiß

zugleich. Die Finger fast erfroren, aber ihre Gesichter glühten vor Anstrengung, während ihnen der Schweiß den Rücken hinabrann. Sobald sie innehielten, schien sich dieser Schweiß in pures Eis zu verwandeln. Wie die beiden anderen zitterte Jeb am ganzen Leib. Die Kälte ließ es nicht zu, dass sie auch nur einen Moment länger im Freien innehielten als nötig.

Jeb blickte nach rechts und links, bevor er die Nebenstraße überquerte. Neben ihm humpelte Jenna durch den tiefen Schnee. Wortlos streckte er seine Hand nach ihr aus und zog sie hinter sich her. Er wusste, dass sie Schmerzen hatte, ebenso wie Mischa, der immer wieder eine Hand in seine Seite presste. Er atmete keuchend. Jeb spürte, dass die beiden am Ende ihrer Kräfte waren. Für einen Moment überlegte er, ob sie es riskieren konnten, jetzt auszuruhen, aber er wusste, dass sie letztendlich keine Wahl hatten. Zum Glück schälte sich nach einiger Zeit ein niedriges Haus aus der nebelverhangenen Dunkelheit. Jeb gab den anderen ein Zeichen, dann stieg er durch ein zerbrochenes Fenster in das Gebäude.

Drinnen war es nahezu windstill und sehr ruhig. Kein Geräusch war auszumachen, das Pfeifen des Windes drang nur noch gedämpft zu ihm durch. Er ging zwei Meter in den Raum hinein, sondierte die Lage. Im Rückraum entdeckte er zwei Ausgänge, die Fluchtwege versprachen. Die Front war gut zu verteidigen, wer immer das Haus betreten wollte, musste durch das zerbrochene Fenster klettern und bot somit ein klares Ziel für seine Pfeile. Zufrieden mit der Situation bedeutete er den anderen, ihre Rucksäcke abzulegen.

Jenna seufzte leise, als sie sich zu Boden sinken ließ. Mischa hockte sich neben sie, nur Jeb blieb noch eine Weile am Fenster stehen und starrte in die hereinbrechende Finsternis.

»Ich denke, hier sind wir vorerst sicher. Wir können etwas

trinken, essen und uns ausruhen. Ich schlage vor, wir verbringen die Nacht hier.«

»Was ist mit León und Mary?«, fragte Jenna. »Sie werden uns hier niemals finden.«

»Wir treffen sie wie abgemacht an den Toren. Sie müssen sich einen eigenen Weg suchen.«

»Meinst du, sie schaffen es?«

»Wenn jemand Mary heil zurückbringt, dann León. Irgendwie wird er sich schon zu den Toren durchschlagen und Mary wird bei ihm sein.« Jeb verlieh seinen Worten mehr Zuversicht, als er selbst verspürte. Wenigstens in einer Sache war er sich zu hundert Prozent sicher: Wenn einer es schaffte, Mary zu retten, dann León.

Er sah Jenna an, dass sie an seinen Worten zweifelte, aber sie erwiderte nichts darauf.

Stattdessen fragte er: »Was ist mit deinem Fuß?«

»Tut weh, geht aber.«

Sie spielt die Schmerzen herunter.

»Es ist kalt hier«, sagte Mischa.

»Wir sollten lieber kein Feuer machen, man würde den Lichtschein sehen.«

»Da war die letzte Welt mit ihrer glühenden Hitze ja besser.«

Jeb grinste. »Das sagst du jetzt. Vor Kurzem noch hättest du alles für eine Abkühlung getan.« Mischa musste kurz lachen, dann verzog er sein Gesicht.

»Mischa? Du hast auch noch Schmerzen, oder?«

Diesmal gab es keinen Grund für Ausreden oder ein Herunterspielen der Tatsachen. »Ja«, sagte Mischa schlicht. »Jeder Atemzug tut mir weh.«

»Wenn wir ausruhen, die Nacht hierbleiben, meinst du, du kannst dann weitergehen?«

»Ich weiß es nicht, aber ich denke schon. Frag mich morgen noch mal.«

Jeb wusste, dass der blonde Junge Angst hatte, zurückgelassen zu werden. Er ließ sich neben ihm nieder. »Wenn du nicht mehr kannst, sag es. Ich werde dich tragen.«

Mischa lachte bitter auf. »Danke Jeb, aber das kannst du nicht. Du bist ebenfalls völlig fertig und ich wiege zwanzig Kilo mehr als Jenna. Mit mir auf dem Rücken durch den tiefen Schnee waten ...?« Er schüttelte den Kopf. »Nein, das geht nicht. Unsere Verfolger hätten uns ruck, zuck eingeholt und dann ...?« Er musste es nicht aussprechen ... *stehen Jenna und ich den Angreifern allein gegenüber.*

»Okay, aber ich werde dich auch nicht zurücklassen. Also ruh dich aus. Morgen schauen wir weiter.«

León hatte kurzfristig die Spur verloren, aber mit viel Glück hatte er erneut einen Abdruck gefunden. Der führte ihn zu einem weiteren Gebäude, durch einen scheinbar endlosen, dunklen Gang, zu einer Metalltreppe. Nun schlich er in nahezu vollkommener Finsternis die Stufen hinunter. Als er einen Treppenabsatz erreichte, streckte er beide Arme weit aus und versuchte, seine Umgebung zu ertasten. Seine Finger stießen auf eine Stahltür und fanden eine Klinke. Er lauschte. Dann drückte er sie vorsichtig hinunter. Ein Lichtschein durchbrach die Dunkelheit, der ihn blendete. Er zögerte kurz. Bevor er die Augen wieder öffnen konnte, spürte er, wie sich eine Hand über seinen Mund legte. Dann die kalte Klinge eines Messers an seinem Hals.

»Still!«, zischte eine Stimme an Leóns Ohr. »Mach kein Geräusch, sag nichts. Sie sind nicht weit und können uns hören.«

Kathy!

Er schlug den Arm beiseite, drehte sich blitzartig um und ging in Angriffsposition. Vor ihm stand ein Wesen, das einmal Kathy gewesen sein musste, aber im Augenblick erinnerten nur die roten langen Haare und die unnatürlich grünen Augen daran, der Rest war dreckverschmiert und von Asche bedeckt. Kathys Gesicht war eine schwarzgraue Maske, über die sich dunkelrote Striemen zogen. Ihre Augen leuchteten darin wie zwei Smaragde. Er warf einen Blick auf das Messer in ihrer Hand. Es war doppelt so lang wie sein eigenes, schwerer, mit einer furchterregenden gezackten Klinge.

»Wo hast du das her?«, flüsterte er leise, aber Kathy antwortete nicht, sondern schob ihn durch die Tür zurück in die Dunkelheit des Treppenganges. Sie hielt die Tür einen Spalt offen, sodass er sie ansehen konnte. Dann sagte sie: »Habe ich gefunden.«

»Ach ja«, raunte er. »Und wessen Blut ist das in deinem Gesicht?«

»Unwichtig.«

Er starrte sie an. »Wo ist Mary?«

»Die Männer haben sie hierher verschleppt. Ihr Lager ist hinter dieser Tür. Die Rampe runter und dann rechts. Dort hausen sie.«

»Wie viele sind es?«

»Keine Ahnung. In dem ganzen Müll ist kaum etwas auszumachen, aber ich schätze, mindestens ein Dutzend.«

»Verdammt«, fluchte León kaum hörbar. »Was ist mit Mary? Geht es ihr gut? Ist sie unverletzt?«

»Schau an, ganz der Gentleman. Der Anführer hat irgendetwas mit ihr vor, soviel ich verstanden hab. Mary hat ihn angebrüllt und gesagt, dass er das niemals von ihr bekommen wird. Ich denke, wir beide wissen, was der Typ von ihr will.«

León nickte mit zusammengepressten Zähnen. »Du hast sie gesehen, ohne dass sie dich bemerkt haben?«

»Ich bin ja nicht blöd.«

»Wie sieht es da drin aus? Gibt es Wachen? Wo genau wird sie gefangen gehalten? Ist sie gefesselt? Wie weit ist es bis zum nächsten Ausgang?«

»Oh Mann, mach mal langsam. Du willst da rein und sie befreien?« Kathys Augen blitzten spöttisch. »Das schaffst du nicht.«

Er bleckte die Zähne. »Ich muss es versuchen.«

»Du bist da drin genauso verloren wie Mary. Schau dich an, mit deiner sauberen Kleidung, der schönen neuen Jacke und deinen ach so fürchterlichen Tätowierungen im Gesicht. Du kommst keine zehn Meter weit, bevor sie dich aufspießen.«

»Ist mir egal. Ich ...«

»Ich gehe sie holen«, sagte Kathy entschieden.

»Du?«

»Schau mich an«, sie lächelte bitter. »So sehr unterscheide ich mich nicht mehr von ihnen. Vielleicht schaffe ich es, Mary rauszuholen.«

»Aber ...« León konnte seine Verwunderung über diese gewandelte Kathy nicht verbergen. »Aber du hasst Mary, du wolltest sie umbringen.«

»Wer sagt denn, dass ich das nicht immer noch machen möchte.«

»Wenn du glaubst, dir somit wieder das Recht auf ein freies Tor sichern zu können, vergiss es.«

Sie legte ihm den Finger über den Mund. »Ich tue es für Mary.« Sie zögerte. »Und für mich.«

León schwieg misstrauisch.

»In diesem Scheißlabyrinth bin ich zur Gejagten geworden.

Und zur Mörderin. Es war alles falsch. Tian hatte es nicht verdient, so zu sterben. Ebenso wie alle anderen hätte er eine faire Chance auf ein freies Tor bekommen sollen. Und beinahe hätte ich auch Mary... Mit dieser Schuld muss ich allein leben oder sterben. Ich kann es, verflucht noch mal, nicht ungeschehen machen. Sieh das hier als meine Wiedergutmachung an.«

Sie packte ihn an beiden Schultern. »León! Wenn ich es da nicht wieder rausschaffe, erzähl den anderen, was ich gesagt habe. Sag ihnen, Kathy war am Ende wieder sie selbst.«

»Ich weiß nicht, ob ich dir glauben kann, Kathy.«

»Dann lass es.« Kathy sah ihm direkt in die Augen.

Ob er ihr trauen konnte? Der Kathy, die er nur als intrigantes Biest kannte, das über Leichen ging? Er würde es herausfinden müssen. Er hatte gar keine andere Wahl. Sollte Kathy dabei draufgehen, würde er mit ihrem Verlust leben können. Aber Mary... León schüttelte den Kopf, um diesen Gedanken zu vertreiben.

Im nächsten Moment war Kathy durch die Tür geschlüpft.

47.

Im Schatten der Fackeln ging Kathy langsam die Rampe hinunter. Sie versuchte erst gar nicht, sich zu verstecken, sondern bewegte sich gebeugt und schlurfend, so wie sie es bei den Fremden gesehen hatte. Der Weg war lang und führte sie über einen verschlammten Untergrund in die Tiefe, wo alles mit Müll übersät war. Es roch nach Fäulnis und ungewaschenen Körpern. Kathy blieb kein einziges Mal stehen, aber bei jedem Schritt lauschte sie in die fahle Düsternis, spähte unter ihrer Mütze hervor, aber niemand begegnete ihr. Trotzdem kroch ihr die Angst den Nacken hinauf. Da war dieses Gefühl, jeden Moment entdeckt werden zu können. Fast meinte sie schon, einen Aufschrei zu hören. Sie sah Männer, die aufsprangen und auf sie zuhetzten. Hände, die sich gierig nach ihr ausstreckten, aber nichts von alldem geschah. Langsam ging Kathy weiter. Sie erreichte die untere Ebene und orientierte sich kurz. Niemand war zu sehen … doch halt, nicht weit entfernt von ihr bewegte sich ein Schatten. Kathy erschrak, zwang sich aber, ruhig zu bleiben. Es war ein alter Mann mit einem Eimer in der Hand.

Und er kam direkt auf sie zu.

Sie wandte sich ab, sodass ihr Gesicht verborgen blieb, und

ging weiter. Nur wenige Meter und ihre Wege würden sich kreuzen. Kathy packte den Griff des Messers in ihrem Ärmel fester.

Der Alte schlurfte langsam auf sie zu. Er hielt den Kopf gesenkt. Der Eimer in seiner Hand schaukelte bei jeder Bewegung. Ein widerlicher Gestank ging von ihm aus, erfüllte die Luft mit einer übel riechenden Wolke, die er vor sich herschob.

Dann stand der alte Mann vor ihr. Kathy konnte kaum noch atmen. Sein Gesicht war nun zu erkennen und sie sah milchig weiße Augen, in denen keine Pupillen auszumachen waren. Der Alte war blind.

Kathys Blick fiel in den Eimer.

Der Scheißeimer, wie widerlich.

Ein Würgen kroch ihren Hals hoch, aber sie riss sich zusammen. Der Mann wollte schon an ihr vorbeigehen, als er plötzlich stehen blieb und schnupperte.

Er erkennt an meinem Geruch, dass ich keiner von ihnen bin.

Das Messer wog schwer in ihrer Hand. Der Alte war keine Bedrohung für sie, aber er konnte die anderen warnen.

»Und siehe, der Heilige Geist kommt über die Gerechten und die Ungerechten«, murmelte der Greis. Er machte ein Kreuz über seiner Brust, dann schüttelte er den Kopf und trottete weiter. Kathy atmete erleichtert aus und ging weiter.

Sie kam an Hütten aus Pappe, Holz und Schrott vorbei. Niemand schien sich momentan darin aufzuhalten. Der Großteil der Menschen war wohl an der Verfolgung von Jeb und den anderen beteiligt. Es war unnatürlich leise hier unten und umso lauter dröhnten ihre eigenen Schritte in Kathys Ohren. Sie kreuzte eine freie Stelle und bog nach links ab.

Da ist es!

Das Lager des Anführers. Wie alle anderen Hütten auch, hatte es kein Dach. Wozu auch, hier unten würde es nicht schneien oder regnen. Doch diese Hütte war deutlich größer als alle anderen. Sie war mit Hundefellen ausgelegt, hatte einen verschlissenen alten Sessel, aus dem die Polsterung quoll, und einen kleinen selbst zusammengezimmerten Holzschrank. Mary hockte an der Rückwand der Hütte, direkt an der kalten Betonwand. Sie hatte den Kopf auf die Knie gelegt und bewegte sich nicht. Kathy schaute sich noch einmal vorsichtig um, dann schlich sie zu ihr.

Sie hatte Mary fast erreicht, als diese den Kopf anhob und die Augen weit aufriss. Ihr Mund öffnete sich zu einem Schrei. Kathy machte einen Satz nach vorn und presste ihr die Hand auf die Lippen.

»Ich bin es, Kathy!«, raunte sie.

Marys Augen wurden noch größer, als sie erkannte, wer da vor ihr stand. Kathy löste ihren Griff.

»Was willst du noch von mir. Ist das hier nicht genug?« Marys Stimme klang weinerlich.

»Danke, ich freue mich auch, dich zu sehen.«

Mary schien bewusst zu werden, warum Kathy hier war. »Willst du etwa ...? Woher wusstest du, dass ich ...«

»Psst. Dafür ist jetzt keine Zeit. Wo ist der Anführer?«

»Keine Ahnung, dieses Arschloch ...«

»Sei still«, zischte Kathy. »Ich werde jetzt deine Fesseln durchschneiden. Rühr dich nicht, das Messer ist ziemlich scharf und es ist dunkel hier. So weit verstanden?«

Mary zuckte vor ihr zurück. Dann nickte sie. Gut.

»Wenn du frei bist, renn nicht los. Beweg dich langsam, lauf gebückt. Bleib hinter mir, bis wir den Ausgang erreichen. Dort wartet León. Er wird dich zu den anderen bringen.«

Das dunkelhaarige Mädchen sah sie verwundert an. »Was ist mit dir?«

»Ach, Süße. Ich habe noch etwas vor. Praktisch ein Rendezvous.«

Mary sagte nichts mehr. Kathy schnitt erst ihre Fußfesseln durch, dann befreite sie ihre Handgelenke. Mary schüttelte vorsichtig die steif gewordenen Arme und Beine. Dann richteten sich beide langsam auf.

Kathy wollte losgehen, aber Mary wandte sich noch einmal um und spuckte verächtlich auf den Boden.

»Musste das sein?«, fragte Kathy.

Mary sah sie nur mit hasserfülltem Blick an. Dann gingen sie ohne ein weiteres Wort los. Schritt für Schritt. Der Rückweg war einfacher, weil sich Kathy nun ein wenig auskannte.

Als sie sich dem Ausgang näherten, griff Kathy nach einer der Fackeln.

»Was willst du damit?«, zischte Mary.

»Wirst du schon sehen.«

Sie hatten die Tür fast erreicht, als plötzlich ein Hund zu bellen begann.

Kathy fuhr mit wild aufgerissenen Augen herum. »Verdammt!«

Mischa hatte sich mit einem ordentlichen Abstand von Jeb und Jenna in seinen Schlafsack verkrochen und schnarchte leise vor sich hin. Draußen verlor der Wind seine Kraft und nur noch einzelne Schneeflocken fielen vom Himmel. Die Wolken waren aufgerissen und im fahlen Mondlicht glitzerte der Schnee.

Wären sie nicht in dieser verzweifelten Situation, könnte sie die Nacht und die Ruhe genießen, so aber schlang Jenna ihre Arme um den Körper und spähte hinaus in eine gefrorene Welt. Sie spürte, wie Jeb hinter sie trat. Beide schwiegen. Sie genoss seine Nähe, sog seinen Geruch von Wald und Erde ein und wünschte sich einmal mehr, er würde sie umarmen. Aber er tat es nicht. Stand nur da und schaute ebenfalls in die Nacht hinaus.

»Kannst du nicht schlafen?«, fragte er leise.

»Ich bin noch zu aufgeregt.« *Bitte leg deine Arme um mich.*

»Geht mir auch so. Denkst du an das, was früher war?«

»Ja«, log sie. *Nein! Ich denke an dich, an uns, Jeb!*

Sie merkte, dass er zögerte. »Gibt es da jemanden, der auf dich wartet?«

Ihr Herz schlug schneller. Wie meinte er das? Konnte es doch sein ... oder spürte er etwas, von dem sie selbst nichts ahnte?

Die wenigen Bilder, die ab und zu in ihrem Kopf auftauchten, gaben keine Antworten auf all die Fragen, die sie aufwühlten. Was auch immer gewesen war, es hatte in einem anderen Leben stattgefunden. Jetzt war sie hier, in einer einsamen Nacht, neben dem Jungen, in den sie sich auf einer einsamen, langen Wanderung verliebt hatte.

»Nein, es wartet niemand auf mich. Was ist mit dir?«, fragte sie vorsichtig und fürchtete sich gleichzeitig vor der Antwort. »Gibt es da jemanden, an den du dich erinnerst?«

»Ich erinnere mich an ... nichts Schönes, verstehst du? Ich erinnere mich einfach nicht, ob es jemanden gegeben hat.« Er legte sanft seine Hände auf ihre Schultern.

Endlich. Sie lehnte sich so weit zurück, bis ihr Rücken beinahe seine Brust berührte. Es waren nur noch wenige Millimeter Platz. Mehr traute sie sich nicht.

»Siehst du den Stern am Himmel?«, fragte Jeb einfach nur.

Sie wollte nicken, aber dann fiel ihr ein, dass er das in der Dunkelheit nicht sehen konnte. »Ja, wie ein Versprechen funkelt er da oben. Die Tore können nicht mehr weit sein.«

Jeb sagte nichts.

Jenna drehte sich um und suchte in seinen braunen Augen nach einem Signal. Die kleine Narbe in seinem Mundwinkel erinnerte sie ganz tief drinnen an etwas, aber es entglitt ihr immer wieder.

Dann stellte sie sich auf die Zehenspitzen und zog seinen Kopf zu sich herunter. Ihre Lippen trafen sich und Jenna verlor sich in diesem Moment. Es war wie nach Hause kommen, unendlich vertraut, und zum ersten Mal, seitdem sie hier aufgewacht war, fühlte sie sich geborgen und sicher.

Nach einer gefühlten Ewigkeit lösten sie sich vorsichtig voneinander. Jeb blieb ruhig stehen, legte den Kopf in den Nacken, schloss die Augen und hob sein Gesicht dem Himmel entgegen.

»Was denkst du?«, fragte Jenna.

Er war umgeben von einer Aura aus Melancholie. »Ich muss an Tian denken. Wie er auf dem Grund einer Schlucht liegt, in einer so grausamen Welt.«

War es das?, fragte sie sich. *Konnten sie nicht einmal einen kurzen Moment des Glücks genießen, ohne an den Tod zu denken?*

»Meinst du, wir sehen Mary und León wieder?«

»Ich bin mir sicher, ja. Irgendwie kann ich mir nicht vorstellen, dass es etwas gibt, das León umbringen könnte.« Er strich ihr eine Haarsträhne aus dem Gesicht und in diesem Moment blitzte in ihr die Erkenntnis auf, dass er es sich nicht erlaubte, tiefe Gefühle für sie zuzulassen. Er hatte ihr seit dem Kuss noch nicht in die Augen geschaut.

»Ja, wenn es einer schafft, dann León«, sprach sie sich selbst Mut zu. »Denkst du noch an Kathy?«

Sie spürte sein Zögern. Er überlegte, ob er ihr die Wahrheit sagen konnte. »Die ganze Zeit. Sie geht mir nicht aus dem Kopf. Ich habe Mitleid mit ihr, auch wenn sie es nicht verdient hat.«

»Kathy ist eine verlorene Seele.«

»Das ist sie. Irgendetwas ist mit ihr passiert. Sie hat sich verändert. Ich glaube, die Gefahr, die Hitze und die Anstrengung haben sie regelrecht verrückt werden lassen. Vielleicht als eine Art Selbstschutz vor diesem ganzen Irrsinn um uns herum.«

Jenna wollte noch immer ein Zeichen von ihm, aber der Moment war wieder einmal verflogen. Sie wusste, es würde jetzt nicht passieren. *Es wird vielleicht nie passieren.*

Vor lauter Enttäuschung und Selbstzweifel traten ihr Tränen in die Augen. Sie löste sich von Jeb. Auch wenn es dunkel war, wollte sie nicht vor ihm weinen. Denn dann würde sie womöglich erklären müssen, was in ihr vorging.

»Was ist?«, fragte Jeb und sah sie von der Seite an.

»Nichts«, log Jenna. »Ich bin nur müde. Ich leg mich jetzt hin.«

»Okay«, sagte er leise. »Dann Gute Nacht.«

Sie ging zu ihrem Platz und schlüpfte in ihren Schlafsack. Als sie sich hingelegt hatte, flüsterte sie: »Ja, dir auch eine gute Nacht, Jeb.« Sie wusste, sie würde lange nicht einschlafen können.

Mischa war aufgewacht. Er brauchte einen Moment, um sich zu orientieren, dann wusste er wieder, wo er war. Ohne sich zu rühren, spähte er in den Raum hinein. Er sah Jebs und Jennas Silhouetten vor dem Fenster. Dann verschwand Jennas Schatten in der Dunkelheit des Raumes.

Seine Gedanken wanderten zu León.

Wo bist du? Lebst du noch? Warum riskierst du dein Leben, um Mary zu retten?

In seinem Geist tauchten Bilder auf. Bilder, die ihn verwirrten. Er sah Mary und León. Sie waren nackt. Umarmten sich. Küssten sich.

Die Bilder taten ihm weh. Mischa spürte, wie Tränen hinter seinen Lidern brannten. Doch er ließ nicht zu, dass sie hinunterliefen.

Was ist nur los mit mir?

Mischa biss sich auf die Lippen, um nicht vor Qual aufzuschreien. Die Tränen liefen nun doch ungehindert über sein Gesicht.

Ich war die ganze Zeit tapfer und nun breche ich einfach so in Tränen aus?

Wieso fühle ich mich so allein und verloren?

Jenna und Jeb. Sie empfinden etwas füreinander, auch wenn sie es selbst vielleicht noch gar nicht wahrhaben wollen. Und León? Der Einzelkämpfer riskiert sein Leben, um Mary zu retten. Geht das nicht weit über Freundschaft hinaus?

Zurück bleibe ich. Allein.

In seinem Geist tauchte Leóns Lächeln auf, das er so selten zeigte.

Und der Schmerz in Mischas Brust nahm zu.

Vielleicht findet er Mary nicht.

Vielleicht…

León.

48.

León riss die Tür auf. Auch er hatte das wilde Bellen gehört. Es war klar, dass sie entdeckt worden waren. Versteck spielen machte keinen Sinn mehr, ab jetzt musste es schnell gehen. Kaum hatte er die Tür geöffnet, stolperte Mary ihm entgegen, gefolgt von Kathy, die die Tür zuwarf und sich dagegenpresste. Ihre Augen waren weit aufgerissen. Der Lichtschein der Fackel in ihrer Hand zuckte über ihr vor Schreck verzerrtes Gesicht, warf Schatten auf die Wände und machte alles noch unheimlicher.

León wollte sofort losrennen, aber Kathy packte ihn am Ärmel seiner Jacke.

»Wenn du jetzt mit Mary da rausstürmst, finden sie dich früher oder später. Mary hat nicht genug Kraft. Sie wird dein Tempo nicht lange halten können.«

Er wusste, dass sie recht hatte. Er schaute sie fragend an, als Kathy hastig weitersprach: »Geht die Treppe hinauf, so weit nach oben, wie ihr könnt, und versteckt euch. Niemand hat mich gesehen. Wenn sie entdecken, dass Mary verschwunden ist, werden sie denken, sie hat sich befreit. Ich renne zum Ausgang und hinterlasse deutliche Spuren. Denen werden sie folgen. Nun macht schon! Viel Glück!«

Aus dem Raum hinter der geschlossenen Tür drangen Rufe und wild gebrüllte Befehle. Der verdammte Köter hatte sich mittlerweile in Rage gekläfft. Es blieb ihnen keine Zeit für lange Abschiedsworte. Mary, León und Kathy jagten die Treppen hinauf in Richtung Ausgang. Kathy hetzte vorneweg. Dank ihrer Fackel konnten sie sich schnell fortbewegen.

Sie hatten gerade einmal ein Stockwerk hinter sich gebracht, als León hörte, wie unten die Tür aufgerissen wurde und gegen die Wand krachte. Dumpfe Schreie drangen nach oben. Mary rannte vor ihm her. Er hörte ihren keuchenden Atem. Ganz vorn erreichte Kathy bereits den Ausgang. Sie riss die Tür auf und kalter Wind wehte herein. Es hatte aufgehört zu schneien und im Licht des Mondscheins funkelte die eisige Welt der verlassenen Großstadt.

León merkte, dass Mary etwas sagen wollte, aber Kathy wirbelte herum und flitzte in die Nacht hinaus. Aus den Augenwinkeln sah er noch Kathys Spuren im Schnee, als er nach Marys Hand fasste und sie mit sich zog. Kathys Fackelschein, der wie ein wandernder Stern auf und ab hüpfte, war eine deutliche Spur. Es konnte klappen. Doch sie durften keine Sekunde verlieren. So leise wie möglich schlichen Mary und er die Metalltreppe weiter hinauf. Um sie herum herrschte ohne Kathys Fackel vollkommene Dunkelheit. Unter ihnen nahm das Gepolter zu. Schreie. Überall Schreie, die von den Wänden zurückgeworfen und tausendfach verstärkt wurden. Es klang, als wäre ihnen eine Armee mit einer ganzen Meute blutrünstiger Jagdhunde auf den Fersen. León bedeutete Mary, stehen zu bleiben. Sie hatten zwei Treppenabsätze hinter sich gebracht, es musste reichen. Die Treppe führte nur zu weiteren Stockwerken und vielleicht aufs Dach. Eine Sackgasse.

Schwacher Lichtschein drang nach oben. León hörte das Quietschen der Tür. Stiefel trampelten.

Dann plötzlich Ruhe.

Kein einziges Geräusch.

Nicht einmal Marys Atem war zu hören.

León griff nach ihrer Hand. Er spürte die weiche Haut ihrer Finger, die Wärme, die sie ausstrahlten. Noch nie war er einem anderen Menschen so nahe gewesen. Das Gefühl verwirrte ihn.

Sie warteten.

Irgendwann sagte León leise: »Komm.«

Und sie schlichen in die Nacht hinaus.

Kathy rannte, wie sie noch nie gerannt war. Der Schnee knirschte unter ihren Stiefeln und die Gebäude flogen wie Schatten an ihr vorbei. Zunächst lief sie die Hauptstraße entlang, damit ihre Verfolger ihr leichter nachkommen konnten, dann bog sie in eine dunkle Gasse ab. Dort steckte sie die brennende Fackel in den Schnee, die mit einem leisen Zischen ausging. Ihr reichte das bleiche Licht des Mondes, um sich zu orientieren.

Kathy jagte die schmale Straße hinunter. An der nächsten Ecke blieb sie stehen und schaute zurück. Ihr Atem kam stoßweiße in kleinen dampfenden Wolken. Von ihren Verfolgern war noch nichts zu sehen oder zu hören, aber sie konnte sich nicht sicher sein, dass sie allein war, denn die Männer kannten vielleicht Abkürzungen, von denen sie nichts ahnte.

Kathy blickte sich um. Es gab einige Häuser und Gebäude, in die sie flüchten könnte, aber sie alle standen einzeln und hatten keine Verbindung zueinander. Wenn sie einmal drin war, gab es keinen Weg mehr hinaus. Sie würde in der Falle sitzen. Anderseits konnte sie nicht mehr lange auf der Straße bleiben. Den Männern mochte sie vielleicht davonlaufen, nicht aber dem Hund, der vermutlich längst ihre Spur aufgenommen hatte.

Kathy lauschte in die Nacht. Kein Bellen, aber das musste nichts heißen. Sie atmete noch einmal tief ein und aus. Die beißende Kälte brannte wie Feuer in ihren Lungen, aber Kathy drängte alle Gedanken an Schmerz zurück. Sie rannte weiter. Vor ihrem inneren Auge sah sie Tians Sturz in die Schlucht. Der Augenblick seines Todes. Den sie bestimmt hatte.

Ich habe nie etwas für andere getan. Ich war mir immer selbst das Wichtigste. Und wohin hat es mich geführt? In eine eisige, beschissene Welt. Aber vielleicht ist das ja auch die gerechte Strafe. Mein ganzes Leben habe ich verpfuscht. Nicht erst hier, schon viel früher. Und die, die mich jetzt jagen, werden all das rächen.

Ihre Flucht führte sie nun über eine große Kreuzung. Hier war die Schneedecke dünner, stellenweise vom Wind sogar ganz abgetragen. Der Boden unter ihren Füßen war sehr rutschig. Kathy schlingerte gleich mehrmals, aber jedes Mal gelang es ihr, sich wieder zu fangen. Dann stolperte sie über eine im Boden versenkte Metallschiene. Ihr rechter Fuß verkantete sich. Für einen winzigen Augenblick lag ihr Körper fast waagerecht in der Luft, dann krachte Kathy mit voller Wucht auf den harten Untergrund. Die Luft wurde ihr aus der Lunge gepresst. Vor ihren Augen tanzten schwarze Flecken, die für einen Moment lang alles überdeckten.

Kathy war zum Glück noch bei Bewusstsein, aber alles tat ihr weh, besonders die rechte Hand, mit der sie versucht hatte, sich abzufangen. Ihr Rücken fühlte sich an, als wäre er in zwei Teile zerschlagen. Die Schmerzen raubten ihr den Atem. Kathy jaulte auf, als sie versuchte, sich aufzurichten.

Du musst hoch. Hoch auf deine Beine. Lauf weiter. Sonst kriegen sie dich.

Sie wälzte sich auf ihre linke Körperseite und versuchte erneut, sich hochzustemmen. Dabei biss sie sich auf die Backe, sodass es blutete. Sie stemmte sich mit dem linken Arm vom Boden hoch, zog die Beine an, endlich hockte sie auf den Knien und befühlte ihre Gliedmaßen. Nichts gebrochen. Auch ihre rechte Hand schien nur geprellt zu sein. Der Schmerz pulsierte durch ihre rechte Körperhälfte. Doch egal, wie viele Schmerzen sie hatte, dafür war jetzt keine Zeit. Sie stützte sich mit der linken Hand ab und richtete sich langsam auf. Als sie endlich gekrümmt dastand, entwich ihr angehaltener Atem mit einem Keuchen.

Kathy fühlte in einer zur Gewohnheit gewordenen Geste nach dem Messer an ihrem Hosenbund.

Das Messer. Es ist weg!

Es musste ihr beim Sturz aus der Hand geglitten sein.

Verdammt, ohne das Messer war sie vollkommen wehrlos. Sie suchte fieberhaft den Boden ab, doch im blassen Lichtschein waren nur Schatten auszumachen.

Ich muss weiter. Keine Zeit, das Messer zu suchen. Aber ich brauche es doch, wie soll ich mich sonst verteidigen?

Da zerriss plötzlich das Bellen eines Hundes die klare Luft. Es klang sehr nah. Das Biest würde jeden Augenblick um die Ecke jagen.

Sie brauchte das Messer. Und zwar sofort.

Ihr Blick blieb an etwas Glänzendem im Schnee hängen.

Sie ging einen Schritt darauf zu.

Da flog ein Schatten heran.

León sah Kathys Abdrücke deutlich im Schnee. Das fast neue

Profil ihrer Stiefel unterschied sich deutlich von den glatten Sohlen ihrer Verfolger. Kathy war geradeaus, die Hauptstraße entlanggerannt, ihre Verfolger schnurstracks hinterher.

Im Schnee waren auch Pfotenabdrücke zu sehen. Verdammt, Kathy hatte keine Chance. Dieser Verfolger ließ sich nicht täuschen, nicht abschütteln.

Viel Glück, dachte er und sah zum Himmel. Der Stern lag in derselben Richtung, in die Kathy geflohen war, aber es war zu gefährlich, ihm auf direktem Weg zu folgen. Ihre Jäger konnten jederzeit umkehren, dann würden sie ihnen direkt in die Arme laufen. Er zog Mary mit sich in eine Seitenstraße, die nach zweihundert Metern in eine Parallelstraße zur Hauptstraße mündete. Dort bog er rechtwinklig ab.

Neben ihm stapfte Mary stumm durch den Schnee. Sie hatte noch kein Wort gesagt, hatte wie immer alles schweigend über sich ergehen lassen. Sicherlich war sie in Gedanken wie er bei Kathy, die um ihr Leben rannte, um sie zu retten. León hatte die Rothaarige nicht ausstehen können, aber er war ihr dankbar. Auch wenn er nicht verstand, warum sie all das für Mary und ihn tat.

Ist schon seltsam, erst versucht sie, Mary umzubringen, jetzt setzt sie ihr Leben für sie aufs Spiel.

Für ihn zählte allein, dass Mary frei war und neben ihm in Richtung der Tore ging. Er spürte ihre Hand in seiner. Es war ein ungewohntes Gefühl, das seinen Arm hinaufkroch, es fühlte sich richtig an. So als wäre ihre Hand schon immer dort gewesen.

León dachte nicht weiter darüber nach, warum Marys Berührung diese Wirkung auf ihn hatte. Er hatte das nächste Ziel vor Augen. Die Nacht war klar und der Schnee knirschte unter ihren Stiefeln, er war unendlich müde, und doch hätte er ewig so weitergehen können. Endlich spürte er so etwas wie Frieden in sich. Ein ganz und gar unbekanntes Gefühl. Er wusste, dieses Gefühl war trügerisch, denn sie beide schwebten noch immer in Gefahr, aber der Moment war alles, was zählte. Doch plötzlich entzog Mary ihm ihre Hand. Erstaunt blickte er zu ihr hinüber. Sie hatte ihren herausfordernden Gesichtsausdruck aufgelegt, den, bevor sie wütend wurde.

»Warum hat Kathy das getan?«

Er blieb stehen, sah sie an, doch ihr Gesicht blieb im Schatten des Mondlichts verborgen. »Ich weiß nicht. Ist das wichtig? Sie hat es einfach getan, mehr gibt es dazu nicht zu sagen.«

»Für mich ist es schon wichtig. Ich will ihr nichts schuldig sein.«

Innerlich kochte Wut in León hoch. Wieso konnte es nicht ein einziges Mal einfach sein? »Kathy opfert ihr Leben für deins.«

»Ich hab sie nicht darum gebeten.«

»Ist das alles, was du dazu zu sagen hast?«

Mary hob neben ihm leicht den Kopf, doch er konnte ihren Gesichtsausdruck nicht erkennen. »Vor nicht einmal vierundzwanzig Stunden hat sie versucht, mich umzubringen. Sie hat Tian getötet. Soll ich das alles vergessen?«

»Nein, aber anerkennen, was sie getan hat.«

»Das fällt mir schwer.« Sie legte ihre Hand auf seinen Arm und sah ihm fest in die Augen. »Aber ich danke dir, dass du gekommen bist, um mich zu retten. Warum tust du das immer wieder?«

León wusste nicht, was er darauf sagen sollte. Verlegen wich er ihrem Blick aus.

Wie kann ich erklären, was ich selbst nicht verstehe? Ich …

»Hab ich was Falsches gesagt? Keine Sorge, ich werde dich schon nicht vor lauter Dankbarkeit küssen. Das passt nicht zu uns beiden, aber ich danke dir. Von Herzen.«

Die Worte schnitten wie ein Messer in seine Seele. Er wusste nicht, woher dieser Schmerz kam, und konnte sich nicht erklären, warum ihn Marys Worte so enttäuschten. *Warum er sie gerettet hatte. Ja, warum?*

Es war ihm sofort klar gewesen, dass er es tun musste. Nach dem Warum hatte er nicht gefragt. Er hatte sich eingeredet, dass Mary ihre Hoffnung auf ihn setzte und dass er diese Hoffnung nicht enttäuschen wollte. Aber jetzt fühlte er, dass er sich getäuscht hatte. Mary würde ihm nie auf Augenhöhe begegnen und immer noch empfand sie anscheinend höchstens Abscheu für ihn. Sie hatte es ihm in der Ebene offen genug gezeigt und ihn ihre Verachtung spüren lassen. Wie hatte er nur so dumm sein können zu glauben, dass sich etwas ändern würde?

Du bist ein Idiot!, beschimpfte er sich stumm. *Du warst schon immer allein und du wirst es auch bleiben. Sieh dich doch an mit all diesen Tätowierungen, wer könnte sich in jemanden wie dich verlieben. Respekt, ja, den kannst du dir verdienen. Furcht bekommst du kostenlos obendrauf, aber du bist kein Jeb oder Mischa, nicht einmal ein Tian. Die anderen werden immer Distanz zu dir halten, weil du anders bist. Ein wildes Tier in Menschengestalt. Jemand, den man immer dann braucht, wenn es ums Kämpfen geht, aber alles andere – nein. Das nicht.*

»Was ist mit dir?«, fragte Mary.

León riss sich zusammen. Sie sollte ihm die Enttäuschung nicht anmerken. »Nichts. Es ist nichts.«

»Du wirkst plötzlich… irgendwie zornig.«

»Ach was«, wiegelte er ab und versuchte, seine verkrampften Kiefermuskeln zu lockern. »Komm, wir sollten uns beeilen.«

»Habe ich was Falsches gesagt?«

Nein, nur die Wahrheit. Aber jetzt ist wieder alles zwischen uns klar.

Er machte schweigend Schritt um Schritt, nichts anderes zählte mehr. Der Schnee unter seinen Stiefeln funkelte im Mondlicht, aber die Welt erschien ihm noch düsterer als zuvor.

49.

Kathy warf sich zu Boden. Der Hund sprang über sie hinweg. Sein tiefes Knurren ertönte direkt neben ihrem Ohr, sein Gestank war infernalisch. Zwei Meter hinter ihr landete er auf dem Pflaster, rutschte aber weg, jaulte auf, zappelte wild mit den Pfoten und gewann das Gleichgewicht wieder.

Dann stand er da, die Lefzen zurückgezogen, die gelben, mächtigen Reißzähne entblößt. Den riesigen Kopf hielt er leicht gebeugt, jeden Moment bereit, auf sie loszugehen. Er wartete nur darauf, dass sie sich bewegte, aber Kathy rührte sich nicht, sie starrte auf das Messer, das vor ihr im Schnee glänzte. Langsam schob sie ihre Hand vor. Sofort reagierte der Hund und fletschte noch weiter die Zähne. Ganz offensichtlich würde er sie bei der nächsten Bewegung anfallen.

Alles oder nichts.

Kathy hechtete nach vorn. Der Hund sprang mit einem weiten Satz auf sie zu. Ihre Faust packte das Messer. Sie rollte sich auf den Rücken und stieß nach oben. Im nächsten Moment lastete das Gewicht des Hundes schwer auf ihr.

Er jaulte jämmerlich auf, war aber noch nicht tot. Sein Maul mit den gigantischen Zähnen öffnete sich direkt vor ihrem Gesicht, Speichel rann auf sie herunter und Kathy drehte angewidert den Kopf zur Seite. Der Hund hechelte wie verrückt und dann schnellte er unter Jaulen mit der Schnauze nach vorn, wobei er sich nur noch weiter aufspießte. Seine gelben Zähne klappten wenige Millimeter vor Kathys Gesicht aufeinander.

Kathy drehte das Messer in der Wunde. Der Hund riss den Kopf zurück und heulte ein letztes Mal auf. Dann schlossen sich die kräftigen Kiefer für immer. Er sackte nach unten.

Der Hund war tot.

Kathy schob den stinkenden Körper von sich und rappelte sich auf. Das Blut des Hundes hatte ihren Oberkörper besudelt. Es war noch warm. Keuchend vor Schreck und Entsetzen beugte sich Kathy vornüber und erbrach sich in den Schnee.

Da ertönte ein Triumphschrei. Ihr Kopf flog hoch. Ihr Blick raste über den Platz hin zu der Straße, aus der sie gekommen war. Eine erste schemenhafte Gestalt tauchte aus den Schatten auf. Dann eine weitere. Dann immer mehr.

Kathy rannte los.

Das unheimliche, schmerzvolle Heulen eines Tieres hatte sich nach wenigen Augenblicken zwischen den Häuserschluchten verloren. Mary war stehen geblieben. Ihr ganzer Körper versteifte sich. Sie begann zu zittern.

»Hast du das auch gehört?«, fragte sie León.

»Ja, klang wie ein wildes Tier.«

Sie schüttelte wild den Kopf. »Nein, das war der Hund. *Sein* Hund, verstehst du? Der von dem Mann … ich glaube, sie haben Kathy gefunden.«

»So wie es klang, hat Kathy den Hund getötet und nicht umgekehrt.«

Mary nickte stumm. Der Gedanke, dass Kathy diesem Monster auf vier Pfoten gegenübergestanden hatte, ließ sie frösteln.

Kathy ist bestimmt verletzt, falls sie überhaupt noch lebt.

Mary wunderte sich, wie sehr sie in dieser brutalen Welt abgestumpft war. Sie empfand weder Reue noch Mitleid mit Kathy. Nein, allenfalls ein vages Bedauern, dass Kathys Leben auf brutale Art und Weise enden würde.

Aber was, wenn sie noch nicht tot ist? Diese Hexe ist in der Lage, alles zu überleben.

»Du hasst sie«, stellte León neben ihr ruhig fest. »Selbst jetzt, während sie um ihr Leben kämpft, hasst du sie.«

Mary nickte langsam. »Ist es Hass, wenn man beim Gedanken an den Tod eines anderen nichts empfindet? – Nein, vielleicht hasse ich sie nicht. Sie ist mir einfach egal. Ich hoffe nur, dass sie alles Böse in ihr mit sich nimmt. Was kümmert es dich schon?«

Warum bin ich so gemein zu ihm? Er hat sein Leben riskiert, um mich zu retten.

Irgendetwas an León reizte sie. Selbst hier und jetzt. Es war die Art, wie er sie in der Ebene behandelt hatte. Wie ein Stück Fleisch. Wie Vieh. Unbarmherzig hatte er sie angetrieben, sie beschimpft und beleidigt.

Ohne ihn hättest du es niemals geschafft. Du wärst irgendwann zu Boden gegangen, hättest dich dem Selbstmitleid ergeben und wärst gestorben.

Trotzdem, León weckte Gefühle in ihr, die sie nicht mochte. In seiner Nähe war sie ständig wütend. Sie konnte gar nicht anders. Die Gefühle wallten in ihr auf, dann war sie nicht mehr sie selbst. Und obwohl sie so gut wie nichts über ihr früheres Leben wusste, sich nicht erinnern konnte, was für ein Mensch sie gewesen war und was für ein Leben sie geführt hatte, wollte sie so nicht sein. Die Gefühle, die León in ihr hervorrief, waren so stark, dass sie sich selbst für diese Schwäche hasste.

Am liebsten würde ich ihm eine scheuern!

Sie lachte leise auf. *Das wäre doch mal was, dem Jungen eine Ohrfeige zu verpassen, der sein Leben für mich riskiert hat. Alles ist besser, als dort unten in der Höhle an die Wand gefesselt zu sein und darauf zu warten, was dieser Mistkerl mit mir anstellt. Ich sollte ein bisschen dankbarer sein.*

Sie schaute zu León hinüber, der mit verschlossener Miene in die Nacht lief. Sie wusste, der Moment für Dankbarkeit war verstrichen.

Wenn man sich diese bescheuerten Tätowierungen wegdenkt, sieht er ganz nett aus. Wie ein harmloser Teenager.

Aber er war alles andere als das. Ebenso gut konnte man eine Klapperschlange als harmlos bezeichnen.

»Glaub mir: Kathy ist nicht tot«, sagte er ganz unvermittelt. Seine Augen blitzten im Mondlicht auf. Mary durchzuckte ein Gedanke: Was war, wenn es Kathy vor ihnen bis zu den Toren schaffte? Jeb und die anderen würden verhindern, dass sie eines der Portale benutzte, aber wenn die Gruppe die Tore noch nicht erreicht hatte, konnte Kathy einfach so durch eines der Portale marschieren und einer von ihnen musste zurückbleiben.

»Kathy ist nicht tot«, wiederholte León.

Mary beschleunigte ihre Schritte.

Kathy war nicht tot. Sie rannte um ihr Leben. Nachdem sie den großen Platz überquert hatte, war sie schlitternd um eine Straßenecke gebogen und in eine schmale Gasse zwischen zwei bis zum Himmel reichende Häuser gestürmt. Sie hatte es geschafft, wieder etwas Abstand zwischen sich und die Männer zu bringen, aber nun zitterten ihre Muskeln vor Anstrengung. Wie knapp es bei dem Kampf mit dem Hund tatsächlich für sie gewesen war, begriff sie erst jetzt. Aber sie verdrängte diesen Gedanken, sie durfte jetzt keine Schwäche zeigen. Ihr Atem rasselte. Die Lungen schmerzten durch die Kälte. Trotzdem lief sie weiter.

In der Gasse war es ziemlich dunkel und ein paar Mal wäre sie fast gestolpert. Hinter ihr erklangen leise Rufe. Sie blickte über die Schulter zurück. Fackellicht zuckte durch die Finsternis, tanzte über den Schnee. Ihre Verfolger waren nicht mehr weit. Kathy bemerkte, dass sie aus Vorsicht vor einem weiteren Sturz zu viel Vorsprung eingebüßt hatte, aber ihr fehlte die Kraft, um noch einmal zu beschleunigen.

Ist dies das Ende?

Da spürte sie ein bitteres Grinsen über ihr Gesicht zucken. *Das Ende ist noch nicht da. Lauf weiter! Was anderes bleibt dir gar nicht übrig oder willst du aufgeben? Wohl kaum.*

Nein, sie würde bis zum Umfallen weiterrennen. Vor ihr wurde es noch dunkler, die Straßenschlucht enger. Das Mondlicht erreichte nicht einmal den Boden vor ihren Füßen. Dann erkannte Kathy auch den Grund dafür. Die schmale Straße war eine Sackgasse. Vor ihr ragte eine dunkle, glatte Wand auf. Keine Möglichkeit, da hochzuklettern.

Kathy blieb vor der Wand stehen und sah zum Himmel hinauf. Dort oben war die Unendlichkeit …

… und hier unten lauert der Tod.

Sie ließ den Kopf auf die Brust sinken. Fast hätte sie es geschafft.

50.

Kathy hörte das Knirschen des Schnees, sie sah das zuckende Fackellicht und wusste, sie würde kämpfen. Ihre Augen suchten fieberhaft die Hauswände neben ihr ab.

Da, ein Schatten. Eine dunkle Fläche in der Mauer eines der Häuser.

Vielleicht eine Tür.

Sie rannte hinüber. Tatsächlich.

Bitte lass die Tür offen sein.

Ihre Hand schoss vor, packte die eiskalte Klinke und versuchte, sie herabzudrücken.

Die Männer kamen näher. Vielleicht noch dreißig Meter, dann wären sie da. Ihre gierigen Hände würden nach ihr greifen, sie mitreißen, in ihre düstere Welt verschleppen.

Nein! Niemals!

Die Türklinke rührte sich ein wenig. Es war kaum mehr als ein Wackeln, aber es gab Kathy Hoffnung, die ihre Anstrengung verdoppelte. Metall ächzte. Ein Geräusch, wie ein Schrei in der Nacht.

Die Stimmen ihrer Jäger wurden nun aufgeregt. Sie hatten sie gehört.

Bitte!

Sie warf sich mit ihrem ganzen Körpergewicht auf die Türklinke und tatsächlich, der Hebel ließ sich nach unten drücken. Kathy zog die Tür auf. Sie schlüpfte durch den Spalt und zog die Tür hinter sich zu. Hier drin war es so dunkel, dass man glauben konnte, es hätte das Licht nie gegeben.

Keine Zeit verlieren.

Fieberhaft tastete Kathy über das Innere der Tür, suchte nach einem Schloss, einem Riegel, einem Schlüssel, nach irgendetwas, mit dem sie die verdammte Tür absperren konnte, aber da war nichts. Kathy seufzte tief auf. Sie war der Verzweiflung nahe, aber dafür war jetzt keine Zeit. Sie musste weiter. Sie lief ein paar vorsichtige Schritte und stürzte auf einige Stufen, die nach oben führten. Irgendwo würde sie einen Ausgang finden. Vielleicht würde es ihr gelingen, ihre Verfolger erneut abzuschütteln.

Nur weiter jetzt.

Die Arme ausgestreckt, suchte sie nach dem Treppengeländer. Ihr rechter Fuß stieß schmerzhaft gegen die erste Stufe und sie stöhnte auf.

Von draußen drangen die Rufe der Männer zu ihr hinein. Offensichtlich hatten sie die Tür noch nicht entdeckt. Kathy machte den ersten Schritt. Dann den nächsten. Und einen weiteren. Sie kämpfte sich Stufe um Stufe nach oben. Es war nur eine Frage von Sekunden, vielleicht von wenigen Minuten, bis die Männer hinter ihr wären.

Beim ersten Treppenabsatz trat sie ins Leere, stolperte nach vorn und stieß mit dem Kopf gegen die kalte Betonwand. Kurz zuckte eine Schmerzwelle durch ihren Schädel, die gleich darauf von Adrenalin verdrängt wurde. Kathy spürte, wie etwas Warmes über ihre linke Gesichtshälfte floss, und vermutete, dass es ihr eigenes Blut war. Aber auch das war nicht wichtig.

Wichtig war nur die Treppe. Der Ausgang.

Kathy stand auf und machte einen weiteren Schritt in die Finsternis.

»Bleib stehen!«, zischte León.

Er hatte das unbestimmte Gefühl, dass sie nicht länger allein waren. Sie wurden beobachtet, aber als er herumwirbelte, war da nichts. Die Straße hinter ihm lag einsam und verlassen im Mondlicht. Niemand zu sehen und dennoch ...

Neben ihm hielt Mary erschrocken die Luft an und ließ sie dann mit einem Seufzen entweichen.

»Was ist denn?«, fragte sie heiser.

»Ich weiß nicht. Wahrscheinlich nichts«, sagte er.

»Mann, du hast mich zu Tode erschreckt.«

León schaute noch immer die Straße entlang. Seine Blicke bohrten sich in die Dunkelheit.

Da! War da nicht gerade eine Bewegung an einer der Hauswände gewesen? Er starrte so angestrengt, dass seine Augen zu tränen begannen, aber da war ... nichts.

Hatte er sich getäuscht? Oder hatten ihm seine Sinne einen Streich gespielt? Nein, das glaubte er nicht.

Auf meinen Instinkt kann ich mich verlassen. Jemand lauert da draußen in den Schatten und verfolgt uns.

»Mary«, sagte er leise. »Ich glaube, jemand ist hinter uns her.«

Sie riss die Augen weit auf. »Bist du sicher? Hast du etwas gesehen?«

»Weiß nicht, aber mein Gefühl täuscht mich nur selten.« Er blickte sie eindringlich an, versuchte, ihre Kraftreserven einzuschätzen.

»Wir müssen rennen, aber leise. Haken schlagen, immer wieder abbiegen.«

»Können wir uns nicht verstecken?«

Er schüttelte den Kopf. »Nein, viel zu gefährlich. Ohne Licht sehen wir in den Gebäuden nichts. Ich habe keine Lust, wie ein Tier in der Falle zu hocken und auf das Ende zu warten. Lieber versuche ich mein Glück hier draußen unter freiem Himmel.«

Mary nickte. »Okay, aber unsere Fußspuren? Sie sind im Schnee deutlich zu sehen.«

»Das spielt jetzt keine Rolle. Wir müssen einfach schneller als unsere Verfolger sein. Bist du bereit?«

»Ja.« Ihre Stimme war nur ein Hauch.

Dann rannten sie los.

Kathy hatte sich drei Stockwerke hochgearbeitet, als unten mit einem Ächzen die Tür aufgerissen wurde. Fackellicht zuckte nach oben, erhellte die Umgebung ein wenig. Kathy erkannte eine Tür vor sich in der Wand, aber sie war fest verschlossen.

Also weiter.

Weiter nach oben.

Endlich konnte sie sich dank des wenigen Lichts ein bisschen schneller bewegen, aber noch schneller waren die Männer auf der Treppe, die im Schein ihrer Fackeln nach oben stürmten.

Kathy traf auf weitere Türen, aber alle waren abgesperrt. Es gab keine Möglichkeit, irgendwo tiefer ins Gebäude einzudringen und sich zu verstecken.

Das schwere Stampfen der Stiefel auf Beton hallte von den Wänden wider, es klang wie Donner, der einen Sturm ankündigte. Eine eiskalte Furcht ergriff Kathy, kroch ihren Nacken hinauf, ließ sie frösteln, obwohl ihr der Schweiß in Strömen über das Gesicht ran.

Weiter.

Weiter.

Nach oben.

Sie versuchte zu beschleunigen, aber mehr gaben ihre zitternden Beine nicht her. Kathy spürte, dass sie drauf und dran war zusammenzubrechen, aber dann stand sie oben. Am Ende der Treppe.

Vor ihr eine einfache Holztür. Die letzte Möglichkeit zu entkommen.

Bitte lass sie offen sein. Bitte! Bitte! Bitte!

Ihre Hand fasste nach der Klinke, drückte sie nach unten.

Die Tür schwang nach außen auf.

Kathy sprang hindurch, warf sich mit dem Rücken gegen das Holz, drehte sich dann um, suchte und fand einen Riegel, den sie zum Schließen vor die Tür schieben konnte.

Sie atmete erleichtert aus.

Gerettet!

Auf der anderen Seite warf sich ein schwerer Körper gegen die Tür. Das Holz in ihrem Rücken knirschte.

Mary war stets zwei Schritte hinter León, der nahezu geräuschlos durch die Nacht hetzte. Er hielt sich dicht an den Wänden der Gebäude und wich scheinbar mühelos allen Hindernissen aus, wohingegen sie schon zwei Mal gestolpert und hingefallen war. Jedes Mal war León stehen geblieben und zu ihr zurückgekommen. Hatte ihr, ohne ein Wort zu sagen, aufgeholfen und sie waren weitergerannt.

Noch immer wussten sie nicht, ob jemand hinter ihnen her war. Wenn sie einen Moment haltmachten und durchschnauften, blickten sie zurück, sahen aber niemanden.

Vielleicht ist da überhaupt keiner, dachte Mary. *Vielleicht täuscht sich León. Mist, ich bin vollkommen außer Atem, ich…*

Doch da lief er schon wieder los. Zehn Meter weiter mussten sie eine breite Straße überqueren. Das bleiche Licht des Mondes fiel auf sie herab und Mary wusste, dass sie deutlich sichtbar sein würden, falls jemand hinter ihnen her war. Auch León zögerte kurz, aber dann jagte er in einem atemberaubenden Tempo über die Straße. Mary kam immer wieder ins Straucheln, ihre Beine sackten einmal unter ihr zusammen, als sie mit einem Fuß ausrutschte. Woher nahm León nur diese Ausdauer?

Das Blut rauschte in Marys Ohren, als sie sich endlich keuchend neben León an eine Wand voller alter Plakate presste, die im sanften Wind flatterten. Die Bilder darauf waren verblasst, die Farben im bleichen Licht des Mondes nicht zu unterscheiden. Alles grau in grau.

León packte sie grob am Arm und zog sie noch tiefer in die Schatten. Mary wollte protestieren, aber da legte sich Leóns Finger über ihren Mund. Mit der anderen Hand deutete er auf die breite Straße hinaus.

Da waren sie!

Schemenhafte Gestalten tauchten aus der Dunkelheit auf, lösten sich aus den Häuserschatten und blieben am Rand der breiten Straße stehen. Sie suchten nach ihren Fußspuren. Einer von ihnen hob den Kopf, sah direkt zu ihnen hinüber. Obwohl sich Mary sicher war, dass er sie nicht entdecken konnte, umklammerte eine kalte Faust ihr Herz.

León beugte sich zu ihr, flüsterte ihr leise ins Ohr: »Du musst jetzt um dein Leben rennen, Mary.«

Ich renne schon die ganze Zeit um mein Leben!, wollte sie schreien. Sie war die ganze Zeit am Limit gewesen und sie wusste, dass sie ihn nur unnötig verlangsamte. Sie überlegte, ob er ohne sie weiterflüchten sollte. Ohne sie hätte er eine Chance. Aber die Furcht vor dem, was sie erwartete, wenn die Männer sie schnappten und sie zurückbrachten, war viel zu gewaltig.

Nein, ich muss weiterlaufen. Es irgendwie schaffen. Ich renne eher bis zum Umfallen, als dass ich mich freiwillig ausliefere.

Auf sein Kommando stürmten beide los.

Das dumpfe Dröhnen, mit dem sich die Männer auf der anderen Seite gegen die Tür warfen, machte Kathy fast wahnsinnig. Jeder Ruck erschütterte das Holz und ihren gesamten Körper.

Sie befand sich auf dem Dach des Gebäudes. Ein eiskalter Wind wehte hier oben, ließ den Schweiß auf ihrer nassen Stirn gefrieren und ihre Nasenspitze taub werden. Im fahlen Mondlicht sah Kathy eine unberührte Schneedecke und seltsam runde Metallschüsseln, die zum Himmel ausgerichtet waren. Nur ein einziger Stern funkelte dort oben. *Ihr* Stern. Erste graue Schleier eroberten das Firmament, doch noch war der Morgen nicht angebrochen.

Vielleicht sehe ich noch einmal den Anbruch eines neuen Tages.

Kathy wusste, dass sie dieses Dach nicht mehr verlassen würde. Es gab keinen Ausgang und auch keinen sonstigen Ausweg. Keine Treppe führte in die Freiheit und es war nur eine Frage der Zeit, bis die Männer die Tür durchbrochen hatten.

Sie würde hier oben sterben. Kämpfend. Auf keinen Fall wollte sie diesen Menschen lebend in die Hände fallen. Sie konnte sich nur zu gut vorstellen, was sie Mary angedroht hatten.

Nein, niemand wird mir das antun.

Dann wurde es plötzlich still.

Sekunden vergingen. Es wurde eine Minute daraus.

Haben sie aufgegeben?

Ein sanfter Hoffnungsschimmer eroberte ihr Herz.

Vielleicht…

Dann prallte etwas mit so ungeheurer Wucht gegen ihren Rücken, dass Kathy in den Schnee geschleudert wurde. Das Holz der Tür splitterte mit einem Kreischen.

Eine behaarte Pranke schob sich durch den entstandenen Spalt, suchte nach dem Riegel.

Kathy erhob sich langsam. Wich zurück. Griff nach dem Messer.

Ihre Hand fand, wonach sie gesucht hatte. Die Tür flog auf.

51.

Mischa kroch aus seinem Schlafsack und rekelte sich. Sein Blick fiel auf Jenna und Jeb, die nebeneinanderschliefen, ohne sich zu berühren.

Er ging zum Fenster hinüber und spähte hinaus. Zu seiner Überraschung brach draußen der Morgen an, die nicht sichtbare Sonne erhellte bereits den Himmel.

Das Rascheln seiner Kleidung weckte Jeb, der sich aufrichtete und zu ihm hinübersah.

»Draußen wird es hell«, sagte Mischa.

Nun rappelte sich auch Jenna auf.

»Dann müssen wir weiter. Die Tore sind nicht mehr weit«, meinte Jeb.

Mischa kratzte sich am Kopf. »Vielleicht sind Mary und León schon dort und bereits durchgegangen. Ich jedenfalls würde durchrennen, um so schnell wie möglich von hier wegzukommen.«

»Vielleicht. Wenn León es geschafft hat, Mary zu finden, wird er auf dem schnellsten Weg zu den Toren gegangen sein. Er ist nicht der Typ, der lange Pausen macht.«

Jenna grinste. »Nicht so wie wir!« Sie stand auf und streckte sich.

»Dann lasst uns weitergehen«, sagte Jeb und stopfte seine Sachen in den Rucksack.

Sie kletterten hinaus und sondierten noch einmal die Umgebung. Still und stumm lag die tote Stadt vor ihnen. Der Schnee zu ihren Füßen war unberührt, ihre eigenen Abdrücke vom Tag zuvor längst verschwunden.

Der Morgen versprach ihnen Hoffnung, denn als Mischa zum Himmel blickte, entdeckte er sofort den Stern, der über ihnen funkelnd am Firmament stand. Die Straße, der sie am Tag zuvor gefolgt waren, führte direkt auf ihn zu.

Ausgeruht und mit neuer Zuversicht stapften sie durch den vom Frost verkrusteten Schnee. Es war nicht so bitterkalt wie am Tag zuvor.

Mischa ging voraus. In seinen Spuren folgten Jeb und Jenna. Während sie den Portalen immer näher kamen, waren Mischas Gedanken bei León.

Langsam, fast zögerlich ging die Sonne hinter den Häusern auf. Erst war es nur ein blasses Rosa, das nach und nach den Himmel eroberte, dann tasteten sich die Sonnenstrahlen hinter der Wolkendecke über die Häuser hinweg und verdrängten die Dunkelheit.

León rannte vorweg, Mary knapp dahinter.

Mit einem Abstand von etwa zweihundert Metern jagte der erste Verfolger hinter ihnen her. In einer auseinandergezogenen Reihe folgten die anderen. Sie kamen beständig näher. Zunächst hatten sich Mary und León einen Vorsprung erarbeiten können, der nun aber zusehends dahinschmolz. Mary wurde mit jedem Schritt langsamer. León hörte ihren Atem rasseln. Über ihr Gesicht floss Schweiß. Er ließ sich zwei Schritte zurückfallen, lief neben ihr.

»Mary, gib nicht auf. Wir können es schaffen.«

Er bekam keine Antwort.

In seinem Kopf jagten sich die Gedanken. Sie waren den Toren nahe. So nahe. Wenn er den Blick hob, sah er, dass der Stern inzwischen fast senkrecht über ihnen stand. Bis zu den Portalen konnte es nicht mehr weit sein.

Was soll ich tun? Wie kann ich ihr jetzt noch helfen?

Mary wurde immer langsamer. León warf einen Blick zurück. Der vorderste Verfolger war deutlich näher gekommen. Beinahe wäre León gestolpert, aber er fing sich schnell wieder. Bei ihrem jetzigen Tempo würden sie auf jeden Fall bald eingeholt werden. Etwas musste passieren.

León blieb stehen.

Er packte Mary am Arm und zwang sie ebenfalls anzuhalten. Mary hatte die Augen weit aufgerissen. Sie stutzte. Ohne ein weiteres Wort beugte León sich vor, umfasste mit beiden Händen Marys Gesicht, zog sie zu sich heran...

... und küsste sie.

Zuerst schien Mary nicht zu verstehen, was geschah, aber dann riss sie sich mit ungeahnter Kraft von ihm los und versetzte ihm eine schallende Ohrfeige.

»Tu... das nie wieder. Nie wieder!«, zischte sie.

Seine Wange brannte wie Feuer, aber als León die Wut in Marys Augen sah, lächelte er. Er stieß sie grob mit der flachen Hand an.

»Weiter!«, befahl er knapp, wandte sich um und rannte los, ohne auf sie zu warten.

In Mary tobte der Zorn. Zorn auf ihre Angst vor ihrem Vater, die sie nicht abschütteln konnte. Zorn auf sich selbst, dass sie David ihrem Vater ausgeliefert hatte. Zorn auf León. Auf die Männer, die sie jagten. Zorn auf diese beschissene, kalte Welt.

Rotz lief ihr aus der Nase. Und auch das machte sie nur noch zorniger. Am liebsten hätte sie vor Wut geheult, aber sie riss sich zusammen. Niemand würde kommen, um sie in den Arm zu nehmen. Niemand würde sie trösten. Niemand würde dafür sorgen, dass alles wieder gut wurde.

Nein! Es liegt an mir allein.

León war schon zehn Meter vor ihr. Er drehte sich nicht nach ihr um. Und dann kapierte sie es.

Dieser Scheißkerl hat mich nur geküsst, um mich wütend zu machen. Arschloch!

Mary verzog das Gesicht und stolperte los.

Kathy war bis zum Rand des Daches zurückgewichen. Nach und nach drängten die Männer durch die zerborstene Tür. Es waren acht.

Acht zerlumpte Gestalten, die eine Gasse bildeten, durch die nun ein neunter Mann das Dach betrat. In zwei Meter Abstand blieb er vor ihr stehen, ohne das blutige Messer zu beachten, das ihm Kathy entgegenstreckte.

Er stand da, starrte sie an. Sein Gesicht war zornig verzerrt und er bleckte die Zähne.

»Wo ist sie?«, knurrte er.

Kathy lächelte abfällig. »Weg. Vergiss sie. Du wirst sie nie wiedersehen.«

Er spuckte in den Schnee. »Dann du!«, sagte er ruhig und grinste sie gebieterisch an. Kathy erstarrte. Sie wollte noch weiter zurückweichen, aber sie hatte bereits den Rand des Daches erreicht. Hinter ihr gähnte ein bodenloser Abgrund, der sich nach ihr ausstreckte, eine schwarze Leere.

Kathy spürte, dass der Augenblick gekommen war. Die Sonne ließ ihre Strahlen über die Hausdächer gleiten und alles golden schimmern. Die Helligkeit verzauberte eine düstere und lebensfeindliche Welt, die es nicht verdient hatte, verzaubert zu werden. Kathy fühlte die zaghafte Wärme des neuen Tages auf ihrem Gesicht. Ihr ganzer Körper schien von innen heraus zu strahlen. Sie war stark. Sie war bereit. Sie hatte keine Angst mehr.

Ruhig blickte sie dem Fremden in die Augen.

Kathy ließ das Messer in den Schnee fallen. Dann breitete sie die Arme aus und kippte langsam nach hinten.

Während sie in die Tiefe fiel, waren ihre Gedanken in einer anderen Welt. Kathy sah sich auf einem Surfbrett liegend aufs türkisblaue Meer hinauspaddeln. Der Sonne und der ersten Welle entgegen.

52.

León hätte laut schreien können. Er sah bereits die Portale, er fühlte sich schon fast in Sicherheit, doch ein letzter Blick nach hinten erzählte ihm eine andere Wahrheit. Sie würden es nicht schaffen. Mary strauchelte und würde jeden Augenblick zusammenbrechen.

Dann endet es hier. Er blieb stehen und drehte sich um. Mary stolperte auf ihn zu und prallte gegen seine Brust. Mit einem leisen Seufzen hielt sie sich an ihm fest. Ihr Atem ging nur noch stoßweise, in keuchenden Schüben. León zog sein Messer aus dem Gürtel. Über Mary hinweg blickte er dem Mann entgegen, der sie als erster erreichen würde. Er war nicht größer als er selbst und jetzt erkannte er auch wenige Gesichtszüge, er hatte einen wilden struppigen Bart und ein bleiches Gesicht. León schaltete seinen Verstand aus. Jetzt war keine Zeit für Angst. Keine Zeit für irgendwelche Pläne. Nur der Moment, nur der Kampf zählte. León spürte ein wildes Grinsen in seinem Gesicht. Er machte einen Schritt um Mary herum und stellte sich schützend vor sie. Er ging ein wenig in die Knie, um den Aufprall seines Gegners abfangen zu können.

Der Mann beschleunigte erstaunlicherweise noch, als er sah,

dass seine Beute nicht mehr weiterflüchtete und nun zum Greifen nahe war.

Wenn er schlau ist, wartet er auf die anderen.

Er war nun so dicht bei ihnen, dass León seine Augen aufflackern sah. Schwarze, gierige Augen. Der Mann öffnete den Mund zu einem wilden Schrei.

Da erfüllte plötzlich ein Surren die Luft.

Ein Pfeil jagte heran und bohrte sich tief in die Schulter des Angreifers. Die Wucht war so groß, dass er rückwärts nach hinten in den Schnee geworfen wurde. Sein Schrei wurde zu einem kläglichen Jammern.

León verstand nicht, was geschehen war. Er wandte den Kopf. Am Ende der Straße stand eine hochgewachsene Gestalt. Nur eine Silhouette vor dem heller werdenden Himmel.

Jeb.

León spürte, wie sich ein Lächeln über sein Gesicht zog. Jeb war nicht allein. Neben ihm zeichneten sich zwei weitere Schattenrisse ab. Mischa und Jenna.

Ein zweiter Pfeil zischte an ihm vorbei.

Ein dumpfer Aufprall, dann ein Schrei.

Der nächste Angreifer war hinter León unbemerkt herangekommen, aber Jeb hatte auch ihn ausgeschaltet.

León bückte sich zu Mary herab. Er legte ihren Arm um seine Schultern, fasste unter ihren anderen und schleppte sie so in Richtung der Tore. Dann stand plötzlich Mischa vor ihm. Jeder legte sich einen von Marys Armen um die Schulter und sie hasteten zu den anderen, während Jeb Pfeil um Pfeil über ihre Köpfe hinwegschoss.

León warf einen Blick zurück und sah, dass zwei weitere Angreifer sich verletzt im Schnee wälzten. Ihre Schmerzensschreie hallten von den Häusern wider. Der Rest der Jäger hatte sich in Deckung gebracht, wagte nicht mehr, näher zu kommen.

Als Mischa und León keuchend Jeb erreichten, kam ihnen Jenna zu Hilfe, die León ablöste.

Jeb blickte über die Linie des gespannten Bogens hinweg zu ihren Verfolgern hinüber. Langsam wichen er und die anderen von ihrer Position zurück, während Jeb ihre Jäger im Blick behielt.

Nach scheinbar endlosen dreihundert Metern bogen sie um eine Straßenecke und vor ihnen öffnete sich ein weiter Platz, der von einer mächtigen steinernen Säule dominiert wurde, auf deren Spitze sich eine goldene Figur dem Himmel entgegenreckte. Die Portale lagen am Fuße der Säule und pulsierten in ihrem übernatürlichen Licht.

Langsam und vorsichtig gingen sie darauf zu, kurz vor dem ersten Tor blieben sie stehen.

Jeb hatte noch immer einen Pfeil auf der Sehne und behielt den Platz im Auge, aber niemand war zu sehen. Ihre Angreifer hatten anscheinend aufgegeben.

Mary atmete nun etwas ruhiger und hatte die Augen wieder geöffnet. Sie schaute Jenna an und lächelte erschöpft.

»Sieht aus, als hätten wir es doch noch geschafft«, sagte sie leise.

Jenna drückte wortlos ihre Hand und lächelte.

Niemand sprach es aus, aber während sie sich vor den Toren aufstellten, dachten sie alle an Kathy. Ob sie noch lebte? Wahrscheinlich nicht. Kathy würde nicht kommen. Nicht durch eines der Portale gehen. Sie würde hier zurückbleiben.

Jeb ließ den Bogen sinken. Jeder von ihnen stellte sich vor

eines der leuchtenden Tore. Noch einmal sahen sie sich an. In ihren Augen stand Hoffnung, als sie vorwärtsgingen.

Es war nur ein Schritt.

Und sie betraten eine neue Welt.

Epilog

Der Schneefall hatte wieder eingesetzt. Dicht sanken die schweren Flocken herab, tanzten im Wind, während sie alle Spuren auslöschten, die Menschen jemals hinterlassen hatten.

Dies war die Welt des ewigen Winters. Leben war hier nicht willkommen, aber die fünf schemenhaften Gestalten, die sich aus dem Schnee erhoben, hatten mit dem, was man allgemein unter Leben verstand, nur wenig gemeinsam.

Einer von ihnen legte den Kopf mit den grob gemeißelten Zügen in den Nacken und schnupperte in den Wind. Ein Knurren verließ seinen lippenlosen Mund. Ein Laut, der sowohl Verärgerung wie auch Zufriedenheit ausdrückte. Seine vier Gefährten traten auf der Stelle.

Sie sprachen nicht. Aber das war auch nicht nötig.

Der eine von ihnen machte einen ersten Schritt und die anderen folgten ihm augenblicklich.

Sie spürten die Kälte nicht.

Sie umgab das wirbelnde Weiß.

Eine nur für sie hörbare Stimme wies ihnen den Weg und sie folgten ihr. Sie würden ihr folgen, bis sie ihre Beute gefunden hatten.

Niemals zögern.

Niemals aufgeben.

Sie waren auf der Jagd.

Lies weiter in: *Das Labyrinth jagt dich, Das Labyrinth ist ohne Gnade* und *Das Labyrinth vergisst nicht.*

Danksagung

Wenn Ihnen dieses Buch gefallen hat, dann lag das an der großartigen Unterstützung, die ich bei der Arbeit daran erfahren habe.

Zu allererst und von ganzem Herzen geht mein Dank an meine Lektorin Nikoletta Enzmann, die mich unermüdlich angetrieben hat, niemals zufrieden war und dafür sorgte, dass ich es auch nicht war. Sie hat mich herausgefordert und mir dabei geholfen, als Autor die nächste Hürde in meiner Entwicklung zu nehmen. Ohne sie wäre ich als Schriftsteller nicht da, wo ich jetzt bin.

Vielen Dank an Antonia Thiel, die in weiten Phasen dieses Buch ebenfalls begleitet hat und mir eine große Hilfe war.

Weiterhin geht mein Dank an meinen Freund Thomas Thiemeyer, einen tollen Menschen und großartigen Autor. Ihm habe ich schon sehr früh von meiner Geschichte erzählt. Seine Begeisterung hat mich angesteckt und motiviert. Danke, Thomas.

Andreas Eschbach, ich danke dir für all die Unterstützung, die ich nun schon seit Jahren von dir erfahren darf.

Dank an Wulf Dorn, Nina Blazon, Boris von Smercek, Patricia Mennen, Hermann Oppermann, Oliver Kern und Uwe Laub. Einfach dafür, dass es euch gibt und dass ihr meine Freunde seid.

Ich danke Achim dafür, dass er mein Bruder ist. Einen besseren hätte ich mir nicht wünschen können.

Zuletzt geht mein Dank an meine Frau Gabriele und meine Tochter, die mit ihrer Liebe dafür sorgen, dass ich jeden Tag aus meinem eigenen Labyrinth zurückfinde.

Rainer Wekwerth

Rainer Wekwerth

Das Labyrinth

978-3-401-51221-1

Das Labyrinth jagt dich (2)

Fünf Jugendliche. Sie haben gekämpft um die rettenden Tore zu erreichen. Wieder stellt sie das Labyrinth vor Herausforderungen. Sie sind allein mit ihrer Vergangenheit und ihren Ängsten. Letztendlich entpuppt sich etwas Unerwartetes als ihr größtes Hindernis: die Liebe. Jeder von ihnen ist bereit, durch die Hölle zu gehen, doch wer würde das eigene Leben für seine Liebe opfern?

978-3-401-51222-8

Das Labyrinth ist ohne Gnade (3)

Sie sind nur noch zu dritt und sie sind geschwächt. Aber sie wollen überleben – um jeden Preis. Zweifel überschatten den Kampf gegen das Labyrinth, das mit immer neuen Mysterien für die Jugendlichen aufwartet. Ihr mühsam erworbener Teamgeist scheint nicht zu brechen, doch lohnt sich für Jeb, Jenna und Mary der gemeinsame Kampf, wenn nur einer von ihnen überleben kann?

978-3-401-51223-5

Das Labyrinth vergisst nicht (4)

Mary ist ins Labyrinth zurückgekehrt, um ihre Freunde zu retten. In einem gigantischen Gefängnis tief unter der Erde kämpfen die sieben Jugendlichen erneut ums Überleben, doch sie erinnern sich weder aneinander noch an das, was mit ihnen geschehen ist. Und dieses Mal ist nicht nur die Zeit ihr erbitterter Gegner ...

Jeder Band:
Arena Taschenbuch • Auch als E-Books erhältlich
www.arena-verlag.de